ヨム・ウタフ・琴歌

万葉歌古代歌謡論攷

神野富一

翰林書房

ヨム・ウタフ・琴歌　万葉歌古代歌謡論攷◎目次

和歌の成立と歌謡
――ヨム・ウタフ・琴歌――

一　和歌の原則

和歌の表現はいくつかの側面や要素で成立している。「いかに表現するか」という面では、万葉集歌でいえば枕詞・序詞・繰返し・対句・比喩などの表現技法、また寄物陳思・比喩・正述心緒などの一種の文体を指摘できる。「何を表現するか」、すなわち表現対象という面では、大きくは雑歌・相聞・挽歌などと分類されているその内容や抒情性が要素としてある。このようにして和歌は多様なのだが、では和歌においてそれら多様な表現を可能としている基礎、それがなければ和歌として成立しえないもの、とは何だろうか。表現技法や文体は選択的で、それらがそのようになければ和歌として成立しえないということはない。表現対象や抒情性も選択的であり、また幅がある。それがなければ和歌として成立しえないという和歌の存在条件、言いかえれば和歌の原則とは、まず形式の面から定型であること、そして言葉の面から和語を用いることの二つであろう。定型は音の形式であり、言葉は特定の音をもちかつ特定の意味内容を表す。歌は「音」と「意味」よりなる。

定型は、短歌でいえば５７５７７、旋頭歌では５７７５７７、長歌では５７×ｎ＋７という形をとる。いま短歌形で代表させると、５７５７７という音数律は和歌において絶対的である。これを解体して表現しようとすると、何らかの詩にはなっても和歌とはならない。この定型というものが和歌の第一の原則であることは、原理的にそうでありつつ、また和歌の成立した七世紀から現代に至るまでそれが一三〇〇年間も守られ、継続されてきているこ とによって、歴史的にもすでに証明されているといってよい。和歌の歴史の上で和歌という文芸の存在意義が最も根底から問われ、ゆるがされたのは、文芸も含めてあらゆる伝統文化が西洋化の荒波を受けた明治期である。和歌はもう古いとの否定論が起こり（たとえば明治15年の「新体詩抄」序文）、また和歌の改良が試みられ、正岡子規らの和歌革新運動が起こった。その時期を経て和歌は今日の「短歌」へと変貌したのだが、その際にも定型は深くは問われなかった。あるいは時代の詩人たちは早々と和歌定型を見捨て、５７や７５の韻律はある程度保存しながら近代詩の樹立へと向かった。以来和歌・短歌は文学としては時代の主流ではなくなったにしても、和歌定型自体は今も安定している。この和歌定型の成立のさまや構造の分析については後述しよう。

和歌のもう一つの原則は和語でよむことである。万葉の時代、当時の外来語としての漢語はすでに文書や文章の世界のみならず広く社会に定着、氾濫しつつあったにもかかわらず、万葉集歌ではごく一部の戯笑歌を除いて漢語（字音語）はほとんど用いられず、和語でよむという原則が確立し、貫かれている。それはいわゆる「翻訳語」の面からもうかがわれ、たとえば七夕詩における「雲衣」という漢語は七夕歌においては「雲の衣」（10・二〇六三）、「年年今夜尽」（唐・杜審言・七夕）という詩句は「年の恋今夜尽くして」（10・二〇三七）と和らげられ、和語の世界にとりこまれている。漢語はそのままではなく翻訳によって和語化して用いられているという点にも、和歌は和語でよむという原則が強く作用している。

ではこの原則はなぜ確立されたのか。二つの理由が考えられる。一つは和歌が母胎とした上代歌謡においても和語のみが用いられ、和歌はこの伝統を継いだということである。もう一つは言葉の「音」の面で、和歌のしらべからする漢語に対する違和感である。七世紀ごろ、たしかに漢語文化が浸透しつつあったとはいえ、まだ耳新しかった多数の漢語は外国語のひびきをもち、そのままでは日本の歌にはなじまなかった。これは明治時代の社会にいわゆる外来語（カタカナ語）や翻訳語としての漢語が氾濫したが、すぐに和歌・短歌に用いるには強い抵抗感がもたれたのと似た状況だったろう。古く日本に伝わった「梅」、「馬」などの外来語が七・八世紀ごろには和語の範疇でふつうに用いられたこともこうした事情の考察の参考になる。

万葉の時代にすでに確立した「和歌は和語でよむ」という原則は、その後長い間、明治の和歌革新運動の時期までほぼ遵守された（拙稿「短歌と漢語」。本書所収）。歌謡では漢語が平安時代の神楽歌には少し見え、催馬楽にはさらに多く、梁塵秘抄では一般化しており、歌謡の用語の広さ自由さがわかるが、対して和歌の方はひたすら和語にこだわり、中でも貴族社会において歌語（雅語）をみがきあげる方向へと進んでいった。上代歌謡に漢語が用いられないのは漢語の浸透の歴史の浅さからいってむしろ自然だとしても、和歌の方は万葉時代において、そして後世においても長く、意識的に漢語を排除したのである。

定型、そして和語ということが、和歌の原則である。この両者ともが、「意味」よりは多く「音」に関係する点は注意しておいてよい。

そしてこれらの和歌の原則は、七世紀ごろに確立したものである。歌謡がウタフ歌であるのに対して、和歌はヨム歌として成立した。特に定型は、そして和語ということも、歌がヨム歌になったことと密接に関係している。

二　ヨム歌——和歌の成立

この国ではまだ文字の使われない時代、歌はもっぱらウタフ時代が長く続いた。縄文時代も含むだろう長かったウタフ時代、歌は音声でうたわれてこそ歌であった。ウタフやウタは人間の言語行為として基本的だが、その歴史の古さのためもあって、それらの語の原義は不明というしかない。

大量に存したであろうウタフ時代の歌、その痕跡が記紀や風土記の中に、わずかに残っている。万葉集の中にもうたわれたことが明らかな歌が少しある。

長い歌謡時代を経て、七世紀のころ、歌謡を母胎とし、文字とかかわりながら、新しくヨム歌が成立した。この歌もしばらくは音声で表現されたが、必ずしもうたわれなくてもよかった。

「歌をヨム」という言い方の、ヨムは「数える」を原義とする。ものを一つ、二つ……と数え立てていくのである。「歌をヨム」も歌詞を一つ一つ声に出して数え立てていく行為である。

ただし、この「歌をヨム」という行為は、七世紀ごろに文字とかかわりつつまったく新しく発生したというのではない。無文字の時代にもウタフという行為にかかわって存在した。そもそも集団や個人でウタフためには、歌詞の音数をある程度整えておくことは必要だった。つまり、一句を4音~7音程度、代表的には5音・7音にして、短句と長句の二句を組み合わせるといった歌詞の型が共同的なものとして広く存在した。その共同的な型によってこそ人々は歌詞を編んでいくことができた。それらの歌詞の音数はヨマれたのである。そしてむろん歌詞は、声を伸ばしたり抑揚をつけたり囃子詞を入れたりしながらさまざまな旋律やリズムでうたわれた。

「歌をヨム」という言い方に関しては、神武紀に「乃為二御謡一之曰」とあるその「謡」字の訓注に「ウタヨミ」という語がみえる。ヨムようにウタフことを意味したのだろう。また歌曲名として古事記に「読歌」、琴歌譜中にも「余《よ》美《み》歌」がある。琴歌譜の歌譜を分析すると、「余美歌」は特徴的に歌詞の音節毎に区切ってうたわれている。「ヨミ歌」は、「歌をヨム」の延長で、歌詞の音節毎に区切ってうたうという特殊なうたい方をした歌なのだろう。

この古くからウタフという言語行為に内在していた「歌をヨム」が、文字や文字文化との出会いによって新しいかたちの歌を形成する。

古代王権が朝鮮や中国から新しい文字文化を輸入し、またそれらの国の人々が渡来し、日本の貴族官人層は文字に親しむようになった。まずは政治や宗教の世界で、文字は威力を発揮しただろう。学問や思想の学びも文字によった。やがて国は小帝国たるべく、中国に倣った律令による中央集権的な国家の形成を目ざし、人民の支配や外交も文書によるようになった。神話や系譜を含む歴史の記録や歴史書の編纂、ヤマトの国の版図としての国々の地誌の編纂も企図、実践せられた。仏教も漢訳仏典によって学ばれた。

文学の世界でも、人々は文字文化の中の漢詩文に出会い、それを学んで吸収し、ひいては自らも文字を操って文学的な営みをするようになった。そうした初期の貴族文化の中で歌の文芸化も進行した。歌について、人々は漢詩のように歌詞を作り、漢詩のようにそれを文字で書き、漢詩のようにそれを読んで鑑賞しようとした。作られた歌詞を漢詩のようにある個人の作品ととらえ、作者名も添えるようになった。そのような営みにおいては、しだいに、ウタフ行為ではなく、歌詞を作る行為が中心となり、それが前面に出て強く意識されるようになった。時々の個人あるいは集団の心を表すべく、長い歌謡の伝統を母胎とし、漢詩を顧みながら、しかし日本の歌として形式が整えられ、言葉が選ばれ、表現が工夫された。文芸が自覚された。

歌詞を作る時は、それを一定の型に乗せるべくやはり一つ一つ数え立てていくのである。それはやはり「歌をヨム」と言われただろう。また歌詞を作りながら表現や文体が練られただろう。こうして歌の世界の一部で進行した歌の文芸化によって、「歌をヨム」は歌を作る意味にもなり、ヨム歌＝和歌が成立した。

ウタフ歌からヨム歌への進化の中で、しかし初め歌はよまれてもうたわれたのだろう。ヨム歌が生まれたのは、うたわれてこそ歌であるという環境の中でだったからである。

ウタフ歌の長い伝統、その中からのヨム歌の成立、および初期にはそのヨム歌もうたわれたことなどは、記紀・風土記・万葉集などに載る七世紀ごろの歌の資料にある程度具体的に跡づけられる。

たとえば日本書紀の推古紀以降には二六首の歌が載せられているが、うち短歌が一八首あり、すでに定型を確立させている。中で「童謡」「謡歌」や「時人」の歌には編者の文筆の加わっているものもあろうが、多くはうたわれたとみられる。「歌ひて曰ひしく」などの説明をもつものが多い。中で、大化五年（六四九）三月に造媛の死を悲しむ中大兄皇子に野中川原史満が奉った歌、

山川に鴛鴦《をし》二つ居て偶ひよく偶へる妹を誰か率にけむ（113）

本毎に花は咲けども何とかも愛《うつく》し妹がまた咲き出来ぬ（114）

は、野中川原史満に「御琴を授けて唱《うた》はしめ」られた。その九年後の斉明四年（六五八）、孫の建王を喪った斉明天皇が二群の悲傷の歌をよんだ。それらについても「時々に唱ひたまひて」（116〜118）、「口づから号《うた》ひたまひしく」（119〜121）とある。中大兄皇子に奉られた歌も斉明天皇の歌も、それぞれが妻や孫という近親を喪った個的な悲しみをあらわすべくことばが選ばれている。すでに文芸としての質をもつといってよいのだが、それでもそれらは何らかにうたわれてこそ歌だったのである。

その中大兄皇子や斉明天皇の時代は、万葉史上では初期万葉の時代である。初期万葉歌は多く巻一・二の古撰部にみられるが、やはりウタフと離れないヨム歌が多い。ウタフ歌の特徴は、身体的、状況依存的、時間の進行に沿う線条的な歌詞展開、歌詞や旋律の繰返しの多さ、囃し詞の挿入などの点にある。

巻一の二番歌、舒明天皇の国見歌は、題詞に「天皇登㆓香具山㆒望㆑国之時御製歌」とあって国見儀礼にかかわってうたわれたと考えられ、状況依存的であり、歌の質としてもまだ歌謡性を色濃くもっている。

大和には　群山あれど　取りよろふ　天の香具山　登り立ち　国見をすれば
国原は　けぶり立ち立つ　海原は　かまめ立ち立つ
うまし国そ　あきづ島　大和の国は

国見歌らしく言霊に満ちている。少し詳しく述べると、「天の香具山」は王権の依る神話を呼び起こし、そこに天皇が登臨するとうたうことは以下の言葉を呪的なものにする。「大和」の語が初めと終わりに二度よまれているが、江戸時代からその解釈があるように、初めの「大和」は奈良盆地くらいの範囲をさし、結句の「あきづ島大和の国」は日本全土をさすと考えられる。それでもウタフ行為は時間の進行に沿って線条的に歌を実現していくので、不自然さは感じられなかっただろう。「国原は　けぶり立ち立つ　海原は　かまめ立ち立つ」は「立ち立つ」を繰返してやはり歌謡らしい対句である。「国原――海原」の対は天皇の版図の全体を表しているが、このような対の表現もやはり時間に沿って線条的にうたい進まれる歌謡の中にある種の空間性をもたらす歌謡らしい技法として機能している。そして「うまし国そ」と言挙げされ、「あきづ島」、すなわち豊饒の「大和の国は」と感嘆する。目に見える範囲の狭い大和からうたい出された歌は、王者と自然の交感する国見儀礼の高揚を経て、王権の支配する全国土への讃嘆となってうたい終わっている。

この歌は王者の国見歌だから特にそうなのだけれども、一般に声の歌は発声され表現された言葉の威力に信頼して成り立っている。ウタフは置換のきく方法の一つにすぎないのではなく、音声の表現であることが必須だったのである。ウタフという行為のもつ身体性や呪性が特にこうした歌には顕在化している。

初期万葉を代表する歌人、額田王の諸歌も、ウタフという性質を多分にもっている。熟田津での船出の歌（八）、春山秋山の美の優劣を判ずる歌（一六）、近江の国に下る時の歌（一七・一八）など、いずれも王は宮廷のある集団の中で状況依存的に歌を披露し、歌詞の作者というばかりでなくすぐれた歌い手でもあったことを示している。春山秋山の美の優劣を判ずる歌の披露は、聴衆を意識しつつ歌詞を進めていることがわかるが、それはウタフことによってこそ効果的であった。近江の蒲生野での大海人皇子との贈答歌も、遊猟の後の宴で、聴衆を前に自ら演じたのだろう。

あかねさす紫野行き標野行き野守は見ずや君が袖振る（二〇）

上の句はその日の薬狩りのありさまを活写し、聴衆のみなが体験として味わいうる言葉でありえた。「紫野行き標野行き」の繰返しは歌謡的である。そして下の句で恋する男を描出し、宴の場にはふさわしい「狩り場の恋」を演出している。額田王の歌は作者異伝を多くもっているが、そのこともその歌が行事や宴でうたわれたこととかかわっている。

しかし額田王の歌には、作者性も明確に刻印されている。王は歌い手でもあり、その歌詞の個性的な作者でもあった。王においてはウタフとヨムが共存している。声の振りによって生動的であり、言葉の技術によって文芸的である。また額田王の諸歌は、歌をウタフ人、歌びとの中からこそ「歌人——歌ヨミ」が出てきたことをよく示している。

ヨム歌＝和歌は、こうしてウタフ行為の中から姿を現してきた。次期の柿本人麻呂らにおいてはさらに歌詞の表現や文体を練ること＝ヨムことが深められ、文芸の歌がより強く志向されていった。

ただ万葉時代を通じて、和歌はなお声の表現を離れなかった。大伴家持のある時期の歌の生活を示す巻十七〜二十において、その約四割は宴の歌である。それをウタフとはいうべきでなく、詠んだのだろうが、何らかの調子をともなって声で表現された。和琴の伴奏をともなうこともあった。

三　定型・音数律

歌謡の時代にウタフ行為の前提的な一部、または一種のうたい方であったヨムは、歌が文字と出会う状況の中でより顕在化、一般化していく。つまり歌が旋律やリズムといった音楽的要素をふり捨て歌詞のみが数え立てられることで歌が表現されるようになる。それがヨム歌＝和歌の成立である。

先述のように、うたわれる歌＝歌謡においても歌詞の音数律は存在した。歌詞の音数律は歌を行い歌を再生産していくための共同的な型であり、型によらなければ歌詞は作れなかったし、うたえなかった。和歌が定型であるのに対し、歌謡の歌詞は不定型といわれることがあるが、そうではない。記紀歌謡や万葉集冒頭の雄略天皇歌にみるように、短句＋長句という構成や末尾の句構成はいくつかの音数律の型の存在を示している。

しかし、歌謡における音数律は和歌に比べるとゆるやかだったとはいえる。歌謡の歌詞は「ゆるやかな定型」をもっていたというべきである。歌謡は一定の旋律やリズムによってうたわれるので、歌詞の音数律そのままが歌謡のリズムとなるのではない。

けれども、歌謡から生まれたヨム歌＝和歌は、厳しく音数律（定型）をもつ歌として成立した。万葉歌にも字余り句は多いが、そこには音数律を志向する法則性があったことはよく知られている。古代和歌における音数律の厳しさ、またごく短期の間にそれが確立しているように見えるのはふしぎなくらいだが、しかし述べたように音数律はすでにウタフ行為に内在していたので、和歌の定型もその長い伝統に負っていたのである。和歌定型は、たとえば七世紀後半ごろの貴族官人層の中で操作的に案出されたといったものではなく、ウタフ行為の長く深い伝統の中から出てきた。だからこそ厳しく確立することができ、後世においても強靭な生命力を保ちえたのだ。

歌謡は一般に、幅はあるとしても、一定のゆるぎない旋律やリズムをもつ。ウタフの中から前面に出てきたヨムは、その旋律やリズムのゆるぎなさを音数律に引き継いだのである。そのさまは歌謡の音楽性を音数律にとどめたともいわれようし、凝縮したともいわれよう。定型こそは和歌が歌である強固な証しであり、その生命力のもとである。

その音数律は、短歌形式についていえば、「57577」である。この歌詞の形式は、和歌が歌謡の中の短歌謡から引き継いだものである。それぞれの句の後に休止（切れ目）をもちつつ、各句はそうした「音」の形式として成立している。「57577」の基本型は、古代歌謡において多くみられるように「57」の連を二度くり返し、それに詠み止めの句「7」を添える「57・57・7」というかたちだった。

短歌謡や和歌の短歌形式において全体がなぜこの程度の長さになったのかといえば、抒情するという「意味」の面から言って、それが平均的な一文の長さに近いからである。短歌は文である。短歌一首は一文である。むろん文の長さはいろいろとありうるが、口頭で歌として何か一つの思いを表し伝えようとする時に、この長さは適切だった。「577」では短かすぎ、より多くの内容を伝えようとすれば「57」の単位を増やして、「57・57・57

……7」と長歌を志向することになる。

基本の型の「57・57・7」において、なぜ「57」が単位なのか、ということの説明は難しい。しかし、やはり「意味」の面から言えば、「57」で句や節程度の、一つの内容を表すことができ、それを二つ組み合わせることによって、かなりのバリエーションが生まれ、景物のありさまや人情のかなりの部分を表しえたからであろう。万葉歌で有力な寄物陳思の型は、まず自然の景物について描き、それを受けて掛詞や比喩を介して心を述べるというかたちである。こうした構成の短歌がすでに記紀歌謡に多いし、万葉集には大量に載せられている。このように短歌形式の全体の長さや句の長さは、「意味」と結びついて成立している。

ではなぜ一連が「57」であって、「66」や「48」などではないのか。その説明も容易ではないが、基本の「57・57・7」において「7」音句が単位の終りにきていることが一つのヒントを与えてくれる。「7」音句が単位の終りにきているのは、「7」という音数が始まりよりは中止、あるいは終わりの音感をもったからである。対して「5」は始まりの音感をもった。これは「57」が連続し、結句を「7」とする万葉集の長歌体の場合にもいえる。短歌体の場合、「5」で始め、「7」で受け、それで「57」の一まとまりとして存在し、それを二連繰り返し、詠み止めの句「7」で終わる。古代の日本人にとって「66」や「48」ではこの音感は得にくかったのだろう。むろんここには日本語の等時的拍音という形式や、二音節語、三音節語が多いという単語の音数や句のレベルにおいて自立語に付属語を加えるという膠着語としての在り方が深く関係している。ことばを取り巻く、身体的また歴史的社会的な要素も関係した。それらに基礎づけられている。

ただし、「5」が始まりの音感を持ち、「7」が終わりの音感をもったといっても、それは基本の「57」の単位においてそうなのであって、短歌体の内部では「75」という音律も古くから成立していた。「575・77」という音律である。短歌体という一つの閉じられた小宇宙の中で、やはり身体的また歴史的社会的ものに基礎づけられながら五句が相互に関係を結び直し、始まりや終わりの音感も揺れ動いて、「意味」とかかわりつつ、文体は複数ありえたのである。短歌体においていわゆる「75」調は記紀歌謡にすでに見え、万葉後期では「57」調をしのいで優勢になる。

和歌のもう一つの原則、和語（中でも雅語）を用いて漢語を用いないということも「音」と結びついている。和歌の伝統では、漢語の生硬なひびきが和歌にふさわしくないとされ、忌避された。

歌には異国のこちたくむつかしげなる心ことばをよみてはにつかはしからず。いちじるく耳にたちて、あやしく、まれまれに文字の音ひとつもまじへてだに、かならずきたなく聞ゆればぞかし。（本居宣長「石上私淑言」二）

それは音楽で、調和を破る音は避けられるのとほとんど同じレベルのことであったろう。

明治人においては、外来語や翻訳語としての漢語が氾濫してくる世の中でなお和歌をよもうとすれば、ようやく漢語・俗語の耳障りよりも、心（意味）の表現への欲求の方が優越したのである。

生《よ》は和歌に就きても旧思想を破壊して新思想を注文するの考にて随って用語は雅語俗語漢語洋語必要次第用うる積りに候。（正岡子規「六たび歌よみに与ふる書」、新聞「日本」明治31年2月24日）

そうして和歌は短歌へと変貌したのだが、ここでは「和歌は和語でよむ」という原則も「意味」よりは多く「音」の問題であったことを確認しておきたい。

和歌はふつう一首ごとに表現や意味内容で理解される。歌ごとに定型や和語が特に論じられることはない。けれども、定型や和語はすべての和歌に共通する前提である。表現や文体や意味内容を成り立たせ、和歌を和歌たらしめているものである。そして定型・和語とも「音」、和歌における音楽なのである。

四　ウタフの動詞性、琴歌譜

ウタフは人間の基本的な言語行為の一つである。そしてわれわれの日常の経験的事実であるように、歌謡は歌い手のウタフという言語行為によって実現され、聴き手によって聴かれる。そこで歌謡を論ずるときには、それを動的な言語行為としてとらえる必要がある。分析的に言えば、そこには歌われる歌詞があり、旋律やリズムがあり、そして歌い手の発声や表現があり、聴き手の聴き方がある。一方和歌、そしてその後裔たる短歌は、われわれの日常において一般に書かれたものとして存在する。詠み手によってよまれ、文字を介して読み手によって読まれる。歌われ聴かれる歌と詠み読まれる歌と、つまりは声の歌と文字の歌のちがいがある。

古代歌謡と古代和歌の場合も、こうした言語行為の基本は変わらない。しかし古代歌謡の場合、その音声は残されていない。かろうじていくつかの文献にある程度の数量の歌詞が残されているだけである。そこで古代歌謡を研究対象とするとき、おのずと歌詞の形式・表現法の分析や意味解釈が優先するのだが、そこにはある種の陥穽がひそんでいる。言語行為として、歌謡はいわばウタフという動詞性において三次元的に把握すべきなのに、和歌のごとく、文献に文字で書かれた歌詞という名詞性において了解してしまうのである。名詞性における了解も一つの理解としての意味をもつけれども、歌謡の理解としてはその一部でしかない。残された歌詞の背後にたえずウタフという身体的な行為を問い続ける必要がある。そしてこの点で、意義が大きいのが、古代歌謡の歌い方を記している琴歌譜という書物の存在である。

琴歌譜は、陽明文庫に天元四年（九八一）書写のものが孤本として伝わる。その万葉仮名の字種やその上代特殊仮名遣いのあり方、また大歌所による大歌奏の歴史から、平安時代初期ごろの成立と考えられる。奥書に「琴歌譜一巻　安家書」とし、さらに天元四年十月二十一日に大歌師前丹波掾多安樹の手によって伝写したとあり、大歌を管掌する多氏に伝来したことがわかる。序文に次いで「十一月節」（新嘗会）と正月三節（元日・七日・十六日）の各節会で大歌所の歌人によってうたわれた歌二二曲を順に載せる。各歌には歌曲名があり、その下に歌詞を小書きし、次に各種の記号・符号を用いて歌い方をしるす歌譜を載せている。初めの二曲には一～六の数字で和琴譜もしるしている。実用的な歌譜・琴譜が中心であるところ、奥書の内容などから、本書は大歌所が節会で奏する大歌の教習用テキストとして大歌師の家で編纂されたかと推測されている。

この琴歌譜は、歌譜・琴譜を載せる点で独自な価値をもっている。ただし歌譜・琴譜は難解で、音楽史家らによる解読が多少試みられてきたものの、いまだその音楽が復元できる段階にはない。しかし、多くの歌を二段式に歌ったことや、歌詞や囃し詞を繰返して歌う場合が多かったことなどについてはわかり、旋律やリズムについても多少わかる部分がある。うたわれた古代歌謡の、その現場に開かれた唯一の資料として貴重であり、歌謡をウタフという動詞性においてとらえることの可能性を秘めたテキストなのである。

琴歌譜が開示するのはそれにとどまらない。記紀歌謡と重複する歌謡が五曲含まれ、平安初期の成立としても所載の歌自体は長い伝承を経ているものが多いと察せられる。この書は小さいながらに七世紀以前から九・十世紀に至る古代の宮廷歌謡の歴史をとどめ、また古代の伝統として琴歌が重んじられたさまを伝えている。

おわりに

文字との出会いによって、ウタフ行為の中からヨム歌＝和歌が出てきた。そしてこの和歌は文芸化への道をたどり、万葉文学を開花させ、後世にも豊かな実りをもった。その和歌成立の初期に確立された厳しい定型は、歌謡に源を持つ、和歌における音楽的なものである。音楽的なものとして和歌を和歌たらしめている。用いられる言葉が和語に限るという和歌のもう一つの原則も、音のひびきにかかわっている。

どの民族も歌謡をもっているだろう。歌謡という表現形態が、言語をもち、社会生活や感情生活を営む人間存在の自然に根差しているからである。日本語を言語とする日本において、和歌という文芸は歌謡の音楽性を引き受けながら独自に、そして日本の普遍的な詩として成立し、以降長く深い伝統を形成した。和歌の日本の詩としての安定性や、長い寿命や、連歌や俳諧を生み出した展開力の秘密を、こうした和歌の成立に探ることもできよう。

「歌をヨム」こと

一

歌謡と和歌を、われわれはともに歌《ウタ》として認識している。この認識のしかたは、情報手段が異常に発達した現代的状況ではいくぶん便宜的にすらみえるけれども、実は決してそうではなく、歌というものの本質と歴史との相互にかかわったものである。歌謡と和歌との結びつきは種々の点において語られうるが、特に和歌の発生史を考えるときに最も分明であろう。つまり、歌謡の流れからあるとき流れ出した分流が和歌であり、和歌は歌謡に胎生したといえるので、どちらも歌《ウタ》であるというわれわれ通有の認識も、歌謡と和歌とのこうした関係によって導かれているはずである。

しかしながら他方、歌謡は口頭で歌われるものであるのに対して、和歌は記載文芸として位置づけられる。

歌は仮名の物なればかゝれざらむこと、ことばのこはからむをば詠むまじけれど云々

(『俊頼髄脳』日本歌学大系一、一三〇頁)

されば、和漢の字により候ひて、からの哥・やまと哥とは申し候へども、中《うち》に動く心を外《ほか》にあらはして紙に書き候事は、さらにかはるところなく候にや。

（『為兼卿和歌抄』日本古典文学大系65、一五四頁）

和歌は書かれるべきものであって、エクリチュール（書くこと、書かれたもの、という意味で）の地平においてその世界を展いてきたのであり、口誦によって豊沃な歌謡の世界とはある隔てをもつ。言いかえれば、歌謡と和歌は言語学でいう音声言語（パロール）と文字言語（エクリチュール）とをそれぞれの表現の手段としているために、それぞれ独自の様相を呈して対立的である。そして口誦と記載、音声と文字は、たんに表現の手段として異質であるのみならず、それをとりまく表現者と享受者との関係も含めた表現の過程的構造のすべてをその内外から規定し、さらにその結果として表現されるところのものをも条件づけているとみなければならない。

歌謡と和歌とのこうした対立的性格は、すでに近世の荷田在満において本質的に気づかれつつあった。在満は『国歌八論』の「歌源論」において、記紀歌謡から古今集までの歌風の変遷を概観しているが、

古事記・日本紀に載せたる前後の歌、大むねその質朴なること同じければ、その体変ぜずといふべし。天智より醍醐までは、廿二世、未だ三百年に及ばず。然るに漸く変じて古今集の如く文質兼美なる体となれり。これ他なし、たゞ歌ふためにすると、詞歌言葉を翫ぶとの差別《たがひ》あればなり。

（『国歌八論』日本歌学大系七、八四頁）

在満によれば、「歌ふためにする」のが記紀などの歌謡であって、そうではなく「詞歌言葉を翫ぶ」ためにするのが古今集の和歌である。歌うのを止めて「詞歌言葉を翫ぶ」とは、すなわち音声言語にたよらず文字言語にたよってその文語的世界を展開していくことにほかならない。先ほどの俊頼や為兼のような、いわば記載和歌を絶対視する和歌観が、ここでは歌謡を歌謡としてとらえることによって相対化して把握されているともいえる。

そして在満は、正当にも、文語的世界のものではない歌謡を、記載和歌の立場から評価することを戒めている。

古事記・日本紀等の歌はうたはん料のみにして、詞歌言葉を翫ぶにはあらざれば、その詞の巧拙を論ずべからず。（同　八四—八五頁）

在満の頭には二つの歌についての明確な輪郭があったようだ。それがやや粗雑であり、またやがてより高次のレベルで乗り超えられるべきものであるにしても、ここにおける二つの歌の異質性の強調は十分評価しておかなければならないと思う。

在満において本質的に気づかれつつあった歌謡と和歌とのこのような対立的性格は、われわれがこの両者をどちらも歌であるとする認識にとどまっていることを許さない。和歌の発生史をもう一度見直してみるなら、和歌発生の当初から歌謡と和歌とはそのようなある乖離を必然的に内包していたのであり、和歌は歌がエクリチュールへと飛躍したときに生まれたといっても過言ではないであろう。そして私は、歌の歴史の上で最も意義深いこの飛躍について、在満の延長においてもっと語られるべきであると思う。

「歌をヨム」という表現の意味変化の意義を探ろうとする本稿も、右の意図に沿ったものである。ヨムの語義を論ずることについてすでに土橋寛氏は、「一単語の意味の問題に留まらず、歌の歴史と拘わりあう問題（『古代歌謡と儀礼の研究』三五六頁）と述べられていて、私も全く同感である。そして土橋氏はヨムの語義変化をたどることにより、「歌をヨム」がどのようにして作歌を意味するようになったかという問題につき独自な見解に達しておられるのだが、しかし先に述べたような口誦から記載へという歌の歴史のダイナミズムはほとんど考慮されていない。一方糸井通浩氏は、やはり「数を数える意の「よむ」が作歌行為を意味する語になったことにこそ歌に対する上代人の意識を明らかにするヒントがあると思われる」としながら、琴歌譜の「余美歌」の唱法の分析をもとに、

「歌詞の一音一音の意識化」が「作」の意味のヨムの定着の前提となった、つまり「歌の形式に一音一音を意識化しながら充填していく行為が確立していくことによってこの「よむ」の用法が定着したのではないか」と説かれている（「音数律論のために——和歌リズムの諸問題（一）——」、「表現研究」21）。詩歌のリズム論の立場からの考察で、これは口誦から記載へという観点とも十分に交差するだろう。

二

ウタは「歌」であって、「詩」とは書かれなかった。漢籍には、

歌　詠也。（説文）

詩言レ志、歌永レ言。（尚書舜典）

詩言二其志一也。歌詠二其声一也。（礼記楽記）

詠二其声一謂二之歌一。（漢書芸文志）

などとあって、志を述べる詩に対して、歌は声を長くして言う行為であった。本居宣長は、「于多《ウタ》に歌《ノ》字を用《モチユ》るはいかなる故ぞや」という問いに対し、これらの例を挙げた末に、

歌《ノ》字は右のごとく体にも用にも通用して、字義も声をながくしてうたふ意なれば、此方《ココ》の于多布《ウタフ》といひ于多《ウタ》といふ言《コトハ》の意も、体用にいふ所も、よく相かなへる故に、歌《ノ》字を用るなり。又此方にても、もろこしの書籍をつねに学び、詩をも作れる故に、于多《ウタ》に詩《ノ》字をもちひては、詩とまぎらはしくもあれば、歌《ノ》字をもちゆる事、かれこれいはれたること也。

（『石上私淑言』巻一、一一六—一一七頁。ただし筑摩全集本による。以下同じ）

と述べている。「歌」字がウタと意義的によく合うから、「歌」と書くようになった、という説明は納得できる。当然のことのようだが、何よりもウタは歌うものであったがゆえに、「歌」字が宛てられたのだ。宣長はさらに「詩と紛らわしいから」というもう一つの理由をあげているが、しかし、上代の人々の前に漢詩と歌とは紛れようもなく全く相違するかたちをもって現前していたのではないだろうか。人々にとって主にエクリチュールとして伝来してきたであろう漢詩は、彼らが日常的に経験していたであろうウタ、またウタフという行為とは意識の上でかなり異質なものとして映ったであろうと想像される。ウタを「詩」といったまれな例として、大伴池主が歌の漢文序で「倭詩」（万葉集、巻17・三九六七、三九六八序）といったものがあるが、この例などはまれであるだけに池主などがウタの世界にも住みながらまた当代一流の教養人としてエクリチュールとしての漢詩にも近く位置していたという、一つの代表的な精神のある特殊相を示し、かえって当時の人々一般の意識の上での、歌われるものとしてのウタとエクリチュールとしての漢詩との大きな距離をうかがうに足るであろう。ともかくも、上代の人々にとって歌われるものがウタであった、この認識がこの議論の出発点である。

ところで、もともと歌われるものがウタであったとしても、ウタについてはウタフの他にヨムという言い方がある。「歌をヨム」という場合、遅くとも平安朝の前期以降の時代には、一般的に歌を作ることを意味していた。

木草につけても御歌をよみてつかはす　（『竹取物語』日本古典文学大系9、五八頁）

ふるとしに春たちける日よめる　（『古今集』1・一の詞書、日本古典文学大系8、一〇五頁）

ところが、上代においても「歌をヨム」は歌を作ることを意味したのかどうかということは容易に確かめられない。というのも、記紀歌謡の前文や万葉集の題詞・左注は漢文で書かれてあるから、常に訓読の問題が先行するわけで、ヨムの確実な用例を探すことからして難しいわけである。が、このことを念頭に置きながら、今とりあえず

万葉集について日本古典文学全集本をテクストにして「歌をヨム」という訓を得ている漢字をとりあげてみると、

右の二首は、今案《かむが》ふるに、御井にして作るに似ず。けだし、当時《そのとき》に誦《よ》む古歌か（原文、当時誦之古歌歟）。

（1・八一―八三左注）

左手に觴《さかづき》を捧げ、右手に水を持ち、王の膝を撃ちて、この歌を詠む（詠二此歌一）。

（16・三八〇七左注）

右の件の四首、伝へ読むは兵部大丞大原今城なり（伝読兵部大丞大原今城）。

（20・四四七七―四四八〇左注）

のように、「詠」「誦」「読」の三字である（ただし、「詠レ物」のかたちの「詠」は「歌をヨム」の例とはみなさない。これについては後述する）。

「詠」は説文に「歌也」、玉篇（原本系）に「長二歌言一之也」、新撰字鏡（天治本による。以下同じ）に「謳」とあるのを見れば、少なくとも歌を作る意はもたず、発声に関している。「誦」も「諷也」（説文）、「詩也、歌也、楽也、公也、言也」（篆隷万象名義）、「言也。視レ文曰レ読、背レ文曰レ誦」（新撰字鏡）とあって同じようである。「読」はやや複雑で、説文では大徐本と小徐本に「誦レ書也」とするのに段注本には「籀レ書也」とあって書物を読んで理解することとしている。しかしまた段玉裁は、「諷誦亦可レ云レ読而、読之義不レ止二於諷誦一」と述べており、「諷誦」も「読」の字義に含まれることは認めている。篆隷万象名義に「抽也、出レ書也、説也」、新撰字鏡に「抽也、出也」とあるのは段注本の説に近いであろう。ともかく、このように「詠」「誦」「読」の字義は口頭で言うこと（歌うこと）、また書物を読んで理解することで（歌を）作る意はもたず、万葉集の用字もその範囲内にあるとみることができる。

しかし、万葉集の題詞・左注におびただしく現れている「作歌」の「作」字を、現行の諸本は「ツクル」と訓読しているようだけれども、真淵（「万葉集大考」くさ〴〵の考）や宣長の主張のように「ヨム」と訓読できないのかどうかという問題はやはり残されているようである。同様に、記紀歌謡の前文に散見する「作歌曰」の「作」字もツクルと訓むかヨムと訓むか古写本でも一定しておらず、現行諸本でも入り乱れている。また、たとえ「作歌」の「作」字はツクルと訓むと決定できたとしても、今度は「歌をツクル」という言い方は漢文訓読の世界でのみ通用していたのか、あるいは和語の世界でも行われていたのかということがただちに問題となってこよう。この「作」字の問題があるために、結局、上代において「歌をヨム」が作歌を意味していたのかどうかという今の問題は、早急には解決がつかない。

ただ、上代の文献において、和語で「歌をヨム」と書かれた例を一つだけ見出すことができる。それも、ウタヨミというかたちでだが、神武紀に、

乃為二御謡一之曰、（謡、此云二宇多預瀰一）

とある訓注がそれで、以下このウタヨミという語の意味を明らかにしていこう。このウタヨミが作歌を意味するという説があるが、「謡」字に宛てられた訓であることを思えばそうは考えにくい。「謡」は説文に「徒歌」とある。毛詩に「我歌且謡」と出、これを伝に「曲合レ楽曰レ歌、徒歌曰レ謡」と説く。玉篇にも毛伝のこの例を引き、さらに「転詩有二章曲一曰レ歌、無二章曲一曰レ謡。説文、独歌也」とする。新撰字鏡にも「独歌也。又徒歌為レ榣是也」などとあって、楽器の伴奏を伴うかどうかの別はあるが、「歌」とともにウタフ意である。

ウタヨミの意味は右のような「謡」の字義を参考にするとともに、上代の和語ヨムの意味（語源ではなく）を明らかにするところからも考えていかなければならない。万葉集の歌中には十例ほどヨムの語がでているが、

白たへの袖解き交へて帰り来む月日を数みて（数而）行きて来ましを　（4・五一〇）

大舟のゆくらゆくらに思ひつつ我が寝る夜らを数みも（読文）敢へむかも　（13・三二七四）

のように、〈数える〉意で使われているものがすべてである。記紀においても、

（稲羽の素菟が和邇を欺く条で）吾其の上を踏みて、走りつつ読み度らむ（読度）。
（記上）

や、「月読命《ツクヨミノミコト》」（記、紀）のヨムは、〈数える〉意であろう。が、

阿直岐、亦能く経典《ふみ》を読めり（読二経典一）。
（応神紀十五年）

必ず将に卿《いまし》をして其の表《ふみ》を読み唱《あ》げしめむ（読二唱其表一）。
（皇極紀四年）

などの例は、〈ふみを音読する〉意である。また、

時に太子菟道稚郎子、其の表を読みて（読二其表一）、怒りて
（応神紀二十八年）

跪きて封函を開き、拝みて芳藻を読む（読二芳藻一）。
（万葉集5・八六四―八六七序）

などのヨムは〈ふみを読んで理解する〉意で使われている。けれどもこのような〈ふみを音読する〉〈ふみを読んで理解する〉意のヨムは、宣長が、

すべて余牟《ヨム》といふ言の意を按ずるに、まづ書《シヨ》をよむ経《キヤウ》をよむなどいふ、常の事なれど、これらは書籍わたりて後の事也。
（『石上私淑言』一一八頁）

と言うように、ヨムのもともとの用法ではない。ヨムのもともとの意味は、万葉集歌中や記紀の「ヨミ度らむ」「月ヨミの命」などの例のように、〈数える〉ことであったと思われる。宣長は古語のヨムは〈物の数をかぞふる〉意で、歌や祝詞、後には書や経をヨムという場合については、

本《モト》さだまりてある辞《コトバ》を、口にまねびていひつらぬるも、物の数をかぞふるに似たれば、その意《ココロバヘ》同じ事也。
（同書一一九頁）

と言っている。もともと〈数える〉意のヨムは、宣長が「物の数をかぞふるに似たれば」と言うように、口頭表現

としての類似性から比喩的に一次的には「歌や祝詞をヨム」という言い方を、二次的には「書や経をヨム」という言い方を派生していったのだろう。

このように、「歌をヨム」という言い方も、ヨムの〈数える〉意から、口頭表現、口のふりについての直喩的手法によって成立したのだろう。つまり、〈歌を数えるように言う〉ことが「歌をヨム」ことであった。

そして、さらに言うなら、ウタフという口のふりにはいろいろ種類があって、そのうちの一つとして「歌をヨム」という歌い方があったのではなかろうか。古事記と琴歌譜には「読歌」「余美歌」という歌曲名がみえるが、これらのヨミ歌は志都歌、志良宜歌、上歌などの歌曲名と同様、歌の歌い方、つまり口のふりに関してつけられた名であり、〈数えるように言う〉（ウタフ）歌がヨミ歌であったと思われる。

ウタヨミという語も、ヨムのこの〈数えるように言う〉という意味と無関係ではあるまい。

ところで紀は、神武紀7番歌の直前にある「謡曰」の「謡」字にウタヨミという訓注をつけているのだが、「謡曰」というかたちはこの7番歌の後に四例、すなわち8・12・13および14番歌の前文に出てきて、その他には出てこない。また、これら五首はすべて「来目歌」である。このことからすると、「謡」字を用い、それにウタヨミと特に訓注をつけるのは、来目歌のある性格に関係がありそうである。

7番歌のすぐ後に、

是を来目歌と謂ふ。今、楽府《おほうたどころ》に此の歌を奏《うた》ふときには、猶手量《たはかり》の大きさ小ささ、及び音声《うたごゑ》の巨《ふと》さ細《ほそ》さ有り。
此古の遺式《のこれるのり》なり。

とある。「手量」が何であるのかはよくわからないが、「音声巨細」というのはこの来目歌の歌唱法に関する説明であることはたしかで、しかも「巨《ふと》さ細《ほそ》さ」というのだから曲のメロディーに関するものではなく拍子に関するものであるように思われる。とすると、来目歌はメロディアスであるよりも、何か音声によって拍子をつけるところに特徴のある歌い方をした歌であったのかもしれない。

拍子をつけるところが特徴的な歌ということで想起されるのは、平家物語などに出てくる白拍子である。浅野健二氏の説を聴こう。

誦　ウタフ　カゾフ（観智院本名義抄）

白拍子を、まことにおもしろくかぞへすましたりければ（平家一〇・千手前）

しんむしやうの曲半《なから》ばかり数へたりける所に祐経心なしとや思ひけむ、水干の袖を外して、せめをぞ打ちたりける（義経記六・静若宮八幡宮参詣の事）

の例のように、白拍子などを拍子本位に歌うことを「かぞふ」といったことも、きわめて当然のように思われる。言うまでもなく白拍子は旋律よりも拍子を生命とし、これを「数へる」もしくは「踏む」といった。

（浅野健二「数え歌の系譜」、「言語生活」一九七三年一一号）

拍子が生命である白拍子を歌うことをカゾフといったのはたしかに意味深いことで、来目歌をウタヨミするのもこれと同様ではなかろうか。つまり、ウタヨミにはやはりヨムの〈数えるように言う〉という意味が生かされて使われているのだと思われる。

ところで、漢字「謡」は「歌」に対して「徒歌」、つまり楽器の伴奏を伴わずに歌うという意味をもっていた。楽器の伴奏なしに歌うと、メロディーにおけるよりも拍子においてリズム感が得やすいのかもしれない。少くともその逆は考えにくい。紀10番歌のすぐ後に、「来目部《くめら》が歌ひて後に大きに哂《わら》ふ」とある。「哂ふ」はもちろん敵を嘲笑するわけで、来目歌の内容と照応しているのだが、また音声に大小もしくは強弱をつけながらリズムに乗って歌っていった後で「大きに哂ふ」というのは、楽器の伴奏のない歌の結構としてもよく調和がとれているように思う。

とすると、ここに「歌」字ではなく「謡」字を用いていることには意味があるわけだ。紀編者は、おそらく説文や毛伝、玉篇にある「謡」の字義「徒歌」を知った上で意識的にここに「謡」字を用いたので、書紀集解がここに「爾雅ノ釈楽ニ曰ク徒歌謂フヲ二之謡ト一」と注するのも理由のないことではない。

このように、「謡」の用字とそれに対する訓注ウタヨミは、「謡」の「徒歌」という字義とヨムの〈数えるように言う〉という意味とを結びつけようとしたものであると思われる。また、「謡」といい「来目歌」というように「謡」が「歌」とも通用して使われているという点は、漢語としては「謡　徒歌」（説文）などのように「謡」も「歌」の一種であることを示し、和語としても「ウタヨミす」が〈歌を数えるように言う（ウタフ）〉という意味でウタフの一種であることを示しているのであろう。

そして、ウタヨミという語の存在は、宣長が、

　さてその于多余美《ウタヨミ》といふも、本うたをよむといふことある故の詞なるべければ、（『石上私淑言』一一八頁）

というとおり、古く「歌をヨム」という言い方が存したことを示しており、それは〈歌を数えるように言う（ウタフ）〉という、歌の一種の歌い方を意味するものであったと考えられる。

三

歌についてウタフとヨムとの二語の関係は以上のようなものであったとして、それでは「歌をヨム（数えるよう

に言う〉」はどのようにして〈歌を作る〉意を派生していったのだろう。この問題についても宣長の見解がある。宣長は二つの見解を示しているが、そのうち「前の義まさるべき也」という「前の義」のうち重要な箇所は、

　されば始てあらたに製作したる歌をも、うたはずして、たゞよみによみ聞《キカ》せたる事もおほくありけらし。それがならひになりて、をのづから製作することをも余牟《ヨム》といふやうになりけるなるべし。于多布《ウタフ》といひては、古歌を吟詠《ウタフ》にまがふ事もあり、又かならずしもうたはぬ事もおほかれば、すべてうたふもたゞよみによむもみな、製作するをば余牟《ヨム》といふ事にはなれるなるべし。

（『石上私淑言』一一九頁）

　この説明はそれほどわかりやすいものではない。どうして新しく作った歌をウタハずにヨムことが多かったのか、どうして「それがならひに」なったのか、新作歌を「于多布《ウタフ》といひては、古歌を吟詠《ウタフ》にまがふ事も」あるというが、それでは古歌をヨム（数えるように言う）場合は歌をヨム（作る）に「まがふ事」はないだろうか――。宣長の説明がわかりにくいのは、彼がウタフとヨムという語の比較にのみとらわれ、歌を作ること、また作歌意識についての考察を欠いているからである。たとえば「（速須佐之男命）爾作二御歌一」（記1番歌）という古事記の記載を信じた宣長にとって、歌の製作は太古から意識的に行われたものとしてア・プリオリに設定されている。ところが、記紀歌謡を歌謡として受け取り、また万葉集の類歌性や宴歌の考察などから説かれる古代の歌の口誦性、集団性に耳を傾けるべきわれわれにとって、「作歌」はそれほどア・プリオリに設定しうるものではない。われわれはむしろ、歌が口誦性、集団性を脱皮する過程でしだいに「作歌」が自覚的になってきたのだろうという一応の見通しをもっている。この立場からすれば、自明なものとしての「作歌」から説き起こす宣長の説明は逆立ちしてしまっていると評さざるをえない。「歌をヨム」という言い方がまず存在しているところへ「作」が自覚的になってきたために「歌をヨム」が〈歌を作る〉意味になっていったのであって、逆に考えて、「作」がいつまでも自覚的

になってこないような状況では、「歌をヨム」は相変わらず〈歌を数えるように言う〉意にとどまっているはずであろう。

そこで、歌の創作ということ、また上代の人々の作歌意識について考えることになるが、そのためには歌のエクリチュールとは何か、という問題の考察が欠かせない。

文字が伝来して以来歌も書かれるようになるのだが、いったい歌のエクリチュールは上代の人々の目にはどのように映っていたのであろうか。今、万葉集に見える「歌詞」の語に注目してみたい。「歌詞」は、

此日会集衆諸、相二誘駅使葛井連広成一、言レ須レ作二歌詞一。登時広成応レ声、即吟二此歌一。（6・九六二左注）

のように、後世の歌学書などにおいて「歌の詞」がふつうには歌の中のある語句を指し示すのとは違い、一首の詞全部を指している。万葉集では「歌詞」は全部で八例出てくるが、すべてこの意である（歌中の語句を指す場合には「歌辞」といっている。万葉集では「歌詞」と「歌辞」は使い分けられているようだ）。むろん、万葉集においても一首を「歌詞」といわずただ「歌」と書くのがふつうなのだけれども、歌のエクリチュールを「歌」ではなく「歌詞」とよぶこのような例は、当時の人々に、書かれた歌はウタそのものではなく「歌詞」である、という反省がなされている証拠ではあるまいか。特に、

以前歌詞未レ得レ勘二知国土山川之名一也。（14・巻末）

但此巻中不レ称二作者名字一、徒録二年月所処縁起一者、皆大伴宿祢家持裁作歌詞也。（19・巻末）

のように、多数の歌を統べていう場合、つまり表現の正確さをふつう以上に要請されると考えらえる場合に「歌詞」が使われている点に注目したい。

書かれた歌は、ウタの、それも歌詞の部分のみのエクリチュールであってウタそのものではない。初めてウタが

書かれ、それを初めて目にした時、それがウタであるとは誰も信じなかったであろう。彼らの反省によれば、それはウタの素材としてのコトバ（歌詞）であり、またそれにしかすぎなかった。それは、現代のわれわれが歌集に書かれた歌謡曲や民謡の歌詞をちょっと反省すれば「歌詞」と言ってウタとは言わないのと同様で、現代ほどエクリチュールの氾濫しなかった古代の場合、その反省はわれわれよりずっと初々しくあからさまであったことだろう。書かれたウタになじむゆえに、われわれはすぐ歌謡を音楽的側面と文学的側面というふうに分析的にとらえてしまうけれども、少なくとも彼らにとってそのような分析は無縁のものであって、歌謡は歌謡として即時的に存在したのであり、彼らの分析は歌謡にではなく歌のエクリチュールの方にこそ向けられている。歌われるものこそがウタであった彼らにとって、それは当然のことであった。

さて、このような状況において、歌を作るとはどのような行為であったのだろうか。歌は、エクリチュール不在の、つまり口誦の時代にはもっぱらウタハれたのであった。そしてそれは、集団的な、または対人の場で行われたのであった。その場合、この対人の場では、「作」ということは特に意識されないであろう。

杉山康彦氏は、万葉時代の宴における作歌意識の欠如を指摘しておられる。大宝元年の紀伊行幸の宴歌（9・一六六七―一六七九）について、

ここでは古い歌をそのまま伝誦するということと、新しい歌を作歌してよみあげるという事の間に意識の明確な相違がない。即ちそれが伝誦歌であるか創作歌であるかということはさ程区別されて意識されていない。というよりは創作ということがそれ程自覚的でないのだ。（「饗宴における歌の座――万葉歌の作歌基盤――」、「国語と国文学」35巻1号）

と述べられている。歌がすでにエクリチュールをもった時代ですらこのような状況であったとすれば、それの不在

の口誦の時代には「作」の自覚はさらに乏しかったであろう。

崇神紀（十年）で、大彦命が北陸《くぬがのみち》へ征討に出かける途次、

時に少女《をとめ》有りて、歌《うたよみ》して曰く、

御間城入彦はや　己《おの》が命《を》を　弑《し》せむと　竊《ぬす》まく知らに　姫遊《ひめなそ》びすも

といふ。是に、大彦命異《あや》しびて、童女《わらはめ》に問ひて曰く、「汝《いまし》が言ひつるは何の辞《こと》ぞ」といふ。対《こた》へて曰く、「言《ものい》はず。唯歌ひつるのみ」といふ。乃ち重ねて先の歌を詠ひて、忽に見えずなりぬ。

少女の行為を、命は「言った」というのだが、少女自身は「言ったのではない。歌っただけだ」と答えている。そうはいうものの、少女もむろん命の疑問を了解しているのだろう。少女は歌を通じて命に御間城入彦（崇神天皇）の身の危険を知らせたわけだが、さてこの場合、少女にはこの歌の作者としての自覚があっただろうか。命の追及をかわすためにか、話しことばに口のふりをつけただけのようなこの歌を、話しことばを話す人がふつうは作者意識をもたないように、少女も作ったとは思うまい。むろんわれわれから見れば歌の作者は少女にちがいないのだが、少女の立場、つまり歌い手の立場に立つときにはそうは言えない。少女は歌を「言った」のではないが、また「作った」のでもなく、「歌った」のである。このように歌い手はまさにウタフことによって聴き手への表現をまっとうするのであり、この行為をさして「歌（詞）を作る」と言うことはふさわしくない。

しかし、口誦の時代において歌の「作」ということは自覚的でなかったと断言することも、別の面からいって正しくない。逆説めくが、「作（創造）」というなら、ウタフ行為の全体がそれであったのだ。歌をウタフことは時間性に貫かれた創造行為である。つまり、歌詞と口のふりとが分離しえない全一的なものとして歌は表現されながら、表現だから全く自覚的に、時間とともに創造されてゆくのである（言われるところの口誦時代の即境歌の「作」

としての定位も、おそらくこのような意味での「ウタフ」ということの埒内においてこそなされなければならないだろう）。

そして、このように歌をウタフ行為が表現方法であるとき、歌詞を作る行為は表現ということからは疎外されている。歌詞を作る行為は時間性に貫かれる行為ではなく、反対に時間性を超えた、一回的・歴史的な行為であって、ウタヒ、それを聴くという表現過程とは異質な次元のできごとであるからである。「歌詞を作る」という行為がなくても（あるいは自覚されなくても）ウタフという表現行為はまっとうされるわけであり、歌詞を作ることが表現行為に組み入れられるためには、別の表現過程の成立が必要であるだろう。

さて、ウタフという表現行為は時間性に貫かれ、歌詞も口のふりも含めた全一的な創造行為であったが、一方歌詞の側からこれを見るなら、歌詞自体は歌の素材として何度も繰り返される一つのものでしかない。だから、歌詞の創造は時間性とは無関係に一回的・歴史的なものである。いったん作られた歌詞は、理想的には時間を超えて存在する。

ここで、初めて誰かが歌を記録しようとする場面を想像してみると、彼ははじめ歌の紙上への再現をめざすかもしれないが、その難しさに困惑するだろう。が、やがて歌は音楽的なものと歌詞との二つで成り立っているとの反省のもとに、あるいは上代のエクリチュールの常として漢籍の書き方に倣って、歌詞のみを紙面に写そうとするだろう。もし彼が、誰か（Ａ）がその歌を歌っている場に居合わせるなら、彼はＡの名も歌詞に添えて記すかもしれない。それは「歌うのは誰それである」という、歌の表現者へのごく自然な関心からである。しかし、そういう経験を重ねていくうちに、彼は歌い手Ａの名を歌詞のそばに記してみてもたいして意味のないことに気づくはずである。Ａを主人公とした説話でも書き留めようとするつもりでもあるのなら、「Ａ歌う」と書くことは意味もあろうが、そうではなくより一般的な事態、つまりただ歌（詞）を記録するだけの目的でするのなら、「Ａ歌う」と書いてもほとんど何の意味もない。Aはその一つの歌詞にとって数ある歌い手（表現者）の一人にしかすぎず、それは読者に対し、歌詞についてそのこと以上の何ものをも説明しないからである。ここで彼は気づくだろう、歌詞のそばには歌詞の表現者たる作者を記すのこそがふさわしいと。

つまり、歌詞の記録は、歌の表現者ではなく歌詞の表現者たる作者を求めることになる。言いかえれば、歌を書くようになると歌（詞）の作者への関心が増大する。

だが、歌のエクリチュール化がもたらす「作」への関心とは、そのような古歌の作者の探索という面にのみ現れてくるのではない。口誦時代の表現の場は対人の場であったが、紙に向かって書くようになると文字言語を使える人々はその場から解放され、新たに紙の上に表現の場を得ることになる。口誦の場は、歌い手と聴き手が存在して表現行為が完了するとともに消失するのだけれど、この紙面という表現の場では書き手と読み手が時間性を超えて対峙する。そして、かつての歌い手に代わって表現者の位置に坐るべきは歌詞の表現者、すなわち歌詞の作者でなければならない。このエクリチュールという表現の場においてこそ、歌詞の創作は表現過程に組み込まれるのであり、したがって作歌意識は必然的に増大していくであろう。

「話すこと」と「書くこと」の異質性を強調する現代フランスの哲学者エチエンヌ・ジルソンは、

話すことは行うことであり、書くことは作ることである。　（河野六郎訳『言語学と哲学』二四〇頁）

と述べている。ここでもまさに歌い手は行うのであり、歌の書き手は作るのである。

さて、このようにして歌のエクリチュール化は人々の「作」への関心を増大させることになるが、一方口誦時代の口のふりは、人々がエクリチュールを得るときどのようになっていくのであろうか。

対人の場を離れてひとり歌のエクリチュールに向かうとき、人々はもはや歌をウタフ必要をなくしてしまう。そして、ウタフの一種であるヨム〈数えるように言う〉という行為もまたその発声の必然性が失われることになるが、しかし口のふりとしてのヨムがウタフを押しのけて「歌をヨム」という言い方を一般的にする契機もまたここにあるだろう。なぜなら、口のふりをだんだん乏しくして歌っていくとき、彼らはウタフ行為の下限近くでヨムという行為につきあたるが、たとえ下限を通り越してウタフのをやめるとしても、彼らが歌詞を心中に思い浮かべるやり方は、〈数えるように言う〉こと以外ではないからである。ウタフ必要をなくするとき、すなわち彼らが歌のエクリチュールに対するとき、彼らは心の中で歌（詞）をヨムのである。この場合、彼らが相変わらず声を出して歌詞を口ずさんでいるとしても、それはある程度習慣的な、また表現行為外の行為であるにすぎない。大切なのは、歌をヨム行為がもはや発声があるかどうかにかかわらない、内的な行為となったという点である。このように、口誦時代においては〈数えるように言う――発声する〉意であったヨムは、歌が書かれるようになると、〈数えるように言う――発声するかどうかは問題でなく心の中で言う〉意へと、重大な変化をする。

そして、前述のように歌のエクリチュール化が他方では作歌意識を啓いていくなら、この歌詞をヨム行為は容易に歌詞の創作をも意味するようになるであろう。人々は歌（詞）を作ろうと構えて心の中で（あるいは口頭で）歌句を一音一音数えるように言ってみる、そのさまは「歌をヨム」ということ以外ではない。

今は論理の順を追おうとしたためにやや図式的な叙述になったけれど、「歌をヨム」が〈心の中で数えるように言う〉意味で使われ定着するのは作歌意識が増大してくる状況においてであり、だから〈心の中で数えるように言う〉というのはすなわち歌を〈作る〉意味であると考えてよかろう。作歌行為がそれとして対象的に把握されるようになってくるとき、それを説明する言葉として「歌をヨム」が引き寄せられてきて、この新たな局面に対応していったのである。「ヨム」の語のこのような意味変化は、だから歌謡から創作歌へという歌の歴史の意義深い展開を、その最も身近なところにおいて物語っているといえる。

そして歌の歴史にとってさらに重要だと思われることは、これまでの叙述でしだいに明らかになってくることだが、歌にとってのエクリチュールが決してたんなる歌の記録といった消極的存在にとどまるのでなく、エクリチュールの側から歌の歴史を規定してゆくという――いささかの逆説も混えずに――、または歌の歴史の根底的な質的転換を導いてゆくという積極的な役割を果たしたということである。エクリチュールはそれ自身が一つの社会の書記言語の経験史を呑み込んだかたちで個人および社会に作用してゆき、またそれ自身の歴史を形成してゆく。ロラン・バルトの言説を借りるなら、「エクリチュールは創造と社会との間の関係」であり、またその比喩をも借りるなら、「エクリチュールは自分自身を糧として生きる凝固した言語」（以上、渡辺・沢村訳『零度のエクリチュール』一六頁および二〇頁）なのである。そしてここからまた、たんに文字を習得しただけで歌のエクリチュールの獲得ということが単一の歴史事実として固着化してしまうのではない、言いかえれば歌のエクリチュールは絶えず獲得されつづけられるべきもので、文字の修得は歌のエクリチュールの歴史の始まりを告げるにすぎないという貴重な反省が導き出されもするだろう。

和歌の成立に関して、すでに使い古された感もある「口誦から記載へ」というテーゼだが、しかもなお歌の表現過程の論、それに対応するところの表現としての歌の言語の本質論から説き起こす必要がある。

四

以上、「歌をヨム」という言い方が歌がエクリチュールを得たことを因として歌（詞）の創作をも意味するようになったことを見てきたが、まさに「歌をヨム」の語史をたどることは、歌の歴史と深くかかわっていたわけである。具体的にいつ頃その変化が起こったのかということは、先にも述べたように「作歌」の訓読の問題があり、また資料も乏しいために明らかではないが、万葉集がすでにある程度歌よみたちの自覚的な個性的表現の足跡を残しているのを見れば、おそらく記紀や万葉集などの成立以前から変化は徐々に起こっていたのであろう。

ところで、残された問題はまだある。同じくエクリチュールとしての物語の創作が、文字通り創作の意味を込めて「物語をツクル」と言われるのに、歌の創作はどうしてふつうには「歌をツクル」とは言われず、「歌をヨム」と言われるのだろうか。「歌をヨム」という言い方の意味の変遷をたどった以上の叙述だけでは、まだこの問題に対する十分な解答を得ているとはいえない。またこの問題の考察は、「歌をヨム」という言い方の発生に関するのみならず、ずっと現代にまで続くこの言い方の意義を問うことにもなろう。

又俊頼自云我ハ歌ヨミニハアラズ歌ツクリナリ。カクイフコ、ロハ風情ハツギニテエモイハヌ詞ドモヲトリアツメテキリクムナリトゾ申ケル。サモイハレテ侍事歟。（顕昭『古今集註』一五、続々群書類従一五）

源俊頼の歌よみとしての姿勢躍如とした物言いが見られる記事だが、ここに「歌をヨム」と「歌をツクル」との微妙な意味的相違がある程度自覚的に語られていることは興味深い。俊頼によれば、「歌をヨム」とは「エモイハヌ詞ドモヲトリアツメテキリクム」という、創造ということにきわめて意識的な行為であった。それに対して、「歌をヨム」とは「風情」を表現する――創るのではなく――行為である。「歌をヨム」とは、歌を「風情」という、すでに感知されてあるところのある普遍的・感性的なものに帰順させていく表現行為であるといってもよかろうか。つきつめれば、「歌をヨム」は「歌をツクル」に比べると創造的であるよりも表現性にすぐれた行為であるといえようか。

ここで、歌についてヨムが「歌をヨム（作る）」以外の用法でも使われていることを考え合わせてみることも有意義であろう。古今集を例にとると、

① ふるとしに春たちける日よめる　（1・一詞書）

② 哥たてまつれとおほせられし時、よみてたてまつれる　（同・二二詞書）

などのヨムは、（歌を）〈作る〉という意味に解してよさそうだが、

雪の木にふりかゝれるをよめる　（同・六詞書）

はるの夜むめの花をよめる　（同・四一詞書）

（日本古典文学大系本による）

など、「ある物象をヨム」という場合のヨムは、〈（歌を）作る〉という辞書的な意味をあてては十分でない。この種のヨムは、〈（歌に）表現する〉という意味合いをもっている。ひるがえって①②の例なども、〈（歌を）作る〉という訳語をあてるのはヨムの語義のある面を捨象したいくぶん便宜的な措置でしかないように思われる。

では、このようにヨムが〈表現する〉という意味合いを帯びているのはいったい何に由来するのだろうか。

考えてみれば、歌における創造とは、一次的には５７５７７の定型の成立においてすでに完了しているのである。歌の創作は、散文のそれのように茫漠たる言語の海からある言語表現のかたちを創造するというようなものではなく、すでにかたちとしてできあがった定型に根本的に依存する行為である。歌の作りやすさは、まずかたちの創造の努力から免れ定型によりかかれるところに理由があるだろう。だが、歌のよみにくさもまたこの定型の存在に理由がある。なぜなら、５７５７７の定型は確固たる形式として、そこに盛り込まれる表現の性格および内容をもある程度方向づけているからで、歌よみにとってはこの方向づけられたところのものを感得する努力が必要なわ

けである。そして、このように定型という形式を通じて感知されるある永遠——それは時代によって個性によって変化するだろう——に、表現を通して到達しようとするのが歌をヨムことの重要な一面であるとするなら、「歌をヨム」のヨムが〈作る〉の意からはやや遠く、〈表現する〉という意味合いを帯びている理由の一つを、すでに創造されたものとしての定型の存在ということに求めることができそうだ。

考えられるいま一つの理由は、定型にも関係することだが、和歌の創作および受容が、視覚的な面ばかりでなく聴覚印象をも重んじてなされることである。

藤原定家も、「歌よみ」であるよりは「歌つくり」であったらしい。

○京極禅門（定家——筆者注）常に申されけるは、亡父こそうるはしき歌よみにてはあれ。某は歌つくりなり。相構て亡父のやうによまんとおもひしが、かなはでやみにき。

○京極中納言入道殿被レ進二慈鎮和尚一消息云、御詠又は亡父歌などこそうるはしきうたよみの歌にては候へ。定家などは智恵の力をもてつくる歌作なり。

（以上、頓阿『井蛙抄』日本歌学大系五、一一三—一一四頁）

定家にあっては、自らは「智恵の力をもて」作歌する「歌つくり」でしかなく、それはいわば作歌者の本来的な姿、「歌よみ」とは異なると考えられている。歌は本来理知のたくみによって作るものではない、と定家は言うのだ。その定家は、作歌の態度として次のように記している。

○相構へて、兼日も当座も、哥をばよく〳〵詠吟して、こしらへて出すべき也。

○詠吟事きはまり、案性すみわたれる中より……いかにも秀逸は侍るべし。

（以上、『毎月抄』日本古典文学大系65、一二八頁、一三一—一三二頁）

定家は「歌つくり」らしく、「こしらへて」「案性すみわたれる中より」作歌すべきだと説いているが、また「詠吟」つまり歌をヨム〈数えるように言う〉ことをも重んじている。いや、もっと積極的に、歌はツクればツクルほどまたヨマれねばならないという、作歌工程の奥義がここに語られているといってもよい。歌学においては、歌は耳に快いものであるべきこと、したがって作歌の時には、定家も「詠吟」というように口でヨムことが肝要であると、しばしば説かれてきた。それは、和歌がたんに言語の概念内容による思想表現の形式であるばかりでなく、聴覚に訴える表現の形式でもあることを物語っている。

和歌の定型、および快い聴覚印象は、ともに和歌における音楽的なものである。和歌は、詩の一つとして音楽をあこがれているのだ。それゆえに、和歌は理知のたくみによっては到達しえない深淵を抱き、それは歌よみたち、また享受者の感性によってしかとらえられない。「歌をツクル」ことが理知によってたくむ、創造ということにきわめて意識的な行為であるなら、「歌をヨム」ことは理知の働きを超えたところの、より全身的な行為であるといえるだろう。つまり、「歌をヨム」という言い方は、一面から作歌行為の本質を、ひいては和歌という文芸の本質を正確に表現しているのだ。また、歴史的に見るなら、「歌をヨム」という言い方は、エクリチュールの時代になっても〈数えるように言う——表現する〉という意味合いを保持している点において、あの口誦時代の口のふりの面影を残しているのである。そして、このようなことが無自覚的に、あるいは時として自覚的に歌よみたちに感じられてきたからこそ、作歌行為は「歌をツクル」とは言われず、「歌をヨム」と言われつづけてきたのだろう。

以上、「歌をヨム」の語義の歴史的変遷をたどり、およびその意義について考えながら、歌のエクリチュール化が歌の歴史にどのような変化を引き起こしたかという点について見てきた。当初の予想通り、和歌は歌がエクリチュールを得ることによって生まれたといえるが、また和歌が口誦時代の歌謡の面影を色濃く負い続けている点も強調しておかねばならない。口誦時代の歌謡が、エクリチュールを得ることによって質的転換を行いながら、なおエクリチュールの地平に十分には下降しきらないで歌謡の音楽性をもあこがれているところ、そこに和歌という文芸の固有の領域がある。歌のエクリチュール化は、和歌をこのように生んだのである。

〔注記〕引用文中、句読点を改め、ルビを書かず、また旧字を新字に改めた個所がある。

琴歌譜「余美歌」考

一

「ヨミ歌」という歌曲名が、古事記と琴歌譜にみえる。古事記では、允恭天皇記で、近親婚の罪で伊余の湯に流された軽太子が、後を追って来た衣通王を迎えて二首の長歌をうたう、その歌について「此二歌者読歌也」という。琴歌譜では、全二十二首中十三番目の、「正月元日」節冒頭の歌を「余美歌」とし、歌詞、縁記およびその歌い方を示した歌譜を載せる。

古事記のヨミ歌の名は、それが古事記の編纂当時あるいはそれに近い時代に宮廷歌謡として行われていたことを示し、令制における雅楽寮またはその前身の機関で保存されていたことを推測させるが、ではいつどこでどのようにそれがうたわれたかという具体についてはほとんど知られない。対して琴歌譜のヨミ歌の方は、琴歌譜自体の分析および儀式書などの記載から、それが大歌の一として、元日の朝賀に続く節会において大歌所の歌人たちによって奏されたことが知られる。たとえば弘仁十二年（八二一）成立の内裏式をみると、朝賀の後「豊楽殿に遷御して侍臣を饗宴す」る。諸司奏・謝座・謝酒の後、三献の儀に及び、まず一献で国栖の奏、続いて大歌別当が歌人（「歌者」）を喚び、率いて庭中に入場、鐘鼓が打たれた後、歌人たちが「座に就きて歌を奏す」などのさまが具体的に記されている。琴歌譜の成立は平安初期頃と推定されるので、その頃の元日節会では、内裏式に記されたような次第で、琴歌譜に載せられた歌が現実に奏されていたのである。余美歌はその冒頭の歌であった。

本稿では、その琴歌譜の余美歌を中心に、その語義およびその成立と伝承について考察する。ヨミ歌の語義の考察は、ヨムという語の検討と不可分であり、そして「歌をヨム」とも用いられるそのヨムの語義の考察は、「一単語の意味の問題に留まらず、歌の歴史と拘わりあう問題だ[1]」といえる。また余美歌の成立と伝承の考察は、古代における宮廷歌謡史の具体的な一面をみることになろう。

二

まず「ヨミ歌」という歌曲名の語義を検討する。この問題については古来論じられてきたが、二、三の説の間でやや錯綜も生じており、いったんここで研究史を整理しておくのも意味あることと思われるので、初めに簡潔にふれておくことにする。

近世において重要なのは本居宣長の古事記伝の説で、允恭記の読歌について、

読歌は、楽府にて他の歌曲の如く、声を詠めあやなしては歌はずして、直誦に読挙る如唱へたる故の名なるべし、凡て余牟と云は、物を数ふる如くにつぶ〳〵と唱ふることなり。

といい、続けて割注に、

故物を数ふるをも余牟と云り。又歌を作るを余牟と云も、心に思ふことを数へたてて云出るよしなり。(下略)

(筑摩版『全集』第十二巻による)

と述べた。琴歌譜の写本の発見は大正十三年のことなので、宣長は当然琴歌譜は見ず、古事記の歌曲名のみについて、その表記「読歌」と和語ヨムに注目して説をなしたのである。橘守部の稜威言別もこの宣長説に従う。

近代に入っても古事記の注釈書ではこの宣長説がほぼ踏襲、または紹介されることが多いが、しかし琴歌譜発見以降、琴歌譜の余美歌については新見が出てきた。徳田浄氏は余美歌の歌譜を検討して、休止符とみられる「丁」の符号のあらわれ方に着目し、

殆ど歌詞の一音毎に区切つて唱え進んでうたつてゐるのである。他の歌譜には、かく歌詞の一音毎に休止する歌ひ方はない。この状況は正に「読む」の意味に適合する歌ひ方である。允恭記の「読歌」にあてはまらないであらうか。

とした。[2]「殆ど歌詞の一音毎に区切つて唱え進んでうたつてゐる」ありさまの具体については後にみるが、この説は歌譜を検討しての立言である点、また琴歌譜の場合の検討から允恭記の場合に言及している点、重要である。徳田氏はさらに読歌が漢土の「読曲歌」に影響せられたものとも指摘しているが、この点についても後にふれる。

この徳田説を摂取したか、木本通房氏の『上代歌謡詳解』でも「『丁』の字によつて示される休止が非常に多く殆んど歌詞の一音ごとに切られたと見られる」ことを指摘する。しかし木本氏がそれを理由として「文字通り直唱によみ上るごと唱ふる歌と思はれる」というのは、徳田説と宣長説との悪しき接合である。両者がいう口頭表現の仕方は同じではない。宣長説を琴歌譜の場合にも適用しようとするのは、「ヨミウタは、読歌で、調子にはげしい曲折がなく、読むようにあるをいうのだろう」という武田祐吉氏の『記紀歌謡集全講　附琴歌譜歌謡集全講』も同

様である。後に糸井通浩氏も、琴歌譜の余美歌の譜面を「歌詞の一音一音を丁寧に切りはなして詠ずる唱法」と読み解き、ヨミ歌は「曲節らしい曲節をもたない、朗読調のもの、又は語りに近いものであったのではないか」と考察している。(3)

一方、折口信夫氏は、

物尽しの、古代に於て、一つの発達した形になつたものは「読歌」である。此は、節まはしが少くて、朗読調に近いからだと説かれて来たのは、謂はれのないことである。さうした謡ひ方は、古代から現今まで言ふ所の「かたる」といふ用語例に入るのである。「よむ」の古い意義は、数へると言ふ所にある。つまりは、目に見える物一つ〳〵に、洩らさず歌詞を託けて行く歌を言ふので（下略）

と独自に考察し(4)、宣長説を一部否定しているかにみえるが、後年の著述には、琴歌譜の余美歌をも考慮に入れて、

此名称から、想像せられる事は、普通の歌、或は振と言はれるものよりも、間が遅く、曲折の少い、謂はゞ歌ふよりも、となふと言ふ発声法に近いものではなかつたか。そして其語義から言ふと、名詞を一つ〳〵印象せしめる様な歌ひ方を持つたものではないかと思はれる。一口に言へば、讃歌《ホメウタ》に属するものだと思はれる。

としている。(5)歌い方の把握は宣長説に接近しているが、ヨミ歌の讃歌性を説くところに特色がある。

その讃歌性は、琴歌譜の余美歌が「正月元日」節の歌であり、また国讃めの内容をもつところからも説かれるようになって、日本古典文学大系『古代歌謡集』（小西甚一氏校注）で、

「正月元日慶歌」は、元旦にあたっての慶祝歌。「よみ歌」は「よみする歌」の意。形容詞「よし」の語幹に接尾語「み」が付いたのをサ変に活用させた「よみする」は、同様の成立過程をもつものに「無みする」もあって、その「よみ」が体言に付いたものと見るのは、けっして無理でない。

といわれた。高木市之助氏校注の日本古典全書『上代歌謡集』もこの小西説を支持する。しかし、小西氏の文中、「その『よみ』が体言に付いたもの」とするのは語の接続上問題があろうし、また「よみする」は漢文訓読特有の語であるらしいこと、さらに意味上も「上から下へ良いとする」傾向の強いことなども難点である。またそもそも「正月元日慶歌」という曲名の把握には問題がある。この点は後にいう。[6]

同時期かと思われるが、同様に「よみ」に寿祝や讃美の意味を認めようとする説でより重要なのは土橋寛氏の説で、その結論は、

『琴歌譜』の「余美歌」は、場から言えば正月元日の儀式歌、内容から言えば国讃め歌で、このヨムは寿ぐ、讃める意であろうと思う。

というものである。[7]土橋氏はヨムという語の語義変化を検討し、そしてこのヨミ歌に認められる「寿ぐ、讃める」意こそがヨムの原義であると説いている。「ただしこの意味のヨムの用例は残念ながら、古典の中には見出だされないが」としつつも、奄美・八重山の歌謡であるユミグトゥ・ユングトゥ・ユミウタ・ユンタの語義と内容の検討を主たる傍証として、「ヨミウタが寿歌、祝歌であること」を主張している。また、宣長説をいったんは斥けつつ、しかしヨミウタが朗読調に近くうたわれたとすれば、「その結果として」ヨムに「つぶ〳〵と唱ふる」という朗読的口誦の意味が派生したともいう。私としてのこの説に対する批判は後に記すが、この土橋説は現在において最も詳しい。

藤井貞和氏もまた、ヨミウタを寿歌と論じ、

ヨムは、もし漢字を宛てるとすれば「呪言《よ》む」とでもするのが本来的な、原初のニュアンスであったとかんがえられる。ことばに呪力をこめて発言することで、賀歌にもなりうるのであった。賀歌はその呪性によって

賀歌たりえている。

として、その証をやはり奄美・八重山のユングトゥなどに求めている。また近年、これらの寿歌説を引きながら、特に允恭記の読歌を呪歌、魂鎮めの歌であるとする高橋文二氏の論も示された。

以上、研究史をたどってきて、一、二思うことがある。宣長は允恭記の「読歌」のみについて説をなしたけれども、琴歌譜発見以降はその解釈にとどまっていられない、というのがその一つである。琴歌譜の余美歌も同時に解かれなければならない、という認識の中から徳田氏の説や寿歌説が出てきた。それでは琴歌譜の余美歌自体は十分読み解かれているのだろうか。ヨミ歌という語を考えるのにヨムと言う語に還元してきた、というのがまた一つである。これもまた宣長以来である。ヨミ歌のヨミがヨムという動詞の連用形であると考えられる以上、これは当然のことともいえるが、しかしヨミ歌は一つの歌曲名であって、その意味では特殊であり、ただちにはヨムの語義に還元できないような歌い方をしたかもしれない。

ここにおいて求められるのは、琴歌譜の余美歌の歌譜の検討であろう。

三

その検討に入る前に、その曲名が一部に説かれているような「正月元日余美歌」ではなく、「余美歌」であることを確認しておこう。

琴歌譜の唯一の伝本である陽明文庫蔵の写本によれば、たしかに改行もせず、それどころか字間も空けず「正月元日余美歌」と連ねてあるのだが、しかし「正月元日」はあくまで節日をあらわしている。琴歌譜は、すでに土橋寛氏によって明快にまとめられたとおり、十一月の新嘗会（豊明の節会）・正月の元日節・七日節（白馬の節会）・十六日節（踏歌の節会）の四節において大歌所の歌人たちによって奏された琴歌の譜本（土橋氏によれば「教習用のテキスト」）であって、歌の掲載の順序は、十月二十一日を「大歌始」として（小野宮年中行事所引の貞観儀式）大歌奏が十一月節から始まるゆえにその歌々から書き始められ、順を追って各節会毎に並べられている。[10] 最初の十一月節の歌は、「茲都歌」から始まって「大直備歌」までの十二首である。その次に「正月元日余美歌」とあるのであり、それゆえ「正月元日」はつまり見出しであって、「余美歌」から「長埴安扶理」までの四首を統括するわけである。[11]「正月元日というのは、これらの歌曲の演奏される時をいうので、この歌曲の特称ではない」（武田氏『全講』）。この点は後の「七日阿遊陀扶理」や「十六日節酒坐歌」の場合も同様で、「七日」「十六日」はいずれもそれらの歌がうたわれる節日をあらわすと解さなければならない。琴歌譜の他の歌にも、記紀歌謡その他の上代歌謡にも「正月元日……」のような歌曲名が見えないことによっても、そのことは明らかであろう。

さて、歌譜の検討に移ろう。周知のように琴歌譜の歌譜の部分の解読は困難をきわめ、余美歌の場合も例外ではない。しかしながら全面的な解読は不可能でも、琴歌譜内部で各歌譜どうしの比較を行うことにより、また歌譜に記される諸記号の分析を試みることにより、部分的には解読の成果は得られると思われる。以下、余美歌について歌詞および歌譜を掲げ、そのことを試みてみよう。翻刻するにつき、写本の明らかな誤字は訂した。

〔歌詞〕

蘇良美豆　夜万止乃久尓波　可无可良可　阿利可保之支　久尓可良可　須美可保之支　阿利可保之支　久尓波
阿支豆之万也万止

そらみつ　大和の国は　神柄か　在りが欲しき　国柄か　住みが欲しき　在りが欲しき　国は　蜻蛉島大和

〔歌譜〕

蘇○《小丁》於於於於《丁》良阿《阿引》阿阿阿《丁》美移《移引移移丁》夷都宇《宇引宇宇丁》宇宇《丁》　夜《阿引》阿阿阿阿《丁》麻《阿引阿引阿阿阿丁》阿《阿引》阿阿《引》止○《丁》於《引》於《於於応丁》ム能《引》於

於於於《丁》久《引》宇《丁》ム尓《移引》移夷《夷丁》尓伊波○《阿引》阿《小丁》阿《阿阿丁》可《阿引》阿阿《引》牟○《丁》ム可《阿引》阿《阿阿阿丁》阿ム良○《阿引》阿《阿阿阿丁》ム可阿《阿阿丁》　阿《丁》ム利《伊引》

伊《伊伊伊丁》ム可○《阿丁》阿《阿引》阿《丁》ム保《引於》師○伎毛○《丁上》　久《引》宇《宇宇》尓○《丁》ム可《阿引》阿《阿阿阿丁》阿ム良○《阿引》阿《阿阿阿丁》ム可《小丁》阿《阿阿丁》　須《引宇丁》ム美《伊引》伊《伊伊伊丁》ム何○《引阿丁》

阿《引阿阿丁》ム保志○伎毛○《丁》　牟志伊○夜○

手十五

（字の右に「手」とあるのを○印に置き換えた。「手」は拍子を示す）

〔歌詞と譜詞の対照〕

1	そらみつ	そらみつ
2	やまとのくには	やまとのくにには
3	かむからか	かむからか
4	ありがほしき	ありがほしきも
5	くにからか	くにからか
6	すみがほしき	すみがほしきも　しや
7	ありがほしき	
8	くには	
9	あきづしまやまと	

歌譜にあらわれた歌い方に注目してみる。まず本歌は大歌で一段の曲である。という意味は、写本の「16長埴安扶理」の後に「自余の小歌は十一月節に同じ」と注され、琴歌譜の歌には「大歌」と「小歌」があることが知られ

る。そしておおよそ大歌は一段形式で、小歌は前段と後段が歌い方において対応する二段形式でうたわれている。そこでこの「余美歌」は正月元日節冒頭の大歌であり、またそれにふさわしく一段曲であるということである。

歌譜では、第1句から第6句までうたい、第7～9句はうたわれていない。これは写本の不備などではなく、意味は知れないが何らかの理由で歌詞のすべてはうたわない歌い方であったのだろう。琴歌譜では他にも、「1茲都歌」、「御諸に築くや玉垣斎き余す誰にかも依らむ神の宮人」の下二句はうたわれていない。

本歌の歌譜を他歌の歌譜と比較してみると、歌い方を示す記号・符号にいくつかの特徴が認められる。

①「丁」（「小丁」を含む）が三十四回みられ、琴歌譜二十二首中最も多い。次に多いのは、「20酒坐歌」に二十四回、「1茲都歌」に二十回である。

②「引」が二十七回みられ、琴歌譜中最も多い。次に多いのは、「14宇吉歌」に十八回、「22茲良宜歌」に八回である。

③「上」「下」記号が一つしかない。ただし他歌でも「11山口扶理」など五曲には「上」「下」符号が全くない。

④節回しを示すと思われる符号は、「〽」「ㇾ」の二種に限られ、「〽」が特に多い。「〽」は十八回みられるが、必ず「丁」の前にあらわれる。

⑤「阿阿阿」などの母音の連続が多い。「阿阿阿」など母音が三文字以上続く場合を数えてみると十九回で、琴歌譜中最も多い。次に多いのは、「16長埴安扶理」に八回、「17阿遊陀扶理」「22茲良宜歌」にそれぞれ五回である。「3片降」から「12大直備歌」までの小歌には、「9庭立扶理」の二回を例外として全くみられない。

以上は余美歌の歌譜を平面的かつ量的に観察して把握される諸特徴であるが、これらの中で質的にも他の歌譜ときわだって相違している点は、①の「丁」に関してである。本歌譜では「丁」が、数が多いというばかりではなく、前述の徳田氏の指摘があるように、ほぼ歌詞の音節毎にあらわれている。つまり、本歌は「殆ど歌詞の一音毎に区切つて唱え進んでうたつてゐる」、そして「他の歌譜には、かく歌詞の一音毎に休止する歌ひ方はない」。

「丁」は序文に「丁は徐《しづ》かに息を微《そ》く声に随ふ」とみえ、発声の息を少しずつ少なくしていくことを意味する記号であり、つまり一種の休止符とみてよい。林謙三氏は、藤原師長の琵琶譜である三五要録に「丁　弾停」とみえること、また同じく「弾停」の意で「丁」が天平の琵琶譜・五絃譜（近衛家伝来の琵琶譜）・敦煌琵琶譜にみられることを指摘し、琴歌譜の「丁」についても、「歌声のおもむろに消えていくのをさしているらしいが、そのきわまりは声の休止にあり、他の楽譜に用いるように、息切りのしるしを兼ねると解してよいであろう」と述べている。(12) この「丁」は琴歌譜中三分の二の歌譜にみられる記号であるが、「丁」が全く用いられていない歌もある。それらの歌では、だからといって息継ぎもせず一息に全曲をうたったとは考えられないから、譜面からは読み取れないものの息継ぎは適当に存したものであろう（他に「留」という記号もみえる）。すると、ことさらに「徐かに息を微く声」で休止をする「丁」とは、特色ある休止ないしは著しい休止であるのだろう。「小丁」とあるものもそれに準ずる。歌儛品目巻六にも、「停ノ略字カ。要録曰、弾絶トアリ」（箏の条）、また「弾停」（琵琶の条）という。この

このような「丁」が本歌譜には頻出し、しかもほぼ歌詞の各音節を区切っているのである。他の歌譜には、たとえば「丁」がやはり多用されている「20酒坐歌」や「1茲都歌」においても、歌詞の音節毎に「丁」があらわれるということはない。歌詞の音節毎に区切ってうたうということは、他歌にはみられない本歌の最大の特徴なのである。

この点をさらに詳しくみるために、次に歌詞の各音節毎の歌い方を私に符号を用いて表示してみよう。歌詞の各音節は○印で示し、それに続く母音は「—」で示す。なお、歌譜における文字や符号の大小は便宜上今は問題にし

ないことにする。また、音節の上の「ム」はｍ音を示す。(13)

そ　○小丁丁————丁
ら　○——引———丁
み　○——引—ㇽ—〽丁
つ　○——引—ㇽ—〽丁——丁
や　○引————丁
ま　○—引—引———〽丁—引———引
と　○丁—引———丁
ムの　○引————〽丁
く　○引—〽丁
ムに　○引————〽丁
に　○—
は　○引——小丁———〽丁
か　○引———引
む　○丁
ムか　○引—————〽丁—
ムら　○引—————〽丁
ムか　○————〽丁

く　○引———
に　○丁
ムか　○引—————〽丁—
ムら　○引—————〽丁
ムか　○小丁————〽丁

あ　○丁
ムり　○引ーーーーㇾ丁
ムが　○ーㇾ丁ー引ーー丁
ムほ　○ー引
し　○
き　○
も　○丁上

す　○引ーㇾ丁
ムみ　○引ーーーーㇾ丁
ムが　○引ーㇾ丁ー引ーー丁
ムほ　○
し　○
き　○
も　○丁
ムし　○ー
や　○

歌詞全三十八音節中二十七音節が「丁」で区切られるか、または音節を引き延ばしてうたう中に「丁」をもつ。十一音節には「丁」がみられないが、それらは対句部分（二段に対照させて示した）の終わり、「ほしき」と囃子詞「しや」にほぼ集中し、かつそれらは短くうたわれており、歌の区切りまたはうたい収めの部分の特色ある歌い方なのだろう。

こうして、歌詞の音節毎に「丁」で区切ってうたうという本歌の特徴は明らかである。そしてこの特徴を歌唱の基本として、それとの関係において本歌譜の他の特徴もとらえられると思われる。

前述⑤の「『阿阿阿』など母音の連続が多い」（「ー」で示した部分）という点は、量的に、やはり本歌譜の際立った特徴の一つである。では「阿阿阿」などを実際にどううたったのか、やはり一種の延音をあらわすらしい「引」や「ㇾ」の発声とどう違うのか、という点などは必ずしも明らかではないのだが、しかし西宮一民氏も説くように、「阿阿阿」などはその表記の通り「あああ」と母音を多音節に発声したもの[14]と解するほかないものと思われる。それは「引」が声を引き、「し」が何らかに装飾的に発声するのとはちがうはずである。参考までに、そのような母音を連ねて発声する歌い方、いいかえれば一字多音節の歌い方は、現在の宮内庁楽部で行われている神楽歌・大直日歌・倭歌などの中にも聞かれる[15]。

この母音を連ねて発声する歌い方の感じは、荘重といえるであろう。だからこそ、前述のように、こうした歌い方は他の大歌にもみえ、「3片降」から「12大直備歌」までの小歌にはほぼみられない。琴歌譜では歌詞の内容・歌体・歌唱法・歌唱の順序・縁記の有無などの面から、大歌は重々しく、小歌はやや軽い歌としての扱いを受け[16]、またそのようにうたわれたと観察されるが、母音を連ねて発声する歌い方がほぼ大歌にしかあらわれないのは、この歌い方が、重々しい大歌にふさわしく荘重と感じられていたためだと思われる。その感覚は実際、現在の宮内庁楽部でのその部分の歌い方をCDで聴いても得られるところである。

そして余美歌にこのような歌い方が特徴的であるのは、先の歌詞の音節毎に区切ってうたうという基本的な歌い方の、その各音節を延ばしてうたう場合に、荘重であろうとしてそれが多くあらわれたという事情ではなかっただろうか。歌詞の音節毎に区切ってうたうことを基本にするといっても、その各音節の歌い方の可能性は多様であろうから、それは必然的ではなく、選択的であったとはいえる。けれどもそれは、その基本的な歌い方のもつ唱謡的な面からの要請に応じるものではあっただろう。

本歌譜のその他の特徴のうち、②の「『引』が二十七回みられ、琴歌譜中最も多い」ということや④の「符号は『ㇾ』『し』の二種に限られ、『ㇾ』が特に多い」ということも、以上の音節毎に区切ってうたうことを基本として、しかも母音を連続させるという歌い方において、やはりその要請に応ずるところの、あるいはその要請から逸脱しない、装飾的ないし付随的な特徴であるように思われる。「引」は延音の記号で、音節の母音を連続して発声するのではなく、音をそのまま引き伸ばす意味であろう。[17]「○引」というかたちが多く、また「―」、つまり母音の部分との比較的自由な組み合わせがみられる点は、やはり歌唱上の一種の装飾であることを思わせる。「〻」は、序文に「又点句の形に依りて歌声を表す」と述べられたものの一つで、何らかの歌い方（節回し）を示す符号であろうが、本歌譜の場合、この「〻」がすべて「丁」の直前にあることが注意される。「丁」、すなわち「徐かに息を微く声に随ふ」休止の直前で何らかに装飾的にうたうのであろう。結局、一音節をうたうのに「○－－－丁」のようなものを基本として、そのどこかに「引」を入れ、またときに「〻」を「丁」の直前に入れる、このようにして多くの歌詞の音節の歌い方は構成されているとみられる。

なお、③の「『上』『下』記号が一つしかない」（対句の前句の終わりに「上」がみえる）という点も、一見、やはり音節毎に区切ってうたうという基本に応じて、本歌が声の上がり下がり乏しく、つまりメロディアスではなくうたわれたことを思わせる。しかしこの点は、前述のように他歌でも「11山口扶理」など五曲には「上」「下」記号が全くなく、かといってそれらが無旋律でうたわれたなどとは到底考えられず、一般に琴歌譜写本では、琴の旋律を記す初めの二曲を除いて、歌の旋律は譜面からは読み取れないというべきだから、たしかなことはいえない。

以上、本歌譜にみられる諸特徴が、結局歌詞の音節毎に区切ってうたうという歌い方を基本として現象していることをみてきた。歌譜の上に平面的に現象している歌い方の諸特徴の、その音楽的な構成を分析してみたということにもなる。以上の考察は音楽学的にはあるいは問題を含んでいるかもしれない。しかし、歌詞の音節毎に区切ってうたうという歌い方が、量的のみならず質的にも、本歌譜を他の歌譜と截然と区別しているという一点はまぎれようがない。

そして、徳田氏も指摘するように、この歌詞の音節毎に区切ってうたうという特殊な歌い方こそが、余美歌という歌曲名の由来なのであろう。ヨムとは、一つ、二つ、三つ、と一つずつ区切って数えることである。

四

ヨムとは、一つ、二つ、三つ、……とものごとを数えたてていく言語行為である。

爾して吾其の上を蹈み、走りつつ読《よ》み度《わた》らむ（原文、走乍読度）。是に吾が族と孰れか多きを知らむと、如此言ひしかば、欺かえて列み伏せりし時に、吾其の上を蹈み、読み度り来、今地に下りむとせし時に、吾云ひつらく……　（記上巻）

時守の打ち鳴す鼓数見者辰《よみみれば》にはなりぬ相はなくもあやし　（万11・二六四一）

春花のうつろふまでに相見ねば月日余美都追《よみつつ》妹待つらむぞ　（万17・三九八二）

その数えたてていく場合に、一つ、二つ、三つ、……と休止を置きながらいう場合もあろうし、一つ二つ三つ……と休止を置かずにいう場合もあろうが、ともかくヨムはものごとを区切って数えたてていく行為をいう。そこで、ヨミ歌の歌詞の音節毎に休止を置いてうたうという歌い方は、この区切って数えたてるというヨムの、一つの特殊化であるといえる。ヨムという歌い方をすることにより、ヨムの区切っていうという性格が特殊にきわだてられたのである。したがって、そのヨミ歌のうたわれる具体的なありさまは、先の歌譜の分析がはっきり示しているように、必ずしも「直誦に読挙る如唱ふる」や「調子にはげしい曲折がなく、読むようにある」というさまではありえない。

他方、そのヨミ歌を、ヨムの語義から推して「寿歌」「讃歌」「祝歌」などとみる説については、まず古代のヨムの語例の検討からして、ヨムの語義に寿祝の意味は認めがたいということがある。その意味の語には、ホク・シノフ・イハフなどがあり、それぞれについてホキ歌（記73「本岐歌の片歌」）・シノヒ歌（記30・31「国思ひ歌」、紀21～23「邦思ひ歌」）・イハヒ歌（古今集仮名序）という歌の名があって、寿祝の歌であることを示している。対して、ヨムの原義はものごとを数えたてるというところにあって、語義として寿祝の意味は認められない。

しかしながら、数える意のヨムが、語義としてではなくその言語行為自体のもつ性質として呪的であったことは推測されてよい。ものごとを区切って数えたてるとは、そうすることによって対象を認識・把捉するというその特殊性において、もともと呪的な行為であっただろう。万葉に例の多い「月日をヨム」は、時間の進行の把捉にかかわってもともと呪的な意味を帯びただろう。「月読《つくよみ》（命・尊）」（記・紀・万）という月の異称は、月齢を数える、またそれを体現するという行為や現象に聖性を認めている。おびただしいワニの数を「読み度る」ことのできた稲羽の素兎のその行為は、特殊な呪能の発揮とみられたにちがいない。語義としてではなくその言語行為に呪的な意味が付帯する、これはたとえばノルの場合に似ている。「ノルは普通の発言でなく呪力と結びつけて考へられるものである。呪力をもつた発言であり、また神の発言であつたもの[18]」である。

ヨミ歌の場合も、歌詞の音節毎に区切って数えたてるようにうたう歌という語義をあらわしつつ、そのようなヨムという行為に由来する呪性を帯びているだろう。ヨミ歌は寿祝の歌という意味の名なのではなく、そのヨムという呪的な歌い方、うたう行為が寿祝に通じたのである。

神谷かをる氏は、「歌をよむ（作る・詠む）」という表現を、古今集・後撰集・拾遺集やその頃の歌物語・物語などに探り、帝や院についてはそのような表現がなされることが少ないことを指摘し、「うたふ」と同様、「口に上す

『うたよむ』も、本来は、身分の低い者のすることであったろう」、また「よむ」という語には「語彙的に謙譲的ひびきがあったのかもしれない」、「帝や后が催す歌合などで、人々は『歌をよみて奉る』のであり、帝や后は、人々に歌を『よませ給ふ』『歌奉れと仰せられ』る人なのであった」と述べている。[19] 天皇——臣下は歌をヨミ、天皇はそれを命じ、享受する立場なのであった。琴歌譜の余美歌こそは、歌をヨムことにまつわるこのような関係性を制度化し、象徴したものであった。それは正月元日の節会という朝儀で、大歌人たちにより大歌の最初に天皇に対して奏された。歌詞の内容も天皇の支配する大和の国讃めである。こうしてヨムの「謙譲的ひびき」は、余美歌の場合、積極的に天皇への寿祝となったのである。

土橋氏や藤井氏がヨム、またヨミ歌に寿祝の語義を認めようとして重視した奄美・八重山のユングトゥについても、その語義や呪性については大和古語のヨム、ヨミ歌の場合と同様なことがいえるように思う。

すなわち、八重山のユングトゥは祭や祝宴で、「一人の男性によって調子をつけて語られる」もので、農作物の豊穣や農民生活のありさまや恋をユーモラスに語る。[20] たしかに表現の場や一部の内容は土橋氏のいうような寿祝にかかわり、ユングトゥをいうこと自体がその場で寿祝の意味あいをもつことは認められるが、しかしユングトゥの語義自体はあくまで「誦み言」であり、その特殊なよみあげる口頭表現の仕方をさしている。この点は奄美のユングトゥにおいても同様で、「単なる話しことばではなく、多少なりのリズムとメロディを伴うことばである」。[21] そして奄美のユングトゥの場合は、子供が口ずさむもので、内容は呪い・からかい・人のうわさ・動植物への呼びかけ・遊びなどさまざまである。琉球のなかで北と南に離れて存在する二種のユングトゥは、言い手や表現の場は重ならないが、ヨム、つまりあまりメロディアスでなく、数えたてるようにいうという表現の仕方において共通しているといえる。そして、これらの「誦み言」はそのヨムという行為において多少とも呪性を帯びている。

五

琴歌譜の余美歌が歌詞の音節毎に区切ってうたう歌であるなら、允恭記の「読歌」もまたそうである可能性がある。

故、追ひ到りまししし時に、待ち懐ひて歌ひたまひしく、

隠り国の　泊瀬の山の　大峰には　幡張り立て　さ小峰には　幡張り立て　大小よし　仲定める　思ひ妻あはれ　槻弓の　臥やる臥やりも　梓弓　起てり起てりも　後も取り見る　思ひ妻あはれ　（八九）

又歌ひたまひしく、

隠り国の　泊瀬の河の　上つ瀬に　斎杙を打ち　下つ瀬に　真杙を打ち　斎杙には　鏡を懸け　真杙には　真玉を懸け　真玉なす　吾が思ふ妹　鏡なす　吾が思ふ妻　ありと　言はばこそよ　家にも行かめ　国をも偲はめ　（九〇）

かく歌ひて、即ち共に自ら死にたまひき。故、此の二歌は読歌なり。

読歌の「読」は、記紀・続紀・琴歌譜に出る他の歌曲名の表記を検討してみても明白に訓字であり、これを無視することはできない。そこで琴歌譜の余美歌ついては先のように寿歌説を述べる土橋氏も、この読歌については、「元来は祝い歌の意であるが」としつつも、「おそらく朗読調の歌い方で歌われたものであろう。『読歌』の文字は、それにふさわしい」「『読歌』は曲節の性質に関する名称と思われる」[22]として、「声を詠めあやなしては歌はずして、直誦に読挙る如唱へたる故の名」とする宣長説に接近している。

土橋氏説に「朗読調」といっても、読歌の「読」字は、「読㆓大雲経等㆒」（皇極紀元年七月二十七日）、「若有㆓書写読誦為㆑他解説一経㆑耳者㆒」（古京遺文・涅槃経碑）などの書や経を音読する意味ではなく、やはり「走りつつ読み度らむ」（神代記）、「吾が睡る夜らを読《よみ》文《も》将《あへ》敢《む》鴨《かも》」（万13、三二七四）、「月読」（記・紀・万）などと同じく、ものごとを数えたてる意味であろう。つまり、「読」字はものごとを数えたてる義の和語のヨムに宛てられているので、したがって読歌は琴歌譜の余美歌と同義であるとみてよい。また、さほど隔たらない時期に行われた二つのヨミ歌として、両者が異なる語義を有していたとは考えにくい。そうすると読歌もまた、音節毎に区切ってうたわれた可能性がある。私はここでも、徳田浄氏の、

　かくて私は、允恭記の「読歌」は決して文章を読むがごとくに曲節音調なしに、すら〳〵と一続きに唱え進んだものでないと思ふ。歌曲として成立しうるほどに、曲節音調がそなはつてゐた。たゞそれが、歌詞の一音毎に休止になる歌ひ方であるによつて「読歌」と命名されたものであると思ふ。

という推定(23)に同意したい。

　読歌二曲は軽太子と衣通王の悲恋物語の中にある。この悲恋物語は古事記編纂以前に宮廷で歌謡劇として実演されていたという推測もある(24)ほどに、歌謡によって物語が進行し、しかもその歌謡の多くには宮廷でうたわれた際の歌曲名がついている。その部分を、歌詞は省略して物語の展開の要約とともに示すと、

七八　軽太子の歌　恋の発端……志良宜歌
七九・八〇　軽太子の歌　恋の喜び……夷振の上歌
八一　穴穂御子の歌　攻勢
八二　大前小前の宿禰の歌　応答……宮人振

八三〜八五　軽太子の歌　悲別……天田振
八六　　　　軽太子の歌　悲別……夷振の片下
八七・八八　衣通王の歌　恋慕
八九・九〇　軽太子の歌　再会と死……読歌

物語の各場面や感情の昂揚にふさわしい曲調を、各歌謡はもっただろう。恋の発端や喜びをうたいあげる場面では「志良宜歌（尻上げ歌）」や「夷振の上歌」で調子が上がる。逆に悲別の場面では、「夷振の片下」で調子が下がる。読歌はその後、衣通王が流謫の地伊予に軽太子を追いかけて二人再会する場面、そしてともに死にゆく場面に布置されている。二曲は十五句・十八句に及ぶ、この歌謡物語の中では最も長い歌で、軽太子が衣通王への思いを渾身の力でうたいあげ、また死を予感させる内容である。その歌い方として、歌詞の音節毎に区切ることを基本とする荘重な、そして呪的な歌い方はふさわしかったといえようか。少なくとも、「決して文章を読むがごとくに曲節音調なしに、すら〳〵と一続きに唱え進んだものでない」。

徳田氏はまた、この読歌の名や歌い方が漢土の呉国地方の「読曲歌」の影響を受けて成立したものとする。[25] 軽太子によってうたわれた読歌の作歌事情が、楽府詩集四六に引く宋書楽志にいう「読曲歌者、民間為㆓彭城王義康㆒所㆑作也」の「彭城王義康が不義により流謫せられて作つたといふ伝説に一致する」ということ、またその歌の内容が「彼のも我のもともに遠離せる男女の悲恋の情を詠めるものである」というのはその通りであろう。さらに、同じく楽府詩集に引く古今楽録にいう「読曲歌者、元嘉十七年、袁后崩。百官不㆔敢作㆓声歌㆒、或因㆓酒讌㆒、止竊㆑声読㆑曲細吟而已。以㆑此為㆑名」という読曲歌の歌い方が、その曲名とともに何らかに読歌の成立に影響を与えたという説も信憑性が高い。ただ、その歌い方について、その歌ひ方が「竊声読曲」であることは、我が読歌の一音々々を区切つて読誦のごときものと一致してゐる。その読誦のごとく区切つて歌ふことが微声になり得ることは、もし高大なる声を以てしては、しかく区切つて歌ふに堪へないことによる。またその「細吟而已」とあるは、我が読歌の一音々々を区切ることに一致するとするのは、論として粗かろう。「声を竊めて曲を読む」ことも、「細吟」つまり小声で吟ずることも、必ずしも「一音々々を区切つて読誦のごとき」歌い方にはなるまい。また氏のここでの「読誦のごとき」という把握は、先に引用した氏自身の、読歌は「歌曲として成立するほどに、曲節音調がそなはつてゐた」とする見方と矛盾する。

思うに、歌をヨムという伝統は、神武紀の久米歌の条の「乃為二御謡一之曰」の訓注に「謡、此云二宇多預瀰《うたよみ》一」とあるようにわが国にも古くから固有に存したものであろう。そしていつの頃か、宮廷歌謡の中に、歌詞の音節毎に区切ってうたうという特殊なヨム歌も生まれていた。しかるに、音楽面ではそのヨムこと、つまり数えたてるように表現することの類似において、伝来した読曲歌との関連が気づかれ、宮廷歌謡名としての読歌の名称が成立したものであろう。ただしその歌い方は、あくまで類似にとどまるので、読曲歌までが歌詞の音節毎に区切ってうたったとはいえない。

六

次に、主題を移して、この琴歌譜の余美歌の成立および宮廷における伝承について推論を述べたい。この問題への接近のためには、余美歌自体の形式や表現から探るという方法に加えて、余美歌は実際に特定の場で特定の人々にうたい継がれてきた宮廷歌謡であるわけだから、その成立や伝承に必要な外部的条件をも探る必要がある。

まずその歌の外部からみると、琴歌譜に余美歌は正月元日節会に大歌所の歌人たちによって奏されるものとされている。そこで大歌所の設置はいつか、また元日節会（または節会の成立以前の宴）の成立はいつかということが問題になる。いわれるように、「大歌所」の初見は、文徳実録嘉祥三年（八五〇）十一月六日条の興世朝臣書主の卒伝の中に、弘仁七年（八一六）の事績として、「能弾二和琴一。仍為二大歌所別当一、常供二奉節会一」とあるものだが、それ以前にも、続日本紀の桓武天皇即位の年の天応元年（七八一）十一月十五日条に「宴二五位已上一、奏二雅楽寮楽及大歌於庭一」とあり、この「大歌」は大歌所の歌人たちによって奏されたとみるべきだから、その頃にはそれがすでに存在していたらしい[26]。この桓武朝には元日節会の記事もしばしばみえ、この頃には琴歌譜にしるされたようなかたちで余美歌も奏されていただろう。

大歌所がそれ以前のいつ頃設置されたかということはなお容易に知られず、漠然と八世紀後半かとしておくしかないが、しかし歌自体の古めかしさからいっても、大歌所の設置以前から元日の宴において本歌がうたわれていただろうことは推測してよい。その元日の宴は、続日本紀の元正天皇霊亀二年（七一六）正月元日条に、「宴二五位已上於朝堂一」とあるのが記録の上での初めである。それよりも早く、天武紀の朱鳥元年（六八六）正月二日条に「御二大極殿一、而賜二宴於諸王卿一」とあるのも、元日の宴に準じるであろうか。むろん、元日に限らなければ、天皇が年初にあたって群臣に宴を賜ったことは早く推古紀二十年（六一二）正月七日条にみえ、そこでは蘇我馬子が天皇の永遠を寿ぎ、臣下としての奉仕を誓う内容の歌を奏してもいて、後の白馬の節会にあたる正月七日の宴はその後も天武紀・持統紀などにしばしばみえるようになる。

また、元日において、宴に先立つ朝賀（賀正・拝朝）の記事は、大化二年（六四六）を初めとして孝徳・天智・天武・持統各紀にしばしばみえ、そうした場合に一続きの朝儀として朝賀に続いて宴も行われたことは、記録はなくとも推測されてよい。ただし、その朝賀については、続日本紀大宝元年（七〇一）正月元日条に朝賀のさまを記した後、「文物之儀、於レ是備矣」とあり、文武紀におけるその後の正月記事を参照しても、朝賀の儀が整ってくるのは文武朝においてであることがわかる。むろんそれは元旦を節日と定め、その礼服や儀仗などを定めた大宝令の施行と関連しているとみられる。ただ、この文武朝には元日の宴の記事はない。元日の宴が頻繁に記録されるようになるのは、先の元正朝の記事などを経て、聖武朝に至ってである。続日本紀によれば、神亀六年（天平元年、七二九）の「宴二群臣及内外命婦於中宮一」（「中宮」は内裏または後宮）という記事を皮切りに、天平年間には計十一回ほどの元日の宴の記事がみえている。

　そしてこの聖武朝の朝賀と宴の記事を追っていくと、次のようなことがわかる。すでに倉林正次氏が指摘しているように、続紀におけるこの天平年間の各年毎の正月元日記事においては「朝賀の記事と宴会のそれとが決して重複するところがない」、「どちらか記載があれば他方が見えないという不思議な書き方をしている」[27]が、さらに詳しくみるに、そこにはある記述の方針といったものが認められる。すなわち、通常の朝賀は原則として記されず、元旦が雨のため廃朝になり二日または三日に行われた場合、もしくは何か特記事項がある場合にのみ朝賀が記されている。すると、宴は朝賀に伴っていたのだから、通常の朝賀が不記の場合、宴の記事も不記でよいはずである。ところが神亀六・天平三・五・六・七・十の各年は、朝賀が不記で宴のみが記録されているのである。これは、この頃においてこそ元日の宴が充実し発展したことを示す記録であろう。師元年中行事の正月元日の「宴会事」の条に、「起二于天照太神代一、始二天平元年正月一」と注する（続群書類従十上）のも、ゆえあることと思われる。

　こうした元日の宴の充実・発展ということの背景には、より一般的な、聖武朝における歌舞管弦の振興ということがある。井村哲夫氏のいうように、『続日本紀』に見れば神亀から天平勝宝年間へかけて歌舞音曲関連の記事は前後に比類なく増加しており」、礼楽思想を自覚的な支柱に、宮廷の諸儀礼や賜宴でも日本的歌舞がしきりに行われたのである。[28]

そしてこの聖武朝における元日の宴会の充実・発展ということは、当時の歌儛所の活動と関係が深いと思われる。歌儛所についても近年の井村氏の研究が詳しく、氏によればそれは令制における雅楽寮とは別組織で、天平三年前後に皇后宮職に設立され、「日本古歌舞一般にわたって採集・整理・再開発を目的とする、言わば『研究開発所』的機能を持っていた」。その仕事は「聖武朝の礼に伴う新たな楽を再開発すること、諸儀礼の場での倭歌による楽を当時当処に創作・演出し、みづから参加することなどであったろう」という。[29]こうした歌儛所の活動が元日の宴における大歌奏の充実にも及んだことは十分考えられる。ちなみに、「大歌」という語の初見も天平勝宝年間においてである。[30]

以上の論述は必ずしも余美歌の成立に直接かかわるとはいえないが、余美歌の存在をとりまく一つの状況として、聖武朝においてこそ元日の宴も充実・発展し、その内容の一部をなす大歌奏も充実がはかられたと考えられることを述べた。

七

次に方向を変え、歌詞の形式や表現の分析から本歌の成立年代を考えてみよう。

そらみつ　大和の国は　神柄か　在りが欲しき　国柄か　住みが欲しき　在りが欲しき　国は　蜻蛉島大和

早く武田祐吉氏は、本歌について、

国土讃称の内容を有し、これを整備した形に表現してゐる。また語法としては、形容詞のシキ形をもつて連体形としてゐる。母胎をなす原歌があつたかもしれないが、今伝へられるところは、文人の創作として見るべきものであつて、文字の流通を得てから成立したもののやうな感を与へる。

と述べている。[31] その創作をいつの時代とするのかは不明だが、「文人の創作」「宮廷の文人の作」「文筆による成立」と、その記載文芸性を指摘しているのが注目される。

またその後、土橋寛氏が本歌の表現や形式を内外から検討し、より詳しく論じている。氏はまず、本歌の全体が小長歌形式であること、結句が「537」に近い形のものであるとの考察から、本歌を「形式の上から言えば、記紀歌謡ないし初期万葉に当たる時代のものと見られる」とする。そしてさらに歌詞の上から、「神柄か」「国柄か」という対句の例を万葉などに求め、本歌を「あるいは人麻呂・金村の歌以前の歌が伝わったものかとも思われる」といい、ただ「在りが欲しき」「住みが欲しき」の句は注意すべきで、これを記紀歌謡の国讃めの慣用語「見が欲し」とは異なる、「御代の栄えを讃める政治的意味を含んだ国讃めで、天皇に仕える官人の立場での新しい国讃めの詞であり」、本歌は「律令国家組織の確立に伴なう新しい儀礼歌」であるという。そして他方で史書の「元日拝朝」の記事を参考に、結局本歌は「早ければ大化頃、遅くとも持統・文武朝」から正月元日の祝歌としてうたわれていただろうと推定している。[32] 不備をおそれるが、以上が氏の論の要約である。

氏の「早ければ大化頃、遅くとも持統・文武朝」という結論に対して、ただちに起こる一つの疑問は、本歌がそれほど古くから正月元日の最も重要な祝歌として繰り返しうたわれてき、宮廷の人々に周知のものであったのなら、なぜ宮廷歌謡を多く載せる記紀に取られなかったのかということである。中でも景行紀には景行天皇の日向での望郷歌が記されているのだから、それと同じ縁記（後掲）の付されている本歌がそこに載せられてもよかったであろう。そうなっていないところに、本歌の制作が記紀の成立よりも新しいことのしるしがみえていはしまいか。琴歌譜収載の他の大歌六種のうち四種までが記紀にみえていることも、この疑問を強める。

土橋氏も指摘するように、小長歌形式また「537」止めという形式上からみれば、たしかに本歌は相当に古いとみなければならない。しかしその表現や構成には、形式上の古めかしさに比べて奇妙な新しさとでもいうべきものが二、三の点で指摘しうる。

一は、氏もふれる、対句部分「神柄か　在りが欲しき　国柄か　住みが欲しき」の表現の新しさである。国讃めの表現として、これは、

玉藻よし　讃岐の国は　国柄か　見れども飽かぬ　神柄か　ここだ貴き　（2・二二〇　柿本人麻呂の讃岐の狭岑島での行路死人歌）

み吉野の　蜻蛉の宮は　神柄か　貴くあるらむ　国柄か　見が欲しからむ　（6・九〇七　笠金村の養老七年の吉野行幸時の歌）

などよりも古いといえるのだろうか。古ければ人麻呂や金村は「国柄か」「神柄か」の対句表現を余美歌から借りたことになるが、(33)曽倉岑氏も述べるように、事実は逆ではあるまいか。(34)他に家持歌などにもみえる、このような万葉の国讃め・宮讃め・山讃めの例は、必ず「見る」という視覚語をともなっている。そして「見る」ことの呪能において旅先の土地の神的性格を讃め称えるこれらの表現は、前代の記紀歌謡や万葉の舒明天皇歌にみられる国見歌・国讃め歌の表現を明らかに引き継いでいる。けれども琴歌譜余美歌はこの視覚語を欠く。そして「在りが欲しき」「住みが欲しき」と抽象的、観念的に表現する。

一方、続日本紀の聖武朝天平十五年（七四三）五月五日の賜宴で阿倍皇太子が五節の舞を舞うことがあり、聖武

天皇の詔に報えた元正太上天皇が、

そらみつ大和の国は神柄し貴くあるらしこの舞見れば

などの歌を詠んだ。この歌、上の句が余美歌にひとしく、歌の場も賜宴であることが注意される。

「在りが欲し」という表現は万葉集に一例だけ、田辺福麻呂の「春の日に三香原の荒墟を悲しび傷みて作る歌」（6・一〇五九、天平十八年以降作）に、

三香原　久迩の都は　山高く　河の瀬清み　住みよしと　人は云へども　在りよしと　吾は思へど　……在りが欲し　住みよき里の　荒るらく惜しも

とみえる。この例も旅先の宮讃めであるが、また「住みよし」「在りよし」の対がみえ、余美歌との関連が思われる。

余美歌は他の国見・国讃めの表現と違って視覚語を欠き、しかも大きく日本全体を讃めている。抽象的な日本讃歌といってもよい。それは国見や旅先のようには見る対象のない場、つまり朝儀でこそうたわれるにふさわしい歌として成立しただろう。その成立の時期を見定めるのはなお難しいのだが、「神柄か　在りが欲しき　国柄か　住みが欲しき」という対句表現が以上に挙げたような万葉歌や続日本紀の歌とつながっているらしいところからは、持統・文武朝を溯ることはないと思われ、先に元日の宴が充実・発展したと述べた聖武朝頃にその可能性をみる。

次に二は、本歌の中に「そらみつ大和の国」と「蜻蛉島大和」という二種の大和讃めの表現を同居させているという点である。「そらみつ」と「あきづしま」はいずれも「大和の国」を称える枕詞であるが、もともと意味は異なり、「そらみつ」は神の虚空からの国見の故事による国土讃美を、「あきづしま」は穀霊蜻蛉に由来する国土讃美を含意する。[35]その意味の違いもあってだろう、記紀歌謡や万葉歌で両者計十八例（「そらみつ」十例、「あきづしま」八例、中で重複例が一）あらわれる中に、一首の中にその二つの枕詞を同居させている例はない。一方は枕詞では

ないが、両語が同居する唯一の歌謡、「……その虻を　蜻蛉早咋ひ　かくの如　名に負はむと　そらみつ　大和の国を　蜻蛉島とふ」（記97。紀75の「一本」歌もほぼ同じ）では、その両者の違いそのものを対象化し、両者を意識的に結びつけ了解するところにインタレストを感じている。他方余美歌においては、両語についてのそのような牧歌的な論理性は認めがたい。そこにあるのは、異質な大和の国の讃辞を強引に重ねようとする、政治的ともいえる配慮であろう。

また、一首の中にこの「そらみつ大和の国は」と「蜻蛉島大和」の二つの表現があることは、ただちに、これらがそれぞれに含まれる万葉集冒頭に並ぶ雄略天皇歌と舒明天皇歌を思わせもする。同じく宮廷に大事に伝承された、天皇の支配する大和の国の讃歌として、むしろこの両首と余美歌が無関係であったとは考えにくい。もう一歩進んで、天皇讃歌たる雄略歌の「そらみつ大和の国は」と大和の国讃歌たる舒明歌の「蜻蛉島大和の国は」がここに取り合わせられているといってもよかろうか。もしそうであれば、本歌の成立はある段階の万葉集の編纂以降であるかもしれない。

その三は、本歌の構成に関する。前二項ともかかわるのだが、本歌では「神柄か　在りが欲しき　国柄か　住みが欲しき」という対句部分の後に「在りが欲しき」と続けられているが、このような対句の一方の句のみ繰り返して続けるという形式は記紀歌謡や万葉歌に存在するおびただしい対句表現の中にも全く例をみない。異例であると同時に、奇妙な続け方であろう。そして「在りが欲しき」の次に「蜻蛉島大和」と、冒頭の「そらみつ大和の国」と本来は別種であるべき表現が置かれている。

思うに、このことは本歌の歌い方とも関連している。前述のように、歌譜によれば、本歌が節会において実際にうたわれたときには対句部分までがうたわれたので、終わりの三句はうたわれなかったのである。これは本歌の場合、その歌詞の構成に理由があったのではないか。つまり、本歌の対句部分と後三句の接続は緊密ではなく、うたわれる必要のないほどにゆるくあったのである。このような点もまた、本歌が古くからの伝承歌謡ではなく、宮廷の朝儀での必要に応じて制作されたこと、その場合に在来の歌句を取り合わせてそれらしく構成されただろうことを示唆している。

以上、琴歌譜の余美歌の表現や構成を論じてきたが、要するに本歌は、形式においては古風を装うけれども、その表現や構成は後代性をあらわしているとみられるのである。

先の、余美歌は記紀に取られていないところから、記紀以後の成立かとした推量を加えて、ここで私の推測を述べるなら、その成立は聖武朝においてであり、それも大歌所の前身であったらしい歌儛所の人々の制作ではなかったか。歌儛所の活動や意義については先の井村氏の論に拠るべきだが、その活動の一端が知られる万葉集巻6・一〇一一、一〇一二（「歌儛所の諸王臣子ら」の宴の歌、天平八年十二月のこと）の序文に「争ひて念を起こし、心々に古体に和せよ」とある条にふれて、井村氏は「『擬古体』の作詞もまた彼等の得意とするところで、日頃の仕事の一部であったとうかがわれる」と読む。余美歌も一種の「擬古体」といえ、新たに充実・発展した聖武朝の元日の宴会用に、従来の歌句——ことに万葉集冒頭の一・二番歌や先掲人麻呂歌や金村歌の——を取り合わせ、朝儀の場にふさわしく改作もしながら、彼らこそが制作したのではないか。その余美歌は、毎年の元日の宴で大歌を代表するものとして荘重に奏され、天平の御代を新しく荘厳するものとして受け入れられた。だからこそその歌詞は、天平十五年五月五日の元正太上天皇の歌にも取り入れられた。また、彼らは朝儀で用いるのにふさわしく、従来の国見・国讃めの表現の慣例を破って「見る」を用いず、「在りが欲しき」「住みが欲しき」という対の表現を創作したのだが、それは天平十八年以降に、田辺福麻呂の「春の日に三香原の荒墟を悲しび傷みて作る歌」の中の宮讃めの表現に早速利用された。そのようではなかったか。

ちなみに、余美歌以外で、やはり聖武朝の歌儛所がかかわったことのたしからしい歌が、琴歌譜中に少なくとももう一曲はある。やはり正月元日節にうたわれる「15片降」で、その歌、「新しき年の始めにかくしこそ千歳をかねて楽しき終へめ」は、天平十四年正月十六日の賜宴で、五節の田舞や踏歌が行われた後、六位以下の人等によって「琴鼓《ひ》きて」うたわれたという「新しき年の始めにかくしこそ供奉《つかへまつ》らめ万代までに」（続紀）と同類の歌である。その天平の琴の歌は、これも「擬古体」の一首であり、(36)また六位以下の人等によってうたわれたというところからも、専属の歌人や歌女をかかえていた雅楽寮ではなく、歌儛所の制作・演出にかかったであろう。この「15片降」のことも含めて包括的に、居駒永幸氏が、「おそらく大歌所琴歌の主要な部分は、この歌儛所の琴歌が母体になっているであろう」と述べている(37)のは示唆深い。

八

琴歌譜では、余美歌の歌詞と歌譜の間に次の縁記が記されている。

巻向の日代の宮に御宇しし大帯日の天皇、久しく日向の国に御坐して、辺夷の処を厭ひたまひ、倭の国の宮を懐ほす。斯に乃ち眷恋の情を述べ、旧を懐ふ歌を作りたまふ。

西征した景行天皇の日向の国での望郷歌だというので、日本書紀の、「倭は　国のまほらま　畳づく　青垣山籠れる　倭しうるはし」などの「思邦歌」と同じ作歌事情であることになる。縁記は本歌の古さと由緒正しさを主張している。しかしこの際はそれを額面どおり受け取るにはあたるまい。昔、大和讃歌をうたったのは日向での景行天皇であった、というほどの知識が、従前の歌句を取り合わせて作成した大和讃歌である本歌に結び付けられて縁記となる、この程度の柔軟性や寛容は成立当時の作者も享受者も持ち合わせていただろう。

琴歌譜の歌二十二首は、宮廷の節会という奥深い場でうたわれたが、その出自は宮廷歌謡から民謡までさまざまであるらしい。中で大歌は、古く由緒正しい歌として縁記に語られ、実際に記紀歌謡と同じ歌謡も五首含まれていて長く宮廷に保存されてきたものらしい。元日の宴の大歌奏の冒頭にうたわれる余美歌も、そうしたものとして奏され、享受されたであろう。しかしその内実は、その歌詞は古い形式に拠り、また国讃めの詞章を取り合わせ用いながら、元日の宴の場にふさわしい大和の国讃め歌、天皇讃歌として比較的新しく、おそらくは聖武朝頃に、当時の歌儛所の人々によって制作されたものであったと考えられるのである。その歌詞の音節を区切ってうたうという特殊な歌い方は彼ら以前にも存在したはずだが、その基本の上に立って余美歌にしかるべく音楽性を与えたのも、彼らだろう。

本稿では、ほぼ余美歌のみについて、その歌曲名の意味や歌い方、またその成立と伝承を探るのに終始したが、その結論に拠れば、さらに一般的な問題、すなわち琴歌譜にみられるような節会で奏される大歌の総合的な選曲・作成・編成の基礎があるいは聖武朝頃にかたちづくられたかもしれないことなど、問題は先に広がっているようである。

注

（1）土橋寛『古代歌謡と儀礼の研究』三五六頁（一九六五年）。なお「歌をヨム」に関しては、拙稿「『歌をヨム』こと」（『国語国文』四八－三、一九七九年三月。本書所収）でも論じた。

(2)徳田浄『萬葉集撰定時代の研究』(一九三七年。ゆまに書房版、一九八三年、による)所収「読歌考」。
(3)糸井通浩「音数律論のために――和歌リズムの諸問題(一)――」(「表現研究」二一、一九七五年三月)。
(4)折口信夫「叙景詩の発生」(『全集』第一巻所収、四二九頁)。
(5)折口信夫『国文学』(『全集』第十四巻所収、一八一頁)。
(6)築島裕『平安時代の漢文訓読語につきての研究』五七八頁など(一九六三年)。
(7)注(1)の書、三五八頁。
(8)藤井貞和『古日本文学発生論』一〇六頁(一九八〇年)。
(9)高橋文二「『読歌』の系譜」(説話・伝承学会『説話と宗教』所収、一九九二年)。
(10)陽明叢書国書篇第八輯『古楽古歌謡集』の「解説」(一九七八年)。
(11)藤田徳太郎『古代歌謡乃研究』一三五頁(一九三四年)にも「正月元日」が四首を統括していることを述べている。
(12)林謙三『雅楽―古楽譜の解読―』八七・二一七・二四六・五一四―五一五各頁(一九六九年)。
(13)参考、西宮一民「琴歌譜に於ける二三の問題」(「帝塚山学院短期大学研究年報」七、一九五九年十一月)。
(14)注(13)の論文。
(15)CD版『大和朝廷の秘歌』(歌・演奏　東京楽所、音楽監督多忠麿、日本コロンビア、一九九二年)による。
(16)参考、賀古明『万葉集新論』四六九頁(一九六五年)。
(17)記歌謡9の「ええ音引　しやごしや」「ああ音引　しやごしや」の「音引」も同意であろう。また時代は下るが、琵琶譜の三五要録に「引　延引」、雅楽書の胡琴教録に「引　大延」、懐竹抄にも「引　延引」とある。
(18)池上禎造「萬葉人の言語生活」(『萬葉集大成6言語篇』所収、一九五五年)。
(19)神谷かをる「平安時代言語生活からみた歌と物語」(「国語国文」四五―四、一九七六年四月)。
(20)『日本庶民生活資料集成　十九』(一九七一年)の宮良安彦氏の解説。
(21)注(20)の書、恵原義盛氏の解説。

(22) 土橋寛『古代歌謡全注釈　古事記編』(一九七二年)。
(23) 注(2)の論文。
(24) 益田勝実『記紀歌謡』(一九七二年)、本田義寿『記紀万葉の伝承と芸能』(一九九〇年)。
(25) 注(2)の書所収「上代に於ける日支歌謡の交渉」。なお、小島憲之氏も、「独曲歌(読曲歌)のうたひ方その名称が上代歌謡の『読歌』へ移植されたものと思はれる」と考察している(『上代日本文学と中国文学　上』五五九頁、一九六二年)。
(26) 林屋辰三郎『中世芸能史の研究』一九九頁(一九六〇年)。
(27) 倉林正次『饗宴の研究(儀礼編)』一二三頁(一九六五年)。なお、西本昌弘『日本古代儀礼成立史の研究』(一九九七年)第四編第一章にも、続紀記事の検討を中心とする奈良時代の元日節会についての考察がある。
(28) 井村哲夫『赤ら小船』一一二頁(一九八六年)。
(29) 井村哲夫「『歌儛所』私見――天平万葉史の一課題――」(『香椎潟』三八、一九九三年三月、後に『憶良・虫麻呂と天平歌壇』所収、一九九七年)。
(30) 注(26)の書、一九八頁。東大寺要録二の「供養章、開眼供養会」の条に、「大歌久米頭々舞」「大歌女」とみえる。
(31) 武田祐吉「琴歌譜における歌謡の伝来」(『国学院雑誌』五七―三、一九五六年六月)。
(32) 注(1)の土橋寛氏の書、三五四―三五六頁。
(33) こうした見方は、たとえば高崎正秀「国見歌の伝統と展開」(『著作集』三『萬葉集叢攷』所収、一九七一年)などにみられる。
(34) 曽倉岑「国見歌とその系列の歌の自然叙述」(『論集上代文学』一五、一九八六年)。
(35) 拙稿「舒明天皇と大和」(犬養孝編『万葉の風土と歌人』所収、一九九一年)。
(36) 推古紀二十年正月七日の賜宴における蘇我馬子の歌に、「万代に　かくしもがも　千代にも　かくしもがも　畏みて　仕へまつらむ　拝みて　仕へまつらむ」とある。
(37) 居駒永幸「『古事記』のうたと『琴歌譜』――琴の声の命脈――」(『古事記の歌』古事記研究大系9、一九九四年)。

万葉歌の口誦性
――「作」字の有無をめぐって――

一

万葉集二十巻は、歌の作者名の有無という観点からすると、作者名を記す巻（記名歌巻）と記さない巻（無記名歌巻）の二部に大別される。無記名歌巻が多くあること（巻七・十～十四）自体が、後の勅撰集などに比べての万葉集の一つの特色であり、これはそのまま古代和歌の特徴的な一面を示唆しているというべきだが、なお、ではなぜそれらの巻の歌に作者名がないのかということになると、偶然や不注意のために作者を失ったという見解[1]、あるいは歌そのものの性質に即してそれらを特定の作者を志向しない民謡ないし歌謡として把握する見解[2]などが相容れず存在する。また、巻七・十～十二などは作歌の参考とするために編まれたもので、その編纂意識からすると作者名は不要とされたとするの[3]も、今日の有力な考え方である。

一方、右の六巻以外の巻は、中に無記名歌を多く含むものもあるが一応記名歌巻と考えられ、一々の歌または歌群について題詞や左注で作者名を記すのを原則とする。そして、作者名が知れない場合、特に「作者不詳」「作者未詳」「作者未審」「作主不詳」などと注して、その旨を明記することがある。これらの注記は、巻十五・十八を除く記名歌巻すべてに計二十数例みられるが、このような注記を記す態度は、左注などで作者の異伝を記す態度とともに、まずはこれらの巻の編者の、歌の作者に対する強い関心の所在を明瞭にものがたっている。そして、このような作者への関心は、ひとり万葉集編者のそれにとどまらず、彼らが対応していった万葉歌の世界に広く存したものと考えるべきであろう。

ところで、歌の「作」とは特定の個人の内的な営みにほかならない。歌とともに作者を記すためには、歌が特定の個人の内的な営みに属するという認識が先立つ。そしてこのような認識は、歌がもっぱら歌謡として歌い手の表現にかかるものであった時代にはありにくく、記載文芸としての和歌においてこそ必要とされたであろう。「作」の意識は、歌の歴史のはじめからそれとして存在したのではなく、歌が歌謡性を克服して和歌を創出し、また文芸としてさらなる深化を見せていく過程と対応して、歴史的・経験的にしだいに獲得されていったものである。作歌意識自体にも歴史が存在する(4)。

ちょうど歌謡の流れから和歌が自立しようとする時期に成った万葉集は、右のようなことがらを探るための一等資料というべきであろう。中でも、記名歌巻の見せる「作」への志向がまず注目されてよい。このような認識のもと、本稿では記名歌巻における「作」字そのものの有無と、その意味するところは何かということを問題とする。

二

記名歌巻において歌の作者を記す場合、もっともわかりやすいのは、

山部宿祢赤人登二春日野一作歌一首　（巻三・三七二題詞）

右一首、若宮年魚麻呂作。　（同・三八七左注）

などのように、題詞や左注に「作」字を用いて、「○○作」（○○は人名を示す）という形で明示することである。こうした書き方は、各記名歌巻を通じて一般的にみられる。ところが、「作」を志向する記名歌巻の中でも、すべての記名歌がこのように「作」字をともなっているわけではない。問題の所在を示すため、次に挙例する。

A　慶雲三年丙午幸二于難波宮一時、

志貴皇子御作歌

葦辺行く鴨の羽がひに霜降りて寒き夕へは大和し思ほゆ　（巻一・六四）

長皇子御歌

霰打つあられ松原住吉の弟日娘《をとめ》と見れど飽かぬかも　（同・六五）

B　廿三日、集二於式部少丞大伴宿祢池主之宅一飲宴歌二首

初雪は千重に降りしけ恋しくの多かる我は見つつ偲はむ　（巻二十・四四七五）

（一首省略）

右二首、兵部大丞大原真人今城

C　天平廿年春三月廿三日、左大臣橘家之使者造酒司令史田辺福麻呂饗二于守大伴宿祢家持館一。爰作二新歌一并便誦二古詠一各述二心緒一。

（三首省略）

霍公鳥《ほととぎす》厭ふ時なし菖蒲蘰《あやめぐさ》にせむ日こゆ鳴き渡れ　（巻十八・四〇三五）

右四首、田辺史福麻呂

例Aでは、二首は同じ行幸時の歌であるにもかかわらず、六四は「御作歌」であり、六五はたんに「御歌」であって「作」がなく、一見不自然な外見を呈している（前者の題詞は、「慶雲三年……時」という句を受ける述語として「作」があるとみられるかもしれない。しかし同巻における同様なスタイル、四〇〜四四の場合には後の題詞にも「作」がある）。しかし注釈書で六五の作者を長皇子以外ではないかと疑うものはないようで、万葉考・略解が「作」を補う（ただし、この部分、諸本に異同はない）ほかは、この相違はもとにした資料が異なるなどの理由による、たんなる形式の相違にすぎないとみなされているようだ。この例に限らず、一般に題詞や左注に人名が書かれていれば、「作」となくても特に説明（「伝誦」「宴吟」など）のない限りそれをその歌の作者と了解するという態度は、万葉歌全体の受容態度として基本的に貫かれている。

しかし、BCなどの例は、この受容態度に一つの疑義を提出しよう。例Bでは、四四七五は左注によって一応「大原真人今城作」と受け取れるかに見えるが、この歌は集中に少異歌をもつ。

沫雪は千重に降りしけ恋しくの日長き我は見つつ偲はむ　（巻十・二三三四）

右、柿本朝臣人麻呂之歌集出。

傍点部は四四七五と相違する部分であるが、これのあることによって当時両首が別の歌と認識されていたとは考えにくい。そしてこの両首の先後関係は、二三三四が人麻呂歌集歌、四四七五が天平勝宝八年（七五七）十一月の歌であるから、ほぼ確実に二三三四→四四七五であると推定できる。つまり、今城はこの時の宴で古歌を（おそらく一部換えて）誦詠したのであり、この一首にとって今城は誦詠者あるいは転用者であって作者ではない。例Cにおいても事情は等しく、四〇三五は先行の巻十・一九五五と同歌であり、従って田辺福麻呂は題詞の説明の通り、この歌に関する限り古詠の誦詠者なのであって作者ではない。

ところで、もし四四七五や四〇三五の歌が集中に少異歌や重出歌をもたず、または比較的詳しい作歌事情の記載をふり捨て、ただ今城や福麻呂という人名をともなうだけで万葉集に定着していたとすれば、例Aの六五のような形式で、つまり「大原真人今城歌」「田辺史福麻呂歌」というふうに題詞に書かれる可能性は大きい。そして、われわれはそれを今城作歌、福麻呂作歌と受けとるであろう。誦詠者を作者と誤ってしまうのである。

むろん、「〇〇歌」という形式の題詞をもつ歌がすべてそのようにして万葉集に定着したというのではない。むしろ記名歌巻において「作」字をともなわない「〇〇歌」という形式は多数見られ（特に巻四・八の両巻では圧倒的多数を占めている）、「〇〇歌」のかたちで作者を提示する方式は万葉集においてすでにある程度までは確立していたとみるべきだろう。そして、歌のそばに作者名を記してことさらに「作」とは記さないこの形式は、後に勅撰集などのあのシンプルな形式に連続していくと考えられる。歌のそばに記された人名は作者であるという約束事は、後世においては疑いもなかった。それはたんに約束事としての書式の問題であるよりも、歌が個人の内的な営み（「作」）に属するという歌人たちの確固たる意識がそのような書式をささえていたと考えるべきであろう。しかし、万葉集の場合、以上のごとき例を考慮すると、「〇〇歌」の形式をそのように反省なく一義的に了解することはなお躊躇されるのである。一方で「作」字を多用していることとの対応において、例Bのように「作」字をともなわない人名を、無条件に作者と了解してしまえない場合がある。例Bでは、「今城作」と書かなかったのは編者の慎重な態度というべきで、この例では「作」と書かれていないことこそが意味をもつ。

既述のように、万葉集記名歌巻は「作」を志向している。ところが、その記名歌巻に人名は記すが「作」字を記さない歌が多くあり、しかも「作」字のないことに意味がある場合がある。その「作」字とないことの意味は、たんに編纂上において求められるばかりでなく、万葉歌自体のある性格と関係しているということはないだろうか。

三

右の問題を探るのに、いま巻十七～二十の歌を対象としよう。というのも、いわゆる大伴家持の歌日記と統括されるこの四巻は、歌の作者に対する編者（大伴家持）の関心がすこぶる高く、「作」字を一々の歌・歌群に記すことを原則としているらしいこと、および一々の歌・歌群についての作歌事情の記述が他巻より詳しいことなどによって、いまの「作」字をめぐる考察の対象として適当と思われるからである。

さて、巻十七～二十において「作」と記されない歌は、題詞および左注の用語に従って次の三類に分けることができる。

（一）　宴歌（遊覧・饗・餞・集飲などの歌も含む）

（二）　伝誦歌（伝読・伝聞などの歌も含む）

（三）　贈答歌（報・和・追和などの歌も含む）

（一）の「宴」は歌の場ないし場面を説明し、（二）の「伝誦」は歌の歴史性と表出の仕方を説明し、（三）の贈答は歌の授受関係ないし他歌への対応の関係を説明する。つまり、三者はそれぞれ次元を異にするわけだが、「作」が歌についての内的な営みを説明するのに対しては、歌についての外面的事情を説明する点で一致している。そして、この「作」に対立的であることの意味がここで探られねばならない。

各巻における「作」とない歌（Bとする）の実数およびそれぞれの総歌数（Aとする）に対する比率、また巻毎の(一)～(三)(それぞれC・D・Eとする)の歌数およびそれぞれのBに対する比率を表Ⅰに掲げた。もとより、「作」字の有無について諸本に異同のある場合があり、また諸本一致している場合でも「作」字は書写の初期段階より変改を受けやすい部分とも考えられ原本と相違しているものもないとは限らないから、細かい数字にそれほど意味があるわけではない。しかし、おおよその傾向をつかむことはできるだろう。なお、テキストには塙本万葉集を用いた。

この表によれば、巻十七～二十収録歌のうち約三割(一五三首)の歌が「作」字をともなわない。逆にいうと約七割の歌が「作」字をともなっており、これは他巻に比べて最も高い率となっている。もって既述のごとく、この四巻は特に作者に対する関心が高く、歌のそばに「作」字を記すことを原則としているらしいことが確認できる。また、「作」字をともなわない歌のほとんどは記名歌である。そして、この一五三首は、わずか二歌群九首(表の注8参照)を除くすべてが、宴歌・伝誦歌・贈答歌のうちに含まれる。逆にいえば、これら以外の種類の歌、すなわち家持が職務の合間や私的生活の折々にひとりで詠んだ歌(独詠歌)などには、すべて「作」が明記されているということだ。

むろん、右の事実は、宴歌・伝誦歌・贈答歌で「作」と記すもののあることを否定するものではない。これらの種類の歌のうち、「作」とあるものとないものの実数を出してみると表Ⅱのごとくである。四巻の合計で示す。宴歌は「作」とあるものの方が多く、伝誦歌と贈答歌は「作」とないものの方が多いが、総じてこれらの種類の歌も約半数は「作」をともなっているといえる。しかし四巻において「作」とない歌は、もっぱらこれらの歌に占められており、この顕著な偏向こそが注目に値する(なお、宴歌で「作」とないものについては、宴歌の定型的な書式――歌毎に「右○○」と次々に作者名を記していく形――に起因するのではないかと疑われるかもしれない。しかし表の通

〔表Ⅰ〕

巻	A、総歌数	B、「作」とない歌	$\frac{B}{A}$（%）	C、Bのうち宴歌	D、Bのうち伝誦歌	C＋D	$\frac{C+D}{B}$（%）	E、Bのうち贈答歌	$\frac{E}{B}$（%）
十七	110	35	32	8	2	9	26	22	63
十八	107	18	17	5	6	7	39	13	72
十九	153	45	29	34	13	40	89	8	18
二十	132	55	42	47	12	50	91	2	4
計	502	153	31	94	33	106	70	45	29

1　巻十七冒頭の三八九〇～三九二一および巻二十の防人歌（四四二五～四四三二の昔年防人歌も含む）は、歌日記的歌巻における異質な部分とみて対象外とした。

2　巻十九の家持作歌はそれと記されないものが多いが、巻末の注記（「但此巻中不レ偁二作者名字一徒録二年月所処縁起一者　皆大伴宿祢家持裁作歌詞也」）によって補って考える。

3　「裁」「賦」とあるものは「作」とみなした。また次のものも「作」とはないが、題詞・左注などの内容を勘案して「作」とみなした。巻十七・三九六七～三九七五、巻十八・四〇七四・四一二八～四一三一、巻二十・四三六〇～四三六二。

4　「作者未詳」「作者不審」などとあるものは、「作」とない歌に含めた。

5　「作」とない贈答歌・報歌・和歌・追和歌および所心歌・述懐歌は、その一々の内容について「作」であるか否かということは考慮せず、機械的にそれらを表のBまたはEに含めた。以下の理由による。

①「贈」「答」「和」などは本文に述べたように「作」とは異なる次元での説明である。

②贈答歌でも「作」を併記するものが相当数ある。

③古歌をそのまま、あるいは一部変えて贈答歌とする場合があり（巻十八・四〇七三・四〇七八）、贈答歌や和歌がすべて新作歌であるとはいえない。

④「所心」「述懐」の場合にも、「爰作二新歌一幷便誦二古詠一各述二心緒一」（巻十八・四〇三二題詞）などに明らかなように、古歌を利用することがある。

⑤「述懐」が「作」と併記されるものがある（巻十八・四〇四六題詞）ところからみて「述懐」でかならずしも「作」を意味するとはいえない。

6　CとD両方に含まれる歌がある。C＋Dはそれを考慮した数字。

7　DとE両方に含まれる歌が若干ある。

8　C・D・Eのいずれにも含まれず、しかもBである歌は、巻十七・四〇一七～四〇二〇、巻二十・四四〇八～四四一二の二歌群九首である。

〔表Ⅱ〕

	「作」とあるもの	「作」とないもの
宴歌	116	94
伝誦歌	14	33
贈答歌	36	45

り、宴歌でも「作」を記すものが相当数あることはその疑いを斥けよう)。

表Ⅰによれば、「作」とない歌のうち、七割を宴歌と伝誦歌が占めている。伝誦歌はいうまでもなく、宴歌も口頭で誦まれたものであった。それは宴歌の左注に、

……如レ前誦レ之也。　（巻十九・四二八一）

……但未レ出之間、大臣罷レ宴而不二挙誦一耳。　（巻二十・四三〇四）

右一首、右中弁大伴宿祢家持未レ誦之。　（同、四五一四）

などと「誦」の文字があることによって明白である。そして、この宴歌・伝誦歌が誦まれるということとこれらの歌に「作」がないものが多いということは密接に関係していると思われる。具体例に則して見よう。

天平勝宝四年新嘗会の肆宴では詔に応じて六首の歌が献上されたが、いずれも左注に人名のみを記し、「作」を

記さない。そして、

天にはも五百《いほ》つ綱延ふ万代に国知らさむと五百つ綱延ふ

（巻十九・四二七四）

右一首、式部卿石川年足朝臣

という歌では、歌の下に「似二古歌一而未レ詳」という注記がある。この注記は、諸家の説くように、おそらく歌詞内容や歌体（第二句と第五句の反復）の古めかしさを見とがめた編者（大伴家持）によって加えられたのだろう。この種の、「（新）作」とは意味上対立的な注記は、巻二十にも四例みられる（四二九八・四二九九・四三〇一・四四五八）が、いずれも宴歌に対して加えられている。四二七四の場合、宴の場では古新が判明していたが、記録――家持以外の手になるものとして――が家持の手に渡る段になって不明となったというような事情は、この宴には家持自身も参加していたから考えがたい。四二九八・四二九九についても事情は等しい。あるいはまた、この宴が新嘗会の肆宴で、歌は応召歌であるという公式性が四二七四の古新を明らかにしなかった原因かとも考えてみるが、四二九八・四二九九の場合などは大伴家持の宅での宴であったから、そのような事情も考えにくい。そうすると、これらの歌では宴席ですでに古新が判明せず、また判明する必要もなかったらしい。もっと積極的にいえば、宴という歌の場では新作歌とともに古歌が誦まれることがあり、しかも両者がさほど区別されることなく、ともに口頭の歌として融合的に機能していた[5]ということを、これらの注記はものがたるだろう。むろん、宴の場で古歌が古歌として誦まれる場合もあったのだが。

　宴歌に「作」と記さないものが多いのは、このような宴の歌の場としての性格にもよるだろう。記録・編述の面からすれば、誦まれた歌が古歌であるかもしれないのだから、安易に「作」と書き加えられないわけである。宴における歌の誦み手を作者と思い誤ったらしき例が巻六にある。「秋八月廿日宴二右大臣橘家一歌四首」と題する歌の

中に、

橘の本に道踏む八衢にものをそ念ふ人に知らえず　（巻六・一〇二七）

右一首、右大弁高橋安麻呂卿語云、故豊島采女之作也。但或本云、三方沙弥恋二妻苑臣一作歌。然則豊島采女当時当所口二吟此歌一歟。

とあるが、左注の「或本」の歌とは、集中巻二の「三方沙弥娶二園臣生羽之女一未レ経二幾時一臥レ病作歌三首」と題する歌の中の、

橘の影踏む道の八衢にものをそ念ふ妹に逢はずして　三方沙弥　（巻二・一二五）

という歌、またはこれと少異する歌を指すとみてよいだろう。一〇二七の左注者によれば、本歌の作者は三方沙弥であって、豊島采女作と語った高橋安麻呂はおそらくはある宴席での誦み手にすぎない采女を作者と誤ったのである。この例から推しても、誦み手（伝誦者）を作者と誤って受けとるという事態は、当時においてむしろありふれていただろう。すると、このような誤りをおかす危険を避けようとすれば、宴歌の筆録者、また万葉の編者は「作」と確かめられる歌以外のものに対しては「作」を与えないという態度をとらざるをえない。これが宴歌などに「作」と記されないものが多い一つの理由であろう。

しかしながら、こうした記録や編述といういわば技術的な側面の考察だけでは、たとえば先の新嘗会肆宴における、

あしひきの山下日蔭蔓《かづら》ける上にやさらに梅を賞《しの》はむ　（巻十九・四二七八）

右一首、少納言大伴宿祢家持

という、この巻の編者と目される家持自身の歌にまでなぜ「作」がないのか、という疑問は解けない。編者が自身

の歌について新作歌かどうかの判断に迷うということはないからである。

ところで、巻十七～二十の歌の筆録については、伊藤博氏による各歌群ごとの詳しい分析がある。(6) 伊藤氏はこの四巻の歌を、「家持独詠歌」「家持未誦宴歌・単独宴歌」「書簡歌」「独立伝聞歌」「集宴歌」「防人歌」と分類し、それらのうち多少の例外を含みつつも前二者と「書簡歌」のうち家持のものを「元来家持筆録歌であったと認められる歌」とし、その他のものを「独立伝聞歌」の一部を除いて「元来他人筆録歌であったと認められる歌」としている。この分析によれば、当面問題の四二七八は「集宴歌」であるから他人筆録歌となり、家持自作に「作」が記されない不自然さはこのためかとも思われる。そうして、四巻全体を見渡しても、伊藤氏の分析による他人筆録歌に、「作」とないものがたしかに多いのである。しかし、集宴歌のほとんどが他人筆録の資料によるという前提に仮に立つとしても、その資料入手後の整理・編纂段階で、作歌や誦歌の事情を説明する題詞や左注は家持自身が手を入れた個所も多いと考えられ、すると独詠歌には周到に「作」を記す家持がなぜこの場合自作に「作」を書き加えなかったかという疑問はやはり残る。また、伊藤氏の分析によって家持筆録歌とされる宴での自作歌で、「作」とないものがある（巻十七・三九九九、巻二十・四四五三・四四九五・四五一四）のも不審なことである。そうすると、ここでもやはり編者に積極的に「作」を主張する意志がないという、「作」とないことの意味を汲みとるべきではないかと思われてくる。

伝誦歌も「作」字また作者名を落としているものが多いが、宴歌も伝誦歌も口頭で詠まれる歌である。「誦む」ことと「作る」ことの間に、何か対立的な関係がありそうだ。

四

歌謡はかならずしもその歌詞の作者を求めない。なぜなら、歌謡の表現過程は歌い手と聴き手、および場所が構成する場面のただ中へ、歌い手によって歌が表出されることによってこそ充足する。この場合、歌詞を「作る」という行為はこの表現過程から疎外されているからである。[8] 記紀歌謡について一言しておくと、記紀歌謡はたしかに特定の作者（記紀の書きぶりからすると、むしろ多くは歌い手と理解するほうが厳密だが）を有するものが大部分だが、しかし記紀歌謡とその作者との関係は記紀を占める固有の人物伝承によってささえられているにすぎず、少数のものを除いて真の作者がそこにあらわれているわけではない。文字の歌の成立にともない、歌詞の作者はその表現者としてはじめて「作る——読む」という表現過程に組み込まれることになる。

ところで、万葉歌のうち特に宴歌や伝誦歌は、口頭で表出されたがゆえに「歌謡」の扱いを受けることがあるが、私はかならずしもそのようには考えない。宴歌や伝誦歌は「誦《よ》」まれたのであって、記紀歌謡などのように歌唱法をともないながらもっぱら歌われたものとは質的な差違があるというべきである。口頭の歌の領域全部を対象とするためには、すべてを「歌う」で括ってしまうのでなく、多少の術語は用意しておく必要があるのではないか。万葉集自体が記紀などとは違って「歌う」という用語を使わないことを重視したい。万葉歌についても「吟」「唱」「詠」などと説明されることがあり、それらが「歌う」の範疇に入ることは認めてよいが、それは歌謡と和歌との交渉にかかわることがらであって、両者の本質はやはり区別されねばならない。万葉の宴歌なども、「歌謡」ではなく、「作る——読む」という表現過程に基礎づけられるところの和歌であろうとしている。

さて、にもかかわらず、宴歌や伝誦歌における「誦む――聴く」という表現過程は、歌謡の「歌う――聴く」という表現過程と類似し、歴史的には後者を下敷きにして前者がありうるという関係にある。和歌は歌謡の滔々たる流れより生み出されたが、その史的展開において宴歌や伝誦歌などの「誦む」歌は、「歌う」歌から「作る」歌へと移行する際の中間的位置を占めるともいえよう。

先の、巻十七～二十で宴歌や伝誦歌において「作」と記されないものが多いという事実は、このような見取り図にかかわってこよう。歌のそばに記された人名は、多くはその作者であろうが、また歌謡の歌い手の相貌も合わせもち、だからこそ「作」が前面には出てこない。換言すれば、歌のそばの人名は歌の表現者としての「誦み手」であることを十全に表示し、その意味で歌は――それが古歌である場合も――その人に属するが、そうした関係で歌と人とが包み合うところでは、歌詞の「作」に対する関心は十分ではありえないのである。

歌詞についての作者性が十分に確立していないという点では、贈答歌の場合も同様である。表Iによれば、巻十七～二十で「作」を記さない歌の三割を贈答歌が占めるが、この中には和歌・追和歌・報歌など実際はほぼ「作」であるのに相違ないものまで含めているので（表の注5参照）、実際の数値はもう少し下げて考えるべきかもしれない（とすると、宴歌・伝誦歌の割合が相対的に増す）。しかし、ともかく「作」とない贈答歌は相当数ある。その一つの理由は、宴歌・伝誦歌について考察したような、「作」かどうか確かめえないという、記録・編述のいわば技術的な問題に帰すことができよう。贈答歌にも古歌を利用したものがある（表の注5の③参照）。けれども、やはりここでもより重要な問題は、歌について「贈」や「答」という外面的な行為が、「作」という内面的な営みよりも強い関心で語られているという事実である。

たとえば、古今和歌集について収録歌の詞書で万葉集の「贈」にあたる部分を調べてみると、「よみて」をくりける」「よみてつかはしける」「よみてやりける」など「よむ」の語をともなうものが大部分（約八割）である。これらは歌を贈ることと作ることとが別種の行為であるという明確な認識にもとづく表現であって——やがて自明のこととして「よむ」が省かれていってもよいのだが——、万葉集の場合にはこうした認識がおぼろげであるといわねばならない。というよりも、宴歌・伝誦歌において誦み手が歌を誦むという行為を表現手段としたのと軌を一にして、贈答歌の場合も贈り主が贈るという行為を表現手段としていたために、「作」はさほど問題とならなかったのだ。古歌、新作歌にかかわらず、相手に贈ることによってその歌は贈り主の歌となったのである。巻四の例だが、

大伴宿祢稲公贈㆓田村大嬢㆒歌一首　大伴宿奈麻呂卿之女也

あひ見ずば恋ひざらましを妹を見てもとなかくのみ恋ひばいかにせむ　（五八六）

右一首、姉坂上郎女作

大伴稲公が田村大嬢に歌を贈るのに、姉の坂上郎女が代作をしたのだが、この歌、もし左注を失っていればわれわれはためらいなく稲公をこの歌の作者と了解するのではないだろうか。それはともかく、この書きざまは作者が後退しており、この歌が贈るという行為において稲公に属することを主張している。このように、贈答歌においても歌詞についての作者性が十分に確立しているとはいいがたい。

五

万葉集の記名歌巻のうち巻十七～二十は、歌のそばに人名とともに「作」字を記すことを原則とする。しかし、中に「作」字を記さないものがあり、それにはしかるべき理由があることを述べてきた。宴歌や伝誦歌は「誦む」

歌であるゆえにかならずしも「作」を志向しない。歌がまだ個人の内的な営みに属するものとしてではなく、口頭による表現として把握されている。この意味において、それらの歌はまだ歌謡性をひきずっており、これはまだ十分に記載文芸とはなりきっていないという万葉歌の一つの性格をものがたっている。贈答歌で「作」を記さないものが多いのも、そのような作者性の確立の不十分さを、別の面から証している。

むろん、巻十七〜二十の四巻のみにおける「作」字の有無をめぐってのこのような考察を、そのまま他の記名歌巻に及ぼすことはできないだろう。先にも述べたように、「〇〇歌」とのみあって「作」字を記さない形式でも、それで作者を示す方式は万葉集においてすでにある程度までは確立されていたと思われる。従って、万葉集は歌のそばに人名を記してその作者を標示しているという通常の理解を、一概に誤りだとはいえない。万葉集記名歌巻は、たしかに「作」を志向しているのである。

しかし、右のような考察が万葉歌一般について開示するのは、その「作」への志向が歌謡性との対峙において意識的に意欲されたものだということだ。思うに、万葉びとははじめ、多くの歌謡に取り巻かれていたことだろう。そして、そのような歌われるものこそが歌であった中から、万葉歌が歌謡とは異質な文芸として、個人の「作」を標榜しながらたち現れてきた。誰かが歌詞を頭の中で練る行為を「作」ととらえ、その歌を歌い手ではなく歌詞の作者に属すると認めたのである。またそのような「作」の認識・自覚のもとに、歌詞が作られはじめたのだ。このような事態は、歌の歌謡性を意識的に否定してこそありえたにちがいない。そして万葉集はこのような「作」をおびただしく記し、作者を刻印するのだが、「作」とない歌においては作者性が未確立だという先の考察と合わせると、そのこと自体が万葉歌の歌謡性との闘いの跡をものがたっているのではないだろうか。歌詞の作者性が十分に確立していないところでは「作」と書かなければ「作」を主張できないという意味で、また歌う（誦む）行為に対してその背後に隠れていた歌詞を作るという行為を顕在化するという積極的な意味でも。
歌謡は一挙に記載文芸としての和歌へと変貌したのではあるまい。歌謡が和歌たらんと意欲したその時から、自らかかえこんだ口誦性との不断の対決が和歌史の深いところで進行していったはずである。そして、口誦性と記載性との間にある矛盾の止揚が、歌謡を和歌という文芸へと押し上げた。けれども、広く見渡せば、「作」への志向の徹底、すなわち文芸意識の錬磨は、万葉を引き継ぐ後世の歌人たちにおいてこそ高次に果たされたというべきだろう。

その後世の歌人たちの高い作歌意識について一瞥しておこう。それは多くの歌合の判詞や歌学書の批評などにうかがわれるし、何よりその実作において実践されているわけだが、ここでは歌学書や説話にあらわれた数例を取り上げることにすると、たとえば藤原定家の毎月抄には、

此道をたしなむ人は、かりそめにも執する心なくて、なをざりによみすつること侍るべからず。

とある。いわば作歌道の心得が厳しく語られている。その定家や源俊頼が、自らを「歌よみ」ではなく「歌つくり」だと称したという（それぞれ頓阿「井蛙抄」、顕昭「古今集註」巻十五）のも、作歌への深い自覚から出たものにほかならない。あるいは「口たがひ小便色かはりてこそ秀歌はいでくれ」と「雪の夕ぐれ」の寂蓮法師は言ったという。また鴨長明の無名抄には、凄絶なまでの歌道執心の話がいくつもみられる。和歌六人党の一人、源頼実は「和哥に心ざし深くて、『五年が命を奉らん。秀歌よませ給へ』と住吉に祈り申し」てようやく一首の秀歌を得たという。和歌の神住吉といえば、七、八十歳まで「秀哥よませ給へ」と徒歩で月参したという道因入道もその執心は並々でなかったし、歌と命をひきかえにしたのは、「あまり歌を深く案じて病に成りて」ついに夭折した宮内卿（源師光女）も同様であった。このような後世の歌人たちにあっては、作歌行為とはまさに死命にもかかわる言語と自

己との相克であった。歌を作ることとの自覚、意識が激しいのである。和歌という文芸の主たる表現領域は、抒情詩として恋愛情調や四季折々の自然の風趣、また人生諸事についての感慨などにわたるが、しかし人間の多様な精神生活の営みの中ではそれらもそれほど広い領域とはいえない。歌人たちはその限られた表現領域の中で、しかも模倣を厳しく排斥しつつ、新しい美の発見へと自己を賭け、一字一句の表現に執着したのである。

やはり無名抄に、万葉の人々の作歌意識に関して評している個所がある。

昔は文字の数も定まらず、思ふさまに口に任せていひけり。彼の出雲八重垣の哥よりこそは、五句三十字に定められにけれ。万葉の比までは、懇なる心ざしを述ぶるばかりにて、あながちに姿・詞を選ばざりけるにや、と見えたり。

「万葉の比までは……あながちに姿・詞を選ばざりけるにや、と見えたり」は、あたかも山の高みに達した登山者がはるか下方の麓のあたりを振り返る姿に似て、作歌についてきわめて意識的な時代を生きた人からする過去の時代への当然の批評であろう。

こうして後世の歌人たちに比べると、万葉びとの作歌意識、つまり文芸への意識は一般に高いとはいえない。けれども万葉びとは、みてきたように歌われる歌から和歌が自立して間もない歌の状況を生きながら、ありあまる表現意欲をもってして「懇なる心ざし」をさかんに歌いあげたのである。

「歌う」歌から「作る」歌へという流れの中で、万葉歌はまだ多く「誦む」歌として自己を規定しているように思われる。万葉歌の「作」字の有無への注目、また「誦む」ことの歌謡性についての考察は、そのような万葉歌の文芸性そのものにかかわる問題の掘り起こしへとつながっていく。

いま一つ、記名歌巻における「作」とない歌の存在は、冒頭にふれた万葉集における記名歌巻と無記名歌巻の対照についても語るところがある。「作」とない宴歌・伝誦歌・贈答歌でも記名はあるのがふつうだが、しかしそれがかならずしも積極的にそれぞれの歌の作者を標示しているのではなく、「誦む」「贈る」というそれぞれの手段による歌の所属者（表現者）を示しているという先の考察からすれば、それらの歌から宴・伝誦・贈答という歌にまつわる特定の条件を外した場合、それにともなって人名も省かれてしまう事態が起きてくる。すなわち、その歌は無記名歌の世界を漂いはじめることになる。このように考えると、記名歌巻における「作」とない歌と、無記名歌巻の歌との距離はさほど遠くない。実際、万葉集無記名歌巻の歌はこのようにして無記名歌となったものが多いのではないだろうか。私としては、無記名歌巻の歌自体の検討をすませないではたしかなことはいえないが、少なくとも以上のような考察からする限り、万葉集を二分する記名歌巻と無記名歌巻を媒介するものの一つとして、記名歌巻における「作」とない歌の位置づけを考えてよいように思う。

注

（1）武田祐吉『万葉集全註釈』第一巻総説第五。ただし巻七、十〜十三の大部分について。
（2）土屋文明『万葉集私注』第十一巻など。
（3）日本古典文学大系『万葉集』三解説。
（4）拙稿「古代における作歌意識の問題――防人歌について――」（「水門」第十三号）。
（5）参考、杉山康彦「饗宴における歌の座」（「国語と国文学」第三十五巻一号）。
（6）伊藤博『万葉集の構造と成立』下巻第十章。
（7）「場面」の概念は時枝誠記『国語学原論』による。同書にはたとえば次の記述がある。
　場所の概念が単に空間的位置的なものであるのに対して、場面は場所を充す処の内容をも含めるものである。この様にして、場面は又場所を満たす事物情景と相通ずるものであるが、場面は、同時に、これら事物情景に志向する主体の態度、気分、感情をも含むものである。(四三頁)

(8) より詳しくは拙稿「『歌をヨム』こと」(「国語国文」第四十八巻三号。本書所収)。

古代の「しつ歌」「しつ歌の歌返」について

——古事記と琴歌譜——

はじめに

古事記に「志都歌《しつうた》」「志都歌《しつうた》の歌返《うたひかへし》」がみえる。「志都歌」は雄略記、「志都歌の歌返」は仁徳記の歌謡物語中にみえ、どちらも歌数多く、まとまった歌群としてもある。一方琴歌譜にも「茲都歌《しつうた》」「歌返《うたひかへし》」がみえている。それらは琴歌譜所載二十二曲中の冒頭に置かれ、十一月節（新嘗会）で大歌所によって最初に奏された大歌という地位を占めている。古事記と琴歌譜の「しつ歌」「（しつ歌の）歌返」は同じ歌曲名とみなされ、両者は密接な関係があると推される。そして琴歌譜のものはもちろんだが、古事記の歌々もその編纂時代に何らかの宮廷行事において実演されていたと考えられる。古事記から琴歌譜へと至るそのような両者のあり方は、両書の深い関係性を示すともに、七世紀後半ごろから平安時代へといたる宮廷歌謡史の流れの主要な一部を示唆している。

しかし、ではその両者は具体的にどのような関係にあるのか、またその宮廷歌謡としての性格や意義はどのようなものかといった点については、それらの歌が行われてきた場の問題も含めて、今まで十分に検討されてきたとはいえない。両者の時代的なへだたり、琴歌譜の読みにくさ扱いにくさ、そして後述するように歌曲名は同じでも歌詞やいわれなどが必ずしも十分に交差しない両者の見かけのあり方などがその理由であったろう。両者の関係、および古代宮廷歌謡史における「しつ歌」「しつ歌の歌返」の性格や意義をいま少し明らかにしたい。

一　「しつ歌」「しつ歌の歌返」のあり方

まずは「しつ歌」「しつ歌の歌返」の両書におけるあり方の整理から始める。

古事記においては、雄略記にまず雄略天皇と引田部赤猪子《ひけたべのあかゐこ》の求婚物語の段にある二人の贈答歌四首、

① 御諸《みもろ》のいつ白檮《かし》が本《もと》ゆゆしきかも白檮原嬢子《をとめ》（天皇）
② 引田《ひけた》の若栗栖原《わかくるすばら》若くへに率寝《ゐね》てましもの老いにけるかも（天皇）
③ 御諸に築《つ》くや玉垣斎《つ》き余し誰にかも依らむ神の宮人（赤猪子）
④ 日下江の入江の蓮《はちす》花蓮身の盛り人羨《とも》しきろかも（赤猪子）

を「故《かれ》、此の四つの歌は志都歌《しつうた》ぞ」とする。さらに「豊楽《とよのあかり》」の段で春日袁杼比売《かすがのをどひめ》が天皇に献じた一首、

⑤ やすみしし　わが大君の　朝とには　い倚り立たし　夕とには　い倚り立たす　脇机《わきづき》が下の　板にもが　あせを

も「此は志都歌ぞ」とする。

次に「仁徳記」で、まず仁徳天皇がこっそり八田若郎女《やたのわきいらつめ》と婚したことにまつわる大后石之日売《いはのひめ》の嫉妬物語の段に大后と天皇の歌六首、

⑥ つぎねふや　山代河を　河上り　わが上れば　河の上《へ》に　生ひ立てる　烏草樹《さしぶ》を　烏草樹の木　其《し》が下に　生

ひ立てる　葉広　斎《ゆ》つ真椿　其が花の　照り坐し　其が葉の　広り坐すは　大君ろかも（大后）

⑦つぎねふや　山代河を　宮上り　わが上れば　青土《あをに》よし　奈良を過ぎ　小楯　倭を過ぎ　わが見が欲し国は
葛城高宮　我家《わぎへ》のあたり（大后）

⑧山代にい及《し》けい及け鳥山い及けい及け吾《あ》が愛《は》し妻にい及き遇はむかも（天皇）

⑨御諸の　その高城《き》なる　大猪子《おほゐこ》が原　大猪子が　腹にある　肝《きも》向かふ　心をだにか　相思はずあらむ（天皇）

⑩つぎねふ　山代女《やましろめ》の　木鍬《こくは》持ち　打ちし大根　根白の　白腕《ただむき》　枕かずけばこそ　知らずとも言はめ（天皇）

⑪つぎねふ　山代女の　木鍬持ち　打ちし大根　さわさわに　汝が言へせこそ　うち渡す　八桑枝《やがはえ》なす　来入り
参来《まゐく》れ（天皇）

を「此の天皇と大后との歌はしし六つの歌は、志都歌の歌返《うたひかへし》ぞ」とする。さらに、「枯野《からの》」という船の焼け残った一部を琴に作った段の、

⑫枯野を　塩に焼き　其《し》が余り　琴に作り　掻き弾くや　由良の門《と》の　門中の海石《いくり》に　振れ立つ　なづの木の
さやさや

をやはり「此は志都歌の歌返ぞ」とする。なお、以上の古事記歌謡も後に引く琴歌譜歌謡も、原文ではいずれも万葉仮名表記である。

古事記には歌曲名が計一六種、歌曲名を有する歌が計三七首ほどみえる。それらは、古事記編纂当時、音楽を管掌する役所、「楽府《うたまひのつかさ》」（神武即位前紀、持統紀元年正月にみえる。令制における「雅楽寮」）が伝習・管理していたもので、宮廷行事で実際に行われていたものが含まれていると考えられる。一六種のうちで「夷振」・「片歌」・「本岐歌の片歌」・「志良宜歌」・「宮人振」・「夷振の片下」・「宇岐歌」はそれぞれ一カ所一首ずつしかみえない。他は「思

国歌」・「酒楽の歌」・「夷振の上歌」・「読歌」が二首ずつ、「天田振」・「天語歌」が三首ずつ、「神語」が四首あるが、やはりそれぞれ一カ所にしかみえない。そうした中で、以上に挙げたように「志都歌」が二カ所計五首、「志都歌の歌返」が二カ所計七首、両者を「志都歌」の類としてまとめると結局計四カ所一二首もみえるのは突出して多い。ここからはそれら「志都歌」の類が当時の宮廷歌謡中にあって主要なものとして行われていたことが窺われる。早く渡部和雄氏もこのような「志都歌」の類の多さについて指摘して、「志都歌というものが宮廷の儀式行事に最も重要な意味、或は役割を持つ歌だったらしいことを推測するのも不可能ではないと思われる」と述べ、また「このことは大変重要なことではあるまいか。宮廷の儀式、行事は或は志都歌を中心に行われて来たらしい面さえ推測出来る訳である」とまで言及している[1]。

しかもこの「志都歌」と「志都歌の歌返」は、古事記でも記事量多く、重視されている雄略朝と仁徳朝にのみ属している。それぞれの天皇を主人公とする歌謡物語中にあって、いわば「志都歌」は雄略天皇のゆかり、「志都歌の歌返」は仁徳天皇のゆかりとみられることも大事な一点であろう。

ただし、「志都歌」と「志都歌の歌返」は、その名が両者の深い関係を示しているにもかかわらず、古事記においては以上のように別々の天皇記にあって交差していない。この点をどうみるかが一課題である。

他方、琴歌譜では、「十一月節」（新嘗会）に行われたとされる歌群十二曲の最初に「茲都歌《しつうた》」として、

御諸《みもろ》に　築《つ》くや玉垣　斎《つ》（き）余す　誰《た》にかも依らむ　神の宮人

の歌を歌譜・「縁記」とともに載せる。これは雄略記の赤猪子の歌③と同歌であり、縁記にも雄略記の一節を引用している。ただし、琴歌譜編者自身はこの雄略天皇に対して赤猪子が詠んだとする縁記を「此の縁記、歌と異なるなり」と否定し、別に「一説に云く」として崇神天皇の皇子である垂仁天皇が妹《いもうと》の豊次入日女命《とよすきいりひめのみこと》とともに三輪山に

上って神前で拝み祭り、作ったという縁記を掲げ、「此の縁記、正説に似たり」と肯定している。以前に検討したように、(2)先の方の縁記は琴歌譜編纂のもとになったテキストにすでにあったもので、おそらくは古事記編纂時代以来、長くこの歌の縁記であったのであり、平安初期ごろの琴歌譜編纂の時代にはまた異説も説かれていたという事情である。よって縁記としては、古くから雄略天皇に対して赤猪子が詠んだ歌として伝えられていたという点がまずは重視される。

また「茲都歌」の次に、「歌返《うたひかへし》」として、

島国の　淡路の　三原の篠《しの》　さ根掘《こ》じに　い掘じ持ち来て　朝妻の　御井の上に　植ゑつや　淡路の　三原の篠

の歌をやはり歌譜・縁記とともに載せる。縁記は三種載るが、琴歌譜編纂以前から付属していたのは一番目の縁記と考えられ、それは仁徳天皇が八田皇女を妃として納れたが皇后の嫉妬にあって長く逢えず、平群と八田山の間で八田皇女を恋い偲んで詠んだという内容である。琴歌譜の縁記自体に注するように、この歌も縁記も古事記や日本書紀にみえない。

「茲都歌」は古事記の歌そのものである。「歌返」は歌詞は異なる。縁記も同じではないが、ただ皇后の仁徳天皇と八田皇女とをめぐる嫉妬物語を背景としている点は古事記とひとしい。

しかも琴歌譜の「茲都歌」と「歌返」は、二曲が続いているのみならず、音楽面で密接な関係をもっている。それぞれの歌譜・琴譜がそのことを示している。両者はいずれも後半部で、いちじるしく歌詞を繰り返して歌う点で共通する。すなわち「茲都歌」では「みもろに　つくやたまがき　つきあます」という歌譜の歌詞の、「つきあます」の部分を六度、繰り返して歌い（歌詞の後半部「誰にかも依らむ　神の宮人」は歌われない）、「歌返」では歌詞の末尾部分を、「うゑつしの　あはぢの　みはらのしの　うゑつしの　しの　うゑつしの　しの　うゑつしの　しの」と繰り返して歌う。さらにそれらの部分の琴譜や拍子記号を比較・分析すると、両曲それぞれの後半部は旋律が共通部分をもち、またリズム（拍子）において対応していることが明確である。全体として「茲都歌に対する歌返は、前半部の拍子数は「茲都歌」は少なくゆっくりとして、「歌返」は多くリズミカルである。前曲の一部の旋律を後曲の一部の旋律として、拍子をもかえてうたう歌謡の一形式(3)」といえるだろう。「歌返」の名もそうした音楽的な意味合いで「（ある歌に）歌い返す歌」または「歌い応ずる歌」の意味なのであろう。このように琴歌譜においては「茲都歌」と「歌返」はたんに連続するばかりでなく音楽性においてもセットをなし、一種の組曲の関係として存在する。

古事記の「志都歌」「志都歌の歌返」と琴歌譜の「茲都歌」「歌返」は以上のようなあり方をしている。さらに整理を加えるなら、両者の共通点は、

・歌曲名が同じである。
・「しつ歌」の一首（「御諸《みもろ》に　築《つ》くや玉垣……」）は同じ歌である。
・「しつ歌」は雄略天皇に関し、「しつ歌の歌返」は仁徳天皇に関する。

というところなどにあり、相違（とみえる）点は、

・古事記では「志都歌」と「志都歌の歌返」は別々の天皇記にあって交差しないが、琴歌譜では「茲都歌」と「歌返」が連続して音楽的にも密接な組曲の関係としてある。
・「しつ歌の歌返」の歌詞は両書で重ならない。

というところなどにある。

両者はこのように、まるでねじれの位置にあるように現前している。共通点からいえば両者はたしかに深い関係をもっているが、相違点からいえばその関係のしかたは十分な対応を示さない。このようなやや奇妙な見かけを両者は示すので、両者の関係について積極的に論じられてこなかった一因はここにあると思われる。けれども、以上の整理の中にも関係解読の糸口はもう示されている。

カギは、これらの歌が実際に行われていた場の考察にある。

二　新嘗の「豊楽《とよのあかり》」の歌

琴歌譜では両曲の歌の場は「十一月節」、つまり宮中の新嘗祭にともなう酒宴（新嘗会）であることが明確である。内裏式（弘仁十二年（八二一）成立）の「十一月新嘗会式」の宣命に、

今日は新嘗の直相《なほらひ》の豊楽《とよのあかり》聞こし食す日に在り。故に是を以て黒き白きの御酒を赤丹の穂に食《たま》へゑらき罷れとしてなも、常も賜ふ御物賜はくと宣りたまふ。

とある。「新嘗の直相（会）の豊楽」は、神祭りの後の神供をいただく宴であり、参列者は黒き・白きの御酒を顔を赤くするまでいただき、気分を昂揚させて笑い興ずるので、これは宮廷で古くから続く伝統行事だった。「豊楽《とよのあかり》（明）」の語は、古事記伝に、「豊」は称辞、「明り」は「もと大御酒を食《めし》て、大御顔色の赤らみ坐すを申せる言」であり、「天皇を始め奉り、人皆も大御酒を食《たべ》て、顔を赤らめて、咲楽《ゑらぎたぬし》むよしの名なり」といわれ、公的な酒宴を意味する。

やはり内裏式によると、新嘗会は供饌――觴行一周――吉野国栖による歌笛の奏・御贄の奉献――大歌所による

大歌奏・五節の舞――雅楽寮による立歌――宣命・賜禄と進行する。そのプログラムの中の一つ、「大歌所による大歌奏」で奏されたのが琴歌譜所載の歌謡にあたる。琴歌譜によれば、そこではまず「茲都歌」、次いで「歌返」が歌われ、さらに「片降」、次いで「高橋扶理」から「大直備歌」まで九曲の「小歌」が歌われた。その歌の場で、「茲都歌」「歌返」両曲は最初に二つの「大歌」として、組曲の体をなして歌われたのである。

一方、古事記の「志都歌」や「志都歌の歌返」は古事記編纂時代に楽府で管掌され、やはり何らかの宮廷行事で行われていたものとみられるが、ではその宮廷行事とはどのようなものか。

手がかりは物語中の「豊楽」の語にある。雄略記の⑤は物語中において歌の場を「豊楽」としている。すなわち「天皇、長谷《はつせ》の百枝槻《ももえつき》の下に坐しまして、豊楽きこしめしし時」に、「天語歌《あまがたりうた》」三首（一〇〇～一〇二。古事記を通しての歌番号は土橋寛編『古代歌謡集』〈日本古典文学大系〉による。以下同じ）が歌われ、また同じ「豊楽」の日に、天皇の「宇岐歌《うきうた》」（一〇三）と袁杼比売の「志都歌」（一〇四。⑤）が唱和されたという。そして一〇〇の歌詞中に「……真木栄く　檜の御門　新嘗屋《にひなへや》に　生ひ立てる　百足る　槻が枝は……」とあり、一〇一の歌詞中にも「……新嘗屋に　生ひ立てる　葉広　ゆつ真椿……」とあることによってこの時の「豊楽」が新嘗祭にともなうそれであったことがわかる。大君を讃える内容の⑤は新嘗の酒宴で歌われたのである。この際、しかしそれは物語中でのことにすぎず、この歌の本来の歌の場は別にあった、と考えるのは適当ではない。また歌曲名を記されるこの歌やその物語が、たんに机上の創作によるとも考えにくい。ことは逆で、いわれをともないつつ実際に宮中の酒宴で行われていた歌謡が、またその酒宴の場そのものが古事記中に取り込まれ、おそらくはその歌謡の起源譚として語られているのだ。益田勝実氏も「天語歌」三首について、その歌曲名の語義にこだわって出自を求めていく従来説に対し、古事記でこれらが「とよのあかり」の歌謡とされていることをこそ重視すべきで、「逆に考えていって」、

「とよのあかり」の時歌われつづけて伝承されてきた歌謡が古事記に取られたのだ、としている。[4] この「天語歌」「宇岐歌」「志都歌」を擁する盛大な新嘗の「豊楽」は、雄略記の終わりにあって天皇讃仰の意図をもって描かれている。[5] それらの歌は、古事記編纂当時の新嘗の「豊楽」で実演されていたもので、古事記の物語はそれを濃厚に反映しているのだ。[6] なお、中で「宇岐歌」（ウキは盞の意。酒宴歌謡）は、琴歌譜においても「宇吉歌《うきうた》」として正月元日節の大歌に配され、古事記のこの物語を縁記としている。

仁徳記の「志都歌の歌返」六首（⑥〜⑪）は、石之日売の嫉妬物語の中にある。その物語の発端は、「大后、豊楽したまはむとして、御綱柏《みつながしは》を採りに木の国に幸行《いでま》しし間に、天皇、八田の若郎女に婚《あ》ひたまひき」というところにあった。集成本古事記（西宮一民氏）は、この「豊楽」を「新嘗祭の酒宴」と解している。「大后、御綱柏を御船に積盈《っ》みて還り幸す時に」、天皇の浮気を知って恨み怒る。その船に満載した御綱柏を全部海に投げ捨て、高津宮には帰らず、山代を目指す。それから二人が六首を歌う。このいかにも臨場感あふれる歌謡物語については、宮廷歌舞劇として行われたという推測もなされているのだが、[7] ここでは西郷信綱『古事記注釈』の解釈が参照される。西郷氏はこの段につき、

これはやはり饗宴にさいし演出されていたものではないか。この段が「大后、豊楽《トヨノアカリ》したまはむと為て、御綱柏を採りに、木国《キノクニ》に幸行《イ》でまし間に、云々」と語り出されているのは、以下がたんなる話ではなく、饗宴時の出しものであったらしいことを、すでに暗示する。

という。そして⑥の歌詞中に「其が下に　生ひ立てる　葉広　斎つ真椿　其が花の　照り坐し　其が葉の　広り坐すは　大君ろかも」とあるが、これは先の雄略記「天語歌」一〇一の「……新嘗屋に、生ひ立《ダ》てる、葉広、ゆつ真椿、其《ツ》が葉の、広り坐し、その花の、照り坐す、高光る、日の御子に、云々」と類似しており、「椿の花は春のこ

とぶれで、その盛りはほぼ新嘗祭のころと一致する」という。つまり、この「志都歌の歌返」六首は新嘗の「豊楽」で実際に演じられていたとみている。その可能性は高いだろう。ここでも新嘗の「豊楽」のありさまが古事記中に取り込まれているのだ。なお西郷氏が同じ個所で、記紀歌謡と古代の饗宴との深い関係について、「人びとが酒を飲んでえらぎ楽しむ古代の饗宴は、今日から予想するより遥かに歌謡のゆたかな淵叢であり、それが古事記でも大きな役を果たしているのを忘れるべきではない」、「記紀歌謡は口承歌であったとよくいわれるけれど、どういう場でどのように歌われたかを考えてみねばなるまい」と述べているのは今でも傾聴に値する。

「志都歌の歌返」のもう一首⑫は、「枯野の琴」の歌である。兎寸《とのき》河のほとりの大樹を切って作られた枯野という名の船は朝夕淡路島の清水を宮廷に運び、大御水《おほみもひ》に奉仕した。壊れてその焼け残った船木で琴を作ったところ七里に鳴り響いた、という物語をともなっている。この枯野の話の前には、雁の卵の祥瑞をめぐる天皇と建内宿禰の歌問答がある。その発端は、ある時に天皇が「豊楽したまはむとして」日女《ひめ》島に出かけたというところにあった。雁の卵をめぐって歌問答を行った後、建内宿禰は御琴を給わって、「なが御子や　つひに知らむと　雁は卵生《こむ》らし」と歌い、天皇治世を讃えた。そしてこの歌は「本岐《ほき》歌の片歌」であるという。「本岐歌」は寿祝の歌の義である。この「雁の卵」と「枯野の琴」の話は、天皇治世の讃美、また琴をめぐる話という点で共通し、連続している。そして一方が「本岐歌の片歌」であり、他方が「志都歌の歌返」であって、やはり宮廷で行われたことを示しており、「豊楽」にゆかりをもつ。

以上のように、古事記の「志都歌」や「志都歌の歌返」はそれぞれの歌謡物語中にありながらその現実の歌の場が酒宴であったことを示唆している。中でも「志都歌」⑤や「志都歌の歌返」⑥～⑪は新嘗の「豊楽」で歌われたらしい。同じ名をもつ雄略天皇と引田部赤猪子の「志都歌」四首①～④も、その物語にまつわる演劇性、また③「御諸に築くや玉垣……」が琴歌譜に伝わり新嘗会で歌われている点において、古くから新嘗の「豊楽」で行われてきただろうという推測はしやすい。

古事記の「志都歌」や「志都歌の歌返」が新嘗の「豊楽」で歌われていたものであったなら、するとつまり、『記紀歌謡全註解』（相磯貞三氏）にも「もとは節会の時などの「志都歌」の奏楽の後に、この「歌返」が再び奏せられたもので」と短い言及があるように、両者は同じ時同じ場で行われていたのだ。だからこそこれらの名があり、だからこそ琴歌譜でも新嘗会の歌として「茲都歌」「歌返」と続いて歌われている。まず雄略天皇ゆかりの「志都歌」が歌われ、それに仁徳天皇ゆかりの「志都歌の歌返」が合わされたのだろう。両者は音楽的にも響きあった。それぞれの歌群の実演や歌どうしの響きあいの中に何らかの熱狂や陶酔がともなったにちがいない。琴歌譜は後世のものではあるにしても、「茲都歌」「歌返」両曲に特徴的にみられる後半部の執拗なリフレイン、しかも音楽的な対応を示しているそのリフレインこそはそのふんいきの一部を伝えているだろう。

一見ねじれの位置の関係のようにみえる古事記と琴歌譜の「しつ歌」「しつ歌の歌返」は、以上のような読解から導かれるように、実は両者の密接な関係と歴史とを示しているのだ。そこには不変と変遷の両面が認められる。不変というのは、「しつ歌」と「しつ歌の歌返」が組曲として宮中の新嘗祭の宴で伝統として長く行われ続けたという点である。古代の数ある宮廷祭祀の中で、収穫にまつわる新嘗祭こそは最も重視された。その直会の宴で奏されたそれらは、最も重んじられた宮廷歌謡であり続けた。

変遷というのは、歌数の減少である。琴歌譜編纂当時の新嘗会で行われていたのは、琴歌譜を信ずる限り、「しつ歌」も「しつ歌の歌返」もわずかに一曲ずつでしかない。歌数の減少はおそらく宴の場における歌謡物語の後退を意味する。古事記編纂の段階では、両曲は古事記に載るように一群の歌が物語を背景に新嘗の「豊楽」で演じられていたのだろう。「故、此の四つの歌は志都歌ぞ」、「此の天皇と大后との歌はしし六つの歌は、志都歌の歌返ぞ」などの古事記の統括的な説明は、歌の現場に開かれてその実演の情景を想わせる。しかしそれから百年以上隔たった時代には、それぞれ一曲ずつしか行われなくなっていた。一曲ずつで用が足りたということは、歌謡物語全体は演じられず、それはだいぶ背景に後退していたのである。琴歌譜編者は両曲の縁記について、それぞれ雄略や仁徳とは別の天皇代の縁記を「一説に云く」「古事記に云く」などとして書き留めている。これなども後世においては、古拙な宮廷歌謡全体の衰退の過程で「しつ歌」「しつ歌の歌返」がもとの物語と密接ではなくなりつつあった証拠の一つとみられよう。

もと楽府で管掌されていたこの両曲を含む大歌は、聖武朝ごろには「歌儛所《うたまひどころ》」に引き継がれ、その時代に合う琴歌として刷新されたらしい。またそれが、八世紀後半には「大歌所」に引き継がれたらしい。そのような管掌部署や歌びとの変遷なども経ながら、長く新嘗会の伝統として行われてきた「しつ歌」と「しつ歌の歌返」は、琴歌譜にみるようにいわば縮小整備されたあり方に至ったのだと思われる。

三　二人の天皇、歌曲の意義

変遷や衰退ということはあったとして、しかし古事記の時代から琴歌譜の時代にかけて「しつ歌」「しつ歌の歌返」は組曲として宮中の新嘗の酒宴で長く行われていた。あらためてその意義を問おう。

古事記では「志都歌」が雄略天皇にゆかりの歌、「志都歌の歌返」が仁徳天皇にゆかりの歌という性格をもっていたことをもう一度想起したい。古事記下巻は仁徳天皇から始まり、仁徳は「聖帝」と讃えられ、多くの歌謡物語の主人公である。雄略記も天皇の倭の国の支配者としての権威を示す話を多く収め、歌謡物語が豊富である。記紀編纂中の天武朝から奈良時代の初めにかけての人々は、両天皇を現国家の基礎を築いた存在として重んじ、また親しみもしていたようである。

「しつ歌」「しつ歌の歌返」は、新嘗祭の直会の場でそのような両天皇を想起させただろう。古事記編纂の時代には、雄略と赤猪子の物語が数首の歌をもって演じられ、続いて仁徳天皇と石之日売の物語がやはり数首の歌をもって歌い返されたのだろう。それによって直会の人々は自らの一つの、いや二つの始原に立ち帰った。熱狂や陶酔がともなったはずである。そのころの酒宴の場では、雄略と赤猪子の歌謡の贈答などはおもしろおかしい物語として哄笑を誘ったのかもしれない(8)。仁徳と石之日売皇后の歌謡物語も、深刻というよりはユーモアを含む色好みと嫉妬の話である。同時に、春日袁杼比売が天皇に献じたとされる⑤の歌および「天語歌」や、おそらく琴の伴奏で歌われただろう⑫の枯野の琴の歌も、ゆかしい天皇治世の讃歌として演じられたのではないか。このように、両天皇の想起、そして讃仰ということに、「しつ歌」「しつ歌の歌返」を奏する主要な意義はあったのではないだろうか。それは新穀を神と共食し、天皇霊を更新するという新嘗祭の意義にもかなっていただろう。そして簡略化の歴史をたどったとはいえ、両首を新嘗の酒宴で行うことがそのような大きな意義をもっていたゆえに、それらは長く行われ、琴歌譜編纂の時代までも伝えられたのだと思われる(9)。

なお、「しつ歌」「しつ歌の歌返」による両天皇の想起は、万葉集冒頭のあるふんいきとも通うところがある。万葉集の古層をなす巻一・二において雄略は巻一の巻頭歌の作者、仁徳は巻二の冒頭で皇后の思慕の相手である。しかも雄略歌は野遊びにおける求婚歌であって引田部赤猪子の話に類似し、磐姫皇后の天皇を思慕して煩悶する連作四首は古事記の嫉妬物語の裏面である。それらの歌が「しつ歌」や「しつ歌の歌返」そのものであったというのではないが、年ごとに新嘗の宴で繰り返された「しつ歌」「しつ歌の歌返」とこの万葉冒頭の歌のあり方は両天皇の想起という点で共通するものがある。(10)

おわりに

繰り返すが、「しつ歌」「しつ歌の歌返」は、七世紀、あるいはそれ以前から平安時代にかけて宮廷の酒宴、特に新嘗の酒宴で長く連綿と歌い継がれた歌だろう。それらは組曲として奏され、古事記においては雄略・仁徳それぞれの歌謡物語となった。そうして新嘗の酒宴で奏する主要な意義は、二帝の想起と讃仰にある。それらは宮廷歌謡中でも重んじられ、音楽的にも熱狂や陶酔をともなうものであったろう。古事記と琴歌譜にみえるそれらのあり方からは、以上のようなことが推定できる。

論の錯綜を避けるために後回しにしたが、終わりに「しつ歌」の語義についてふれておこう。

古事記伝で宣長は、「志都歌」の「都」は清音であり、「しつ」の意味は「静《シツ》」、つまり「静歌」で、「（神楽歌の）韓神ノ歌に、静《シツ》韓神早《ハヤ》韓神と云ことあり、早《ハヤ》に対へて、静《シツ》と云を以て見れば、志都《シツ》歌は、徐《シツカ》に歌ふ由の名なるべし」と説いている。現代でも宣長説が参照されつつ、「（揚げ拍子に対する）閑拍子の歌」（土橋寛『古代歌謡全注釈古事記編』）とする説があり、あるいは「上げ歌」に対する「下《し》つ歌」（下げ調子の歌）、または「鎮《しづ》歌」（鎮魂の歌）である可能性も説かれてきた。

古事記の仮名表記において「都」はもっぱら清音仮名として用いられている。そこで宣長の言うように「志都歌」は「しづ歌」でなく「しつ歌」である。琴歌譜においても、「都」は濁音に用いられる「豆」に対して清音を現わす強い傾向をもつ。「茲都歌」はやはり「しつ歌」である。問題はその「しつ」にいかなる語義が認められるかということだが、「静」「下つ」「鎮」説いずれも濁音「しづ」の語例はあっても清音「しつ」の確例をもたない点、同様に難点をもつ。しかし古代にあっても古い言葉であっただろう「しつ」の語性をみようとする時、清濁が決定的だともいえない。「下《し》づ枝」と濁るが、「下《した》」とも清む。また「下《し》づ」は語義を考慮しても「垂《し》づ」、「沈《しづ》く」、「鎮《しづ》む」などと関連する言葉だろうことを思うと[11]、「しつ歌」は「下つ歌」または「鎮つ歌」であった可能性がある。神楽歌の鍋島家本裏書には「尻挙歌」と対照されて「志川歌」がみえ、「しつ歌」あるいは「しづ歌」と読んで曲調を表すらしいから、後世には「静歌」であった可能性もある[12]。

念のために言うが、「しつ歌」が「下つ歌」、「鎮つ歌」あるいは「静歌」の義だとしても、先述した両曲による「熱狂」「陶酔」ということとは矛盾しない。琴歌譜の歌譜につけば、「茲都歌」は「手」の字で示される拍子が少なく（全体で十）まばらで、抑えた調子でおもむろに歌われたようだ。「茲都歌は、その名の示すように、しずかに、そして不均拍に神楽風にうたわれたもの[13]」といわれる。この歌い方が曲名と関係することはたしかだろう。しかしながら後半部の「つきあます」の執拗なリフレインは静かな中にもある高潮を示している。続く「歌返」は、「茲都歌」と対照的に拍子数多く（全体で七十三）、リズミカルに歌われたらしい。そしてその後半部では「茲都歌」の後半部の旋律を模倣して二曲が組曲であることを現しつつ、「しの（篠）」を焦点化する。「うゑつしの　しの」のリフレイン部で高潮する。

古事記の歌また歌曲名には琴歌譜のそれと共通するものがある。そこで古事記の歌を読むために時に琴歌譜を参照できるが、そればかりでなく、琴歌譜から古事記を見ることも意義が大きい。そうすることによって古事記歌謡の宮廷歌謡的性格、いわばその三次元的なあり方をある程度見通すことができる。琴歌譜の歌は節会の歌謡として奏されたことが明らかであり、また歌い方を記す歌譜やわずかながらも琴譜も記しているからである。

「しつ歌」「しつ歌の歌返」は古代の宮廷行事にともなう酒宴で行われた宮廷歌謡の太い流れを示している。古事記と琴歌譜で共通する他の「酒楽の歌」「志良宜歌」「宇岐歌」などもまた宮中の酒宴の場で長く歌い継がれた歌々であり、それらの歌詞・歌譜の背後には古代の宮廷人たちの盛んな歓楽の声が響いている。

注

（1）渡部和雄「志都歌試論」（「美夫君志」四、一九六一年十月）。
（2）拙稿「琴歌譜の成立過程」（「萬葉」一六四、一九九八年一月。本書所収）。
（3）林謙三「琴歌譜の音楽的解釈の試み」（『雅楽―古楽譜の解読―』所収、一九六九年）。
（4）益田勝実『記紀歌謡』一〇四頁（一九七二年）。
（5）参考、駒木敏『古事記歌謡の形態と機能』七六頁（二〇一七年）。
（6）文脈はやや異なるが、渡部和雄「志都歌の伝承」（「国語国文研究」二九、一九六四年十月）もこれらの歌や後にふれる仁徳記の「志都歌の歌返」などを「大（新）嘗祭儀式次第歌謡」ととらえ、また古事記編纂時には「古事記の中で最多数の頻度を持つ志都歌及歌返が大（新）嘗祭に於て非常に重要な歌であった」と「回想されていた」と説いている。
（7）西條勉「埋れた宮廷歌舞劇―仁徳記「志都歌之歌返」を読む―」（「上代文学」五七、一九八六年十一月）。
（8）井口樹生「大嘗祭と歌謡及び和歌―『琴歌譜』十一月節を中心に―」（「芸文研究」六五、一九九四年三月）に、琴歌譜の「茲都歌」は「宴席の笑いを誘った歌と解せる」としている。
（9）琴歌譜の時代において新嘗会で両曲を奏する意義については、拙稿「琴歌譜歌謡の構成―「大歌の部」について―」（「萬葉語文研究」八、二〇一二年九月。本書所収）でも考察した。

(10) 同趣旨の考察は、注(6)の論文にもみられる。
(11) 参考、川端善明『活用の研究Ⅱ』二四四頁(一九七九年)。
(12) 注(1)の論文にも名義の検討があり、鎮魂歌の義と説いている。
(13) 注(3)に同じ。

歌謡と韻律

一　歌謡のリズム

観察的立場から、リズムなるものの成因を、知覚への刺激の周期的反復ととらえるとき、日本語の基本的なリズム形式は、音の強弱や高低の周期的反復ではなく、拍音の等時的な（時間を等しくする）反復の形式として観察される[1]。そして一般に、この等時的拍音形式に基礎づけられて、和歌（短歌）・俳諧（俳句）・定型詩などの日本の詩歌の韻律も存在し、その主たるものは音数律であるといわれる。たとえば三十一音の和歌形式は、休止によって分節されつつ、五音・七音単位で等時的拍音が連続し、その句レベルの五七五七七という音数の組合せ（構造）が音数律を実現する。

しかし、うたわれる歌謡の場合は、その韻律をただちに歌詞の形（以下、「詞形」という）のそれへと還元するわけにはいかない。たとえば、

やくもたついづもやへがきつまごみにやへがきつくるそのやへがきを（記1）

という歌謡が、詞形において五七五七七の和歌定型を表象しているからといって、ある曲形にのせてうたわれるときに現象するリズムは、詞形の韻律そのままであったとは、原則として、いえない。まずは一般的に、声楽としての歌謡のリズムは、音楽的次元、および詩（ことば）と音楽とが結び合う次元で実現されるといっておこう。とはいえ、詞形の韻律が、その声楽上のリズムの実現に関与しないわけではないということも、経験的にも自明であろう。歌謡のリズムと詞形の韻律とはどう関係するか。こうした問いかけは、日本のウタとして和歌よりも歌謡の方が古く存したことを考えるとき、重要性を増すと思われる。詞形・曲形とすでに分析的に述べてしまったけれども、古く歌謡はそうした分析以前の未分の次元で、ウタフという言語行為のうちに現象していたはずである。そのような歌謡において、韻律とは何であったのかと問いたい。

なお、用語の概念上の混乱を避けるために、以下、詞形におけるリズム構造を「韻律」と呼び、歌謡の音楽的要素としての「リズム」とは書き分ける。いわば詩歌を読むときにあらわれる律動が「韻律」であり、ウタフときにあらわれる律動が「リズム」である。また、歌謡のリズムという場合、広義にはことばの意味的側面におけるリズムをも含めねばならないが[2]、いまは「韻律」という語と対比する必要から、音楽的側面に重点を置いた歌唱上のリズムをいうことにする。また、言語音の一定の切れ続きによる韻律を「音数律」と呼ぶ。

もっとも、詩歌のリズム論・韻律論の危うさ、困難さは、このように一つの定義をほどこす、つまり分析装置を構えるときに、たちまち本質的なものの一部が掌からこぼれ落ちていくようなところにある。リズム・韻律は、歌謡や詩歌における根源的な何ものかとして、ことばや概念による分析不能の本質をもつというべきかもしれない[3]。たとえていえば、「意識」をもってして「無意識」の分析に立ち向かうようなものか。従来多くの歌謡・詩歌のリズム・韻律論が書かれてきたけれども、そのほとんどが読後に、「それではリズム・韻律とは何か」という問いを残しているように思われる。
一つの断念を出発として、ここでは観察的立場からの接近をはかる。

二　多良間島のニリから

具体的に、今もうたわれている一曲の歌謡のリズムと韻律を観察することからはじめよう。沖縄県宮古郡多良間《たらま》村《そん》（多良間島）のスツウプナカ（節祭＝古い農事暦による一年の境目の祭）でうたわれているニリ（ニーリ）と呼ばれる神歌をとりあげる。ここで南島（琉球）の神歌に材をとるのはいくつかの理由がある。それが一村落に長く伝承されてきた土着的な歌謡であり、その内容や形式やうたい方においてウタなるものの原初性をある程度保存していると認められること、またそれをとりまいて南島の古歌謡の豊富な全体が存し、その歌謡について個別性と普遍性を析出しやすいこと、さらに、同じ日本語により、しかももとは根を同じくしたはずの歌謡として、記紀歌謡などの古代ヤマトの歌謡との比較を行う道も開かれていること、などである。島々に伝えられた南島の古歌謡については、近年になって資料もとのいつつあり[4]、その歌謡性の研究も多面的に進められつつあるが、リズム・韻律などの主題も含めて、日本語による歌謡の基礎的研究には、多く現在もうたわれ、多様さと豊富さと歴史的深度を保ちながら一つの全体として現前している南島の古歌謡こそが、今後ますます重要な存在となってこよう。

さて、多良間島のスツウプナカでは多くの歌謡がうたわれるが、中でもニリは古色を保ち、祭事の進行の上でも重要視されている。四種のニリがうたわれる中で、いま「カディカリのニリ」をとりあげてみよう。二十分から六十分（祭場によりうたい方により歌唱時間が異なる）もかけてうたわれる長編歌謡で、その内容は、カディカリという島の祖神が、家造りをしたが、祝いの鼓がないのでそれを求めて伊良部島へと漕ぎ渡り、友の助けで首尾よく鼓の材となる木を得て帰島、それで鼓を作って打ち鳴らし島を支配した、というものである。英雄的祖神の呪具による宗教的支配を語るであろう。

そのうたい方について摘記すると、まずうたい手は、老人座または中老座と呼ばれる、ほぼ五十歳以上の男性集団である。彼らは祭場に敷かれた莫蓙に座り、座のうちの長老が音頭取り（ムトゥバーリ）となって一節を先唱すると、他の男性たち（ウティガーリ）がそのまま復唱して続ける。この復唱形式で終始うたわれる。その場合、休止の拍を全く置かず、交互に続ける。初めの数節は[5]（中舌音を片仮名で示す）、

1　かでぃかイぬい　うやよ　しゅらましゃイ　うやよ　嘉手刈〈地名〉の親よ（囃し詞　以下略）
2　ういうきぬい　しゅーよ　しゅらましゃイ　しゅーよ　上浮き〈地名〉の主よ
3　かでぃかイぬ　チジん　しゅらましゃイ　チジん　嘉手刈の頂に
4　かでぃかイぬ　チジん　しゅらましゃイ　うやよ　嘉手刈の頂に
5　ういうきぬ　んにん　しゅらましゃイ　うやよ　上浮きの上に

第3節までは特にゆっくりとした調子、第4節で転調してテンポがやや早まり、旋律も変わる。以後は最終第103節まで一定。「しゅらましゃイ　うやよ（末勝る親よ、の意）」は囃し詞で、各節ごとに繰返される（第2・3節のみことばがややちがう）。

詞形の上からみると、「五三音＋五三音（囃し詞）」で一節をなし、これが旋律上の単位ともなって蜿蜒と繰返される。けれども、うたわれるとき、各音節の長さは同じ（等時拍）ではなく、採譜のように四分の一拍から一拍まで四種の長さの音が一定の組合せによって構成されている。採譜は近似的なものでしかないが、詞形上の一節が二

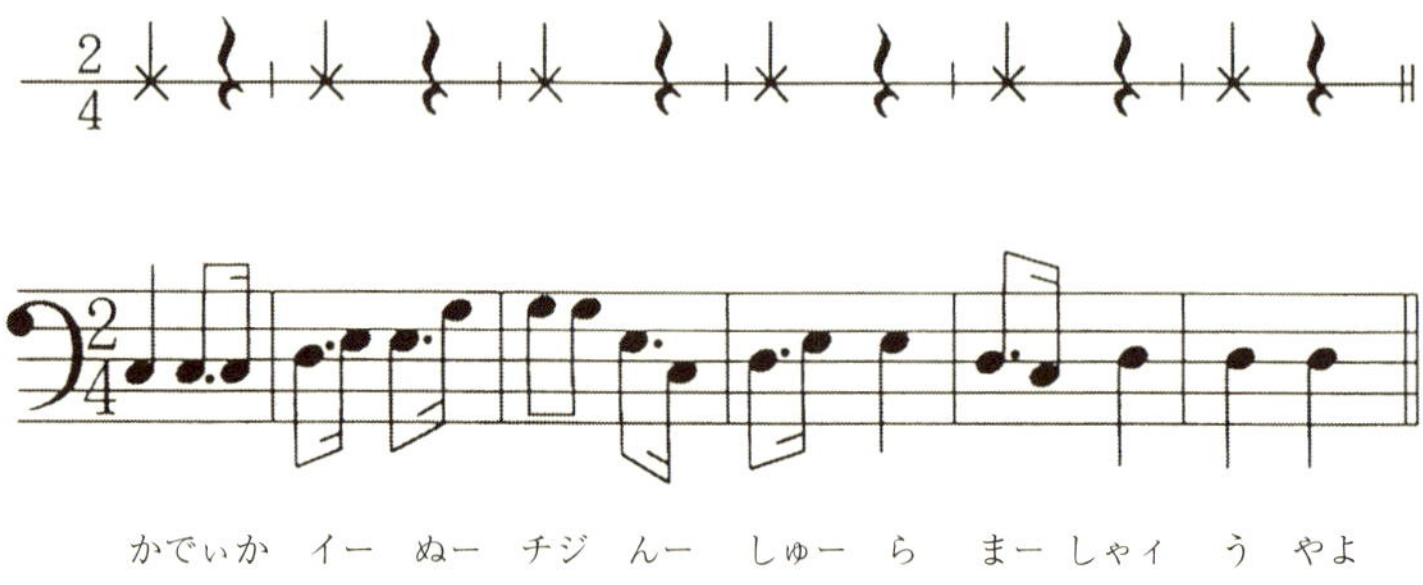
かでぃか　イー　ぬー　チジ　んー　しゅー　ら　まー　しゃぃ　う　やよ

「カディカリのニリ」の譜。歌詞は第4節。上段は手拍子の位置を示す。

拍子十二拍でうたわれていることがわかる。

また、詞形上の節が二つ合わさって対句形式を構成している（第1節と第2節、第4節と第5節、第6節と第7節……）。この対句は、意味上、後句が前句を少し言いかえて事がらを強調する、繰返し的な対句である。そして、いま囃し詞を除いてみると、この五三音二句の対句形（五三・五三）が、転調を行う第3節のみは別にして、最終第103節まで一貫している。

楽器の伴奏はない。第4節以降は手拍子が入り、一節に六度のわりあいで等時的に打たれる（譜の×印参照）。旋律は四声（ドレミソ）の狭い範囲で動いている。

詞形をさらに細かくみると、一節は五三律を基本とするが、多少字余り句も認められる。たとえば、

24　まぱジみぬ　ふなジき　真初めの舟着けをし
25　あらぱなぬ　ぱにうるし　新端の羽下ろしをし
29　ぱにうるしゃ　にふしゃ　羽下ろしは遅い
36　たがふにが　しゃまイが　誰の舟でしょうか
（囃し詞は省いた）

このように上の句が六音、下の句が四音または五音になっている個所が散見するが、歌唱上はことばを早めてうたうので（たとえば第24節は、「ふなジ」で

一拍分、「き」で一拍分）、五三音六拍（一節十二拍）のかたちはくずれない。

さて、以上のごとく観察された事実から、この歌謡のリズムはどのように析出されるだろうか。歌謡のリズムは、詞形・曲形両面にかかわって現象し、しかも統合的に実現される。そこでいま、分析的手法でこの歌謡のリズムの実現にかかわると思われる主要な要素を、音楽的な面からことばの意味にかかわる面へとたどりながら列挙してみよう。

A　節毎の復唱
B　曲形の節毎の反復
C　囃し詞の節毎の反復
D　「五三音＋五三音（囃し詞）」で構成される節の、二拍子十二拍での反復
E　五三音二句の対句形式の反復

これらのうち、A・Bはことばの意味に無関係な、純粋に音楽的な形式の反復である。Cも同音の反復であるが、ことばの音の反復も加わり、また主人公を繰返し讃えるということばの意味の面へも開かれている。Dは、先述のように、一節内で各音節が数種の長さの音の一定の組合せをもち、その形式が節毎に繰返されることを含意する。「五三音＋五三音（囃し詞）」と分析される点、すでにことばの意味の面にも関係している。Eはことばの音の形式と意味の両面にかかわる。音形式と意味の上で、五三・五三の二節が対句を構成すると意識されることによって、歌謡の時間に沿う線条的な展開の中に一種の空間性が導入され、停滞の感じがおこり、竹の節目のようにそれが連続していくというリズム感が与えられる。

このように、AからEまで、音楽的形式から言語音の形式やことばの意味にかかわるまでのおのおのの位相でリ

ズムを形成する要素が析出できる。そして、それらが融合的に働くことによって、統合的にこの歌謡のリズムが実現されているといえよう。

主観的なもの言いになるが、実際に聴いてみるとこの「カディカリのニリ」は曲形や詞形の単調ともいえる長い反復のうちに対句が節をなしつつ連続し、とどこおりつつゆったりと進む。厳粛とも聞こえるがまた軽やかさも合わせもつようだ。そこではたしかに、リズムによって聖化された時間が生きられている。そしてこうしたリズムの流れのなかを、物語的意味がうねっていく。リズムの流れと、英雄的祖神の事績という叙事的内容の漸層的な展開とが一体化しているように感じられる。

このような「カディカリのニリ」のリズムは、固有でありつつ、普遍性に根ざしてもいる。A〜Eの分析からもうかがわれるように、反復および対句がこの歌謡のリズムの主要な要素であるが、反復と対句は広く南島の長歌謡一般にみられる特徴にほかならない(6)。

三　歌謡とエクリチュール

では、「カディカリのニリ」のそのようなリズムの形成に、詞形における五三音の音数律(韻律)はどのように関与しているとみられるのか。また詞形の音数律の存在は、歌謡にとってどのような意味をもつのか。

先の分析では、五三律はDおよびEの要素とかかわる。そして五三律は、ヨム場合には等時的拍音形式によめるけれども、ウタフ場合には一節を二拍子十二拍でうたうという音楽的な面からの要請を受けて、数種の長さの音の組合せとなってうたわれる。つまり、うたわれるとき、拍節の律という点でも一音節の長さという点でも、詞形における等時的な音数律はそのまま表面に現象してくるわけではない。この関係は常識的なようだが、歌謡における一つの普遍的な真理として重要である。古代歌謡研究の分野においては、従来もヨム場合とウタフ場合のリズムの差違が漠然と指摘されてきたけれども、しかし詞形の律をそう大きく変更しない程度にうたわれたのだろうという理解も漠然と存したように思われる。しかし、原則として、ヨムようにウタへるわけではなく、詞形の韻律と歌謡の拍節のリズムとは別の次元に属する。[7]

それでは、この歌謡のリズムにとって、詞形における五三律の存在は無意味であるのかというと、むろんそうではあるまい。第一に、詞形における五三律こそが、言語音の韻律の次元から、この歌謡の一節二拍子十二拍という拍節のリズムの実現を基礎づけているという側面がある。ただし、いうまでもなく、詞形の五三律にとってウタフ場合の一節二拍子十二拍というリズムの実現が唯一の可能態であったのではなく、一つの可能態を選びとったという関係にある。第二に、詞形における五三律および対句形は、ウタフ場合にいわば台本の役目をはたしている。ニリは本来、音頭取りの長老らが記憶によってうたうのだが、長老の記憶（身体的なものも含めて）の中にある一定の詞形の韻律は、歌詞とともに、いわば歌唱のための台本であり、記憶の中に書かれたもの（エクリチュール）にほかならない。

詞形の韻律が歌謡にとって書かれたものであるということは、より深い意味をもっている。「カディカリのニリ」にみられる五三音対句形は、実は広く南島全域の長歌謡に見出されるものであり、他の五四音対句形や五五三音単句形（五音と五音が対をなす）などとともに南島における普遍的・共同的な韻律そのものである。[8]だからそれはまた、一つの有力な伝承の型であり、創造の枠組みでもあった。歌謡にとって韻律とは、本質的に共同的な、伝承と創造の根源にほかならない。

ではそのような詞形の韻律が、「カディカリのニリ」にもみられるように、音数の点でふつうに字余り句や字足らず句を含んでいる、はなはだしくは不定型と見まごうばかりに各音数が入り乱れている詞形があるのは、どうしたわけか。ここにも、歌謡の韻律の本質的な意味がひそんでいるように思われる。短歌謡も含めて、南島の多種ある歌謡において、琉歌以外は字余り句字足らず句はふつうにみられる。音数律においてゆるやかなのである。それは定型以前の不定型の様態を示すとも評されるが、はたしてそうか。歌謡はうたわれるときのリズムにおいてこそ「定型」を実現するので、詞形における音数律はゆるやかでよいのである、といった説明がいちおう可能だが、それではまだ消極的な説明にすぎないだろう。ゆるやかな音数律には、それ自体に詩としての価値が認められる。この場合、「ゆるやか」とは「不定」や「未熟」の謂ではなく、ことばが韻律を把捉すべく、また韻律がことばを包摂すべく生動的である状態を意味しよう。ことばと韻律とが、未分の力をも秘めながらせめぎあうところに自ずからに生ずる一つの逸脱を、音数律のゆるやかさは示しているのではないか。記載以前の歌謡をヨムときにある種の歌の力を感ずるのは、そのあたりのこととも有縁であるように思われる。

四　古代歌謡の韻律

記紀歌謡などの古代ヤマトの歌謡は、すでにうたい方や曲形が不明となっているから、そのリズムについて多くを述べることはできない。ただ、時代は下るが『琴歌譜』（天元四年《九八一》書写。成立は九世紀前半か）および神楽歌・催馬楽の譜は歌謡のうたい方や曲形について部分的にうかがえる貴重な資料であり、それらの検討を行った土橋寛氏の研究がある。(9) 氏によれば、それらの資料からは、短歌体の場合、「57－（5）77」「575－（5）7

7」（（　）は繰返し）などの二段形式の唱謡法が見出され、曲形も前半と後半を同じ旋律で繰返す二部形式が基本であり、それらの唱謡法や曲形は詞形における上句・下句の二部構造と対応している、という。そして、そうしたありさまは記紀短歌謡の場合も変わらなかったと推測し、さらにその詞形における二部構造および音楽的な面での二部形式の起源を、集団的儀礼における唱和形式に求めている。古代歌謡のリズムの考察としても、詞形のみならず曲形にまで踏みこんだ論として示唆に富む。ただし、「わが国の歌謡のリズムは、音楽的な均拍リズムとは別のコトバの音数リズムである」との基本的な把握は、歌謡のリズムと詞形における韻律（音数律）とを別次元のものととらえる本稿の考察とは相容れない。

一方日本音楽研究者の林謙三氏は、やはり神楽歌・催馬楽の譜や『琴歌譜』の譜などについて検討し、それらの拍子について、「平安朝の歌謡には不均拍と均拍の二様があり、神楽、朗詠等は不均拍を主要視し、催馬楽、風俗は均拍を本旨とし、両方にまたがるものに東遊等が見られる」とし、『琴歌譜』の琴歌についても「神楽同様、不均拍を本旨とすると認めてよい」が、「歌返」などは均拍的にうたわれたかとしている。(10)そこでは「拍子間の音長が均等である」ものを「均拍」とし、「不均等である」ものを「不均拍」としている。「わが古代歌謡の拍節は神楽の大部分の歌に見るように、本来は無拍子――不均拍に近いものであったろうと考えられる。それが外来音楽の感化をうけて、拍子づけることが次第に試みられた形跡がある」との見方は重んじられるべきだが、『琴歌譜』ではすべての曲に拍子記号が付けられているように「不均拍」というものも拍子がないわけではなく、自由な拍節というべきだろう。同氏は旋律についても、「実際にうたわれた記紀歌謡の多くは五声（ドレミソラ――稿者注）程度の簡素な旋律のものであったと推定される」と考察し、うたわれ方の実際について参考になる。

記紀歌謡などのうたい方や曲形の具体についてはなお容易に知られないが、それらの歌詞の記載からは、記載ということにまつわる変更の可能性はあるとしても、詞形の韻律、中でも特に音数律のありかたについてはある程度知ることができる。記紀歌謡のリズム・韻律について、従来もこの点に研究の主力が注がれてきたのであった。

　記紀風土記などの歌謡においても、南島歌謡と同様、ゆるやかな音数律や語句の反復や繰返し的対句を、詞形の特徴として見出すことができる。共通点として興味深い。ただ、音数律の単位は、南島では古く五三・五四・五五・五五三などであったのに対し、五七・五六・四六・四七などである。また語句の反復や対句は、詞形の韻律を実現する重要な要素であるが、南島歌謡ほどには詞形の構造の骨格をなすものとはなっていないかにみえる。

　神の事績をうたうという点で先の「カディカリのニリ」と共通性をもつ、八千矛《やちほこ》の神の歌謡（記2）を一首、次に引いてみよう。下に音数律をしるし、対句は上に符号を付す。

八千矛の　神の命《みこと》は　5 7
八島国　妻枕《ま》きかねて　5 7
遠々《とほとほ》し　高志《こし》の国に　5 6
賢《さか》し女《め》を　ありと聞かして　5 7
麗《くは》し女《め》を　ありと聞こして　5 7
さ婚《よば》ひに　あり立たし　5 5
婚ひに　あり通はせ　4 6
太刀《たち》が緒《を》も　いまだ解かずて　5 7
襲《おすひ》をも　いまだ解かねば　5 7
嬢女《をとめ》の　寝《な》すや板戸を　4 7
押そぶらひ　我《わ》が立たせれば　5 7
引こづらひ　我が立たせれば　5 7
青山に　鵼《ぬえ》は鳴きぬ　5 6
さ野つ鳥　雉《きぎし》は響《とよ》む　5 7
庭つ鳥　鶏《かけ》は鳴く　5 5
うれたくも　鳴くなる鳥か　5 7
この鳥も　打ち止めこせね　5 7
いしたふや　海人駈使《あまはせづかひ》　5 7
事の　語《かた》り言《ごと》も　こをば　3 6 3

詞形上、五七音を一節とする節の連続と、二句同士の対句が多用されている点が目立つ。うたい方は不明であるとしても、この歌謡も声楽としては二句を一節として、節毎に同じ曲形を反復するかたちでうたわれたことを想像させる。その曲形の反復や拍の形式こそが、声楽としてのこの歌謡のリズムの実現を主にになったことだろう。

音数律は、五音七音の五七律を主としているが、また三音句・四音句・五音句（七音句の個所）・六音句も少なからず存在する。が、一つの曲形が節毎に反復されてうたわれたと仮定した場合、それらの音足らずの句も歌唱の際には何らかの拍節のリズムに適合してうたわれたはずである。それは、「あまれるはちゞめ、たらぬは延《ノベ》てぞうひけむ」、「さてかく延《ノベ》てもちゞめても、うたふにこそ調《シラベ》はかなふべけれ」（石上私淑言）というさまであり、「上古の歌は音楽から未だ離れてゐないものであつて、ある句を繰返し、ある音を長く引き、或は拍子の言葉を挿入して調子を整へて謡つたものであつて、上古の謡ひ方に従へば決して長短の句が交錯せる不規則なものではなかつたのであらう⑾」と説明できる。

ところで、記紀歌謡の定型・不定型の問題にかかわっては、「原始的詩形は、音数に於いて自由律をとつてゐた⑿」、「上代歌謡の形式は、一言にして蔽へば句数音数共に未定形であつて、流動的であると言ひ得る⒀」などの見方がある。古代歌謡から万葉和歌への音数律の変遷を、未定型から定型へと見通すこのような見解は、「ちはやぶる神世には歌の文字も定まらず……」とする古今和歌集仮名序以来ともいえ、現在もなお有力であるようだ。しかし和歌との比較においてはそのように見えても、古代歌謡の音数律はそれ自身として「自由」や「未定」や「不定」だったのではあるまい。先に南島歌謡について述べたように、歌謡の場合「定型」は歌唱のレベルで拍節などの何らかに固有のリズムとして実現されるわけで、音数律はそれが可能な程度にゆるやかに存在したというべきである。このような推測を、記紀歌謡の句構成（おおむね二句一節）と句の音数（三音〜九音）のあり方は裏切らないだろう。和歌の音数律との比較については後に述べよう。

八千矛の歌謡にも見られるように、記紀歌謡においては、五音句・七音句以外の音数も少なくない。しかもそれは、比較的長歌謡に多く短歌謡には少ない。

記紀の長歌謡（句数が七句以上）を句毎に分け、総句数に対する各音数句の数量の比率を算出した調査によれば、五音句・七音句はそれぞれ全体の約三七パーセント・二五パーセントであるのに対して、四音句・六音句もそれぞれ一一パーセント・一八パーセントほどを占め、相当に多い。また一節（二句）単位でも、五七律は最も多いが、五六律もその約三分の二、四六律・四七律・五五律もそれぞれ五七律の四分の一程度はあるという。[14] 一首が一つの律で統一されているのでなく、一首の中に複数の律が混在しているわけで、音数律はゆるやかである。しかもそれら数種の音数律は、五五律を除き短句と長句の組合せで構成されているという点で共通性をもつ。これは、やはり五五律を除くと、長句短句の組合せで一節が構成される南島の長歌謡と興味深い対照をなす。

一方、記紀の短歌謡（句数が六句以下）の場合は、三句体から六句体までの歌体が存するが、中でも五句体がきわめて多く（記で約七二パーセント・紀で約八六パーセント）、しかもその五句体では五七五七七の和歌定型ないしそれに近似的なかたちをとるものがほとんどである。[15] 中で初句四音のものが記で十一首・紀で五首あり、また第四句六音のものが記で七首・紀で六首あり、それぞれ有意性をもつ。四七五七七（あてはまるもの、記六首・紀五首）、五七五六七（同、記三首・紀三首）という音数律も定型性を保っていたのではないか。ちなみに、常陸国風土記の筑波山の歌垣の歌謡二首は、五四五八七・五四五七八という音数で、一つの地方的な音数律の存したことをうかがわせる。

次に、記紀の五句体歌謡における句切れを観察すると、二句切れないし四句切れの歌謡と三句切れの歌謡の数の対比が、記で三六首対五首・紀で四四首対一六首（ヨム歌やそれに近い歌が多いとみられる皇極紀以降の歌謡を除くと三四首対一〇首）である。ここからは、短歌謡も長歌謡と同様短長句（五七律が多い）を単位（節）とすること、そして短歌体が短長句を二度繰返してそれに詠み止めの句を加えた構造になっていること、[16]しかしまた記紀歌謡段階ですでに三句切れもみられ、従って七五調への動きもはじまっていたことなどが知られるが、ここで歌体論や短歌体の発生や展開という史的な問題にさらに踏み入ることはしない。ただ、そうして短歌謡のうち特に五句体歌謡が一つの定型を強く指向している度合いが強いことは、長歌謡と相互に影響しあいながらも、短歌謡が早くヨム歌の方位へと自身を確立していったということを意味しよう。

なお、本節では古代歌謡の詞形における語句の反復や対句形式についてはあまりふれられなかったが、それらが歌謡のリズムの要素であることは南島歌謡の場合と変わりがない。

五　歌謡の韻律と和歌の韻律

古代歌謡は和歌創出の母胎となったが、音数律においてはみてきたようにゆるやかであることを本質とし、和歌では厳しく定型が確立された。その展開のさまは、歌謡と和歌との対比において、歌謡は不完全・未熟とみられるのではなく、ウタフ歌からヨム歌への変化とながめられる。書記以前の歌謡の詞形の音数律は、ことばと韻律とがせめぎあう生動的な様相を呈して自ずからにゆるやかでありつつ、うたわれるときには音楽的なレベルで何らかに固有のリズムとして実現される。しかし、和歌にとっての詞形の音数律は、和歌の韻律（リズム）そのものとして現前している。歌謡が文字とかかわり音楽性をふり捨てていくとき、[17]まさに歌謡における書かれたもの＝音数律がとり出され、和歌の韻律として絶対化されたのである。それ自身が韻律（様式と一体の音楽性）として現前するから、音数律はゆるやかではありえず、厳しく確立されることになった。和歌も万葉集の題詞や左注にみえる「詠」「誦」「吟」などの説明書きからすれば、宴などの口頭表現の場では何らかの曲形をもって詠誦されたにちがいない。そこには共同的な詠誦のリズムも固有に存したことだろう。けれども、和歌はもはや曲形をもつことを本質的な要件とはせず、ヨム（「(音数を) 数える」を原義とする）歌、つまり文芸として成立したのである。

六　南島歌謡と古代歌謡

ウタフ歌を母胎としてヨム歌が発生するというさまは、ヤマトの和歌の場合にみられるばかりでなく、南島の琉歌の場合にもみられる。そして琉歌は、南島歌謡のうちで唯一厳しい音数律（代表的な詞形は八八八六）を実現している。いかに琉歌の定型が成立したかは、日本の歌におけるリズム・韻律の考察にとって重要な問題の一つであろう。ただし琉歌は、ヨム歌として生きつつ、広くうたわれもするという両面をもつ。

次に、南島歌謡には長短句の組合せで五三・五四・五五三律などの音数律がみられる。ヤマトの古代歌謡には短長句の組合せで、五七・五六・四六・四七律などの音数律がみられる。それらは、それぞれをはぐくんだ特定の歴史を負う社会の共同的な韻律として独自性をもつ。特に古代ヤマトの五七律の発生の因由について、従来身体的条件（呼吸・歩行）・舞踊・労働・日本語の語構成などの点から探られてきたが、同じ日本語による造型である南島歌謡の韻律についても同時に有効に説明できる論が立てられるべきだろう。少なくとも両者の相違点は、韻律が歴史性や社会性と深い関係にあることを示唆しているように思われる。リズムは、身体的なものに基礎づけられながらも、歴史的社会的なものである[18]。

また、南島歌謡と古代ヤマトの歌謡の、音数律における共通点についても探られるべきである。両者は、一節中の上の句に五音を共有し、また節単位でも五五律を共有するらしい。両者が分かれる以前、五音対句形が原初的な音数律として存在し、そこからそれぞれが独自な音数律の形成へと向かったのだろうか[19]。今後深められるべき課題であろう。

注

(1) 時枝誠記『国語学原論』（岩波書店　昭16）。
(2) 参考、中西進「万葉集のリズムとイメージ」（五味・小島編『万葉集研究』第三集　塙書房　昭49）、松浦友久『中国詩歌原論』（大修館書店　昭61）。
(3) 参考、吉本隆明『言語にとって美とは何か』（勁草書房　昭40）、西郷信綱『神話と国家』（平凡社　昭52）、増井元「和歌様式の構造」（古代文学会編『想像力と様式　シリーズ・古代の文学4』武蔵野書院　昭54）。
(4) 代表的なものでは、外間守善ら編『南島歌謡大成』全五巻（角川書店　昭53～55）。
(5) スツウプナカは、村を四つに分け、四カ所の祭場で同時進行で行われる。ニリも四カ所で別々にうたわれるが、ここでは第二祭場（フダヤー）の歌詞による。拙稿「多良間島、スツウプナカの神歌―資料と基礎的考察―」『地域と文化』49号（昭63・8）参照。なお、歌詞の共通語訳は外間守善・新里幸昭編『南島歌謡大成Ⅲ宮古篇』（角川書店　昭53）を参照した。また「カディカリのニリ」が多良間島の古代に制作されただろうことや内容、祭祀の中での位置づけなどについて、拙稿「沖縄県多良間島の神歌―祭祀との関連―」『甲南女子大学研究紀要』25（平1・3）に述べた。
(6) 参考、玉城政美『南島歌謡論』（砂子屋書房　平3）。
(7) 横田淑子「歌謡のリズム　古代歌謡の定型を探る」『日本の美学』13（平1・1）にも同趣旨の批評がある。

（8）小野重朗『南島歌謡』（日本放送出版協会　昭52）、同『南島の古歌謡』（ジャパン・パブリッシャーズ　昭52）。
（9）土橋寛『古代歌謡の世界』（塙書房　昭43）、また同『古代歌謡論』（三一書房　昭35）参照。
（10）林謙三「琴歌譜の音楽的解釈の試み」『雅楽—古楽譜の解読—』（音楽之友社　昭44）。
（11）土井光知『再訂文学序説』（岩波書店　昭24、初版は大11）。
（12）土田杏村『文学の発生』（第一書房　昭3）。
（13）次田真幸「上代歌謡の音数律—五七調の成立に関する基礎的考察—」『文学』2巻6号（昭9・6）。
（14）注（13）の論文。
（15）注（13）の論文や吉水千之「万葉破調の音数律とその諧調性」（並に記紀短歌の音数律）」『国語国文』7巻2号（昭12・2）にも関連する統計調査がある。
（16）このように短歌の構造を説くものは、五十嵐力『国歌の胎生及び発達』（早稲田大学出版部　大13）など数多い。
（17）参考、太田善麿『古代日本文学思潮論（Ⅳ）—古代詩歌の考察—』（桜楓社　昭41）。
（18）西郷信綱『増補詩の発生—文学における原始・古代の意味』（未来社　昭39、初版は昭35）。
（19）注（8）の書（前者）。また池宮正治『琉球文学論の方法』（三一書房　昭57）参照。

ウタの場・ウタの担い手
——沖縄の祭祀の事例から——

はじめに

沖縄の祭祀のウタ

「ウタ」なるものを、広く口誦の歌謡と定義すると、書かれた歌とは異なって、一般にウタには特定の場や歌い手・聴き手がその存在条件としてある。そして、ウタの種類の多様さに対応して、ウタの場や歌い手・聴き手も多様に存在する。それらの様態の一部として、本稿では現代沖縄の村落の伝統的祭祀における場合を記述したい。村落の伝統的祭祀という場は伝承歌謡の宝庫であり、そして現在では沖縄にこそそれが生きたかたちでもっとも豊かに存在すると思われる。

島ごと村ごとにある沖縄の伝統的祭祀は歴史的深度をもっている。その祭祀におけるウタの場や歌い手・聴き手について知るということは、まずはそれ自身をその固有性において理解することである。そのうえでそれは、ヤマト古代の文学研究にも資するだろう。古代のヤマトでも、歌謡の時代、また文字の歌が成立して以降も、村落の歌謡こそがウタ世界の基盤をなしていたはずである。ほぼ失われてしまったそれらは、古代文学研究の世界においてはただ漠然とのみ想像されたり、あるいはほとんど無視されたりしているが、沖縄のウタは、むろん時代社会の違いによる差異があるのは当然として、その失われて久しい古代ヤマトの村落のウタの場や歌い手・聴き手も、実際はこのように具体的でありかつ多様であったことを想起させ、その想起の重要性をも示唆してくれるだろう。

ウタの分類

ところで、民間に多種多様にあるウタをどのように分類するかが今までも困難な課題とされてきたのであった。ウタの場を基準とする柳田国男氏の分類案[1]をはじめさまざまな案が示されているが、ウタの場・歌い手・ウタの内容・ウタの曲調・地域のウタの名称・ウタの歴史性などのいくつかの観点のうちどれを採用、また重視するかによって分類が変わるというむずかしさがある。沖縄のウタについても、外間守善氏・小野重朗氏・池宮正治氏らによって分類が試みられているが[2]、まだ決定的なものはないと思われる。そこで私は、本稿において、従来の分類案をも参照しつつ、仮に次のような簡単な分類をほどこすことにする。

- 呪言
  - 神託
  - 祈願詞
- 歌（ウタ）
  - 神歌
  - 仕事歌
  - 世俗歌

沖縄の歌謡の分類では、神の託宣や神への祈願詞もウタの中に分類されることが多いが、律調をともなう場合のそれらとウタとの境目は時としてあいまいになることがあるにせよ、ヤマトの場合でも表現上祝詞と歌謡の区別は

表1　粟国島ヤガンウユミにおける呪言・ウタ

	儀礼名	呪言・ウタ	種類	場	担い手
1日目	ウンケー	①ウンケーのオタカベ	祈願詞	タレラムイ	神女
2日目	ナーウマチー	②オタカベ	祈願詞	エーウフナカ	ニーブ
		③オタカベ	祈願詞	エーウフナカ	神女
3日目		④オタカベ	祈願詞	エーウフナカ	ニーブ
	朝フララ 夕フララ	⑤ウンヌキグトゥ	祈願詞	エーウフナカ	奏詞者
		⑥ウネージャクウムイ	神歌	エーウフナカ	神女
		⑦村人個々人への祈り	神託	エーウフナカ	神女
	朝フララ	⑧キートマ	神歌	エーウフナカ	神女
		⑨チャワントゥンマチ ガニと大和旅オモロ	神歌	エーウフナカ	神女
	トゥン回り	⑩オタカベ	祈願詞	トゥン（殿）	神女
	夕フララ	⑪イスギイスギ	神歌	エーウフナカ	神女
		⑫立チウムイ	神歌	エーウフナカ	神女
	神送り	⑬ウンヌキグトゥ	祈願詞	エーウフナカ	奏詞者
		⑭神送りのオタカベ	祈願詞	エーウフナカ	神女

やはりあるように、一般的には唱え言と歌いものの差異が認められる。そこでそれらを「呪言」としてくくり、ウタと対置させることにする。ウタの方では、「神歌」や「祭祀歌謡」という語があいまいに使用されている実態があるが、ここでは神がうたうウタ、または直接神に対してうたうウタというほどの意味で「神歌」の語を用いる。また、「世俗歌」には「神歌」・「仕事歌」以外の、さまざまなウタが含まれる。全体としてこの分類では、表現の場とともに、誰の誰に対する表現かという言葉の方向を重んじた。

さて、この分類にもとづいて、以下沖縄の祭祀における呪言やウタの場・担い手の様相について、具体的な事例に即して述べてみたい。なお、以下に扱う祭祀の多くは、おおよそ一九八〇年代に私も実際に見聞、記録したものである。

一　呪言・ウタの場と担い手（1）

粟国島ヤガンウユミの事例

はじめに、沖縄諸島の事例で、粟国島《あぐにじま》のヤガンウユミをとりあげる。(3) ヤガンウユミは毎年旧暦六月頃に行われる粟国島最大の祭祀で、その次第は、

一日目　タレラムイにおける神迎え
二日目　エーウフナカにおける神への祈願
三日目　エーウフナカにおける神への祈願・神遊び・神送り

と三日間にわたる。来訪する神を迎えての、穀物の収穫の予祝、また村・村人の幸福を祈願する祭と考えられ、ヌル神・スイミチ神と呼ばれる神女数人が儀礼の中心となるが、多数の村人も供物を持って参集して村をあげての祭となっている。

このヤガンウユミ祭祀の各儀礼の中で唱え、うたわれる呪言・ウタにつき、その名・種類・場・担い手（唱え手・歌い手）を一覧にして表1とした。呪言・ウタの順序は儀礼の経過順にあげたが、重複部分はまとめた（以下の表も同じ）。この表によれば、この祭祀では十四種の呪言・ウタが唱え、またうたわれていることがわかるが、その種類を先の分類に従ってさらに整理すると、

- 呪言
  - 神託　村人個々人への祈り　⑦
  - 祈願詞
    - オタカベ　①②③④⑩⑭
    - ウンヌキグトゥ　⑤⑬
- ウタ　神歌　ウムイ　⑥⑧⑨⑪⑫

ということになる。呪言のうち、神託⑦は、神女が神として村人に与える言葉、オタカベ（お崇べ）は神に奏上する言葉で①③⑩⑭は神女が、②④はニーブ（ウタキの火の神の管理者である男性神役）が、⑤⑬のウンヌキグトゥ（奏上詞）は村人を代表する男性が神たる神女に奏上する言葉である。ウムイのうち、⑥ウネージャクウムイは神女が村人個々人に神酒と供え物を授けるときにうたうウタで、村人の長寿を祈る内容、⑧キートマは桑の木で作る鼓の讃歌、⑨チャワントゥンマチガニと大和旅オモロは、合わせてチャワントゥンマチガニという英雄が大和まで航海し、金・玉・鼓を買って戻ってきたという英雄讃歌、⑪イスギイスギは神の戻り時になったことをいい、⑫立チウムイは神遊びを内容とするが、神送りの時にうたわれる。

　この祭祀は、神迎え——神祭り・神遊び——神送りという沖縄の祭の典型的構造を示している。そしてその祭の信仰の主要な部分をこれらの呪言・ウタが担っている。ウンケー（お迎え）のオタカベにより神が迎えられ、その神にさまざまの呪言・ウタを奏上し、あるいは神と化した神女が唱え、うたい、神送りのオタカベによって神が送られる。

　さてウタの場に注目すると、まず一日目の①ウンケーのオタカベは、エーウフナカの少し西方にあるタレラムイという小丘で、神女により、北方を向いて唱えられる。島の北部にあるヤガンウタキを通して、海のかなたから来訪する神を迎えるのである。二日目および三日目の儀礼は、トゥン回りを除きほぼすべてエーウフナカというウタ

図I　エーウフナカの構造と呪言・ウタの場

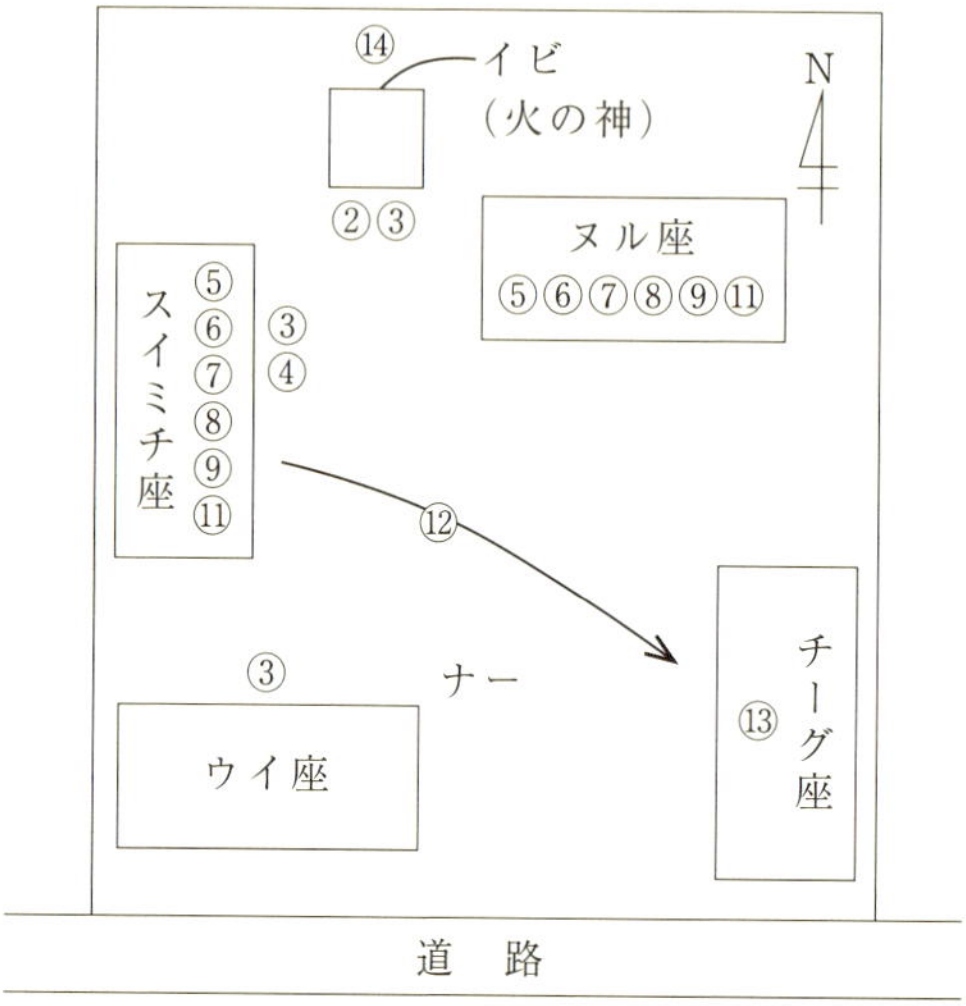

キ（御嶽）で行われる。このエーウフナカ（八重大中）は、琉球国由来記（一七一三年成立）にも「八重ノ御イベ」とみえ、粟国島九嶽のうちの一つで、唯一集落内にあってヤガンウユミのほかにもいくつかの年中行事の行われる重要な聖所である。その構造は図Iのとおりで、イビを中心とし、ヌル神・スイミチ神の各座、神送りのためのチーグ座、村人の座であるウイ（上）座を備えており（各座は壁のない小屋。今はコンクリート造り。中に香炉がある）、沖縄諸島、中でも本島北部のウタキの通常の構造、すなわちイビを祀り、アサギ（小屋。神祭りの場）を置くそれに比べると、アサギが各座に機能分化したと思われる、特色あるかたちを示している。そしてこのエーウフナカにおいて唱え、うたわれる各種の呪言・ウタは、図に示したようにそれぞれこのウタキ内部で唱え、うたわれる場所が定まっている。すなわち、多くの呪言・ウタはヌル座・スイミチ座という神の座で唱え、うたわれるが、⑫立チウムイはナー（庭）でうたわれ、⑬ウンヌキグトゥは神送りの座であるチーグ座で奏され、そして最後の⑭神送りのオタカベはエーウフナカのヌル座の北側で神迎えの時と同様北方を向いて唱えられる。このように神女が次々にしかるべき場所に移りながら唱え、うたい、また踊るさまは、このエーウフナカを舞台とする歌謡劇・神事劇を見ているようである。そのセリフとしての呪言・ウタは、それぞれにふさ

わしい象徴的な場所をもつ。

このエーウフナカが、そうして村落の呪的なセンターとして儀礼の中心場所でありつつ、村人に開かれた空間である点にも留意したい。祭祀の三日目に村人個々人への祈願が行われるが、この時神女たちは各座にいて個々人に応じた神託を述べ、神としてふるまう。エーウフナカは村人が神と接する場所であり、その接触を通じて神の霊力が村全体に及ぶのである。

そのような意味は、同じく三日目のトゥン回りの儀礼にも観察できるので、この儀礼では神女たちがエーウフナカを出て、その東方または北方にある五カ所のトゥン（殿）を巡ってオタカベを奏し、再びエーウフナカに帰ってくる。トゥンはかつて血縁集団ごとの神祭りの場であったと考えられ、それを巡り祈願することによって村落全体に神の霊力がゆきわたることになるのだろう。

ヤガンウユミ祭祀での呪言・ウタの担い手は、神女・ニーブ・奏詞者の三者である。中でも神女こそが、村落を代表する神役として多くの呪言・ウタを管理している。この祭祀において神女は祭る者と祭られる者の二役を演じわける。すなわち、ある場合は村人の代表として神に呪言・ウタを奏し、ある場合には神そのものとして呪言・ウタを唱え、うたう。この神女に二種あり、ヌル神はかつて琉球王府が任命したという歴史的経緯をもつ、いわゆる公儀ノロの末裔で、スイミチ神こそが本来の粟国島の神女（根神《ニガミ》）であったと考えられる。神送りにあたって、ヌル神がスイミチ神をいざなう場面があり、またそのときにうたわれる立チウムイの歌詞内容からも、来訪神はスイミチ神にこそのりうつっていることがうかがえるのである。

沖縄の祭祀も多様だけれども、このように神女が中心になることが多い。そこで呪言は神女が唱えるのが一般であり、ウタも特に神歌は神女がうたうことが多い。

表2　古宇利島サーザーウェーにおける呪言・ウタ

	儀礼名	呪言・ウタ	種類	場	担い手
1日目	カミサガイ	オタカベ	祈願詞	ヌルヤー	ヌルら神人
		オタカベ	祈願詞	アサギ	ヌルら神人
		カミサガイの歌	神歌	アサギ	ヌルら神人
2日目	ユーニゲー	オタカベ	祈願詞	ヌルヤー・集会所	ヌルら神人
		ユーニゲーの歌	神歌	・個人の家	ヌルら神人
3・4日目	サーザーウェー	（ミチ歌）	神歌	道	クニマーイ神
		サーザーウェーの歌1	神歌	元家・個人の家	クニマーイ神
		サーザーウェーの歌2	神歌	元家・個人の家	クニマーイ神
		オタカベ	祈願詞	宮の南	ヌルら神人
		オタカベ	祈願詞	アサギ	ヌルら神人

注「オタカベ」は現地の呼称ではない。

各戸を廻る神

粟国島のヤガンウユミではエーウフナカという村落の呪的なセンターが、祭祀の、また呪言・ウタの中心的な場となるが、一方神ないし神人《カミンチュ》が村の元屋（草分けの家）や各戸を廻って呪言・ウタを唱え、うたうというタイプの祭祀がある。石垣島川平《かびら》のシツ（節祭）におけるマユンガナシの儀礼や八重山の数カ所の村で行われているアカマタ・クロマタ祭祀は、仮装の神が各戸廻りをしてカンフツ（神口。神の言葉）を唱える儀礼として有名である。

ここでは、仮装の神ではないが、神人が各戸を廻り、神歌をうたう例として、国頭郡《くにがみぐん》今帰仁村《なきじんそん》古宇利島《こうりじま》のサーザーウェー祭祀について瞥見しよう[4]。

古宇利島のサーザーウェーの事例

サーザーウェーは古宇利島で旧暦六月に行われる祭祀で、表2に示したようにヌルヤー（ヌルのつかさどる拝所）やアサギで神へのオタカベが奏されるほか、二日目のユーニゲー（世の願い）と三日目のサーザーウェーの儀礼では神人が村の集会所や元屋や個人の家（依頼のあった家）を廻ってその内部や庭で歌舞を行う。たとえば三日目の儀礼では、クニマーイ神と称する男女の神人数人が家の中で扇を持ち左回りに円を描きながら神歌をうたう。初めのウタは神への讃歌、あとのウタは神を送り出す内容。神は神人とともにあり、ウタによって神を讃え、神遊びをし、また退出を促すわけで、それによって各戸に幸いがもたらされることになる。またかつては家から家へ移動するときのミチ歌もうたわれていたらしい。

こうして、神が直接各戸を訪れるという型の祭では、神の移動とともに呪言・ウタの場があるということになる。

二　呪言・ウタの場と担い手（2）

祭祀の中の世俗歌

はじめにウタを神歌・仕事歌・世俗歌に分類したが、祭祀において世俗歌がうたわれることがある。たとえば沖縄本島北部の国頭郡本部《もとぶ》町具志堅《ぐしけん》のシニグ(5)では、祭の終りの日に村の婦人たちがハサギ（アサギ）やそのミャー（神庭）という聖所で、ヌルも交えてシニグ踊りをするが、そのとき十一曲ものシニグ歌がうたわれる。そのウタはすべて琉歌で、内容はシニグやイビやハサギの讃歌もあるが、恋や労働などもうたわれ、それらも祭祀の中のウタという意味では聖性をもつと思われるが、神歌に比べると総じて日常的、世俗的である。

石垣島白保のプーリの事例

次に、神歌も世俗歌もうたわれる祭祀の例として、毎年旧暦の六月頃に石垣島白保《しらほ》で行われるプーリ（豊年祭）

表3 石垣島白保のプーリにおける呪言・ウタ（1）

	儀礼名	呪言・ウタ	種類	場	担い手
1日目	バンプトゥギ	ニガイフチ	祈願詞	各オン	ツカサ
2日目	ブープーリン	ニガイフチ	祈願詞	各オン	ツカサ
		シヌザラアヨー	神歌	各オン	ツカサ・ブーサー・ヤマニンズ
		ニウスイアヨー	神歌	各オン	ツカサ・ブーサー・ヤマニンズ
		キュヌフクラシヤ	神歌	各オン	ツカサ・ブーサー・ヤマニンズ
	豊年祭祈願祝典	巻踊リヌアヨー（シヌザラジラバ・アーリヌトゥー・インキャラヌカナブジャ）	神歌	オン	ヤマニンズ・婦人
		節歌（赤馬節他）・口説歌謡	世俗歌	オン	村人
3日目	エンヌユーニゲー	ニガイフチ	祈願詞	各オン	ツカサ
		ニガイフチ	祈願詞	ウガン・元屋	ツカサ
		アヨー（二日目に同じ）	神歌	各オン	ツカサ・ブーサー・ヤマニンズ
		巻踊リヌアヨー	神歌	各オン	ヤマニンズ・婦人
		ニガイフチ	祈願詞	オン	ツカサ

をあげよう。[6] 白保の聖所、オン（御嶽）の構造を図Ⅱに示し、また祭祀の中の呪言・ウタについて表3に示した。

祭祀は一日目、バンプトゥギ（願解き）の儀礼、二日目、ブープーリン（豊年感謝）の儀礼、三日目、エンヌユーニゲー（来年の世の願い）の儀礼と進行するが、その中で各種の呪言・ウタは、イビ・中イビ・オンヤー（拝殿）・

ミャー（神庭）などの決まった場所で決まった人々によって唱え、うたわれる。この白保のプーリにおける呪言・ウタとその場・担い手について、その相関関係を指摘し、モデル化したものに波照間栄吉氏の研究があるが、(7) 氏の研究をも参照して、あらためて呪言・ウタの種類とその場・担い手について整理すると、表4のようになる。

表4　石垣島白保のプーリにおける呪言・ウタ（2）

オン内の場所	呪言・ウタ	種類	担い手
イビ	ニガイフチ	祈願詞	ツカサ
中イビ	ニガイフチ	祈願詞	ツカサ
オンヤー	ニガイフチ	祈願詞	ツカサ・ブーサー・ヤマニンズ
	アヨー	神歌	ツカサ・ブーサー・ヤマニンズ
ミャー	巻踊リヌアヨー	神歌	ヤマニンズ・婦人
バンコー	節歌・口説歌謡	世俗歌	村人

図Ⅱ　白保のオンの構造

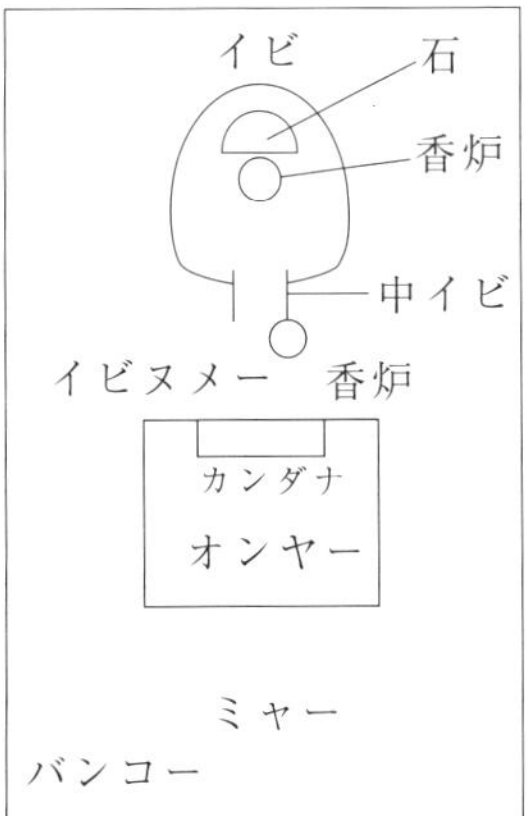

オンにおけるもっとも神聖な場所、イビ、またそれに近い中イビでは、神女であるツカサのニガイフチ（願い口）が敬虔に唱えられ、オンヤーではそのツカサらにヤマニンズ（山人数。氏人）らも加わって神歌であるアヨーがうたわれ、ミャーではヤマニンズ・村の婦人・村人らによって、巻踊りという踊りに伴なって豊作・豊漁を内容とするめでたいウタがうたわれる。そしてミャーやその一画に仮設されたバンコーという舞台では神への奉納芸能として、村人らによって踊りとともに節歌《フシウタ》・口説《クドウチ》歌謡などの世俗歌（中でも祝い歌）がうたわれる。こうして、この祭祀ではオンという聖所の内部構造にしたがって呪言・ウタの場と担い手が厳密に定められている。イビにおける神

女の呪言を核としてそれを神歌の場がとりまき、さらにその周辺を村人の世俗歌の場がとりまいているというような、場と担い手にもとづく呪言・ウタの同心円的構造をみごとに示している。祭祀の空間の中に、多種類の呪言・ウタの位置が構造化された、これは一典型を示すだろう。

三　呪言・ウタの場と担い手（3）

男性による神歌

以上にとりあげた祭祀では、呪言や神歌の主な担い手は神人、中でも神女であった。それは沖縄一円の伝統的祭祀で一般的にみられる事実である。しかしまた、宮古諸島の祭祀でのように、男性による神歌が発達している地域もある。宮古諸島でも神女による呪言や神歌はよく発達し、たとえば平良《ひらら》市狩俣《かりまた》では一年中を通じての諸祭祀のなかで、ニガリ（願い）という神への祈願詞やフサ・タービ（崇べ）・ピャーシ（囃し）と呼ばれる種類の多くの神歌が神女によって担われている。しかしその一方で、ピャーシの一部やニーリ（ニリ）と呼ばれる神歌が男性神役または男性集団によってやはり祭祀のなかでうたわれている。(8) 次にとりあげるのは、同じ宮古諸島に属する、多良間《たらま》島の神歌の場合である。(9)

多良間島スツウプナカの事例

多良間島では、旧暦五・六月頃、島で最大の祭祀、スツウプナカ（節祭）が行われる。この祭祀は古い農耕暦にもとづく、年の境い目の祭で、豊年感謝・予祝の目的をもつ。そこで唱え、うたわれる呪言・ウタを、例によって表5に一覧にした。多くの呪言・ウタがある中で、ツカシャ（司。神女）の祈願詞以外はすべて男性の神役または

表5　多良間島スツウプナカにおける呪言・ウタ（第一祭場ナガシガーの場合）

	呪言・ウタ	種類	場	担い手
1日目	祈願詞	祈願詞	カー	シャスプ
2日目	祈願詞	祈願詞	祭場	シャスプ
	ミスペース	神歌	祭場	ブシャ・老人座・中老座
	カディカリヌニリ	神歌	祭場	老人座・中老座
	祈願詞	祈願詞	祭場	ツカシャ
	ミスペース	神歌	祭場	ブシャ・ツカシャら一行
	タラマユー	世俗歌	道路	ツカシャら一行・幹人座ら
	ミスペース	神歌	祭場	ブシャ・老客
	タラマユー	世俗歌	道路	海座
	祈願詞	祈願詞	カー	中老座
	ウイグスクカニドゥヌガニリ	神歌	祭場	老人座・中老座
3日目	祈願詞	祈願詞	カー	シャスプ
	ミスペース	神歌	祭場	ブシャ・老人座・中老座
	アガリンケーヌニリ	神歌	祭場	老人座・中老座
	カディカリヌニリ	神歌	祭場	老人座・中老座
	ヤーヌンマガニリ	神歌	祭場	老人座・中老座
	タラマユー	世俗歌	道路	中老座ら
	祈願詞	祈願詞	カー	シャスプ
	ミスペース	神歌	カー	一同

男性集団による祈願詞・ウタである。また、その場はほとんどが祭場（メー）である。

このスツウプナカは、村を四分した男性祭祀集団により、四カ所の祭場で別々に、ほぼ同様の儀礼が行われる点に一つの特色がある。加えて二日目に、ツカシャらが四カ所の祭場を順にまわって祈願し、また男性たちから接待を受けるという儀礼があり、それによって各祭場の祭祀が村全体の祭祀として統一されているとみられる。その祭場とは、村内に五カ所あるウタキ（御嶽。各ツカシャが管理する）やいくつかの拝所とは全く別の、集落の南方にある広場であり、そこにテントを建て、茣蓙を敷いて各種の儀礼が行われる。各祭場のそばにはカー（自然井戸）があって、神聖視されている。

その祭場で儀礼を行う男性祭祀集団は、年齢階梯的に五座に組織され、そのうち神歌をうたうのは、おおよそ五十歳以上の、ウイピト（老人）座および中老座の人々である。この祭祀ではニリと呼ばれる神歌の唱謡が儀礼の中核となっていると思われるが、ニリはそれらの人々により、長いものでは一時間ほどもかけて復唱形式でうたわれる。そのニリに四種あり、カディカリヌニリおよびウイグスクカニドゥヌガニリはそれぞれカディカリ、ウイグスクカニドゥヌという名の村の英雄的祖神の事績を叙し、讃える内容、アガリンケーヌニリは新年を言ほぎ、また神を送るウタ、ヤーヌンマガニリは新年の到来の喜びを述べ、家の妻や夫の装いを楽しくはやす。

そのほか祭祀では、男性神役のシャスプが祈願詞を唱える。また、ブシャ（補佐）座の若者が神酒を勧めるときにミスペース（神酒のはやし）のウタを、客と唱和しながら祭場やカーで何度かうたう。またタラマユーは祭場から祭場へと移動するツカシャらを送るときなどのミチウタであり、クイチャーと呼ばれる種類のウタで、やや問題は残るがここでは世俗歌と分類しておく。

以上、この祭祀では、特に神歌が男性によって担われている点を、その歌の場がウタキや拝所や各戸でない点とともに注目しておきたい。

おわりに

仮説的モデル

ここまで、沖縄の伝統的祭祀における呪言・ウタの場および担い手について、事例に即しながらいくつかのタイプを示してきた。それをまとめるのは、沖縄の伝統的祭祀はそれぞれが個性をもって多様であるという意味でも、また祭祀空間や祭祀組織に沖縄諸島・宮古諸島・八重山諸島それぞれで、あるいはその内部においても地域的特性が認められるという意味でもむずかしい。さらに現実に非公開の祭祀や儀礼もある。けれども、ここではあえて、以上のごとき分析にもとづき、沖縄の伝統的祭祀における呪言・ウタの場と担い手についての一つの仮説的なモデルを次に描いてみよう。

呪言（神託・祈願詞）・ウタ（特に神歌）は、常に幻想された神とともにある。その神を迎えるのは、沖縄においては主に神女（ヌル、ニガミ、ツカサら）である。神女は司祭者として祈願詞や神歌を唱え、うたうが、また神そのものとも化して神託を宣り、神歌をうたうことがある。また、神女は村落の祭祀の中心的な場所であるウタキやアサギやオンを管掌しており、したがってそうした聖所が呪言や神歌の主たる場所となる。ウタキやオンには一定の構造があり、その内部の各所と呪言・ウタの種類はある程度対応している。しかし、呪言・ウタの場は、神の移動にともなって、ウタキやオン以外の場所、すなわち神迎えや神送りの場所、村落の拝所・元屋・各戸・カー（井戸）あるいは道行きの路上にも広がっている。また、村落レベルの祭祀では、村人も直接・間接に祭祀に参加するのであり、村人の代表が神女に呪言を述べることがある。村人が芸能を奉納することもあり、そこに世俗歌の座もあるが、その場はウタキやオンの周辺部分、あるいはさらにその外部の広場や路上などである。

以上が沖縄における、もっとも代表的なタイプの伝統的祭祀の場合といえる。歴史的社会的にみても、村落を代表する神女が村落レベルの祭祀をつかさどり、祭祀の場を管理するという形態が沖縄では長く続けられてきたのであり、そのような条件のもとで神女による村落の祭場での呪言・ウタが発達してきたのであった。

しかしまた沖縄には、男性神役または男性集団によって主に担われるタイプの祭祀もある。そのような祭祀では、祭祀の場がウタキやオンではなく、村の特別な広場や元屋や各戸などであり、呪言・ウタの場もそれらの場所となる。男性神役または男性集団による呪言や神歌が発達している。ただし、このタイプの祭祀も何らかに村落の神女の儀礼と関連づけられており、またこのタイプの祭祀のみ年中行われている村落というものはないようである。

注

(1) 柳田国男『民謡覚書』(創元社、一九四〇年、『定本柳田国男集』第十七巻、筑摩書房、一九六九年、所収)。
(2) 外間守善「南島歌謡の源流」(「文学」第三九巻七号、一九七一年)、同「南島歌謡の系譜」(「文学」第四〇巻四・五号、一九七二年)、同氏他編『南島歌謡大成』全五巻(角川書店、一九七八年〜一九八〇年)、小野重朗『南島歌謡』(日本放送出版協会、一九七七年)、同『南島の古歌謡』(ジャパン・パブリシャーズ、一九七七年)、池宮正治『琉球文学論の方法』(三一書房、一九八二年)など。
(3) 高阪薫編『沖縄の祭祀』(三弥井書店、一九八七年)第二章「粟国島ヤカンウユミ」中の武藤美也子「事例報告と祭祀分析」、高阪薫「神歌からみたヤカンウユミ」、比嘉康雄『神々の古層8　異界の神ヤガンの来訪』(ニライ社、一九九一年)。
(4) 平野裕二「古宇利島のサーザーウェー」(高阪薫他編『沖縄祭祀の研究』、翰林書房、一九九四年、所収)。
(5) 山本智子・工藤寛美「本部町具志堅のシニグ」(前記『沖縄の祭祀』所収)。
(6) 武藤美也子「石垣島の四箇、大浜、白保のプーリ」(前記『沖縄の祭祀』所収)。
(7) 波照間栄吉「八重山歌謡の形態」(「文学」第五二巻六号、一九八四年)。
(8) 外間守善・新里幸昭編『南島歌謡大成Ⅲ　宮古篇』(角川書店、一九七八年)。
(9) 武藤美也子「多良間島のスツウプナカ」、神野富一「多良間島の神歌」(以上、前記『沖縄祭祀の研究』所収)、『多良間村史第四巻資料編3民俗』(多良間村史編集委員会、一九九三年)。

舒明天皇国見歌攷

一

天皇登二香具山一望国之時御製歌

大和には　群山あれど　取りよろふ　天の香具山　騰り立ち　国見をすれば　国原は　煙立ち立つ　海原は
かまめ立ち立つ　うまし国そ　あきづ島　大和の国は　（巻1・二）

多くの論者に万葉の実質的な幕開きとみなされているこの歌は、たしかに従前の国見歌に類を見ず、詩的な形象力にあふれている。また、大和の讃め歌としても讃美の心が尽くされている。ただこの歌のあらわしているもののみを享受しようとするとき、こうした感受は可能だし、またそれが古典の読み方として誤っているとも思えない。だがひとたび、この歌の一々の言語表現の背後にあるもの、つまりこの歌をこのような姿に成り立たせた思想や状況——歴史に深く関与するもの——に目を向けるとき、歌のよみ手——舒明天皇。ただし代作の可能性もあろう——や歌の種別が特殊であるために、一々の語句のより丹念な読み取りを作品自身が要求してくるように思われる。そしてそうした読み取りの実践は、詩の言語を歴史に従属させるのではなくして、詩と史の交錯する場所を読み取る試みとなるべきであろう。詩に向かう立場はそのようなところにも設定されえよう。小稿ではこの歌について「取りよろふ」の語義や「立龍」「立多都」の訓などの難問にはふれえないが、そうした方法への自覚からして通説とはやや異なる解釈に至ったところを述べてみたい。

二

疑点はまず「海原」の解釈に存する。この語、現在では香具山のふもとにかつてはあったとされる埴安池をいったとするのが通説である。埴安池に耳成池や磐余池をも加えて考える説、またさらに広く当時大和に点在した数々の池をさすとする説は、その延長上にとらえられる。しかし研究史をたどってみると、この埴安池説は春満の万葉集僻案抄に見え、以後の万葉考をはじめとしてこの説を継ぐものが多くなるが、それ以前の代匠記、宗祇万葉抄などにあっては文字通り海のこととされ――季吟拾穂抄も宗祇抄をそのまま引く――、以後御杖の万葉集燈も池説を否定してこの解に従っている。知られる範囲での研究史的事実としては、古くはこの「海原」をそのまま海と解し、江戸中期に至って池と解するしかたがあらわれ、現在ではそれが支配的となっていることのようである。

ではなぜ池説が出され、しかもそれが大方の支持をとりつけるようになったかというと、その池説の嚆矢らしき僻案抄の言説に理由はほぼ尽くされている。

いにしへの歌は皆実のみにて、少も虚はなし。……ことに天皇の国見は、一国の盛衰をもしろしめすべきたすけにもなし給ふべきに、みへもせぬ海原を見ゆるさまによみなし給ひ、在もせぬ水鳥を在如に詠なし給ひて、おもしろき国ぞとはいかでの給ふべき。……此海原は大池を海原とよみ給へり。いにしへに池をも海と歌にはよめり。柿本人麻呂も、あら山中に海をなすかもとよめるは猟路の池のこと也。此集巻の第三にみへたり。且天のかぐ山に大池有ことも、此集第三巻に、鴨居足人の香具山の歌あるを見てしるべし。

（……は中略あることを示す。引用は万葉集叢書本による）

引用文中、「みへもせぬ海原」とあるが、物理的事実としてはたしかに香具山から海は見えようもない。海説の方でもこの点には留意していて、「和州ニハ海ナキヲ、カクヨマセ給フハ、彼山ヨリ難波ノ方ナトノ見ユルニヤ」（代匠記精撰本）、「なにはのかたなどはみゆるなるべし」（燈）と弁明しているかたちだが、にもかかわらず一方ではこうして海説否定の強力な論拠となっているのである。現代の諸家のおおかたが海説をかえりみないのも、[1]山路平四郎氏も指摘するように、[2]この物理的事実に拠っているところが大きいであろう。しかし、この一見自明な合理的解釈が、歌そのものがこの語に託した事理と符合するものかどうか。

そのように海説を一蹴した後、僻案抄は新たに埴安池説をたてるわけだが、その説くところの論拠もまた現在そのまま受け入れられているもののごとくである。すなわち、集中「長皇子遊二獦路池一之時、柿本朝臣人麻呂作歌」の「或本反歌」に、

大君は神にしませば真木の立つ荒山中に海をなすかも　（巻3・二四一）

とあり、この歌では猟路池（所在未詳）が「海」とよまれているというのである。加うるに、香具山のほとりにあった大池が、鴨君足人に「沖辺には　鴨妻喚ばひ　辺つへに　あぢむらさわき　ももしきの　大宮人の　まかり出て　遊ぶ舟には」（巻3・二五七）とよまれた埴安池であった。よってこの「海原」は埴安池にちがいないと。

たしかに人麻呂歌は池を海とよんでいる。しかしこの歌の場合、大君の威力がうっそうとした荒山中にも海を作

るのだという、讃仰の心情がもたらす誇張が働いていることに留意しなければならない。その誇張の質は、長歌二三九番の反歌としてこの歌の前に掲げられている、

ひさかたの天行く月を網に刺し我が大君は盖《きぬがさ》にせり　（二四〇）

と大いに似ている。つまり、海というにはほど遠いものを広々とした海と見立てることによってこの讃仰表現の得がたい質が獲得されているわけだ。言ってしまえば誇張ということになってしまうが、そこには幻視をもたらす言語の魔力への信頼が烈しい讃仰の心とともにぬきがたくあるのであり、それをたんに池をも海という例だとしてあつかうのはこの語の文学表現への飛躍を無視する結果になり終わってしまうだろう。そしてもし舒明歌の「海原」をなお池だと解するのであれば、その誇張へと至る必然が示されねばならない。

古語の「海」は、万葉集攷証に「ふるくより湖水をも海といへば」というように、たしかに現在ふつうに用いる海よりもその内包が広かったらしい。攷証はその証明に熱心で、「せの海」「あふみの海」「すはの海」「ふせの海」など、いずれも湖水を海と称した例として挙げている。(3) それはその通りなのだが、しかしだからといって埴安池がふつうに海と呼ばれたとも思えない。というのも、攷証の挙げる「せの海」「あふみの海」などはおそらく埴安池などと比較にならないほど大きく、そのためにこれらが池と呼ばれる例しがないからである。古代人の心性に則してみれば、海・湖など人間大のものさしではかり知れないくらいの水の広がりを「うみ」と呼んだものではなかろうか。また、海や湖などの自然に対して、池は何らかの目的のために人手を加えて作ったものも多かったという事実は、人々の認識上に両者のある程度の区別をもたらしたという事情を思わせもする。(4) 記紀には多くの作池記事や作堤記事がみえる。崇神紀六十二年の例を挙げれば、「農は天下の大本なり。民の恃みて生くる所なり」という詔のあとに三池が作られたことを記していて、古くより灌漑のためにさかんに作池されたことが、あるいはそうし

た記憶の存したことが知られる。埴安池の場合も、「埴安の池の堤の隠り沼の」（巻2・二〇一）、「埴安の堤の上に在り立たし」（巻1・五二）とその堤が歌われていることに注意したい。前引人麻呂歌が、もし推量されているように大君による作池をいったとするなら、「海をなすかも」という表現は「池をなす」という通念にもとづいてこそ成立する。

それとも、舒明歌の集中における古さに鑑みて、この「海」は古語性を存する用法というべきなのだろうか。しかも舒明歌はたんに「海」ではなく「海原」である。「海原」の語は集中二十三例を数えるが（「海原《うのはら》」、「青海原」各一例を含む）、この舒明歌の例を除けば、すべて現在の海と解すべきもの、またはそう解して自然なものである。中でも、次の諸例などには注目すべきであろう。

海原の遠き渡りをみやびをの遊ぶを見むとなづさひそ来し　（巻6・一〇一六、上二句は蓬莱からの海路をいう）
大き海に島もあらなくに海原のたゆたふ波に立てる白雲　（巻7・一〇八九、伊勢従駕作）
大船にま梶しじ貫き海原を漕ぎ出て渡る月人をとこ　（巻15・三六一一）

蓬莱からの海路、島もない「大き海」、月の渡る海とこれらはいずれも海の広大感を「海原」の語で表出している。

青海原風波なびき行くさ来さつつむことなく船は早けむ　（巻20・四五一四）

家持の詩語「青海原」も渤海へ渡る海を想いうかべての言葉である。

海原の路に乗りてや吾が恋ひ居らむ大舟のゆたにあるらむ人の児ゆゑに　（巻11・二三六七）

そしてこの歌のように、海原の広大感はその中を行く人の不安感でつぐなわれることにもなる。「大舟」の比喩に対しては「海原」の比喩でなければ釣り合いがとれない。

当然のことのようだが、[5]「海原」はそのようにたんに「海」というよりは広大感をともなう語として文脈に生きていることがたしかめられる。これは記紀などにおいても変りなく、たとえばスサノヲが領知を命じられた「海原」はやはりアマテラスの「高天原」に相対する広さをもっていよう。

その広大感をになう「海原」が、はたして舒明歌においてのみ埴安池なのだろうか。だとすれば先掲人麻呂歌の「海」以上に、この「海原」は誇張をともなう詩語でなければならない。それはたんに誇張というよりはすでに喩の領域に属するというべきだが、対句の「国原」が少しもそうしたものを感じさせないのに対してこの喩は不自然ではないだろうか。また不自然さは、別の面から、「国見」や「望国」は記紀風土記の実例に徴して遠望の意義をもつ[6]にもかかわらず、足下の埴安池を歌うとする点にも感じられる。そこで、「海原」を埴安池と限定せずに、大和国原に当時点在したはずのいくつもの池と解する説もかえりみられる。しかし、そのような「海原」の縫合説にも、やはり埴安池説に対するのと同様な疑点は存するので、私はくみしえない。

こうして「海原」を文字通り海と解する立場に至ると、とたんに歌全体が従来とは違った相貌をあらわしてくるように思われる。「あきづ島大和の国」は、池説の場合のように奈良盆地あたりをさすのではなく、伊藤博氏や中西進氏の説くごとく[7]日本全体を意味することになってこよう。だが、以上の一語の解釈はまだ孤立的である。そう解釈すべき必然が、次に歌の構成する世界やそこに含まれる思想との整合において示されねばならない。が、その前に、国見歌の流れにおけるこの歌の位置をひととおり見さだめておこう。

三

「国見」がもともと「見る」行為に呪術的意義を感知した古代人のいとなみに発することはすでに説かれている。もともとは民衆の行事であったらしいそれが、やがて首長の儀礼となって政治的性格をしだいに濃厚にしつつ、ついには国土の支配者たる天皇の儀礼へと展開していったらしいことも、土橋寛氏によって明瞭にあとづけられたところであった。(8) しかも天皇国見歌においてなお、「見る」ことの呪術への期待は強力に存している。

千葉の　葛野を見れば　百千足る　家庭も見ゆ　国の秀《ほ》も見ゆ　（記四一、紀三四、歌番号は日本古典文学大系本『古代歌謡集』による）

おしてるや　難波の埼よ　出で立ちて　わが国見れば　淡島　おのごろ島　あぢまさの　島も見ゆ　さけつ島見ゆ　（記五三）

国見歌の一つの典型ともみられる「……見れば……も見ゆ……も見ゆ」という形式をこれらの歌はもつ。このいささか執拗にも思える視覚語の反復は、しかしその形づくる構造において国見の儀礼性、呪術性をよくものがたっている。「……見ゆ」と、古代的に強力な存在把捉の感覚を働かせるために、「見る」という儀礼を必要とするのである。

舒明歌が形態上、条件部では「国見をすれば」といちおうこの形式を踏襲しつつ、しかし叙述部において「見ゆ」の語を失っていることとは、両者の間にある展開があったことを予測させよう。それは表現の質にかかわることだが、「……も見ゆ」という直截的な存在物の自己の側への取り込みをやめることによって、それまで「見ゆ」の背後に呑まれていた対象それ自体の生動性それ自体を前景に押し出すことが可能となったのである。それだけではない。対象をそれ自体に即して彫り込むことによって、「……も見ゆ」という列挙の型が必然的にかかえこんでいる世界把握における部分性、非完結性をのりこえ、全体性に到達することが可能となっている。そういった指向は、舒明歌における「国原は……海原は……」、また琴歌譜の正月元日の「余美歌」における「神からか……国からか……」などの対句表現にみられる全体性指向と不可分の関係にある。「……も見ゆ」型にもともと意欲としては存在していた全体性の攫取が、その量的なひろがりをやめ、直截性、列挙性をのりこえることによってなしとげられたのである。いきおいそれは抽象への困難な道にふみ出したことにはなるのだが。

舒明歌を、「……も見ゆ」型の国見歌の一つの展開として把握する根拠は、その条件部の用語の異なりにも見出されよう。すなわち、「わが国見れば」（記五三）と「国見をすれば」の差である。いったい、「国見」が成語として歌によみこまれるのは、その分国見が儀礼として対象化されていることを意味する。国見の儀礼としての固定化がそうした外在的な表現を喚起するのである。その間の事情は、「国見」の語が記紀歌謡には見えず、すでに国見が固定化、形骸化しつつあった時代の万葉歌に数例あらわれている事実によっても裏書されよう。一例をあげれば、

やすみしし　わが大君　神ながら　神さびせすと……登り立ち　国見をせせば……

（巻1・三八、吉野行幸の時の人麻呂歌）

舒明歌にあらわれた「国見」の外在的表現は、国見歌が天皇讃歌へと転じていく過程で、このように歌う主体の転換を経ながら受け継がれていったのである。この外在的表現ともはや天皇自身が歌わぬこととは対応している。

国見歌の展開の中で、舒明歌はこのように記紀歌謡を受け、しかも歌の構造および国見儀礼の対象化の度合において新しい姿を示している。そしてこのことは天皇の国見が国家の祭政的意義をになう儀礼であるだけに、より広く政治史上の権力機構の進展ともある連係を保っていることを考えさせる。すでに調べられていることだが、天皇国見歌が記紀においては景行、応神、仁徳朝にあらわれるのと符節を合わせるように、風土記などには天皇国見説

話が景行、応神朝に集中している[9]。この事実を、推定されている国見の史的展開と合わせて考えれば、見ることによる国土への祈願、また国土の支配というわば土着の思想が、大王たちによってこそ実践されたということになる。そしてこの国を縦横にかけぬけた大王たちの時代が終わったあとに、舒明が重々しく香具山に登り立って国見儀礼を挙行したわけだ。そのとき、舒明はかつての溌溂たる大王――むろん想念の中の――ではすでになく、国見をささえる思想もいささか変質していたのではなかったか。

四

この国見が、「大和には群山あれど取りよろふ天の香具山」で挙行されたことはまた特別の意義をになう。天の香具山はいうまでもなく記紀神話において高天原の神山であるわけだが、その他にもこの山をめぐって天降りの伝承（伊予国風土記逸文、阿波国風土記逸文、および万葉集巻3・二五七）や、「倭の国の物実」（崇神紀十年）としての埴《はにつち》の伝承（神武即位前紀、崇神紀）がある。いずれの伝承も、折口信夫氏が早く道破したように、祭儀を中核としての香具山の天上性と聖性とをものがたっているとみられる[10]。が、すでにその天上性、聖性を説くために各伝承は折口氏をはじめとして何度も引き合いに出されているので、ここでは深入りしないことにし、問題を舒明国見歌にとっての香具山登高の意味は何かということに限定しよう。この場合、だが、国見という土着の思想に裏打ちされた国見歌と神話の論理を負う「天の香具山」の観念性とは、必ずしも緊密な結びつきをもたないように思われる。象徴的にいうと、「騰り立ち」という儀礼の実践と「天降り付く」香具山を座としての神話的な垂直軸――天孫降臨をかなたに見て――とは、川口勝康氏のすぐれた読解にも指摘があるように、「逆ベクトルを指向[11]」しているか

らである。折口信夫氏がこの香具山への天子登臨の意味を解いて、

即、国見と見れば其までだが、更に其以前の、宮廷及び大和人らの信仰が、含まれてゐるのだ。[12]（傍点筆者）

という言い方をするのも、この二つの論理の間の違和を感知してのことではなかっただろうか。折口氏の言う「宮廷及び大和人らの信仰」とは、香具山を祭儀の斎場として天上の山と見立てた古代信仰をさしている。

舒明が香具山に登ることは、自らも出自を負う高天原の神話的な世界に関与することを一方では意味する。しかし他方で国見の主宰者としての舒明の側に立つと、神話の論理はそのように違和感をもってたちあらわれる。だが、両者が論理的な違和を有することは、両者の無縁性を決して意味しない。むしろ、神話は別論理を有するがゆえに舒明歌に積極的に働きかけ、舒明国見歌の方でも、「大和には群山あれど取りよろふ天の香具山」の前提部を描くことによって、別論理を貪欲に取り込もうとしているかに見える。そして、それは当然国見歌の変質をもたらすことになろう。

私は、舒明歌が見えぬ海原を歌う一つの契機が、まさにこのような神話とのかかわりに存したと思う。といって、香具山の垂直軸に舒明がつながることが、そのまま舒明の視点を高天原にまで引き上げることになったと主張するなら、それはいささか子供だましに終わってしまうだろう。そうではなく、神話を背後に負うことは、舒明をしてその言語表現の一種の抽象化の契機を用意せしめたのである。「海原」という、実際には見えぬものを発語する契機に、だから「国原」をも抽象化する契機に。その抽象化が自然としてではなく国家としての大和につながることは後に述べよう。

もともと天皇の国見が企図していた国の祭政的支配は、舒明歌の場合このように神話を負うことによって、さらに言えば神話の構造的なイデオロギー性と結ぶことによって、きわめて意識的なものになったと考えられる。香具

山に体現される神話的なものは、国見の主宰者としての舒明の背後で、そのように国家支配を意識化し、かつ伝統的な国見歌の表現をもその意識に見合うように変質させるべく作用したのではなかったか。

ところで、舒明歌の表現を抽象へと向かわせたものは神話の論理ばかりではあるまい。宮廷内部で醇々と練られていたであろう次のような呪詞の根底に流れる思想も、それが天皇の国家支配に関するがゆえに、舒明歌に影響を及ぼさずにはいなかったであろう。

御年の皇神等《すめがみたち》の前に白さく、皇神等の依さしまつらむ奥つ御年を、手肱《たなひぢ》に水沫に画き垂り、向股に泥画き寄せて、取り作らむ奥つ御年を、八束穂の茂《いか》し穂に、皇神等の依さしまつらば、初穂をば、千穎《かひ》八百穎に奉り置きて、瓱《みか》の上高知り、瓱の腹満て双べて、汁にも穎にも称辞竟《たたへごと》へまつらむ。大野の原に生ふる物は、甘菜・辛菜、青海《あをみ》の原に住む物は、鰭《はた》の広物・鰭の狭物、奥つ藻菜《もは》・辺つ藻菜に至るまでに、御服は明るたへ・照るたへ・和たへ・荒たへに称辞竟へまつらむ。御年の皇神の前に白き馬・白き猪・白き鶏、種種の色物を備へまつりて、皇御孫《すめみま》の命のうづの幣帛を称辞竟へまつらくと宣る。

（祈年祭祝詞御年の皇神の段、日本古典文学大系本による、以下同じ）

祝詞はむろん延喜式に見えるもので、ここでの引用のためにはその成立年代が問題となるが、祈年祭祝詞はその詞章に含まれる地名などの検討から七世紀後半にまではさかのぼると言われている。もっとも、祈年祭祝詞はそれ以前に行われていたいくつもの祝詞を集成したもので、従って各部の成立の年代は一様ではないと考えられ、一概には言えない。しかし、本居宣長もいうように[13]、古祝詞一般は延喜式にみるかたちに定着するまでに相当長い伝承期間を経ていると考えられること、また文献的徴証からして、祈年祭祝詞中の御県の段や山口の段はそれぞれ大化以前、皇極朝以前という古い時代の成立と考えられること[14]などから、問題は残しながらも舒明歌とほぼ同時代のものとして祈年祭祝詞をここに引用することは許されようかと思う。

この祈年祭祝詞は、その儀礼性において天皇国見歌といくつかの共通項をもつ。毎年春に挙行される儀礼でよまれる点、その儀礼の作物の豊饒を予祝するという意味――もっとも祝詞の方はこれに限られないが――、もともとは民間の行事に発して後に宮廷儀礼へと取り入れられたらしい点などである。一方で、天皇国見歌はいちおう天皇を歌い手とするのに対し、祈年祭祝詞は中臣氏がよみあげるので、発語の主体が異なるという重要な相違点があり、またそれぞれの言挙げの場、言挙げの方法も異なるというべきだが、それにしてもその呪詞が天神地祇への有効な働きかけを企図している点、それゆえに天皇支配の思想を色濃く保有している点で両者の関係は見逃せないのである。[15]

さてここに掲げた祈年祭祝詞御年の皇神の段は、次のような意味を含んでいる。御年の皇神たち（穀物のみのりを掌る神々）が、皇御孫の命（天皇）に豊かなみのりを寄せるなら、天皇は[16]感謝のしるしとして大野の原の甘菜・辛菜、青海の原の鰭の広物・鰭の狭物、奥つ藻菜・辺つ藻菜などを御年の皇神たちに献りましょう、というのである。つまり、ここで御年の皇神たちと天皇は、生産――報謝という一定の関係に立っている。そして注目すべきは、ここに「大野の原」と「青海の原」が対句的にあらわれていることである。ここに「大野の原」「青海の原」は御年の皇神たちへの奉献物の生い立つ場所として述べられているのだが、それが天皇からの奉献物と考えられる点、両所は天皇の支配する領域にほかならぬということが間接的によみとれる。天皇の支配領域が「大野原――青海原」という対句的表現でトータルにあらわされているのであり、これは舒明歌における「国原――海原」に対応する。

なお同様な表現は、その成立はより新しいとみられるものの、同じく祈年祭祝詞中の天照大御神に申す段にもみられる。

辞別きて、伊勢に坐す天照らす大御神の大前に白さく、皇神の見霽《みはる》かします四方の国は、天の壁《かき》立つ極み、国の退《そ》き立つ限り、青雲の靄《たなび》く極み、白雲の堕り坐向伏す限り、青海の原は棹柁干さず、舟の艫の至り留まる極み、大海に舟満ち続けて、陸《くが》より往《ゆ》く道は、荷の緒縛ひ堅めて、磐ね木ね履みさくみて、馬の爪の至り留まる限り、長道間《ひま》なく立ち続けて、狭き国は広く、峻《さが》しき国は平らけく、遠き国は八十綱うち挂けて引き寄する事の如く、皇大御神の寄さしまつらば、荷前は皇大御神の大前に、横山の如くうち積み置きて、残りをば平らけく聞しめさむ。……

傍線部、「青海の原は……大海に舟満ち続けて」と「陸より往く道は……長道間なく立ち続けて」とが、長い対句表現を構成している(17)。そして結局天照大御神がそのように海陸を豊かにととのえて天皇にこの国の支配を委ねるなら（「寄さしまつらば」）、天皇はしかるべき報謝をしようというのである。先の御年の皇神の段と比べると、この天照大御神に申し上げる段は祈願内容が「豊かなみのり」に限定されず、しかも国土支配という政治的色彩が濃くなっている。「青海原――陸（より往く道）」という対句表現も、先の段が天皇から神々への供物の生い立つ場所を意味したのに対し、ここでは生産物を満たして天皇に支配を委ねられるべき領域としてあらわれているが、それゆえにこそ先には間接的にしか把握されなかった天皇の海陸支配の意図が、より直接的なかたちでここに露呈しているのである。

さらに祝詞の実例を一つ加えておこう。御年の皇神の段では間接的に、天照大御神の段ではより直接的にあらわれた天皇の国土支配の思想は、同じく祈年祭祝詞中の次の段にもあらわに示されている。

生く島の御巫の辞竟へまつる、皇神等の前に白さく、生く国・足る国と御名は白して、辞竟へまつらば、皇神の敷きます島の八十島は、谷蟆《たにぐく》のさ度る極み、塩沫の留まる限り、狭き国は広く、峻しき国は平らけく、島の八十島堕つる事なく、皇神等の依さしまつるが故に、皇御孫の命のうづの幣帛を称辞竟へまつらくと宣る。

傍線部は陸地の果て、海上の果てを意味するが、ともどもその領域は「皇神等の依さしまつる」、つまり皇神たちが天皇に支配を委ねるものとされている。

こうして祝詞の中でも比較的古い成立と考えられる祈年祭祝詞の中に、天皇の支配領域が「大野原――青海原」「青海原――陸（より往く道）」「谷蟆のさ度る極み、塩沫の留まる限り」と対句的な語句であらわされていることに注目したい。これらは舒明歌の「国原――海原」の対句的表現に親近するものだが、両者が天皇の支配領域の表現という点で共通する以上、これらをたんに現象上の偶然的な類似だとはみなしがたい。天皇権が刻々と確立していく状況を背景に宮廷内部で熟成してきた天皇の支配領域の一つの表現方法――「国――海」の対句的表現――が、一方では祝詞という呪詞に、他方では国見歌という呪歌に現出したと考えられるのである。

ただ、舒明歌の「国原は煙立ち立つ海原はかまめ立ち立つ」という表現が、そうして天皇の国家支配という意図にささえられつつ、しかも景――実景とは思えないが――の描写として詩的に形象されていることも否定できない。詩的であるのは、一つには「……見れば」と、景が対象化されていることによるであろう。また一つには、実景の背後に理想的な景を幻視する際にはたらいた想像力のためでもあろう。詩と宗教との霊妙な融合がここにも見出されるのであり、これと同様な骨組みをもつにしろ、観念的でしかありえない祝詞の表現とは隔てを生じている。

なお、天皇の支配領域をあらわすものとしての「国――海」の対句的表現は、祝詞や舒明歌のほかにも見える。

臣、敢へて是の物を献る所以《ゆゑ》は、天皇、八尺瓊《やさかに》の勾れるが如くにして、曲妙《たへ》に御宇《あめのしたしろしめ》せ、且《また》、白銅鏡《ますみのかがみ》の如くにして、分明《あきらか》に山川海原を看行《みそなは》せ、乃ち是の十握剣を提《ひきさ》げて、天下を平《む》けたまへ、となり。

（仲哀紀八年正月、日本古典文学大系本による）

筑紫の伊覩《いと》の県主の祖、五十迹手《いとて》が仲哀天皇の行幸を聞き、天皇に八尺瓊以下のものを献ってその意味を解き明かす条である。ここに「看行《みそなは》せ」とあるのは白銅鏡の機能にかけた表現だが、それが実質的に支配を意味すること、前後の「御宇」「平」にてらして明らかである。そして、天皇の支配が山川のみならず海原にも及ぶといっている。この例は、天皇権の確立してゆく状況を背景に「国——海」の対句的表現が天皇の支配領域をあらわすものとして熟成してきたという先の推論を助けるであろう。

また、明らかに後次の例に属するが、

伏して惟《おも》ふに、皇帝陛下、一を得て光宅し、三に通じて亭育したまふ。紫宸に御して、徳は馬の蹄の極まるところを被ひ、玄扈《げんこ》に坐して、化は船の頭の逮《およ》ぶところを照らしたまふ。

（古事記序、新潮日本古典集成本による、以下同じ）

天皇《すめろき》の　敷きます国の　天の下　四方の道には　馬の爪　い尽くす極み　舟の舳の　い泊つるまでに　古よ
今の現《をつつ》に　万調《よろづつき》　奉るつかさと　作りたる　その生業《なりはひ》を　……

（万葉集巻18・四一二二）

今行宮の所を御覧ずるに山野も麗しく、海瀲も清けくして、御意もおだひにして御坐します。

（日本後紀延暦二十三年十月の、和泉・河内・紀伊行幸の際の宣命）

これらの例は、祝詞などに早くあらわれた、天皇の支配領域を「国——海」と対句的に表現する手法が、固定的に後々までも踏襲されたことを意味する。ただし、日本後紀の例のみは、限られた景のなかでの表現である。

先掲の祈年祭祝詞の「生く島の御巫の」で始まる段と舒明歌との関係に立ちもどれば、さらに「生国・足国」神という神名と舒明歌における「うまし国」という語句の意味内容の類似が注意される。祝詞にあっては、その皇神たちに申し上げる呪詞という性質上、生国・足国神と神格化がなされてはいるが、その言挙げにこもる祈願の内容は国見歌において「うまし国そ」と予祝する場合と共通するものをもっている。

加うるに、舒明歌の「うまし」が、国土創成神話の「うましあしかびひこぢの神」とひびき合うとする指摘(18)を考慮するなら、ことはさらに明瞭になろう。

次に、国稚く、浮ける脂のごとくして、くらげなすただよへる時に、葦牙《あしかび》のごとく萌え騰《あが》る物によりて成りませる神の名は、宇摩志阿斯訶備比古遅の神。　（古事記）

国土創成の時の、この美しいイメージを凝縮した「うましあしかびひこぢ」の名には、葦の芽のごときのびやかな生長力への讃嘆がこめられている。と同時に、この神が以下の神世七代の国土創成を準備する位置にあらわれる点、神名に含まれる讃嘆の語「うまし」は、国土の豊かな生成を予祝する機能をはたしているともみるべきである(19)。そして、これに続く、国土生成の動態を神名の列挙によって表現する段の中に「おもだるの神」（「面《オモ》の足《タル》と云は、不足処《アカヌトコロ》なく具《ソナハ》りと、のへるを云」――古事記伝）があらわれるのだが、「うまし」「おもだる」と続くこの意識的な整序は、祝詞における「生国・足国」の並列的な表現、また舒明歌の「うまし国」と、国土の予祝、讃嘆の表現としてはるかに呼応しているのである。

では、その予祝、讃嘆の対象になっている国土とは、より具体的にどの範囲をさすのだろうか。生国・足国は、生島・足島とも呼ばれ（延喜神名式）、古語拾遺には「生島是大八洲之霊」ともある。国土創成神話においてはむろんのこと、年次毎の祈年祭においてもこうして大八洲の規模で、というより部分ではなく全体を名指して国土が祈願の対象となっているのである。舒明歌の「うまし国そあきづ島大和の国は」も、それらとのひびき合いにおいて、また先述「国原——海原」の対句的表現が祝詞などの表現と対応する点を考え合わせて、全国土を予祝、讃嘆した言葉とみたい。

本節では以上、天皇の国土支配の思想を体現するものとしての神話や祝詞と舒明歌との関係を、舒明歌の表現を通してみてきた。神話や祝詞に含まれる国土支配の思想は、それらが舒明朝当時に現在われわれがみるかたちにまでは統合整理がなされていなかったとしても、その原型となったもののうちにあり、かえって統合整理の前のなまなましい力でもって香具山に立つ舒明にはたらきかけ、舒明をして新たな国見歌の創造へ、その言語表現の抽象化へと向かわせたのではなかったか。舒明朝とはそういった事情をみるのにまさにふさわしく、宮廷内部で天皇が国土の祭政的支配に関するイデオロギーを身によろいつつあった時期とみられることを、次に述べよう。

五

舒明紀における舒明の像は、必ずしも権力者としての鮮明なおもかげを伝えてはいない。記事の分量からいっても、舒明紀のなかば以上は即位前紀で、蘇我蝦夷を中心とする田村皇子（後の舒明）擁立をめぐっての争いの叙述に費やされているし、それをさっ引けば、事の多かった前代の推古朝、それに次代の大化の改新へと向かう皇極朝と比較しても、その治世年数（十三年）のわりに天皇としての治績は寥々たるものなのである。言われるように、蘇我氏隆盛の折から、その即位の事情にも端的にあらわれているように、舒明自身は時の実質的な権力機構からやや遠い存在であったのだろう。しかし反面、この舒明朝が推古朝の法、政治制度、宗教、外交などにわたる多くの国家的施策を継承しつつ、大化後の専制君主出現を準備した時期であったことも、当然見逃せないのである。

だが、ここではそのような舒明個人や舒明朝の全般的な歴史的評価が課題なのではなく、興味の中心は国見儀礼の主宰者たる舒明が負っていた国家意識はどのようなものだったかという問題に限定される。そうした関心で舒明朝をながめるとき、ほぼ二点が特筆される。

一、天皇記・国記の編纂

二、唐・朝鮮との外交の充実

これらはいずれも天皇の超越的地位の意識化を示しているか、あるいはその確立に役立ったことがらだと思われるが、まず天皇記・国記の編纂ということについては、端緒は推古朝にある。

是歳、皇太子・島大臣、共に議りて、天皇記及び国記、臣連伴造国造百八十部并て公民等の本記を録す。

（推古紀二十八年）

ここにいう天皇記は皇室系譜を中心として歴代天皇の事跡を記すものと思われ、国記については風土記の類とする見解もあるが、天皇記との対応からいっても、日本の国全体の歴史を記したものとする説に従って理解したい。そうして、この天皇記・国記が「録す」とあるもその推古二十八年に完成したのではなく、その後も長く編纂途中にあったらしいことは、推古二十八年から数えて二十五年後の皇極四年、蘇我誅滅の折にこれらが蘇我氏宅にあって焼亡しかけ、一部だけが焼け残ったとする記事によって知られる。完成していたのなら宮中に保存され、写しも作成され、何らかの実効を発揮していたと考えられるからである。従って、推古、皇極両朝の間にはさまれる舒明朝は、なお天皇記・国記の編纂途中にあり、この意味で宮廷内部にあっては天皇の出自、地位、国家支配のあり方などについてかなり意識的な空気が存し、国家意識も高まっていただろうと思われるのである。

次に、この舒明朝に、唐・朝鮮との外交が頻繁に行われたことも、宮廷内部で天皇を中心とする国家意識の高まりを相関的に醸成したと推測される。寥々たる舒明治世下の記事の中で、頻出する天文関係記事などをも含めた約五十項目中、十五項目、すなわち三割を外交関係記事が占めている。この活発な外交も、推古朝における遣隋使派遣、および新羅と敵対しての百済、高句麗との修好という外交実績の上に立つものだが、詳細は省きたい。記事の中でも、二年八月発遣の唐への使にこたえて唐が遣わした高表仁らを迎える記事（四年十月）が比較的詳しいのは、そのことがらの重大さを示していよう。そして書紀によれば、このとき難波に高表仁らを迎えた使が、「天子の命のたまへる使、天皇の朝に到れりと聞きて迎へしむ」と言ったという。もとよりこの言葉（特に「天皇」の語。天皇号については後述）が書紀編纂段階における改作を経ているという疑いは存するが、「天皇の朝」と言挙げすることのことさらな表現は、先の天皇記・国記編纂をめぐる国家意識の高まりとも対応して、当時における天皇（または大王）による国家支配という強い意識をそのまま口にのぼせたとみることもできよう。そしてそれが外国使に対してであったということが、活発な外交によってかえって国家意識が刺激され醸成されたという事情を端的に示している。

以上二点のほかにも、舒明朝における天皇を中心とする国家への意識の高まりを示すことがらとしては、天皇号が通説によれば前代推古朝から使われはじめたらしく[20]、だとすれば舒明は即位時から「天皇」と称された最初の人だということになること、またこれも推古朝に制定されたとされる憲法十七条中に「詔を承りては必ず謹め。君をば天とす。臣をば地とす。天は覆ひて地は載す……」（第三条）とあって天皇の超越的地位をうたっていることな[21]どが指摘できる。しかし、これら二点についてはいずれも史料となるものの成立年代の認定からして有力な反論があり[22]、ここでは深入りしない。

以上の検討を通して、舒明朝が国家意識の高まりをみせ、その中核的存在たる天皇への関心も強まった時期であったとの推論が得られた。この推論を援けるいずれのことがらも前代推古朝の事業を基礎としているが、その自覚的な継承が宮廷内部にそのような国家的イデオロギーを醸成、定着せしめたと思われるのである。舒明自身は実質的な権力の座にはなかったとしても、前代における皇室権力の伸張・官司制度の整備という政治史上の達成[23]がすでにして天皇のそのような定位を可能にする機構を創出していたとみられる。

さて、万葉の二番歌はそうした国家的イデオロギーのなまなましい体現者たる舒明の歌なのである。それも歌は、国見という国家的宗教的な行事の場で歌われた。むろん史と詩は基本的に別ものだが、それにしてもこの場合は歌い手の内部に両者の重なりを見ても不自然ではない以上の事情がある。舒明は天皇（または大王）としての国家支配の意識強く、「国原は……海原は……」と、支配の全領域を歌いあげたのではなかろうか。

これに関しては、歌そのものにもその徴証が求められるように思われる。ほかでもない、この短い歌詞の中に「国」の語が「国見」「国原」を含めて四度も用いられていることである。記紀万葉の国見歌の中で、これほど「国」の語が頻出する例は他にない。ただ、舒明歌よりは後次のものと思われる琴歌譜所載の正月元日の「余美歌」が、

そらみつ　大和の国は　神柄か　在りが欲しき　国柄か　住みが欲しき　在りが欲しき　国は　あきづしま大和

と短章の中に「国」を三度も歌いこめているのが注意される。この歌も大和の讃め歌で、正月元日の節会で臣下たる大歌人たちによって歌われ、天皇に奏上されるという点、やはり天皇による大和の国の祭政的支配にかかわっている。

ところで、「国」はたんに一定の範囲の物理的自然を意味する語ではない。それは、地霊水霊に働きかけての人間の生産活動、ないしは生活の場所としてとらえられ、従って権力者の側からは祭政的支配の対象になる。このよ

うな「国」の語義を国見の場面においてもっともよくあらわしているのは、おそらく次の例であろう。

海は即ち青波浩行《ただよ》ひ、陸《くが》は是丹霞空朦《たなび》けり。国は其の中より朕《わ》が目に見ゆ。

（常陸国風土記行方郡、日本古典文学大系本による）

景行天皇が下総国の丘から遠く現在の霞ケ浦を隔てて常陸国行方郡香澄里を望んだ時に言ったというのだが、海陸における水霊地霊の活動が述べられたあと、その中より見られた「国」は明らかに人の住む里である。そして、天皇によるこの言挙げは、そうした「国」の祭政的支配の実現を意味しているのであろう。国見歌においても、「百千足る家庭も見ゆ」と直截に人家が歌われ、舒明歌にあっても「国原は煙立ち立つ」とさかんな生産活動の結果としてにぎわい立つ炊煙がよみこまれている。すでに引いた祈年祭祝詞（御年の皇神の段、天照大御神の段）が海陸を生産物の豊かに生い立つ場所として述べ、その支配を述べ立てていたように、舒明歌の「国」もそうして生産活動、ないしは生活の場所として祭政的支配の対象となっている。この意味では、「国原は煙立ち立つ」は国原にもの満ちて豊かな状態をいい、「海原はかまめ立ち立つ」は魚群の回游に群れる鷗を表現したとする山路平四郎氏の説[24]に、私は強く心ひかれるものがある。

舒明歌に「国」の語が四度も使われているのは、むろん直接的にはそれが国を見る歌であることにかかわるので文学的形象の中核としてこの語が必要であるからだが、また儀礼歌のわく組内で、そうした支配者の見ることによる「国」の祭政的支配という古代的論理を通してその支配の意欲が強く示されたためでもあろう。歌はまず「国見」の語を据えて儀礼の意味を提示し、見られる国を「国原――海原」と対句法でその豊かな全体を分析叙述し、それからそのように具象的な景として二分された国――しかし不可視の「海原」を歌うところにすでに抽象化は始まっているのだが――を、「うまし国」の語で止揚、抽象する。この時「国」は心理的にも烈しく歌い手の側へ引き寄せられた。「あきづ島大和の国」という倒置された主格は、讃め言葉を含み、その止揚、抽象され自己の側へと引き寄せられた「国」の絶対的、恒常的定位をめざしている。そして、第三節にも少しく言及したところだが、この全体性攫取の意欲を強くもつ彫りの深い構造は従前の国見歌にはみられなかったものである。言語による造型という意味で、それはむろん文学上の達成にかかわるものだが、一方でこの支配の対象たるべき「国」の語を中核とする立体的な構造は、先に史の考察から得られたこの頃の天皇支配を正当化する国家的イデオロギーとあざやかな対応を示してはいないだろうか。

ちなみに、「あきづ島大和の国は」の「大和（原文、八間跡）の国」を私は以上のように日本全体と解するが、これに対して歌い出しの「大和（山常）」は、「大和には群山あれど」とあることからも、群山に囲繞される自然としての奈良を意味するとみたい。二つの大和のさす範囲を区別する説は契沖（代匠記初稿本）に始まるが、伊藤博氏も、

「大和には　群山あれど」とうたいおこしたとき、「大和」は現在の奈良地方でたしかにあった。が、国原と海原の対句を経過したとたんに、「大和」は日本国全体へとイメージを拡大したのである。

と述べている。[25] 集中、枕詞なくただ「大和」とだけいう場合はすべて奈良をさし（四十一例）、他方「枕詞＋大和の国」（十七例）の場合は日本国を表わす場合が多い（十ないし十一例）、という一事実も加えておこう。

六

舒明歌が伝統的な季節行事としての国見の歴史を受け継ぐ位置に立つことに疑いはない。山上に立って「うまし

国そ」と景を俯瞰する天皇の姿は、前世紀以前における首長や大王の祈願のポーズを紛れもなく残している。しかし舒明が天皇として天の香具山に立ったことは、その伝統的儀礼に新たな思想的基盤が用意されつつあったことを意味する。それは神話や祝詞に具象化されたごとく、神々の委託を受けて国家支配を遂行するという、その頃の宮廷内部で醸成されていた政治的イデオロギーの濃厚な思想であった。そのために舒明は見えぬ「海原」を見えるがごとくに歌い、抽象的な大和国家を歌いあげる。

ただし、「国見」がまさに「見る」ことに呪術的意義を感知しえた人々に脈々と受け継がれてきた行事である以上、その否定において舒明の言葉があるわけではない。むしろ舒明の発語は、もはや人ならぬ人の強力な視力にもとづいてなされたものというべきだろう。舒明歌においては眼の力能への信頼がまだ存分にあって、そのためにこそ歌が視覚的にあざやかな形象性を備えているのだと思う。

けれども、不可視のものをあたかも実際に見えるように歌ったのは、やはり「見る」ことの伝統にてらしてはそれに対する破壊としてはたらくことになる。そのように内部に矛盾を孕んだ天皇国見歌は、もはや「神柄か在りが欲しき国柄か住みが欲しき」（前掲、正月元日の「余美歌」）という歌句にみられるような、概念化、抽象化への道しか残されていない。だがそうした過程をたどるよりも、事実として天皇国見歌は多く自らを抹殺してしまったようにみえる。舒明以降に琴歌譜の一首は別として天皇国見歌が残らないことがその何よりの証だが、さらにそれにとって代わるように臣下による天皇讃歌が陸続とあらわれてくることが、その転々のあとを雄弁にものがたっている。少なくとも歌の世界においては、天皇は国土讃美の主体の位置から逆に「山川も依りて仕ふる」国土の支配者として讃美を受ける存在へと変わっていったのである。そしてその変質は、天皇が大王のおもかげを拭い去って宮廷儀礼の奥深くへと祀り上げられていく政治史上の日程とも一致している。国見という土着の思想に代わって、神話や祝詞をその具体とする国家的イデオロギーが、人々の観念の枷としてより強固に支配者の身によろわれるようになったといってもよい。

以上、「海原」の解釈への疑問に端を発して縷々述べてきた。折口信夫氏はこの歌の解釈にふれて、「古典文学の鑑賞は、その作品の含んでゐるものだけに就いてすべきである」と述べている。[26] その文脈からすれば、氏はこの言葉でこの歌などをはじめとする万葉歌を安易に文学作品扱いすることを戒めているのだが、私もそのひそみにならってここでは舒明歌についての以上の文学批評前ともいえる解釈を提出することでよしとしたい。ただ、だからやや別な意味で、「その作品の含んでゐるもの」を多少なりとも発掘できたのかどうか。御批評をこう所以である。

注

(1) ただし近年は海説をとる論者もふえた。管見に入ったものでは、山路平四郎「国見の歌二つ」(「国文学研究」第二九集)、森朝男「舒明天皇の御製」(山路平四郎・窪田章一郎編『初期万葉』所収)、伊藤博『万葉集の歌人と作品』上第一章第二節、古橋信孝「古代詩論の方法試論(その2)」(「文学史研究」2)、中西進『万葉集』(鑑賞日本古典文学第3巻)など。これら諸論考の成果には以下必要に応じてふれよう。

(2) 注(1)参照。

(3) 加うるに「みかたの海」「なさかの海」、万葉集以外では「佐太の水海」「神門の水海」(出雲国風土記)。

(4) 倭名抄には玉篇を引いて「池《伊介》 蓄水也」とする。ただし同書にはまた「湖《美豆宇美》 大池也」ともするが、これは説文に「湖 大陂也」(「陂」は池)、「海 天池也」とする類か。

(5) 毛詩大雅「周原膴膴」の「原」を鄭箋に「広平日レ原」と注す。ただし、和語としての「ハラ」の語義に広大感などではなく呪的な面を強く認める見解もあり、検討を要するが、ここでは立ち入らない。

(6) 吉田義孝「思国歌の展開」(「文学」第一六巻七号)にも同様の指摘がある。
(7) 注(1)参照。
(8) 土橋寛『古代歌謡と儀礼の研究』。
(9) 注(8)の書、第四章が参考となる。
(10) 折口信夫『万葉集講義』(全集第九巻所収)。
(11) 川口勝康「舒明御製と国見歌の源流」(『万葉集を学ぶ』第一集所収)。
(12) 注(10)に同じ。
(13) 本居宣長「大祓詞後釈」上巻(筑摩版全集第七巻所収)。
(14) 徳田浄『上代文学新考』「延喜式祝詞四篇」。
(15) 舒明歌を国家支配の意志をもつ祭祀歌として祝詞などとの関連で理解しようとする立場は、吉田義孝氏の論考(注(6)参照)にも示されている。
(16) 実際に献ると述べるのはこの祝詞のよみ手、中臣氏であるが、むろんそれは天皇に代わって行うのである。
(17) この個所を含めてこの段については金子武雄『延喜式祝詞講』に構造分析がなされている。なお、この個所はいささか意味のとりにくいところがある。「棹柁干さず」および「荷の緒縛ひ堅めて、磐ね木ね履みさくみて」という句がそれぞれどこにかかっていくかという点だが、それぞれ次の一句を隔てて「大海に舟満ち続けて」および「長道間なく立ち続けて」にかかるとし、それらの間の句を「遠い果てから」の意として挿入句的に解する金子氏の説に、ひとまず従う。
(18) 注(11)に同じ。
(19) 古事記伝は、この条、「葦牙のごとく萌え騰る物によりて成りませる神の名は」の句は、次の神世七代を含めてイザナキ、イザナミの神までかかる、と一つの試読を行っている。一概には同意しがたいが、意味のある試読であると思う。
(20) 津田左右吉『日本上代史の研究』「天皇考」以来の通説である。大君から天皇への称呼の変更の意義について、井上光貞氏は、「大君とは君の中の大なるものという意味であって、諸豪族との身分の相異は相対的なものにすぎなかったが、いまや、自ら天皇と称することによって、諸豪族に超越した絶対的な君主としての地位を得ることとなった」と述べている（『日本古代国家の研究』第Ⅲ部）。

(21) 井上光貞氏はこの条についても、「天皇の諸臣に超越する絶対的な地位をうたったもので、上記の天皇号の制定とあい応ずるものがある」と述べている（注（20）の書）。

(22) 天皇号については、推古朝の制定を認めず、天武・持統朝まで下るとする反論がある。渡辺茂「古代君主の称号に関する二、三の試論」（『史流』第八号）、門脇禎二『「大化改新」論』第二章、東野治之「天皇号の成立年代について」（『続日本紀研究』一四四・一四五合併号）など。十七条憲法の成立年代について諸説のあることは周知のとおりである。

(23) 直木孝次郎『日本古代国家の構造』第Ⅲ部、井上光貞『日本古代国家の研究』第Ⅲ部。

(24) 山路平四郎「国見の歌二つ」（『国文学研究』第二九集）。

(25) 伊藤博『万葉集の歌人と作品』上第一章第二節。なお、二つの大和の用字（「山常」と「八間跡」）にも、前者「山常」に対して後者「八間跡」はあらゆる場所を意味するといった表記者の用字意識が認められるかもしれない。参考、賀古明「舒明・斉明天皇」（有精堂『万葉集講座』第五巻所収）。

(26) 注（10）に同じ。

制度としての天皇歌

——額田王歌の作者異伝にふれて——

一　「代作」説

額田王を「代作」歌人とする見方がある。額田王の四首の歌——巻一、七番歌（宇治の都の歌）、八番歌（熟田津の歌）、一七・一八番歌（三輪山惜別の歌）——は、題詞で額田王作をいうのに左注でいずれも類聚歌林を引き、天皇作であるとしるしている。その疑問を解くのに、それらの歌は額田王が天皇（斉明または天智）の代作をしたものであり、いわば形式作者が天皇、実質作者が額田王と解されるとするのである。一九六〇年前後に、伊藤博氏や中西進氏によって説かれたもので、現在はもはや通説化している[1]。

歌の「代作」、つまりある人が他人に代わってその人の心を歌に詠むという行為は、言語表現としての歌が古くからもった一つの方法であった。代作の表現は、代わられる者の表現であると同時に代わる者の表現でもあるという二重性をもつ。そこに代作は社交の手段としても文芸の方法としてもある可能性をもった。

代作は万葉の時代を通じてみられるが、七世紀でも早いころの例としては万葉集に「天皇遊二猟内野一之時中皇命使㆓間人連老献㆒歌」（巻一、三・四。老の代作とみられている）があり、日本書紀にも大化五年（六四九）三月、妻造媛を喪った中大兄皇太子に代わって側近の野中川原史満が挽歌を奉った例、また斉明天皇四年（六五八）十月、紀の温湯行幸の折に、夭折した最愛の孫、建王を偲び、三首の歌をうたって秦大蔵造万里に「斯の歌を伝へて、世にな忘れしめそ」と命じたという例（万里の代作とみられている）などがある。これらを指して、早い時期に、代作ということを万葉和歌史の展開に深くかかわるものとして説いたのは折口信夫氏であった(2)。折口氏は、漢詩文の刺激を受けた代作から和歌の歴史が始まったとし、額田王の歌についてもその代作性を示唆している。もっとも、人麻呂を「代作を役とする宮廷詞人」ととらえる折口氏の「代作」の概念は広い。

こうした「代作」という考え方に、私も長く魅力を思いつづけてきた。しかし、こと額田王の代作説については、題詞と左注の一見矛盾とみえるものをみごとに解いてしまう、その手つきのあざやかさに魅了される一方で、そこに近代合理主義のにおいといったものも感じつづけてきた。代作説において、当該歌の題詞や左注の読みに問題はないか。同時代ではあっても皇太子や天皇個人の思いを代弁したとみえる満や万里の系列に、多く集団的な感情をうたいあげた額田王も属するとして違和はないか。ここでは代作を先入見とするのでなく、あらためて当該歌の題詞や左注を読むところからはじめ、作者異伝の問題を、とくに天皇歌の場合を中心に考えてみたい。

二　額田王歌と作者異伝

一つの疑問は八番歌の題詞と左注の理解にかかわる。

額田王歌

熟田津に船乗りせむと月待てば潮もかなひぬ今は漕ぎ出でな

右検二山上憶良大夫類聚歌林一曰、「飛鳥岡本宮御宇天皇元年己丑九年丁酉十二月己巳朔壬午、天皇大后幸二于伊予湯宮一。後岡本宮馭宇天皇七年辛酉春正月丁酉朔壬寅、御船西征、始就二于海路一。庚戌御船泊二于伊予熟田津石湯行宮一。天皇御二覧昔日猶存之物一、当時忽起二感愛之情一。所以因製二歌詠一為二之哀傷一也」。即此歌者天皇御製焉。但額田王歌者別有二四首一。

題詞および左注からは、編纂の際の次のような事情が読み取れる。この歌は、万葉編者が見た「旧本」（一五・一九左注。編纂の際の原本）には「額田王歌」として載せられていた。編者はそれを歌とともに採用した。一方、編者の手もとには山上憶良が編纂した類聚歌林もあり、それをひもとくとこの歌が載せられ、作歌事情もしるされていた。それによれば作者は額田王ではなく、天皇となっていたし、また額田王の歌も別に四首しるされていた。そこで編者は左注を付し、類聚歌林の関係部分を引用し（カギ括弧の部分）、そして歌林の説を信頼して「即ち此の歌は天皇の御製ぞ。但し額田王の歌は別に四首有り」としるした。

代作説では、題詞と類聚歌林にいう作者の相違に焦点があてられる。そして編者の判断、「即ち此の歌は天皇の御製ぞ。但し額田王の歌は別に四首有り」という部分はあまり意味のないもの、もしくは何かの誤りを含んだものとして切り捨てられる。けれども、現代の論者が、そうして万葉編纂の当事者自身がしるしたその歌についての判断を軽んじているのは、やや奇妙なことなのかもしれない。

類聚歌林は形式作者である天皇を作者として載せているというのが代作説の論理だが、類聚歌林は「熟田津」の歌を天皇作として載せるほかに額田王の同時の作を別に四首載せていたというのだから、形式の作・実作をいうなら歌林には「熟田津」の歌も天皇の実作として載せられているとするのが自然である。すると不可解なことになる。この場合、歌の「作」を形式の作・実作と区別するところに無理はないか。

　次に、七番歌の題詞や左注の理解について。

　　額田王歌　未レ詳

　秋の野のみ草苅り葺き宿れりし宇治の都の仮廬し思ほゆ

　　右検二山上憶良大夫類聚歌林一曰、「一書、戊申年幸二比良宮一大御歌」。但紀曰、五年春正月己卯朔辛巳、天皇至レ自二紀温湯一。三月戊寅朔天皇幸二吉野宮一而肆宴焉。庚辰日、天皇幸二近江之平浦一。

　この歌は「明日香川原宮御宇天皇代」という標目のもとに載せられている。旧本にそうあったと考えられ、それは皇極天皇代（六四二〜六四五）を意味し（注釈ほか）、つまりこの歌は皇極朝に額田王によって詠まれたというのが旧本の記載である。対して万葉編者はここでも類聚歌林を参照し、その歌林の引く「一書」には、この歌は戊申の年（大化四年、六四八）の比良宮への行幸時に詠まれた大御歌、すなわち皇極太上天皇の歌（孝徳天皇の歌とする説もある）とするしているとする。左注の続きは、歌林に「幸比良宮」とあるので、編者が皇極（斉明）天皇の比良への行幸記事を日本書紀に探り、それが斉明五年（六五九）三月にあったことをしるしている。編者はたんに比良行幸の年を書紀にたしかめただけなのかもしれないし、もっと積極的に、書紀の記述によってこの歌が斉明五年の天皇作であることを主張しようとしたのかもしれない。

　さてここでは皇極朝に額田王によって詠まれたとする旧本と孝徳朝の戊申年に皇極太上天皇によって詠まれたとする類聚歌林「一書」と、時と作者を異にする二つの伝えが対立的に存在していたことになる。しかしこの歌を額田王が皇極太上天皇、または斉明天皇になり代わって詠んだとする代作説では、作歌時は戊申年か編者のいう斉明五年かのどちらか一方にまとめられる。それは両人が同時にいなければ代作説は成り立たないからだが、そのために旧本の皇極朝の作歌という伝えは結局無視されることになる。旧本からは作者についての情報だけが採用され、作歌年次についての情報は切り捨てられる。資料の読解上、そこに強引さはないか[3]。

一七・一八番歌についても、同様な疑問がある。

額田王下二近江国一時作歌井戸王即和歌

うま酒　三輪の山　青丹よし　奈良の山の　山の際に　い隠るまで　道の隈　い積もるまでに　つばらにも
見つつ行かむを　しばしばも　見放けむ山を　情なく　雲の　隠さふべしや　（一七）

反歌

三輪山をしかも隠すか雲だにも情あらなも隠さふべしや　（一八）

右二首歌、山上憶良大夫類聚歌林曰、「遷二都近江国一時、御二覧三輪山一御歌焉」。日本書紀曰、六年丙寅春三月辛酉朔己卯、遷二都于近江一。

（一九番歌及びその左注は省略）

旧本は額田王が近江国に下った時に作った歌としてこの二首を載せていた。近江国への遷都の時とは書かれていなかった。しかし編者がやはり類聚歌林を参照すると、近江国遷都時の天智天皇（中大兄皇太子）の御歌としるされていた。そこで編者は近江国への遷都の記録を日本書紀にたしかめた。

ここでもこれらの歌の作歌事情として二つの伝えがしるされていることになる。代作説はそれらを一つに解しようとする。しかしその場合、旧本の題詞に遷都時とは書かれていないことは顧みられない。

額田王の近江行も、三輪山への痛切な哀惜を述べる歌詞からは、通常の旅の場合ではなく、遷都につれてのことであったと思われる。しかし、おびただしい人々の都遷りがあわただしく行われただろう中で、それが天皇一行と同時であったとは限らない。「額田の王が近江の国に下られたのは、多分近江の大津に帝都が遷され、そこにましました天智天皇に召されたのであろう」（全註釈）などの推測は無意味でなかろう。旧本に遷都時と書かれないところからは、天皇一行とは別行動で、井戸王（和歌の作者）らと同行した近江行であったのかもしれない。

以上のように、当該四首について、題詞や左注の読解上、代作説には疑問なしとしない。また万葉編者自身は、それらを代作ではなく作者の異伝と判断している。

現代の代作説は、以上の四首がいずれも額田王と天皇との間の作者異伝であることを重要な論拠としている。そうであることは、たしかに王の歌が天皇の身近で詠まれたことを強く印象させる。しかし、そのことをただちに代作論に結びつけていく前に、なぜそうした作者異伝が生じたか、また当時において作者異伝とはどのような事態であったのかをあらためて探ってみる必要はないだろうか。

そこで次に、より一般的に、作者異伝ということを天皇歌の場合を中心に記紀や万葉集に探ってみる。

三　記紀の作者異伝

記紀の歌は多くが天皇の物語のなかに含まれ、天皇自身を作者としているものもまた多い。記紀ともに歌は「〇〇歌曰（歌ひしく、歌ひたまひしく）」などとしるされるのが一般なので、正確には「作者」というより「歌い手」ないしは「歌主」（万葉集巻二、九〇の左注に見えることば）というべきである。こうした場合、歌詞の「作」は通常「うたう」行為にかくれてある。

記紀の歌が多く天皇を歌い手としていることは、七世紀以前の宮廷の歌の状況や性格の一面をものがたるだろう。

一つには、これは宮廷の歌という枠を超えて古代の伝承歌謡一般の属性ともいえるのだが、伝承される歌謡の物語との結びつきの自由さということである。伝承歌謡は、それ自身が独立体であるかのように結びつく物語を変えながら伝えられていくという性質を可能的にもっていた。物語を変えるということは歌い手や歌詞を変えるということでもある。そこに伝承ということの創造性や歌謡の「作」との関係における自由さが見出される。とくに歌謡の一大センターたる宮廷では、長い時代にわたって、氏族や民間のさまざまな歌謡が集められ、鋳込まれ、意識的な物語の述作という営みも加えられつつ、歌は結びつく物語や歌い手や歌詞を変えていくということがあっただろう。

記と紀の間でみられる歌い手の異伝は、そうしたことの痕跡の一部である。記と紀には重出する歌謡が計五十余首ある（歌詞の異同の比較的多い場合も含む）が、両者を比較すると次の計十一例で歌い手に相違がある。

		記	紀
①	「八千矛の神の命は」	二　八千矛命	九六　勾大兄皇子
②	「忍坂の大室屋に」	一〇　神武天皇	九　道臣命
③	「やつめさす出雲建が」	二三　倭建命	二〇　時の人
④	「倭は国のまほろば」	三〇～三二　倭建命	二一～二三　景行天皇
⑤	「水たまる依網の池の」	四四　応神天皇	三六　大雀命
⑥	「女鳥のわが王の」	六六　仁徳天皇	五九　機織女等
	「高行くや速総別の」	六七　女鳥王	

⑦「雲雀は天に翔ける」　六八　女鳥王　六〇　隼別皇子の舎人等
⑧「枯野を塩に焼き」　七四　（不詳）　四一　応神天皇
⑨「やすみししわが大君の」　九八　雄略天皇　七六　舎人
⑩「潮瀬の波折りを見れば」　一〇八　袁祁命　八七　太子（武烈天皇）
⑪「大君の御子の柴垣」　一〇九　志毘臣　九一　太子（武烈天皇）

総じてこれらは、宮廷およびその周辺に伝承されていた歌謡において歌い手の異伝がかなりの程度存在したことを示している。例には歌い手について同じ物語における異伝（②⑤⑥⑦⑨）もあれば、別の物語における異伝（①③④⑧）もあり、その中間的な場合（⑩⑪）も認められるが、とくに別の物語における異伝は、それらの歌謡と物語や歌い手との結びつきの自由さ、ゆるやかさを思わせる。

九世紀前半ころの成立ではあるが記紀歌謡と同時代の宮廷歌謡を含む琴歌譜にも、同種の異伝がみられる。琴歌譜は七種の歌について「縁記」をしるすが、そのうち四例に歌い手（または作者）の異伝がある。

一「御諸に築くや玉垣」　（古事記）引田赤猪子　（一説）伊久米伊佐知天皇（垂仁天皇）
二「島国の淡路の三原の篠」　大鷦鷯天皇（仁徳天皇）　（一説）息長帯日女皇后（神功皇后）　（古事記）誉田天皇（応神天皇）
一四「みなそそく臣の嬢子」　（古事記）大長谷若建命（雄略天皇）　（一云）韓比女娘

二二「あしひきの山田を作り」（日本記）木梨軽皇子　（古歌抄）雄朝豆万稚子宿祢天皇（允恭天皇）

琴歌譜の歌謡は、宮廷の新嘗会および正月の三節会で大歌所の歌人によって琴の伴奏とともに奏された、宮廷でもっとも重んじられた歌謡である。作者も天皇や皇后とするものが多いが、その歌謡においてこうして歌い手の異伝が多く伝えられている。

伝承歌謡の物語との結びつきの自由さといったものは、文芸の歌がある特定の個人の「作」の営みに固定的に属するのとは対極的なものである。文芸の歌においては、その歌詞の「作」の営みにおいてこそ「作者」が認められる。伝承歌謡においてもやはり歌謡はある個人の営みと伝えられるのだが、そこにそのような作者意識は未発達である。

天皇が記紀や琴歌譜の多くの歌の歌い手であるとは、以上にみてきたように歌と物語との結びつきのゆるやかさ、いいかえれば歌謡の伝承的性格においてそうなのだとひとまずはいえよう。しかしではなぜ、記紀の歌の多くはほかでもなく天皇を歌い手としているのか。知られるのはほぼ七世紀以前において、宮廷やその周辺の歌が、天皇の物語に結びつけられていく顕著な傾向についてである。それは次のようなことにつながるだろう。

言霊のこもるとされた歌が儀式や宴を通じて天皇に奉られるさまがいくつかの資料にみえている。琴歌譜の歌は新嘗会や正月の節会で天皇に奏されたものであり、記紀にみえる歌曲名をもつ歌もまたそうしたものとして記紀編纂当時に宮廷でうたわれていたのだろう。大嘗会においては悠紀・主基の国風が奉献され、行幸時には地方の歌舞が天皇に召され、(4) さらに民間の歌人が宮廷に呼び集められるということもあった。(5)「古代芸能はさながら御贄と同じ意味をもつ、服属のちかいであった(6)」のだし、歌の奉献もその一環をなしていたのである。そうして歌は宮廷に集められ、天皇に奉献され、天皇の所有となった。そして多くの歌が天皇の物語に結びつけられ、天皇が歌い手（歌主）ともなった。それは歌にこもる言霊の力で天皇の威力を増すことになったし、歌にとっては権威を増すことになったわけだろう。記紀にはよく歌をうたう多少とも牧歌的にみえる天皇像が多くみられるのだが、それは、遠くは後世の勅撰和歌集の編纂にまでつながっていくような、天皇による歌の所有・支配の早い姿を示している。天皇歌の多さはすなわち天皇による歌の所有・支配を示しているのだ。だからそこでの歌の「作者」、天皇とは、いつの場合もそうであるように個人を超えた制度としての存在であり、後の文芸の歌の作者と同列にはみられない。宮廷は歌謡の集積する一大センターとして、中でも天皇はそれ自身が制度として歌の求心力をもっていた。

記紀の天皇関係歌の多さは、このように宮廷の歌の伝承的性格、より本質的には制度としての天皇がもつ求心性の結果としてである。またそこに作者意識は未発達である。記紀において歌謡は多く六世紀以前の天皇代のものとして載せられているが、しかしその歌謡の扱いは額田王と同時代の七世紀後半ころ、また八世紀初頭にかけて行われたものであろう。

大宝二年（七〇二）十月の持統太上天皇の参河国行幸の時、舎人娘子が従駕して作歌した。

大夫のさつ矢手ばさみ立ち向かひ射る円方は見るに清けし　（巻一・六一）

ところがこの歌は、伊勢国風土記逸文に、歌詞を一部変え、「天皇、行㆓幸浜辺㆒歌曰」と、天皇（持統太上天皇）作として載せられている。従駕者の作歌が天皇に所有され、天皇作となった例である。こうして八世紀初頭ころでも天皇周辺で臣下によって歌が詠まれると、それはやがて天皇作とされることがあった。天皇との作者異伝をもつ額田王の歌も、宇治の都の歌、三輪山惜別の歌はそうした例として把握できよう[7]。両例とも、仮に天皇と同行の場合ではなかったとしても、王の天皇に親近した立場から、そうしたことは起こりえたとすべきだろう。先述した

「熟田津」の歌の左注についての疑問は、こう説明されよう。王は当時いくつかの歌を詠んだが、儀式ないし宴の論理としてそれらは天皇に奉献され、所有されたのである。中で、「熟田津」の歌についてはやがて天皇作という伝えが生じた。当時王は四首の歌は自作として詠んだが、「熟田津」の歌のみは天皇の代作として詠み分けた、そんなふうではなかったと。

四　万葉集の作者異伝

かつて、初期万葉の天皇歌は伝承性を強く帯び、天皇の実作とはみられないと論じたのは遠藤庄治氏であった(8)。聴くべき諸点を含む氏の論を参照しながら、ここでは初期万葉の天皇歌が実際の天皇作とはみられないということを逆の方向にたどっていくことができる。すなわち、天皇作ではない歌が、天皇へと結びつけられていく。それは前節で考察したような記紀における歌のありかたとの連続性において理解できる。

ところで、万葉の編者はすでに歌謡の伝承世界の人ではない。歌の「作」「作者」の扱いにおいても記紀の述作者の手法とはまったく異なり、文芸の立場を貫こうとしている。彼（ら）は、文選・玉台新詠・芸文類聚などの、詩が作者とともにしるされるスタイルを深く学んでいただろう。スタイルという以上に、詩が詩人に属する言志や抒情の文学であることを理解していただろう。

ところがその編者が対した歌の状況はといえば、まだ後世の貴族和歌の世界でのように歌が文芸化を完遂していたわけではなかった。歌謡の世界では、作者異伝や作者未詳は生じやすかったが、歌謡の文芸化の過程で成立した万葉歌の世界でも、なお歌は口誦・伝誦を表現・伝達の有力な手段としていたために、作者異伝や作者未詳はたやすく生じた。歌が文芸化していく過程とは、歌の個性的な表現性とともに作者性が重んじられていく過程である。書かれる歌は歌詞の作者を求める。しかし万葉時代の歌の状況は、まだ歌謡性を保存していたので、とくに宴の歌や伝誦歌などにおいて作者異伝や作者未詳は生じやすく、「作」の意識もまだ十分強いとはいえなかった。[9]

そうした歌の状況に対しながら、けれども万葉編者は歌の作者の冷徹な探求者であった。その姿勢は、万葉集における作者判明歌と作者未詳歌の巻別の分類、作者判明の巻における作者未詳・作者不審・作者異伝・伝誦の記載などにあらわれている。また、彼は新作歌と古歌をはっきり区別しようとした。その点では天皇歌に対しても例外ではなく、

天皇賜㆓海上女王㆒御歌
赤駒の越ゆる馬柵の標結ひし妹が情は疑ひもなし　（巻四・五三〇）

に対して、「右今案、此歌擬㆑古之作也。但以㆓時当㆒便賜㆓斯歌㆒歟」と注している。この歌は歌の表現からみて、聖武天皇の新作とは思われない、天皇は時宜にふさわしい古歌を与えたのかと鋭く考察するのである。磐姫皇后の歌や崗本天皇の歌など古い伝承歌謡についても、真の作者を追求しようとする。

万葉歌の中に作者異伝は二十数例数えられるが、そのうちに天皇歌の異伝が九例ほど含まれる。

① 巻一、七　額田王──皇極太上（斉明）天皇　旅（行幸）
② 同　八　額田王──斉明天皇　行幸
③ 同　一〇～一二　中皇命──斉明天皇　行幸
④ 同　一七・一八　額田王──天智天皇　旅（遷都）

⑤ 同　七四	作者不詳――文武天皇	行幸
⑥ 同　七八	作者不詳――太上天皇（持統）	行幸（遷都）
⑦ 巻六、九七三・九七四	聖武天皇――太上天皇（元正）	宴
⑧ 同　一〇〇九	聖武天皇――太上天皇（元正）	宴
⑨ 巻九、一六六四	雄略天皇――崗本天皇	

初期の額田王と中皇命のかかわる①～④は旅・行幸・遷都の場合である。⑤⑥はいずれも旧本で作者不詳で、編者の注でそれぞれ「或云、天皇御製歌」「一書云、太上天皇御製」とするものだが、やはり行幸や遷都の場合のものである。その場合に天皇との作者異伝があるのは、先の舎人娘子の場合のような、従駕歌の天皇による所有という事情を考えてよいのだろう。

⑦は「天皇賜㆓酒節度使卿㆒御歌」という題詞に対して左注に「右御歌者、或云太上天皇御製也」とある、天平四年（七三二）の歌。⑧は題詞に「（天平八年）冬十一月左大弁葛城王等賜㆓姓橘氏㆒之時御製歌」とするが、左注に「（前略）或云、此歌一首太上天皇御歌。但天皇々后御歌各有㆓一首㆒者」とある。この宴には聖武天皇とともに元正太上天皇や光明皇后も参加したが、その天皇と太上天皇の間で作者に異伝が生じている。編者が或る伝えを引き、「但天皇々后御歌各有㆓一首㆒者」としるして作者を弁別しようとしているのは、額田王作の②（八番歌）の場合と同じ手つきである。⑦⑧ともに、編者の時代にごく近いころの宴における天皇歌においてすでに作者異伝が生じているわけだが、聖武天皇と元正太上天皇の間で歌の帰属の紛らわしい例は続日本紀にもある（天平十五年五月五日の賜宴の歌）。こうした作者のあいまいさは、伝承によるというより、やはり天皇歌が制度としてあるということ

によって生じたのかもしれない。⑨は伝承歌である。

行幸先で孝謙天皇の歌を命婦（内侍佐々貴山君）が「誦」した例（巻十九・四二六八）がある。「内侍」は後宮の「内侍司」に属し、常侍・奏請・宣伝を職掌とし、後宮の儀式・礼儀にも通じた（養老令）。宣命などの場合に似て、これも天皇歌が制度として行われたことを示す一例である。

五　おわりに

万葉の時代、天皇歌は個人の歌というよりも制度として存在した。額田王の四首の天皇との作者異伝は、結局その天皇歌という制度にかかわって生じたとみられる。当時の歌の伝承性や作者意識の未発達ということがそのことにともなう。

七世紀中頃の歌の状況。それはまさに長く深い歌謡の伝統の中から、文芸の歌が新しく誕生しようとした時代であった。代作という方法もたしかにそれを推進しただろう。額田王はその新たな歌の誕生に立ち会い、のみならず自らもその新たな抒情を拓いていった。王には、詩人の幸福のように、歌が文芸へと飛躍する可能性が身近に感じられていただろう。その歌才は認められ、多く天皇の身近で歌を詠んだ。その歌は多く天皇を含む集団の感情をうたいあげていた。矛盾するようだが、天皇を含む集団の感情を代表してうたったという点で、王の歌には広い意味での代作性が認められる。だがそれは、自らの心はいちおう抑え、天皇個人の心に成り代わってうたうというような狭い意味での代作性を意味しない。天皇のそばで集団の感情をうたいあげた王の歌は天皇の所有となり、いくつかの歌にはやがて天皇作という異伝も生じた。

宮廷のある集団の感情をうたうという王の歌人としてのあり方は、天皇作の異伝をもつ四首ばかりではなく、それをもたない他の歌々、すなわち春秋判別歌（巻一、一六）、蒲生野の歌（同、二〇）、天智天皇挽歌（巻二、一五一・一五五）などにおいても一貫していると思われる。王の歌を、あえて代作歌とそうではない歌とに分類してみる必要性は乏しい。

次の人麻呂の時代も、歌の展開は天皇歌という制度と決して無縁ではなかった。けれども歌の文芸化は、その制度の周辺に真の歌の「作者」を確立させていく。

注

（1）伊藤博「代作の傾向——初期万葉の宮廷歌について——」（「国語国文」二六巻一二号、一九五七年十二月。後に『萬葉集の歌人と作品　上』所収）、中西進「額田王論」（「東京学芸大学研究報告」一三、一九六二年二月。後に『万葉集の比較文学的研究　上』所収）。近時のものでは、身崎寿『額田王　萬葉歌人の誕生』終章（一九九八年）などがある。

（2）折口信夫「萬葉集の解題」（一九二六年）、「萬葉集研究」（一九二八年）（以上、『全集』第一巻所収）、「萬葉集講義」（一九三二年）、「額田女王」（一九三五年）（以上、『全集』第九巻所収）他。

（3）集成の七番歌頭注に、額田王は「御言持ち」であっただろうと解きつつ、「しかし、ここは萬葉と『類聚歌林』で作歌年代に相違があり、事情不明」とするのは慎重な姿勢である。

（4）養老元年九月、元正天皇近江行幸の折、山陰道の伯耆以来、山陽道の備後以来、南海道の讃岐已来の諸国司等が行在所に詣でて土風の歌儛を奏した例など（続日本紀）。

（5）天武紀四年二月に大倭以下十三の国に対し、「所部の百姓の能く歌ふ男女と侏儒・伎人を選ひて貢上れ」と勅が下っている。

（6）林屋辰三郎『中世芸能史の研究』はしがき（一九六〇年）。
（7）当該四首について、菊池威雄『むらさきのにおえる妹　額田王』（一九八九年）も代作説を否定し、「宴などの雅びや儀礼の場で披露された歌は、主催者の名をもって伝えられる可能性は常にあったのである」という（一四六頁）。
（8）遠藤庄治「初期万葉における天皇歌の問題」（「論究日本文学」二五・二六・三〇号、一九六五年一月・六六年一月・六七年五月。後に日本文学研究資料叢書『万葉集Ⅱ』所収）。
（9）拙稿「万葉歌の口誦性――「作」字の有無をめぐって――」（「甲南女子大学研究紀要」二〇号、一九八四年三月。本書所収）。

蒲生野贈答歌

天皇《てんわう》、蒲生野《かまふの》に遊猟《みかり》する時に、額田王《ぬかたのおほきみ》の作る歌

あかねさす　紫草野《むらさきの》行き　標野《しめの》行き　野守は見ずや　君が袖振る　（1・二〇）

皇太子《わうたいし》の答ふる御歌　明日香宮に天の下治めたまひし天皇、諡《おくりな》を天武天皇といふ

紫草《むらさき》の　にほへる妹を　憎くあらば　人妻故に　我《あれ》恋ひめやも　（1・二一）

紀に曰く、「天皇の七年丁卯の夏五月五日、蒲生野に縦猟《みかり》す。時に、大皇弟・諸王・内臣また群臣、皆悉《ことごと》従ふ」といふ。

一　作歌の場

このいわゆる蒲生野《がもうの》贈答歌について研究史をたどると、昭和四〇年代後半頃が一つの画期をなしていることに気づく。その頃に、この贈答歌の読み直しの意図をもつ論文が相次いで発表されている。久米常民「額田王の文学」（『万葉集の文学論的研究』桜楓社、昭45）、遠藤庄治「蒲生野贈答歌再考」（『沖縄国際大学文学部紀要』1―1、昭48・

3）、伊藤博「遊宴の花――額田王論――」（『万葉集の作品と歌人　上』塙書房、昭50、初出昭48）などであるが、それらは結果として、蒲生野贈答歌の読解についての以前の通説を否定し、両首を遊猟の後の宴の歌として読むことを主張している点で、共通の方向性を示していた。

「以前の通説」とは、それにも幾種類かがあったにせよ、結局この贈答歌を、蒲生野の遊猟の場で、かつては夫婦であり十市皇女《とをちのひめみこ》という子までなした額田王と大海人皇子とが、人目を忍んでかわした恋歌だという理解を核心とする。その場合、「人妻」額田王は天智天皇の妻であったと説かれるのがふつうである。つまり、額田王はこの時代を領導した二人の兄弟に愛され、その間を揺れ動いた魅力あふれる女性であったということになる。そのことを証するように、1・一三歌で中大兄皇子（天智天皇）は人の世の妻争いを嘆いているし、4・四八八歌には額田王の「近江天皇を思《しの》ひて作る歌」（8・一六〇六にも重出）がある……。

しかし、一見書かれた歌の素直な読解とも思えるそうした通説は、実はいくつかの疑問点をかかえていると批判された。主要なものを列挙すれば、

1　「秘めたる恋」というには、天智七年（六六八）当時の二人は高齢すぎたのではないか。
2　「秘めたる恋」の歌が、どうして堂々と万葉集に載せられたのか。
3　編纂上、恋の歌なら、「相聞」の部に収めるべきである（巻二など）のに、なぜ巻一の「雑歌」の部に収められているのか。

となろうか。むろん通説の側でもこれらの疑問に答えようとしてきたので、1については額田王の年齢を下げる可能性を求めたり、2についてはそれら「秘めたる恋」の歌が記されたものがあり、万葉巻一編纂時にそれが資料とされたなどの説明がなされたりした。しかし、先の三論文のうちでもこの贈答歌についてもっとも詳しい遠藤論

は、1に関して、当時の額田王の年齢を少なく見積もろうとする通説を批判して、当時王は四十一歳くらいとみるべきで、しかもすでに葛野王《かどののおおきみ》という孫まで誕生していたことを指摘する。また、2・3に関しては、この贈答歌の前後の歌の性質や当時における歌の伝達・伝承方法などの検討から、この贈答歌は決してひそかにかわされた私的な相聞などではありえず、遊猟後の宴席で公表されたものとみるべきとする。加えて、伊藤論では額田王の歌人としての役割という視点からも探り、王を「御言持《みことも》ち歌人」と位置づけ、宮廷の宴でもそうした才能と面目を発揮した歌人、「遊宴の花」（谷馨『額田王』早稲田大学出版部、昭35、に、「宮廷の祭祀遊宴における花として活躍し来った王」などといわれている）であったとしている。歌人としての位置づけという点では、同時期の青木生子「額田王――歌風とその在り方――」（『万葉集講座　第五巻』有精堂、昭48）も、「省みれば王の作品にはどれ一つとして、私の恋歌はみられないといってよいのではなかろうか」としてその専門歌人性を説き、二〇歌についてもその発表の場を何らかの「公開の場」としつつ、虚構性、そして「女歌の新しい文芸化」の本質を読み取っている。むろん以上のいずれの立論も、作品自体の読みと相応じてなされたものだ。

両首を遊猟の後の宴の歌とする読みは、それらの論文以前にも存在した。折口信夫「額田女王」（『折口信夫全集第九巻』、中央公論社、昭30。初出昭10）には「宴会の座興を催した歌」との短い示唆があったし、それを敷衍したものに山本健吉・池田弥三郎『万葉百歌』（中公新書、昭38）、高崎正秀「額田王」（『和歌文学講座　五』桜楓社、昭44。後に『著作集　三』桜楓社、昭46、所収）などがある。それらをふまえつつ、先の三論文などの論述によってそうした読みがきわめて有力なものになったといえる。懐風藻にも、天武朝の大津皇子の「遊猟」と題する詩があり、「朝《あした》に択ぶ三能の士、暮《ゆふへ》に開く万騎の筵《むしろ》。臠《れん》を喫《は》みて倶に豁《くわつ》なり、盞《さん》を傾けて共に陶然なり」と、日中の狩りに続く夕べの酒宴（「筵」は「筵宴」で酒宴の意）のようすを生き生きと描いている。詩や歌の座が、この時代の遊猟の後の宴にはあったのである。

けれども、この贈答歌の場を宴と見る論に対しては、その題詞「天皇、蒲生野に遊猟する時に、額田王の作る歌」のどこにも「宴」の文字は見えない、という反論がなおありえようか。しかし、それは題詞の書き方の型の問題にすぎないと答えられる。天皇の遊猟と似た場合として行幸があるが、その歌々も多くはたとえば「紀の温泉《ゆ》に幸《いでま》せる時に、額田王の作る歌」（1・九）など「……に幸せる時に、……の作る歌」といった型で示され、そこにも「宴」の文字はないけれども、実際は行幸先のやはり宴で披露されたと考えられるのと同様である。逆に、この贈答歌をあくまで蒲生野の狩場における秘めやかな恋歌と了解しようとする場合には、公的な題詞に私的な歌が続くことになり、遊猟や行幸の歌の例として特殊な事例となってしまうという点を説明しなければならない。その可能的なほとんど唯一の説明法があるとすれば、記紀には数多い歌謡物語や万葉にもある伝承歌の例に準じて、額田王についての歌物語、ないしは説話伝承としてこの贈答歌を理解するという方法であろう。実際に近年の三浦佑之「額田王と蒲生野」（犬養孝編『万葉の風土と歌人』雄山閣、平3）はこの方向での考察を試み、この贈答歌は二人の実作ではなく、後人によって伝承された説話的なものだとしている。しかしそれでもやはりこの贈答歌が巻一雑歌の部にあり、題詞が公的性格を示していることの説明や、この贈答歌と他の額田王の公的な歌との統一的な理解が難しい。また、次節に述べるように、この贈答歌の場や作者についてはその事実性をある程度までは探りうると思う。

この贈答歌の場を遊猟の後の宴と見るべきことを述べてきたが、さて一方では、その五月五日の遊猟行事についての考察が、これは古くから行われてきた。それが鹿茸《ろくじょう》や薬草を求める薬猟であったこと、薬猟が日本書紀に照らして推古朝以来の中国風な宮廷行事であったことなどは共通の理解としてすでにある。またこの遊猟が天智天皇即位（七年正月）後まもなく行われたものであり、即位とかかわる意味をもって盛大、華麗に挙行されたであろうことも繰り返し言及されてきた。天皇の遊猟は、記紀風土記の記事に照らして、古来土地・人民の支配の意図をもっていたが、それに加えて中国風な五月五日の行事として、悪月の厄災をはらうために「競ひて雑薬を採る」（梁の宗懍《そうりん》『荊楚歳時記《けいそさいじき》』）などの意義をも付加していたわけであろう。

ではそうした意義をもった遊猟の、その後の宴はどのような性格をもっていたか。こう設問してみると、しかし今までこの遊猟の性格についてはくふれられてきても、宴の性格についての言及は意外に乏しかったことに気づく。多くは漠然と宴の歌ととらえているために、同じく宴の歌と認定しても、その歌自体の読みにはたんなる戯歌《ざれうた》説から何らかの詩的達成をみる論まで行われ、かなりの幅をもっている。あるいは、逆に歌の読みから始めて、宴の場面をそれに見合うように思い描くという恣意にも陥っている。宴の歌などいずれ似たようなものだろうという一般論はここでは通用しない。それが五月五日という節日の賜宴《しえん》だからである。その意味を次に探ってみよう。

二　五月節の宴と二人の作者

天智紀における五月五日の記事をすべて次に挙げる。

（七年）五月五日、天皇、蒲生野に縦猟す。時に、大皇弟・諸王・内臣また群臣、皆悉従ふ。

（八年）夏五月の戊寅の朔《つきたち》にして壬午（五日）、天皇、山科野に縦猟す。大皇弟・藤原内大臣また群臣、皆悉従ふ。

（十年）五月の丁酉の朔にして辛丑（五日）、天皇、西の小殿《こあんどの》に御《おは》します。皇太子・群臣、宴に侍り、是に再び田儛《たまひ》を奏《おこ》す。

天智七年の蒲生野縦猟に続いて、翌年には山科野縦猟、そしてそれから二年後の天智十年（六七一）には宮廷で宴が行われている。蒲生野贈答歌のかわされた宴は、天智十年の宴に相当する、五月節の宴なのである。そして天智十年の宴で、「田儛」が奏されていることがここでは重要だ。

田舞はもと田の豊饒を祈る民間の舞であったと推測されるが、宮廷儀礼に取り入れられると新たな意味が付与された。時代はやや下るが、続日本紀の天平十四年（七四二）正月十六日（踏歌の節）の条にも「天皇、大安殿《だいあんでん》に御しまして群臣を宴《うたげ》す。酒酣《たけなは》にして五節《ごせち》の田儛を奏す」と見える。そして翌天平十五年五月五日の条には、「群臣を内裏《うち》に宴す。皇太子、親《みづか》ら五節を儛ひたまふ」と、阿倍皇太子が五節の舞を舞ったという記事がある。記事はさらに続き、この五節の舞は「上下を斉《ととの》へ和《やはら》げて動きなく、静かに有らしむる」、また「直《ただ》に遊びとのみには在らずして、天下の人に君臣祖子の理を教え賜ひ趣《おもぶ》け賜ふ」舞であると意義づけられている。そして興味深いことに、そうした政治的教育的意義をもつ五節の舞を創始したのは、「飛鳥浄御原宮《あすかきよみはらのみや》に大八洲《おほやしま》知らしめしし聖《ひじり》の天皇命《すめらみこと》」、すなわちほかならぬ天武天皇であったといっている。この記事は、先の天智紀十年の「皇太子・群臣、宴に侍り、是に再び田儛を奏す」にただちに結びついている。その天智紀の文は皇太子・群臣が主体となって再び田舞を行い、天皇に奏したと読める。あるいは、阿倍皇太子の舞が天武天皇の教えに倣ったとあるところからは、この文を皇太子自らが群臣とともに舞ったと解すべきかもしれない。ともあれ、こうして田舞（五節の舞）は政治的教育的意義をもった舞とされ、そして五月節でそれを始めたのが皇太子時代の天武であった。天武紀にはしばしば宴や宴の歌舞の記事が見え、「天武朝の重要な文化政策に、礼楽思想にもとづく歌舞音曲の振興ということがあった」（井村哲夫「歌儛駱驛」『赤ら小船』和泉書院、昭61）ことをここで想起してもよい。天武は皇太子時代から自ら宮廷歌舞をリードした人であったと知られる。

蒲生野の宴の性格も、そうした事実と無縁ではあるまい。先の日本書紀の記事に見れば、蒲生野でも翌年の山科野でも、「大皇弟」すなわち大海人皇子が「内臣」すなわち中臣鎌足とともに特に記されている。五月節における遊猟後の宴に、大海人皇子が積極的にかかわったであろうという推測は、もうしやすい。そしてその宴の目的が、宴の主催者天皇に対する皇族・臣下による天皇への奉仕、また君臣の和楽《わらく》にあったこともわかりやすい。この贈答歌の題詞の冒頭に、「天皇」とある意味を軽んずるべきではないだろう。また蒲生野の宴で皇太子自らが歌い手の一人となったのも、偶然や個人的な人間関係を考える以前に、まずこの文脈において理解される。

蒲生野の宴が、節日の賜宴としてそうした公的性格をもつからには、その宴の進行や内容も、行き当たりばったりのものではなく、相当な準備・演出がなされたものと考えられる。そして蒲生野贈答歌が万葉集巻一に近江朝の雑歌を代表する両首として載せられているからには、この贈答歌こそがその宴のクライマックスをなしたのだろうと思量される。先の井村氏の論は、この贈答歌には舞の所作もともなっていただろうと推測している。

この歌が額田王の立ち舞う姿と共に歌われている場面を思いうかべてみよう。「茜さす紫草野行き標野行き」と歌いながら、右へ左へと旋舞しているのは額田王その人ではないか。そうして、その舞の所作が象徴的に表現しているものは、実はこの五月五日の宮廷あげての薬猟の、華やかに楽しい賑いに他ならないであろう。

（前掲書）

舞の所作がともなっていたかどうか私はいまだ確信には至らないが、この贈答歌がそうした何らかの効果的な演出をともなってこそ満座の喝采を博しただろうことは想像してみるべきだと考える。少なくともそれは、ひそやかに口誦されたり、文筆に書かれたりしたのではなかった。

さて、そうして節日の宴の歌であるとしても、この両首は、男女の恋の贈答歌の内実をもっている。そうであるのは、歌から類推する限り、この遊猟が女官も着飾って参加した遊楽気分も横溢する薬猟であり、野遊びや歌垣の場に類似していたからであろう。この贈答歌や宴の場に歌垣の影響が見いだせることは、すでに指摘がある（たとえば、森朝男「歌垣を揺れ曳く宴」『古代和歌と祝祭』有精堂、昭63。初出昭61）。あるいはまた、春山と秋山のあわれを競わせた（1・一六）ような、近江朝の宴の雰囲気を思ってみてもよい。

ところで、答える歌の作者が大海人皇子であることの理由については先にふれた。もう一方の贈る歌の作者が額田王である理由は、天智朝当時の王の公的な役割に求められる。「詞人」（中西進「額田王」『万葉史の研究　上』桜楓社、昭43）といわれたり、「御言持ち歌人」「遊宴の花」（前掲、伊藤論）といわれたりしているその役割だが、ここでは天智朝の宴の歌として確実な、1・一六歌、特にその題詞を見ておくだけで、さしあたり足りるだろう。すなわち、「天皇、内大臣藤原朝臣に詔《みことのり》して、春山万花《しゅんざんばんくわ》の艶《えん》と秋山千葉《しうさんせんやふ》の彩《いろ》とを競《きほ》ひ憐れびしめたまふ時に、額田王、歌を以て判《ことわ》る歌」とある。「朝廷事無く、遊覧是れ好む」（家伝上）とも評された近江朝宮廷の雅宴で、堂々たる春秋判別歌を披露するほど、王は宮廷きっての歌人、また風雅を解する歌人として遇されていたのである。またその歌が、実際に宴席で歌われ、歌い進むほどに聴衆を酔わせた作であったことなどは、犬養孝「秋山われは」（『万葉の風土』塙書房、昭31）をはじめとしてすでにいわれている。蒲生野の宴で王が歌った理由も、当時におけるそのような王の役割に求められる。

なお、以上にふれたこの贈答歌の場や作者の問題ともかかわりながら、より基本的な問題として万葉集に載るこの贈答歌の資料性の批判ということがある。言い換えれば、この贈答歌がどのように記録・伝承され、どのようにして万葉集に取り入れられたか、という問題である。この贈答歌が額田王側資料から出たとする推論に、吉井巌

「額田王覚書」（『万葉集への視角』和泉書院、平2、初出昭39）、広岡義隆「額田王歌稿の復元」（『蒲生野』25、平5・2）があり、題詞の形式から見て宮廷側資料から出たとする推論に、阿蘇瑞枝「額田王」（『万葉和歌史論考』笠間書院、平4、初出昭54）がある。さらに梶川信行「天武と大友」（『上代文学』74、平7・4）は、この題詞の成り立ちを問題化している。こうしたこの贈答歌の資料性への批判は、資料としては万葉集の記載しか残っていない以上、困難であらざるをえないが、巻一の編纂という問題とも絡みながら、今後も追求されるべきであろう。古も今も、この贈答歌論は、ごく乏しい資料から推論を重ねていかざるをえないという危うさから免れてはいないのだから。

三　作品の読解

「あかねさす紫草野行き標野行き」。「あかねさす」（原文「茜草指」）は、紫色には赤味がさしているところから「紫草」にかけて枕詞とするという古来の説がよい。この枕詞と被枕の関係は、あかね色を発する紫色として、色彩を通じて成り立っている。「紫草野」「標野」の語義については多言を要しまい。「紫草野行き」「標野行き」と、一種の繰り返し表現で、移動感・躍動感を表している。短い中に「さす」「行き」「行き」と動詞が多用されている（下の句にも「見」「振る」がある）が、動詞を多用して生動感を表すのは王の歌の一特徴である（辻憲男「額田王序説」『親和国文』23、昭63・12）。

さて、「紫草野行き」「標野行き」の主体は誰なのか。それを「野守」とする説は『代匠記』精撰本以来（『注釈』にやや詳しい説がある）、「君」とする説は『僻案抄』以来あり、さらに作者自身とする説もみられる（比護隆界「額田王攷」『万葉集研究　第八集』塙書房、昭54）が、次の説がすぐれている。

初夏の好天の下、広大な湖東の原野で催された、この朝廷あげての行楽的行事では、ある者は鹿茸を求め、ある者は百草を摘みに……と一行のすべてがあちらこちらと動いている。動いていないのはむしろ野番だけといった方がよいかもしれない。もちろん皇太子も鹿を求めて馬を駆け、額田王自身も幾人かの女官を伴なって花咲く野を逍遥している。その情況を、額田王を主体として表現したのが「……標野行き」ではあるまいか。（東郷吉男「『茜さす紫野行き標野行き』（万葉20・21）の解釈をめぐって」、京都市立西京商業高等学校『研究紀要』11、昭51・3）。

「行き」の主語を「額田王を主体」とする「一行のすべて」と見るのである。ほぼ同趣旨を、歌を宴の場にとらえて述べたものとして次の論もある。

「野守」も「君」も「吾」も含めた集団の行為としての「行き」を考える方がいっそうふさわしいのではあるまいか。狩猟後の宴席で額田王がこの歌を口誦披露したとすれば、聴く人々すべてが野を行き来した一日の遊びを想起しつつこの句を享受するわけで、第四句・第五句から倒逆的に「行き」の主語を考えるような、記載文学的な理解はこの歌に即さないものと思う。歌い手の「吾」を含めた集団が「行き」の主語となるのである。

（稲岡耕二『万葉集』鑑賞日本の古典2、尚学図書、昭55）

巻一雑歌の額田王作で、

秋の野のみ草刈り葺き宿れりし宇治のみやこの仮廬《かりいほ》し思ほゆ　（七）

熟田津《にきたつ》に船乗りせむと月待てば潮もかなひぬ今は漕ぎ出でな　（八）

の「刈り葺き宿れりし」「思ほゆ」「船乗りせむ」「月待てば」「漕ぎ出でな」、さらに「額田王、近江国に下る時に作る歌」（一七）における「つばらにも　見つつ行かむを　しばしばも　見放《さ》けむ山を」なども、行為の主体は「歌い手の『吾』を含めた集団」ではなかっただろうか。「吾」と集団との一体的感覚をもとにしてこそ成り立つ、王の特徴ある表現であろう。また、「倒逆的に『行き』の主語を考える」べきではないというのも、この歌が歌謡らしく時間の進行に沿って線条的に歌い進まれたというわけで、しかもそれは歌謡一般の技法には解消されることなく、特に一六歌にいちじるしい、王の歌の技術の一つと見なせるだろう。さらに、琴歌譜《きんかふ》に載せる節会の宮廷歌謡の短歌の歌い方を参照すると、この歌は、

あかねさす　むらさきのゆき　しめのゆき
しめのゆき　のもりはみずや　きみがそでふる

と第三句を繰り返し、二段形式で歌われたのかもしれない。だとすれば、歌唱法の上からも第三句のところで切れ目が認められることになる。

こうしてこの上の句には、今日一日の、自己をも含めた狩場の人々のようすが集約的に叙されているとみることができる。それは宴の参加者の共感を得ただろうし、またその生彩ある狩場の描写は、遊猟の主催者たる天皇への讃美の意味ももっただろう。

「野守は見ずや君が袖振る」。野守がみているではありませんか、あなたは袖をそんなにお振りになって。上の句で表された狩場の情景は、この下の句によって恋の場面に構成されている。恋といってもそれは多分に野遊び、ないし歌垣的な遊びの気分を含んでいよう。ただし、この歌句の表現にも民衆的な掛け合い歌に解消することのできない、「専門歌人」(前掲、青木論)らしい技術がみられる。王は宴の場で、歌によって狩場で袖振る「君」を描出し、そして好意を寄せられた女の、「人目を気遣い相手を拒む言葉が、同時に相手への好意を表現することになっている」(小川靖彦「紫草の贈答歌――恋歌における媚態について」『国文学』平8・10)といった、魅惑的な媚態を演

じてみせたのである。

ところでこの歌句の表現は、そうして対他的に一つの女の表情を見せているばかりでなく、歌い手自身の立場を思わせ振りに描き出してもいる。「袖振る」という男の好意の身振りを見とがめて、野守りの目、つまり人目を気にせざるをえない女の立場とは、何か。未婚ないし結婚初期でまだ親や社会の公認を経ていない二人である場合か、人妻である場合が一般的には考えられよう。答えの歌がそれを鋭く人妻ととりなしたこと、またそのことの意味については後にふれるが、そうした自身の立場の微妙な表現、相手に対しては一種のなぞかけにもなる技巧をこの表現はもっていよう。

天皇をはじめとする聴衆は、そうして一瞬のうちに狩場の秘められた恋の情景を描き出した王のすぐれた歌の演技に酔ったのである。女官も盛装して参加しただろうこの薬狩の、広々とした野の開放的な気分の中では、実際に男女の交情や戯れの情景も多くあったのかもしれない。王はそうした気分や情景をこの歌句にとらえ、それを一対の男女の情景としてあざやかに描き出した。だから歌は、宴の参加者すべてが味わいうる言葉でありえた。

それとも一説にいうごとく、すでに四十歳前後に達した王なので、聴衆は年寄りが恋を言い出したとしておかしみを感じ、笑ったのだろうか。それなら王は一種のピエロ役を演じたことになるが、王はかつてどこかでピエロを演じたことがあるだろうか。そうではなく、聴衆は王を、それまでのように、集団的感情を代表して歌う、すぐれた演技者として遇したはずだ。そしてここで演じられている魅力的な女の像は、演技中の役者が演技においてその私生活を前提とはしないように、王の個人的履歴が前提となっているのではあるまい。あるいは昔日の事実は、演技の背後に想起される程度のことだったのではないか。だからここに三角関係を想像することも、「野守」は誰のたとえかと詮索することも、無用であろう。

皇太子が答える。皇太子が答えたのは、これもかつて二人が夫婦であり、子供までなしたという個人的履歴を前提としているのではなかろう。先にも述べたようにこの宴の演出の主役、またこの場合は女の側に挑まれた男の側の代表としての皇太子でもあっただろう。「紫のにほえる妹を」。紫色の照り映えるように高貴でうるわしいあなたが。紫色はただ美しいのみならず、当時の冠色や服色の制度からも帰納される通り、高貴さも含んでいる。この形容を、さだ過ぎた額田王をからかいをこめてこう言い、笑いを誘ったという読みがある。それならまたしても王はピエロ役に甘んじたことになるが、違うだろう。あくまで王の歌に造型された狩場に立つ女性を讃めて表現しているのだ。二〇歌の「あかねさす紫草」を受け取り美しく高貴な女性の形容へと解釈をし直した、機知ある応答であった。

「憎くあらば」。相手への恋心を表現するのに単純に「恋し」とは言わないで「憎し」という反対語を持ち出してきて、それを文末の反語で受け、引っくり返している。このやや屈折した言い方も、相手をいったんは押し返し、そしてついには自分の側に引き込むという掛け合い歌の技術であり、また次の「人妻」の語を導き出す伏線でもある。

「人妻ゆゑに我恋ひめやも」。あなたは人妻であるのに、私が恋い慕いましょうか。「ゆゑに」を逆接的に訳したが、「ゆゑに」自体に逆接の意味があるのではなく、文脈として現れてくる（『講義』。吉野政治「人妻ゆゑに――逆的に訳されるユヱについて――」『万葉』137、平2・11）。「人妻」は、すでに王の歌ににおわされていたこの男女の関係の言語化である。王のなぞかけのような「野守は見ずや君が袖振る」に対して、それを「人妻」との恋ととりなし、返したのである。

「人妻」の語は巻十～十四の作者未詳の歌々に多く見られ、民衆社会の歌謡で多用されたことを思わせるが、自由な恋愛が許された当時の社会にあっても、人妻との恋は社会的な禁忌（ゆるやかなものであっただろう）を逸脱する、「危ない」ものであった。しかし恋歌は、

あずの上に駒を繋ぎて危《あや》ほかど人妻児《こ》ろを息に我がする（14・三五三九）

うちひさす宮道《みやぢ》に逢ひし人妻故に玉の緒の思ひ乱れて寝る夜しそ多き（12・二三六五）

と、人妻とのはらはらする恋への没頭を歌う。社会的な禁忌を超えることが、かえって純粋な恋の情熱を育む。そしていつの世も、歌の表現はこうした情熱の味方だ。そこで日常を超える遊びの場の歌では、人妻との恋が重要な主題ともなった。高橋虫麻呂は歌垣のオルギー（狂躁）を詠んで、「人妻に　我《わ》も交はらむ　我が妻に　人も言問《ことと》へ　この山を　うしはく神の　昔より　禁《いさ》めぬ行事《わざ》ぞ　今日のみは　めぐしもな見そ　事も咎むな」（9・一七五九）ともっぱら人妻との交情を主題にしている。「人妻」はいわば男女の歌遊びの場のキーワードの一つでもあったらしい。そこでまた、人妻をめぐるさまざまな恋歌の表現の中には、

凡《おほ》ろかに我《あれ》し思はば人妻にありといふ妹に恋ひつつあらめや（12・二九〇九）

と、相手の人妻であることを逆手にとって自身の恋心の強さの証明とする表現も生まれた。二一歌もこの系列にある。

この答え歌で表現されたのは、相手への讃美とともに、相手の魅力ゆえに日常的禁忌を超えて慕わないではいられない、という男の側の強い心情、愛情告白である。女の側の媚態と男の側のこの激しい情熱によって、この恋は熱烈に成就するであろう。

こうしてこの贈答歌は、天皇の主催する遊猟の後の宴という公的な場で、時の名歌人額田王と、その宴の演出者大海人皇子が行った掛け合いの歌であったと考えられる。聴衆（観衆）を十分意識しながら、額田王も皇太子も自

らのもてる歌の技術を尽くしたのであり、そうして狩場における男女の情熱的な恋を、「華かな初夏の行事に伴ふ明朗なる感興」（『私注』）とともに表現した、そのできばえこそが聴衆を魅了するところとなったのである。

当日の宴ではこの両首のみならず、多くの歌が詠まれたことであろう。万葉集にこれが残ったのは、両首がそれら多くの歌の代表とみなされたからであろう。そしてこの両首をはじめとする歌のにぎわいは、賜宴の論理として、天皇にささげられたので、その聖代をことほぐ意味をもっていた。

歌謡と和歌

一

万葉集は歌謡と和歌を区別していない。雄略天皇歌も東歌も大伴家持の歌もすべて「歌」で括っている。集中「和歌」という語はすべて贈歌・問歌に対する「和《こた》ふる歌」の意味で用いられ、「倭歌」（巻5・八七六題詞）という、漢文脈の中で日本の歌を相対化して用いた例はあるが、まれである。万葉びと自身にはまだ、歌謡と和歌といったジャンルの概念は未発達だったといってよい。漢詩に対する日本の歌としての「和歌」の概念は、その実質とともに古今和歌集に至って一般化するが、ただその仮名序の、

この歌、天地の開闢《ひらけ》初まりける時より、出来にけり。しかあれども、世に伝はる事は、ひさかたの天にしては、下照姫に初まり、あらかねの地にしては、素盞烏尊よりぞ、起こりける。（中略）人の世となりて、素盞烏尊よりぞ、三十文字あまり一文字は、詠みける。（新日本古典文学大系）

などの条では、やはり歌謡と和歌を区別していない。また実際にも、その巻二十に大歌所御歌・神遊びの歌・東歌

という歌謡を、数は少ないながら包摂している。拾遺和歌集も神楽歌（巻十）を含んでいる。古い時代には、和歌の中に歌謡も含められたのである。そこには、たとえば、

古事記・日本紀に載せたる前後の歌、大むねその質朴なること同じければ、その体変ぜずといふべし。天智より醍醐までは、廿二世、未だ三百年に及ばず。然るに漸く変じて古今集の如く文質兼美なる体となれり。これ他なし、たゞ歌ふためにすると、詞花言葉を翫ぶとの差別《たがひ》あればなり。

（荷田在満『国歌八論』の「歌源論」、『日本歌学大系』七）

といった、うたわれるか否かといった観点から歌謡と和歌を区別する意識は希薄である。この在満の言は、一般に歌謡と和歌を区別する現代の文学観の、一つの先蹤をなす。ただ、歌謡と和歌をうたわれるものと文筆によるものといった観点から明確に区別するようになったのは、近代に入ってとくに「歌謡」の概念が確立してからのことであろう。歌謡と和歌という主題は、すぐれてわれわれの側のそれなのである。

さて、今日の概念で、歌謡を基盤として和歌が成立したといえるとして、それでは万葉歌は歌謡であるのか、和歌であるのかという問題は、まだ解決済みとはいえない。研究書のタイトルにも、万葉歌について和歌というものがあり、歌謡というものがある。言い換えれば、万葉歌のなかにどれほどの歌謡性が認められるのか。この点についても、先に引いた在満の言は示唆を与える。在満は、今でいう記紀歌謡を「たゞ歌ふためにする」、古今和歌集を「詞花言葉を翫ぶ」ととらえ、その間の、万葉歌を含む「天智より醍醐まで」を「漸く（体）変じ」た時代ととらえている。続く文章中に、「（万葉歌は）古事記・日本紀の歌よりは文にして、古今集の歌よりは質なり」、また「万葉集の歌は、うたふもあり、うたはざるもあり」といっている。つまり、現代の用語に置き換えれば、万葉歌を歌謡から和歌への過渡期の歌とみなしているのである。現代にあっても、万葉歌をただちには和歌と認定せず、

そこに豊富な歌謡ないし歌謡性を見出そうとする研究がある。たとえば、志田延義氏の「万葉集の歌謡的性格」（『歌謡圏史Ⅰ』所収）は、万葉集の巻一・二・十一～十四・十六などの多くの歌に歌謡ないし歌謡性を見出している。また久米常民氏も『万葉集の誦詠歌』『万葉集の文学論的研究』『万葉歌謡論』など一連の研究で、多くの万葉歌がうたわれたこと、また豊かな歌謡性をもつことを情熱的に説いた。こうした研究によって、たしかに万葉歌のなかには常識以上に多くの口頭で表現された歌が含まれていることが知られる。そして、そうした現象的また量的な指摘とともに重要なことは、志田氏の次の発言にも示唆されているような、万葉歌全体についてその口頭表現と有縁であり続けた歌の、その質をとらえることであろう。

　以上の見方からすれば、『万葉集』は、その時代の末になっ《ママ》てもなほ歌謡時代の余勢を保ってゐて、歌の吟誦性、口誦性を喪失してはゐなかったと解せられる。言ひ換へれば、中央歌人の最も個人的な創作意識を有するに至った人々の歌に見ても、その個人的創作といふ意味は、現代のわれわれのそれといたく異なるはもとより、次代のそれほどにも達してゐないと共に、一面において歌詞表記の文字面への関心を高めながらも、歌はなほ原則的に謡はれるものとして理解せられ、且つ多く謡はれる姿において行はれたことを認め得るのである。

　万葉末期の大伴家持周辺の歌の生活を表している巻十七～二十においてすら、宴歌が約四割、伝誦歌が一割弱を占めている（巻十七冒頭の三十首余、および巻二十の防人歌は除いた計算）。全体をみても、歌の題詞や注にしばしば「吟」「誦」「詠」「唱」「聞」などと説明されている。万葉の時代、歌は文字化の過程をたどったのだが、まだ十分に口頭の表現でもあり、またそうした歌としての質を維持していたのである。その実際の表現が、志田氏や久米氏のいうように全く「歌謡」また「うたう」というにふさわしいものであったかどうかという点については疑問があり、口頭で表現された万葉歌もすでにその多くは「うたう」というよりも「よむ（誦・詠）」という方が適切な、何らかの仕方で表現されただろうと私は考えるが、それにしてもこの時代にあっては、まだ表現方法においても歌の質においても和歌と歌謡は連続的であり、和歌はその母胎としての歌謡と太くつながっていた、といえるであろう。

その連続性を、万葉集内部にたしかめることもできるが、その作業はすでに先述の両氏の著述をはじめとして多くなされてきている。そこでここでは次に、琴歌譜の歌謡と万葉歌とのかかわりをながめるという方法で、そのことにふれてみたい。

二

京都陽明文庫蔵の琴歌譜写本は天元四年（九八一）の書写であるが、その成立はもっと溯って平安初期頃であると考えられる。大歌師の家に伝えられた、新嘗会および正月三節会で大歌所の歌人たちによって奏される大歌の、「管理・教習のためのテキスト」（土橋寛『古代歌謡の世界』）である。全二十二首の宮廷歌謡を収載するなかで、五首は記紀歌謡と重複し、一首は続日本紀天平十四年の歌謡の類歌である。もって、その歌謡の時代の相当に古いことが知られる。以下、その歌謡を万葉歌と同時代のものとして扱うことにさほど抵抗感はないであろう。二十二首に、便宜番号を付す。

道の辺《へ》の榛と歴木《くぬぎ》としなめくも言ふなるかもよ榛と歴木と　（4　高橋扶理）

まず歌詞を挙げた（原文、万葉仮名）が、琴歌譜には歌詞の次に、その書名のとおり歌ごとに歌譜がついて歌い方を示し、そこにこそ歌謡らしさが表れている。ただ、歌譜そのものをここに載せるのは煩雑でもあり、また種々の記号・符号によって示されるその歌い方は未だ解読が困難でもあるので、4の歌譜の歌詞（以下、「譜詞」という）のみを取り上げ、次に歌詞と対照させてみよう。

1　みちのへの
2　はりとくぬぎと
3　しなめくも
4　いふなるかもよ
5　はりとくぬぎと

みちのへの
はりとくぬぎと
しなめくも　な　いよ
しなめく　めや
しなめくも
いふなるかもよ
はりとくぬぎと
はりとくぬぎと

上段の短歌形式の歌詞が、実際の唱謡では下段の譜詞のように、歌詞の第3句を三度、第5句を二度繰返してうたわれている。また譜詞は、全八句を四句ずつ、二段に構成されている。二段構成であることは、音楽的にも、歌譜の歌い方を示す記号・符号などが前段と後段で類似していることによって明瞭である。「な」「いよ」「めや」という囃子詞も、前段の、後段との対照において言葉の量の調節が必要な位置に置かれている。

さてこのように、本歌は歌謡としてうたわれたのであるが、万葉集に次のような初句を同じくする歌々がある。

道の辺の草深百合の花咲《ゑ》みに咲みしがからに妻と言ふべしや　（7・一二五七　古歌集）

道の辺の尾花が下の思ひ草今更さらに何をか思はむ　（10・二二七〇）

道の辺の草深百合の後《ゆり》もと言ふ妹が命を我れ知らめやも　（11・二四六七　人麻呂歌集）
道の辺のいちしの花のいちしろく人皆知りぬ我が恋妻は（或本の歌に曰く、いちしろく人知りにけり継ぎてし思へば）　（11・二四八〇　人麻呂歌集）
道の辺のいつ柴原のいつもいつも人の許さむ言をし待たむ　（11・二七七〇）
道の辺の草を冬野に踏み枯らし我れ立ち待つと妹に告げこそ　（11・二七七六）
道の辺の茨《うまら》の末《うれ》に這ほ豆のからまる君をはかれか行かむ　（20・四三五二　防人歌）

「道の辺の」という初句を共有し、その下に必ず植物名を詠みこむこれらの歌々は、二首が人麻呂歌集、一首が防人歌、それ以外は作者未詳歌である。こうした何げない道端の景物からの発想法は、貴族あるいは宮廷歌人たちの作歌世界とはやや遠いところに存在したのだろう。しかも七首中六首までが序歌で、同音式の序詞が多い。また六首までが、男女の恋歌である。いわば「道端歌群」とでも括れるようなこれらの歌々は、おそらく民間の恋の歌謡、ないしはそれと地続きの和歌なのであろう。

琴歌譜の一首も、道端歌群に含められてよい。それは、「道端の榛と歴木とがね、ひそかに言いかわしているようだなあ、榛と歴木とがね」というほどの意味で、序歌ではなく譬喩歌であるが、民間の恋のうわさの世界を髣髴とさせる。もと民謡であった本歌は、知られないが何らかの理由で宮廷の節会の歌に入れられたのであろう。そして、両者の成立の先後はいえないにしても、この琴歌譜の一首が確実に歌謡であることにおいて、いっそう、万葉の道端歌群も歌謡性豊かなものであることが知られよう。

そらみつ　大和の国は　神からか　在りが欲しき　国からか　住みが欲しき　在りが欲しき　国は　蜻蛉島《あきづしま》大和　（13　余美歌）

三

正月元日節会の大歌奏の冒頭にうたわれる歌である。日本の国を讃め、その治者である天皇を讃美する。歌は小型の長歌であり、しかも終止が五三七止めの型をもっていて、形式上では古風を示している。そこでふつう、本歌は人麻呂以前の成立とみられている。しかし、もし本歌がそれほど古くから公宴で重要な大歌として奏されてきたとするなら、なぜ記紀のなかに取り入れられなかったのかという疑問が起こる。琴歌譜で、本歌には景行天皇が遠征先の日向で作り歌ったとする「縁記」が付されているのだからなおさらである。また、とくに「神からか　在りが欲しき　国からか　住みが欲しき」という対句の部分は、国見歌・国讃め歌の伝統である「見る」「見ゆ」という視覚語を欠き、後代の成立であることを表している。さらに、歌の表現に、それ以前の歌詞を組み合わせたようなところがみえる。

詳しい論証は別稿（「琴歌譜『余美歌』考」。本書所収）によりたいが、私は本歌の成立を次のように考えている。すなわち、「神からか〜　国からか〜」という対句の構成は、人麻呂の「玉藻よし　讃岐の国は　国からか　見れども飽かぬ　神からか　ここだ貴き　……」（2・二二〇）や、笠金村の吉野行幸従駕歌、「……　み吉野の　蜻蛉の宮は　神からか　貴くあるらむ　国からか　見が欲しからむ　……」（6・九〇七）などに倣い、しかも宮廷で元日節会に奏する日本全体の讃歌にふさわしく「在りが欲しき」「住みが欲しき」と改作したものであろう。そして、冒頭の「そらみつ　大和の国は」と終わりの「(在りが欲しき)　国は　蜻蛉島大和」は、それぞれ万葉集開巻冒頭の雄略天皇歌の「そらみつ　大和の国は」と、続く舒明天皇歌の「(うまし国そ)　蜻蛉島　大和の国は」から摂取したものであろう。結局本歌は、それ以前の諸歌の表現を借りて、節会用に、比較的新しく制作されたものであろう、と。乏しい現存の資料の範囲内で窮屈に考えているようであるが、しかし公式な国讃めの表現として、また同じく宮廷内に大事に伝承された天皇讃歌また大和の国の讃歌として、むしろ雄略歌や舒明歌が本歌と無関係であったとは考えにくいのである。そして、その制作の時期を聖武朝頃と推定する。

以上のように推定できるとすれば、本歌の例では、一つの歌謡の成立にそれ以前に存在した歌謡と和歌がかかわったことになる。歌謡が和歌の成立の基盤となったばかりではなく、和歌が歌謡の成立を促しもした、そのことを具体的に、それも奥深い宮廷歌謡の世界でたしかめることができる。

四

新《あらた》しき年の始めにかくしこそ千歳《ちとせ》をかねてたのしき終へめ　（15　片降）

やはり正月元日節でうたわれる歌で、それにふさわしく新年の始めにこのようにして千年にわたる楽しみを尽くそうという賀歌である。続日本紀天平十四年（七四二）正月十六日条に、記事とともに次の類歌がある。

天皇、大安殿に御しまして群臣を宴す。酒酣にして五節田儛《ごせちのたまひ》を奏《つかへまつ》る。訖りて更に、少年・童女をして踏歌せしむ。また、宴を天下の有位の人、并せて諸司の史生に賜ふ。是に、六位以下の人等、琴鼓《ひ》きて、歌ひて曰はく、

新《あら》しき年の始めにかくしこそ供奉《つかへまつ》らめ万代までに
といふ。宴訖りて禄賜ふこと差あり。（新日本古典文学大系）

聖武宮廷における踏歌の節会のさかんなありさまがしのばれる。このとき、五節の田儛や踏歌が催された後、六位以下の人等が琴を鼓《ひ》いてこの歌をうたったという。「六位以下の人等」とは、聖武朝にあってとくに日本の歌舞の振興をになった歌儛所の人々であるらしく、彼らは琴の楽もよくし、その琴歌はおそらく後の大歌所に引き継がれていった。歌儛所は、「日本古歌舞一般にわたって採集・整理・再開発を目的とする、言わば『研究開発所』的機能を持っていた」（井村哲夫「『歌儛所』私見」「香椎潟」三八）。このときの「新しき」の歌も、古歌や賀詞をふまえた（倉林正次『饗宴の研究　祭祀編』）彼らの新作であり、だからこそとくに続紀に録されたのだと思われる。やはり正月の節会でうたわれた琴歌譜15は、この類歌で、やはり聖武朝頃のものであろう。

そのように歌儛所の人々の制作にかかるらしい「新しき年の始め」の歌は、あるいは聖武代を讃える伝統的かつ新鮮な賀歌として、その頃流行したものかもしれない。万葉集に、

新《あらたしき》年乃婆自米尓《としのはじめに》豊の年しるすとならし雪の降れるは　（17・三九二五　天平十八年正月の賜宴の応詔歌　葛井連諸会）
新年之初者《は》いや年に雪踏み平《なら》し常かくにもが　（19・四二二九　天平勝宝三年正月二日の宴歌　大伴家持）
新年始尓思ふどちい群れて居ればうれしくもあるか　（19・四二八四　天平勝宝五年正月四日の宴歌　道祖王）
新年乃始乃初春の今日降る雪のいやしけ吉事《よごと》　（20・四五一六　天平宝字三年正月一日の宴歌　大伴家持）

と類歌がみえる。いずれも天平十四年より後の作歌であり、場を正月の宴としている。表記においても、続紀の「新年始邇」に多く通う。節会で奏された続紀の歌や琴歌譜の歌を範としたものであろう。

歌謡が和歌に影響を及ぼしていった例である。しかしその歌謡も、一概に古い歌謡というのでなく、新しく制作された歌謡なのである。

万葉の時代における歌謡と和歌の連続の相を、琴歌譜歌謡と万葉歌とのかかわりにおいてながめてきた。歌謡は和歌成立の基盤となったのだが、また和歌が歌謡の成立を促すこともあり、両者の関係は太く、また相互的であった。というより、当時の人々の意識に即けば、どちらも声によって表現されるべき、「歌」だったのである。

琴歌略史
――聖武朝ごろまで――

はじめに

正倉院には残闕を含めれば十面の和琴（倭琴）が伝えられ、中には槽面に金銀泥絵や瑇瑁絵をあしらった優品もある。長さも形象埴輪の琴のように短小ではなく、一六〇センチ前後のものから二〇〇センチを越えるものまであり、華麗な音を奏でたことがしのばれる。それらの遺存は、奈良時代におけるこの楽器への強い愛好をものがたるといわれる。(1) 正倉院には和琴ばかりでなく琴《きん》や新羅琴も保存され、箏や瑟の残闕も遺る。それらは今に、聖武天皇周辺の音楽への愛好とともに天平期宮廷におけるコトの音楽の隆盛を象徴的に伝えている。天平期は唐・三韓ほかの外来楽もほぼ出そろい、宮廷内外また都の仏教寺院で多彩な音楽文化がかつてなく栄えたが、コトの音楽もその一部をになっていたのである。

一方、出土琴や形象埴輪の琴をみると、古墳時代の琴はまだ素朴な段階にあったという印象を受ける。それらを研究する考古学や音楽史の分野では、古墳時代の素朴な琴から正倉院の堂々たる和琴に到達するまでには劇的な展開があったと説かれるのが一般である。たとえば林謙三氏は、古墳時代のコトが飛鳥時代ごろに朝鮮の琴の影響を受けて一大飛躍を遂げ、その後にも改制があって六絃有槽で葦津緒を用いる、一応和琴として完成した天平の琴に至ったという(2)。また水野正好氏の詳細な研究によれば、琴制はまず古墳時代後期に中国・朝鮮の影響を受けてそれまでのものから一新され、それが発展しながら白鳳時代まで続くが、また奈良時代には正倉院の諸琴など、「前代の琴制に一線を画する鮮やかな形」が生み出された、すなわち「再び中国の新しい文化の波をうけ」、「まさに7世紀から8世紀に至る間に琴制の変化が齎らされたのでありここに今日、我々が見る琴の祖形が成立する」という(3)。音楽史家の荻美津夫氏もこの水野説を肯定している(4)。

和琴の伴奏でうたう歌、また和琴を奏し、歌をうたうその両者が一体化したものを「琴歌《きんか》」(または「琴歌《ことうた》」)と呼ぶことにすると、「琴歌」の歴史も、以上の琴の歴史とともにあっただろう。琴歌も素朴なかたちでは相当古くから存したのかもしれないが、しかし芸術的な琴歌は、琴が降神や支配の呪具の段階から脱し、楽器としての性能を高めていく過程で発生し、進化を遂げたのだろう、と見通される。

さてここに掲げる琴歌という主題は、音楽史のみならず和歌史、文学史の主題の一つである。そしてこの主題は、琴歌譜研究などに限定されるものではなく、万葉歌に広く及ぶと予想される。すでに井村哲夫氏が、天平期の音楽機関であった歌儛所やその周辺の分析など一連の研究を通じて、人麻呂・旅人・憶良・家持らの作品や万葉の宴歌などは多く弾琴唱歌されたことを推察するなど、琴歌が万葉文学史の重要な主題の一つであることを提起している(5)。また荻美津夫氏の近著でも、音楽史研究の立場から万葉集などの琴の例を分析して奈良時代における弾琴唱歌のある程度の広がりを指摘し、それを和琴の楽器としての発達と関係づけている(6)。しかしなお文学史研究の分野では、琴歌の存在を古代文学史上に正当に位置づけることが一般化しているとはいいがたい。そこでここでは、あらためて上代における琴歌の歴史を見直してみたい。大和時代から始めて聖武朝ごろまで、主に文献資料をもとに略述し、合わせてそれにまつわる問題を考えてみる。

一　七世紀ごろまでの「琴歌」

琴は古く降神の呪具であったといわれる。仲哀記には天皇が琴を弾き、息長帯日売（神功皇后）が神がかりをしたという著名な場面がみられる。武烈紀の歌謡には「琴頭《ことがみ》に来居る影媛」とあり、琴を弾くと琴の頭の部分に神霊（影）が憑りつくと考えられていたことがわかる。そうして琴が神聖な降神の具であったことから、「琴神丘」（播磨国風土記飾磨郡）の地名起源説話にみるような、琴自体を神とする観念も生まれたのだろう。

また琴は、首長の所有する支配のための呪具でもあった。神代記でオホアナムヂノ神はスセリビメを連れて根国から遁走するとき、スサノヲノ命の持ち物であった「天の沼琴」を奪った。「逃げ出でます時に、その天の沼琴樹に払れて地動み鳴りき」と、樹にふれたばかりで大地をゆるがすほど鳴り響いたというその琴は、世界を治めるために支配者が持つべき神器の一つであった。その神秘の琴の音は大きく鳴り響くゆえに世界を支配しうると考えられた。仁徳記の「枯野」の伝説で、「茲の船破《やぶ》壊れて塩に焼き、その焼け遺れる木を取りて琴に作れるに、その音七里に響みき」というのも同然である。「枯野」の場合は、天皇の深い関与を語る応神紀の伝承の方により顕著だが、その鳴り響く清らかな音は天皇の治世を言寿ぐ意味をもっていたと思われる。

こうして、記紀・風土記には降神や支配の呪具としての琴の例が散見する。このような降神や支配のための琴は、「天の沼琴」や「枯野」の琴の場合にその音響が特筆されているように、メロディーを奏でるというよりも聖なる音響を発するための神器として、多く祭儀に用いられたと思われる。そしてこの種の古拙な琴は、後世にも大嘗祭・鎮魂祭などの宮中の祭や伊勢・平野など諸社の祭で用いる神事の琴として受け継がれ、保存された（延喜式）。

しかしながら、もともと琴の音の神秘は音楽への可能性をはらんでいた。礼記・楽記に「楽は天地の和なり。……楽は天に由りて作り、礼は地を以て制す」とみえるように、古来中国では音楽は人為のものではなく天与自然のものと考えられてきたが、そのような音楽のもつ超越性が古代日本では特に琴の絃音の神秘に感じとられていたともいえる。神授のものとされた酒が宴で人を陶酔させたように、神授の琴の音も人を魅了すると感じられていただろう。そこで琴が宴で用いられるのは自然である。実際、記紀・風土記には、宴などで奏された音楽的な琴も少なからずみえる。歌が琴の伴奏でうたわれる「琴歌」の古風な様態もそこに探られよう。(7)

歌と琴が結びついている例には、まず仁徳記の場合がある。日女島で雁が卵を生んだことについて、天皇と建内宿禰が「この大和の国で雁が卵を生むと汝は聞いたことがあるか」「いえ、そのようなことはいまだ聞いたことがございません」という意味の問答歌をかわしたその後に、

（建内宿禰）かく白して、御琴を給はりて歌ひて曰く、

汝が御子やつひに治らむと雁は卵生《こむ》らし　（記七二）

とある。たしかに琴を弾きながら歌がうたわれたのだが、ただ、この説話において前半の問答歌の部分には琴の伴奏はなかったのに、この結語のように建内宿禰がうたった片歌ばかりは琴によった、その意味は何か。それは、琴の音が添うことによって天皇の治世をたたえるその歌の言葉が、臣下の言葉を超えて神意を帯びたという点にある。この琴はまだ降神の呪術と強く結びついている。

その点では、雄略紀の場合も同様である。雄略十二年十月の条、木工闘鶏御田の高みで飛びまわるがごとき仕事ぶりを仰ぎ見ていた伊勢采女が捧げていた御膳つ物を誤って覆した、そこで天皇は二人の仲を疑い、御田の殺害を命じたが、時にそばにいた秦酒公が、「琴の声を以ちて天皇に悟らしめむと欲ひ、琴を横たへ、弾きて曰く」、闘鶏御田の天皇への至誠を述べ、惜しい木工なのに、と嘆く内容の歌をうたった、そこで天皇は、「琴の声を悟りたまひて」、其の罪を赦した、とある。琴の歌が鍵となっている説話であり、天皇が翻意した主な理由は、「琴の声」に天皇が神意を聞いたことにある。「天皇に悟らしめむと欲ひ」、直言ではなく、「琴を横たへ、弾きて」自己の言葉を「琴の声」、つまり神の言葉へと転移したところに秦酒公の機転があったのだ。ここでもまだ琴は降神に結びついている。

いま一つ雄略記には琴歌らしい例がある。ある時雄略天皇は吉野川のほとりで麗しい童女と結ばれた。後に再訪し、御呉床に坐して御琴を弾き、その嬢子に舞を舞わせた。その嬢子がよく舞ったので、

呉床座《あぐらゐ》の神の御手もち弾く琴に儛する女常世にもがも　（記九六）

という歌をよんだ、というのである。「呉床座の神の御手もち弾く琴」という表現にはやはり神事的要素がみてとれる。この話全体には神仙譚的要素もいちじるしいのだが、しかしその原型には、允恭紀の、

七年の冬十二月の壬戌の朔に、新室に讌したまふ。天皇、親ら琴を撫きたまひ、皇后、起ちて儛ひたまふ。

などと同様、弾琴する支配者と神がかりする巫女の姿がある。ただし、この雄略記や允恭紀の例が先の息長帯日売の場合などと異なるのは、それらが遊びの要素を強めている点である。雄略記の歌は琴を弾きながらうたわれたのだろう。

顕宗紀で、伊与来目部小楯が絃《こと》を弾き、二王子を舞わせる。弘計王が起ち、室寿を述べた後、

乃ち節《ことのふし》に赴きて歌ひて曰はく、

稲筵川副楊水行けば靡き起き立ちその根は失せず　（紀八三）

とうたった。琴の音楽に合わせてうたったのであり、これは琴歌らしく描かれている。

雄略記や顕宗紀の琴歌はなお説話中のものであり、説話内容自体は後世の潤色・創作が疑われる。けれども、これらの例からも、古くから宴などの遊びの中で琴歌が行われていたことはうかがわれよう。そして遊びは、琴歌の音楽性を育んだだろう。なお、肥前国風土記逸文には、「郷閭の士女、酒を提げ琴を抱きて」杵島岳に登り、杵島曲をうたったことがしるされている。「酒を提げ琴を抱きて」とあるのは文飾とのみはみられまい。常陸国風土記（行方郡）にも、建借間命が敵を欺くために「天の鳥琴、天の鳥笛」などを奏して七日七夜「遊び楽しび歌ひ舞」ったとある。都から遠く離れた地方でも、遊びの中で琴歌が行われていたことが知られる。

七世紀なかばに至ると、次の例をみる。大化五年（六四九）三月、中大兄皇太子は妃である蘇我造媛の死を深く悲しんだ。そこで、皇太子の心中を察した野中川原史満が、進んで、

山川に鴛鴦《をし》二つ居て偶ひよく偶へる妹を誰か率にけむ　（紀一一三）

本毎に花は咲けども何とかも愛《うつく》し妹がまた咲き出来ぬ　（同一一四）

という二首を奉った。皇太子は満の歌のできばえを褒め、「御琴を授けて唱はしめたまひ」、褒美も賜った。

王者が臣下に「御琴を授け」る行為自体は伝統のうちにあるが、しかしこの琴歌に降神や支配の要素は見出せない。定型の新作歌を琴の音に乗せて唱ったというところには、それまでの伝統からは切れた新しさが感じられる。これら両首は代作歌としても挽歌としても現存文献にみられる最も早いころの作であり、またその達成が渡来系氏族であった野中川原史満の大陸的教養によって可能となったらしいことも多くいわれてきた。のみならず、この琴

は和歌（倭歌）を伴奏したことからも和琴であったと考えられるが、記事からすれば渡来系の満はその和琴の演奏ができたのである。宴歌などではない特殊な例ながら、七世紀半ばのころには和琴の楽器としての改良や演奏技術がある程度進んでいたこと、またその変革に外来のコト類や音楽の知識をもつ渡来系の人々が関与したことを推測させる。

以上、記紀・風土記にはまだ多く降神の呪術と結びつきながらも宴や歌垣などで歌を伴奏する琴がみえ、また孝徳紀には新しげな琴歌もみえる。次節で述べるような奈良時代における芸術的な琴歌を主体としてみるなら、それらはその前史、あるいは基盤をなしたというべきだろう。

二　聖武朝宮廷における琴歌の盛行

和琴や琴歌に関する文献資料は、孝徳紀以降しばらく欠け、聖武朝に至って急に豊富になる。しかしその間、宮廷の音楽文化は天武朝を中心に飛躍的な発展を遂げていた。その中で伝統的な和琴も、外来のコト類やその音楽文化の影響を受けて楽器としての発達を続けていたと思われる。

早くは五・六世紀から時々に三韓の楽の流入があり、また遣隋使・遣唐使は隋・唐宮廷における音楽文化を伝えただろう。日本書紀にみると天武天皇の時代に外来楽を含む宮廷歌舞の記事が目立って増え、また国内からも歌男・歌女などの芸能者が宮廷に集められ、国風の歌舞が整備されていったことも知られる。そして令制の確立とともに、外来楽と国風歌舞を合わせ、それらを伝習し、種々の儀礼で行う役所として、「楽官《うたまひのつかさ》」（持統紀元年正月一日条にみえる）が組織された。「楽官」は雅楽寮の異称かと思われるが、唐に学んだこの制度は、礼は以て其の志を道き、楽は以て其の声を和し、政は以て其の行を一にし、刑は以て其の姦を防ぐ。礼楽刑政、其の極まるところは一なり。民心を同じくして治道を出だす所以なり。
楽は同を為し、礼は異を為す。同なれば則ち相親しみ、異なれば則ち相敬す。楽勝たば則ち流れ、礼勝たば則ち離る。情を合はせ貌を飾るは礼楽の事なり。（以上、礼記・楽記）

といった儒教的な礼楽思想を理念とした。制度の模倣は礼楽思想の受容とともにあったのである。

令制における雅楽寮はいわば日本楽部と外国楽部（唐・三韓ほか）よりなるが、日本楽部の編成は「歌師四人、歌人四十人、歌女百人、儛師四人、儛生百人、笛師二人、笛生六人、笛工八人」であり、歌・儛・笛にかかわる人々はみえても琴にかかわる人々はいない。天平十年（七三八）ごろ以前の「今寮に有る儛曲等」を記述する令集解の尾張清足説には、古風な服属儀礼の舞である「久米儛」について「大伴弾琴」「琴取二人」とはみえるが、「和琴師」の存在はしるされていない。同説に説く外国楽の方では、コト類の楽器の師として唐楽に「搊箏師一人」、百済楽に「韓琴師一人」、新羅楽に「琴師一人」がみえる。神武紀の「来目歌」について「今し楽府《うたまひのつかさ》に此の歌を奏ふには……」とあるところ、また日本楽部が先のような編成、規模をもつことなどからも、記紀歌謡中のいわゆる大歌（歌曲名をもつものなど）はこの雅楽寮において管理、教習されたと考えられるが、そこに琴の姿はほぼみえないのである（延喜式には雅楽寮に「和琴一面」が存したことがしるされている）。このことは万葉集の前期にまだ和琴が姿をみせないことと符節が合い、天武朝や藤原京時代はいまだ新しい琴歌が勃興する前夜にあったことを推測させる。(8)

元正朝になると、一例だが「和琴師」の存在をみる。続日本紀、養老五年（七二一）正月二十七日条に、「百僚の内より学業に優遊し師範とあるに堪ふる者を擢して、特に賞賜を加へ」た者の中に、「和琴師正七位下文忌寸広田」が「唱歌師」正七位下大窪史五百足ら五人とともにみえる。和琴師である文忌寸広田の所属は養老三年（七一九）ごろ唐の制を敏速に模倣して設置された内教坊であったと考えられる。[9] 百済からの渡来系である文忌寸氏が「和琴師」を勤めているのは、和琴の音楽や楽器としての発達にやはり外来のコト類の知識をもつ渡来系の人々が関与したことをうかがわせる。またこの記事では「和琴師」に続いて「唱歌師」がしるされており、この和琴が唱歌の伴奏楽器として用いられたことも推測される。つまり養老年間の宮廷では、新たに設置された内教坊において外来の音楽文化の影響を受けながら琴歌が教習され、行われるようになっていたのである。それは琴歌にとって新しい動きであったとみられる。

さて、資料の上ではこの例が一つの予告であったかのように、次代の聖武朝においては宮廷でさかんに琴歌が行われた。そのありさまについては以前にもふれたことがあるが、[10] 再び取り上げると、まず続日本紀に琴歌に関する記事が二例みえる。一つは天平十四年（七四二）正月十六日の記事で、

壬戌、天皇、大安殿に御しまして群臣を宴す。酒酣にして五節の田儛を奏る。訖りて更に、少年・童女をして踏歌せしむ。また、宴を天下の有位の人、并せて諸司の史生に賜ふ。是に、六位以下の人等、琴鼓《ひ》きて、歌ひて曰はく、

新しき年の始めにかくしこそ仕へまつらめ万代までに

といふ。宴訖りて禄賜ふこと差有り（以下、略）。　（訓読は新日本古典文学大系本を参考にした）

踏歌の節の宴における君臣和楽のようすをしるすが、この時六位以下の人等が琴を弾き、「新しき」の歌をうたった。この歌は新年の賀歌として聖武代を言寿ぎ、また君臣和楽を表現しているが、そこに琴の楽が参与している。またこの歌は、琴歌譜に正月元日節の「片降」として載せられる、

新しき年の始めにかくしこそ千歳をかねて楽しき終へめ

と類歌関係にある。さらに、「新しき年の始め」の歌句を共有する新年の宴の歌が万葉集に四首みられ（三九二五・四二二九・四二八四・四五一六）、いずれもこの歌よりも後の作であり、この歌などの影響が思われる。この記事や琴歌譜を参照すると、それら万葉の新年の賀歌も琴歌として琴の伴奏でうたわれたかと推測される。

続日本紀のもう一つの琴歌は、天平十五年正月十一日の条にみえる。

壬子、石原宮の楼に御しまして、饗を百官と有位の人等とに賜ふ。勅有りて琴を賜ふ。その歌を弾くに任《た》ふる五位已上には摺衣を賜ふ。六位已下には禄各差有り。

先の記事から一年後の正月の子の日の宴に、天皇が臣下に琴を賜い、それに応じて琴歌を奏することのできた者に褒賞を与えたという。天皇の推奨のもとに琴歌が行われたので、「歌を弾くに任ふる」人々があえて求められたところからは、その琴の伴奏がある程度の技能を要するものであったこと、また当時そうした技能を身につけた人々が五位已上の貴族や六位已下の官人の中にいくらかは出現していたことがうかがえる。このように聖武宮廷で琴歌がはなばなしく行われ、また推奨された背景には、宮廷による礼楽思想の鼓吹、そしてその具体化の一つでもあった歌儛所の活動ということがあったとみられる。

当時の宮廷が歌舞の振興を通じて礼楽思想を鼓吹しようとしたことは、続紀の天平十五年五月五日条、阿倍皇太子が聖武天皇、元正太上天皇の前で五節の舞を舞ったことをしるす記事にあらわである。そこでは五節の舞の起源を天武朝に求め、

（天武天皇が）天下を治め賜ひ平げ賜ひて思ほし坐さく、上下を斉へ和げて動き无く静かに有らしむるには、礼と楽と二つ並べてし平けく長く有べしと神ながらも思し坐して、此の舞を始め賜ひ造り賜ひき。

などと揚言されている。やや遅れて天平宝字元年（七五七）八月二十三日の孝謙天皇の勅にも、

上を安し民を治むるは、礼より善きは莫し。風を移し俗を易ふるは、楽より善きは莫し。礼楽興るは、惟り二寮（大学寮と雅楽寮をさす）に在り。

とある。

歌儛所は、井村哲夫氏によれば、天平三年ごろ雅楽寮とは別に皇后宮に新設された音楽機関で、諸王臣子によって構成され、その仕事は「日本の古歌舞やくにぶりを外来音楽の呂律や技法によって都雅の風に洗練し、伴奏楽器や舞を添えるなどして、聖武朝の礼に伴う新たな楽を再開発すること、諸儀礼の場での倭歌による楽を当時当処に創作・演出し、みづから参加することなど」であった[11]。そして歌儛所では琴歌を開発、実践した。天平六年二月一日の朱雀門の歌垣（続日本紀）、天平十一年冬十月、皇后宮の維摩講での「仏前唱歌」の挙行（万葉集巻八・一五九四）、また先述した天平十四年正月十六日の踏歌の節における「六位以下の人等」による弾琴唱歌は、やはり井村氏の説くようにみな歌儛所の活動であったとみられる。それらにおける琴歌は、伝統をふまえながらも、前世紀までのものとは異なり、当時の宮廷の求めた雅びを表現する新しい装いをもっていただろう。またこの歌儛所では、それまで雅楽寮で管理していた大歌の一部を引き受けて節会用などにリニューアルするなどのことも行われたようだ。それらの歌が後年大歌所に引き継がれ、やがて琴歌譜にも収載されることになる。

中国的な礼楽思想の受容、実践と日本的な歌舞を再開発、実践した歌儛所の活動とは一見矛盾するようだが、しかしそうではない。外来のものの刺激によって在来のものが自覚化され、また外来のものを取り込みながら日本的な文化が成長、あるいは変容するという当時の文化の一般的な形式がここにもみられるというにすぎない。音楽思想の上では、琴についての伝統的な神聖観念の上に、儒教流の礼楽思想や、「琴は楽の統」（風俗通、芸文類聚所引）、

「八音の中、唯だ絃を最と為すのみ。而して琴之を首と為す」（桓譚・新論、初学記所引）、「衆器の中、琴の徳最も優なり」（嵆康「琴賦」、文選）といった琴《きん》を特別に尊崇する中国的観念が取り込まれ、饗宴における琴歌の実演と宣揚が行われたのだと考えられる。

その歌儛所で開発、実践された琴歌のより具体的な姿が、ある程度は琴歌譜に残されていると思う。琴歌譜自体の成立は平安時代初期ごろと遅れるが、その原テキストは聖武朝ごろに制作されただろう。(12) 琴歌譜は宮廷の節会で奏される大歌について歌詞・歌い方・琴の伴奏の仕方をしるす。現存の写本では琴の譜は初めの二曲にのみしるされているが、それらでは六本の絃を示す「一」から「六」の漢数字が歌詞に付随し、また二つの絃を同時に弾く個所なども示されていて、ある定まった演奏が行われたことを示している。(13) なお、琴歌譜中に含まれている「余美歌」が正月元日の節会で天皇治世を言寿ぐ琴歌として制作されたのも、聖武宮廷でのことであったろう。(14)

三　文人と琴

聖武朝の宮廷において琴歌が隆盛したことをみてきたが、同じころ、それとも深く交流しながら、宮廷周辺の貴族官人の世界に、やはり中国の音楽文化の影響を受けてもう一つの琴歌が育っていた。それは「文人琴歌」とでもいうべきもので、懐風藻や万葉集の中に一部その姿をとどめている。

吉川良和氏の考察を借りると、中国では漢代から琴楽がさかんになり、「雅琴」のジャンルが形成された。これには二つの流れがある。一つはたとえば桓譚・琴道に「楽器は様々あるが琴の機能が最も優れている。古の聖賢が琴をめでたのは心を養うためである」とあるような、琴を最高の楽器とし、修身に役立つとする君子の琴であり、もう一つは老荘思想にもとづく禁欲的高踏趣味的な隠士の琴である。後者は、後に琴の名手であり、「琴賦」を制作した嵆康の音楽思想にも受け継がれた。漢代において琴楽は楽器、楽曲、美学の諸方面で発展したが、その中でこの二つの流れが合したことによって「雅琴」のジャンルが形成され、琴は君子や隠士の友となり、以後継承された(15)。

そのような君子・隠士の琴が、六朝・初唐文学を含む中国文化の受容を通じて日本の貴族官人層に模倣された。ただしそこで、彼らが宴会などでもてあそんだという「琴」がどのようなコトであったのかは一つの問題である。

天平元年(七二九)十月、大宰帥大伴旅人は都の藤原房前に書状とともに梧桐の日本琴一面を贈った。書状には、夢中にあらわれた琴の娘子が自らの由来や心情を語り、「恒に君子の左琴を希ふ」といい、

いかにあらむ日の時にかも声知らむ人の膝の上わが枕かむ

とよみ、旅人はそれに、

言とはぬ木にはありともうるはしき君が手馴れの琴にしあるべし

と報えたことなどがしるされている。約一月後の房前の返書にも、

言とはぬ木にもありともわが背子が手馴れの御琴地に置かめやも

という歌が含まれていた(以上万葉集巻五、八一〇~八一二)。

旅人の漢文には嵆康「琴賦」などの表現がふまえられ、この歌文の贈答には遊び心を含んだ文人らしいやりとりがみられる。「君子の左琴」は、諸注にいうように「琴を左にし書を右にす。楽しみ亦その中にあり」(古列女伝)といった中国的君子のあるべき姿をかたどる。ところが、おもしろいのは、その「琴」が中国の琴《きん》ではなく、古来の日本琴《やまとごと》である点だ。旅人は遊び心で日本琴をあえて中国の琴になぞらえ、漢文と歌をものしたのだろうか。しかし、「君子の左琴」とすべく房前に日本琴が贈られたのは事実ととるべきだから、ここからは当時の文人たちが、

和琴を膝に置き、「手馴れの琴」にして楽しんでいた姿を想像してよい。そして、その琴の伴奏でうたうのは、琴の娘子の歌や二人の贈答歌が和歌であるように、漢詩ならぬ和歌であったろう。当時の貴族官人たちは、中国的君子の「左琴右書」、そして「絃を拊ちて安らかに歌ひ、新声代はる代はる起こる」（嵇康「琴賦」）といった「絃歌」（琴歌）のスタイルをまねながら、しかも琴《きん》ではなく和琴を膝に置いて弾じつつ和歌をうたっていたのである。

琴《きん》と和琴は同じコト類であるにしても、それぞれが負う歴史を異にし、また琴《きん》は七弦で柱を用いず、和琴は六弦で柱を用いたなど楽器の形態上の相違もあった。演奏法や性能、また調弦の背後にある音律論なども当然ちがったわけである。倭名抄にも「琴《きん》」と「日本琴《やまとごと》」を別に説明している。にもかかわらず、コトという和語に「琴」という漢字が宛てられ一般化したところからもうかがわれるように、二つの楽器は同類のものとみなされた。「日本琴」「倭琴」は、「倭歌」などと同じく、固有のものを中国・朝鮮の同類のものに対比させた呼称である。日本の文人たちは和琴を中国的君子・隠士の琴と同一視して扱い、また琴にまつわる思想においても嵇康「琴賦」のそれなどをそのまま日本琴の上にかぶせてみようとしたのである。

この視点は、懐風藻の琴の例をみるときにも必要だと思われる。懐風藻の詩や詩序には「琴」が頻出するが、それらは琴《きん》か和琴か、ということからして必ずしも分明ではない。

前期の文武・元明朝（六九七～七一五）の例では、「薫風琴台に入り、蓂日歌筵に照らふ」（20巨勢多益須「春日応詔」。訓読は日本古典文学大系本による。以下同じ）、「琴瑟仙禦に設け、文酒水浜に啓く」（37大石王「侍宴応詔」）、「琴酒芳苑に開き、丹墨英人点く」（38田辺百枝「春苑応詔」）など御宴の琴を活写するものが多い。天皇臨席の御宴で「琴」が演奏されたのだが、大石王の「琴瑟仙禦に設け」の琴は文字通り受け取るべきだとすれば瑟と並んでいるので琴《きん》らしくも思われる。しかし巨勢多益須の場合など、和琴で和歌が奏せられるようすを、「薫風琴台に入り、蓂日歌筵に照らふ」と漢風に写したのかもしれない。

　後期になると、長屋王宅の宴では、「琴書左右、言笑縦横」（65序、下毛野虫麻呂「秋日於長王宅宴新羅客」）、「霊台広宴を披き、宝斝琴書を歓ぶ」（82箭集虫麻呂「於左僕射長王宅宴」）、「琴樽此の処に宜しく、賓客相追ふこと有り」（84大津首「春日於左僕射長王宅宴」）など、宴の参加者たちが自ら弾琴するようすが描かれている。藤原宇合が自宅で曲宴を開いたときに作った詩序（88序、「暮春曲宴南池」）にも「是に、林亭に我を問ふ客、花辺に去来し、池台に我を慰むる賓、琴樽を左右にす」とあり、藤原麻呂の「暮春於弟園池置酒」（94序）にも「是に、絃歌迭《たが》ひに奏で、蘭蕙同に欣ぶ」とあってやはり参加者たちが弾琴したと読める。たとえば「絃歌迭ひに奏で」という表現が王勃の詩序の模倣であるように[16]、懐風藻の後期詩における宴会の描写は王勃ら初唐詩人の詩序や詩などの影響がいちじるしい[17]としても、当時の文人たちの私宴において中国の君子・隠士ふうをまねて弾琴するふうが広がっていたのは事実だろう。しかもこうして私宴で文人がもてあそんだ「琴」は、必ずしも琴《きん》と特定できない。詩宴では漢詩に合わせて唐琴を試みることがあり、特に長王宅で新羅の客を宴した場などでは新羅琴や唐琴も演奏されたかもしれない。けれども唐琴などが当時の日本の貴族社会で普及していたことは知られないし[18]、またその複雑な演奏法や琴曲が当時の貴族官人たちに容易に受容、習得できたとも思われない。この際、古代日本人が外来音楽に対して抱いた「生理的違和感」が解消されるためには、八世紀末まで、「伝来以後百数十年にわたる視聴覚的受容」を要したとみる音楽史家の言[19]にも耳を傾けておこう。先の大伴旅人の例を考慮するなら、懐風藻の詩人たちがもてあそんだ「琴」は、多くの場合、理念的には琴《きん》であったとしても、実際には和琴だったのではないか。日本で琴《きん》の演奏に堪能な文人の出現は、唐風の栄えた平安初期あたりまで待つべきもののようである。

　なお、土佐に配流された石上乙麻呂が、「相思知りぬ別の慟を、徒らに弄ぶ白雲の琴」（115「飄寓南荒、贈在京故友」）、「琴を弾きて落景を顧み、月に歩みて誰にか逢ふことの稀らなる」（116「贈掾公之遷任入京」）と琴を独居のなぐさみにしていたさまはやはり文人ふうを印象させる。

こうして万葉集や懐風藻によれば、貴族官人たちが詩宴などで君子・隠士ふうに琴をたずさえるふうが奈良朝初期以降に広まったようである。「神亀六年」（七二九）を記す小治田朝臣安麻呂の墓誌の副板に「左琴」「右書」とみえるのもその広がりを伝える。また、万葉集で貴族官人の琴が出るのは先の天平初年の大伴旅人の例が初めてであることも、文人琴歌の流行の時期を考える上で留意される。理念的には漢詩と琴《きん》の結びつきを標榜するこのふうは、詩宴で行われたというばかりではなく和歌の宴における和歌と和琴の結びつきをも刺激し、促進しただろう。漢詩――琴《きん》の関係が和歌――和琴の関係に移されて模倣されたということだ。そのことをうかがいうる資料が、万葉集にわずかに残る。

四　琴と和歌

万葉集巻十六に次の二例がある。歌は略し、左注のみ掲げる。

右の歌二首は、河村王宴居の時に、琴を弾きて即ち先づ此の歌を誦し、以て常の行《わざ》と為す。（三八一七・三八一八）

右の歌二首は、小鯛王宴居の日、琴を取りて登時《すなはち》必ず先づ此の歌を吟詠す。其の小鯛王は、更の名は置始多久美、斯の人なり。（三八一九・三八二〇）

宴で自ら琴を取ってまず持ち歌をうたうのは懐風藻の詩人たちの営みにもつながり、やはり中国的文人のふうをまねたのだろう。この四首は確実に琴の伴奏でうたわれた琴歌である。置始多久美がいわれるように風流侍従の置始工と同一人だとすれば、その琴歌の好尚は聖武天皇周辺における琴歌の流行とも関係していたといえる。

巻七の、それぞれ「倭琴を詠む」「日本琴に寄す」と題された作者未詳の二首、

琴取れば嘆き先立つけだしくも琴の下樋に妻や隠れる　（一一二九）

膝に伏す玉の小琴のことなくはいたくここだく吾れ恋ひめやも　（一三二八）

も、よみ入れた琴の表現からしても、宴で琴の伴奏でうたわれたものにちがいない。「琴取れば嘆き先立つ」は、代匠記が示唆するように琴《きん》の哀声という中国的観念の影響による。大伴家持も、

わが背子が琴取るなへに常人のいふ嘆きしもいやしき益すも　（巻十八・四一三五）

とよんだ。天平勝宝元年（七四九）ごろ、越中守の家持が下僚の秦伊美吉石竹の館で宴に加わったときの作で、「わが背子」（主人の秦伊美吉石竹を指すか）の弾琴の技量を嘆きがまさると褒めている。やはり宴で琴歌の行われたことが知られる例である。

また家持はその三年ほど前、大伴池主と詩文や和歌をやりとりした中で琴にふれている。天平十八年（七四六）十一月の池主の京からの帰還に際しては、「乃ち詩酒の宴を設け、弾糸飲楽す」（巻十七・三九六一の左注）と酒宴で琴を弾いたと叙す。翌天平十九年二月、家持は病に臥したが、その折に池主との間でかわした書簡に、「此の節候に対ひ、琴罇翫ぶべし」（家持）、「琴罇用なく、空しく令節を過ぐして、物色人を軽みせむとは」（池主）、「既にして琴罇性を得、蘭契光を和らげたり」（池主）と、「琴罇」、つまり琴を弾き酒を楽しむ場として宴を表現している。「琴罇（樽）」は王勃の詩序などに多くみられる言葉だが、ただ言葉をまねただけではなく、宴の場で実際に弾琴、飲酒したことの表現にちがいない。こうして、天平末年前後の大伴家持周辺でも宴で弾琴し、歌をうたうふう

があった。この場合の琴も和琴だったろう。

そのほか、河原寺の仏堂のうちに蔵められた倭琴の面に、「世間の無常を厭ふ歌二首」（巻十六・三八四九、三八五〇）が書きつけられていたというのも興味深い。これらの歌は仏の供養のために、折々に当の和琴の伴奏でうたわれたものにちがいない。手すさびのわざではなく、法会でその琴でうたうために琴面にしるしたのである。[20] ここにも和琴と和歌の組み合わせをみる。

おわりに

記紀・風土記に古風な琴歌の様態をさぐり、そして聖武朝を中心に宮廷や貴族官人の宴などで行われた芸術的な琴歌についてみてきた。聖武朝の宮廷の饗宴では琴歌がはなばなしく奏され、また推奨された。歌儛所の活動がそれを牽引したようである。伝統的な歌謡や新作の和歌が、外来音楽文化の影響のもと、楽器としても発達してきた和琴に合わせられ、聖武朝を荘厳する新しい宮廷音楽として登場したのだと思われる。一方、そのころ宮廷の周辺でも、貴族官人たちが私宴などで琴歌を愛好した。こちらの方は中国の君子・隠士ふうをまねた文人琴歌のおもむきをもつ。宮廷琴歌と文人琴歌は、中国における宮廷雅楽の琴楽と文人の自由な琴楽に対比されるもので、宮廷琴歌はいわば儀礼的・専門的、文人琴歌はいわば遊興的・余技的な性格をもつが、日本の場合実際には両者は人的（たとえば葛井連広成や市原王ら）にも質的にも連動し、深く交流したと思われる。

万葉歌の中に琴歌の広がりを指摘できる。確実な琴歌の例は少数だとしても、特に万葉後期の貴族官人の私宴では琴歌が相当に広く行われたことが推測される。

だが、より重要な問題はその先にあろう。たとえば大伴家持の歌の生活を示す巻十七～二十の中に宴歌は約四割を占めるが（巻十七冒頭の三十首余、および巻二十の防人歌は除いた計算）、それ以前の巻の季節歌や旅の歌などとして分類された中にも宴歌は多数含まれていると思われる。それら宴歌のある部分が琴歌であったとすれば、つまり宴では琴の伴奏でうたうものとして歌がよまれることがあったとすれば、琴の音楽性は当時の歌の質に影響していたのである。その点を論ずる余裕はもはやないが、天平期の宴の場でも

琴と歌と相ひ須《ま》つこと、猶伉儷のごとし。是を以て……絃と歌と相ひ和せば、則ち四坐の上、水乳に同じ。（琴歌譜序文）

といった琴と歌との親和の境地が一つの目標としてめざされたとすれば、歌が琴のもつ音楽性や文人性を模倣し、より雅びや哀れの方へと傾斜していったなどのことはあったろう。

注

（1）林謙三「正倉院に存する楽器資料」（『東アジア楽器考』、一九七三年）。
（2）林謙三「和琴の形態の発育経過について」（『東アジア楽器考』、初出は一九五八年）。
（3）水野正好「琴の誕生とその展開」（「考古学雑誌」六六―一、一九八〇年六月）。
（4）荻美津夫『古代音楽の世界』八二頁（二〇〇五年）。
（5）井村哲夫『赤ら小船　万葉作家作品論』（一九八六年）、同『憶良・虫麻呂と天平歌壇』（一九九七年）所収の関係論文。
（6）注（4）の書、八一頁。
（7）早く山上伊豆母氏が、記紀の琴の例をたどりつつ、「琴は単なる帰神の楽器にとどまらず、広範囲にわたって古伝承中の、巫術的呪禱歌謡および寿祝の唱謡に必須の楽器であった」と考察している。「『ことのかたりごと』の系譜――琴と琵琶

——」（『古代祭祀伝承の研究』、一九八五年。初出は一九六二年）。
（8）天武朝ごろの歌謡らしき「乞食者の詠」（巻十六、三八八六）にみえる「琴弾きと我を召すらめや」の「琴」は、令制や尾張浄足説にてらせば外来のコトと解されよう。
（9）井村哲夫「天平宮廷歌壇と歌儛所　覚書」（『憶良・虫麻呂と天平歌壇』。初出は一九九五年）。
（10）拙稿「琴歌譜の『原テキスト』成立論」（『国語と国文学』七五―五、一九九八年五月。本書所収）。
（11）井村哲夫「『歌儛所』私見――天平万葉史の一課題」（『憶良・虫麻呂と天平歌壇』。初出は一九九三年）。なお、「歌儛所」についてのすぐれた考察は、早く桜井満「宮廷伶人の系譜」（『柿本人麻呂論』、一九八〇年。初出は一九七七年）にもみられる。
（12）注（10）の拙稿。
（13）山口庄司氏はこの琴歌譜の譜面を分析して原始的四音音階であったと推定し、「茲都歌」を壱越調徴音階に当てて復元している。それは「ゆったりとした、古代らしいおおらかな旋律」であるという。「琴箏の源流と古代の楽理（八）」（「楽道」五六四、一九八八年）。
（14）拙稿「琴歌譜『余美歌』考」（「国語国文」六六―九、一九九七年九月。本書所収）。
（15）吉川良和『中国音楽と芸能』第六章「琴楽」および第一章「楽論」（二〇〇三年）。
（16）小島憲之『上代日本文学と中国文学　下』一三一八頁（一九六五年）。
（17）注（16）の書、第六篇第一章「懐風藻の詩」。
（18）ただし、天平期に唐琴が宮廷や都の大寺に所持されていたことは、正倉院御物として現存するものや東大寺献物帳の記載のほか、東大寺の阿弥陀悔過料資財帳（「琴一面」とある。『大日本古文書』五、六七二・六七六頁）や大安寺伽藍縁起并流記資財帳（「琴四面」とある。『大日本古文書』二、六四二頁）などの記載によって知られる。
（19）荻美津夫『日本古代音楽史論』一一～一三頁（一九七七年）。
（20）榊泰純「古代寺院と和歌――和琴と和歌――」（『文学と仏教』第一集所収、一九八〇年）。

琴歌譜の成立過程

一

京都陽明文庫蔵の琴歌譜は、平安朝初期頃の節会で行われた宮廷歌謡二十二曲を伝えている。それは序文から始まって、各歌謡ごとにその歌曲名・歌詞・縁記[1]（付されているものと付されていないものとがある）・歌譜（歌のうたい方を記す）・琴譜（琴の弾き方を記す。1・2番歌のみにみえる）を記している。

この琴歌譜写本は奥書によって天元四年（九八一）の書写であることが知られるが、その歌詞や歌譜の万葉仮名に甲乙のコの仮名の書き分けが認められることやその使用字種などから、琴歌譜自体の成立はもっとさかのぼり、平安初期頃であろうといわれている。ただ、ではその成立時に、編者がどのような材料をどのように用いて編纂したのかといった成立の具体については、従来あまり問われないできた。当の琴歌譜自体には、序文に、

故今、双べて琴と歌との調べを陳べ、敢へて曲と絃との図を述べむとす。朱を以て絃と為し、墨を以て歌と為す。乃ち先師に稟《う》け、是れ新意に非ず。又点句の形に依りて、歌声を表す。其の句は、顔を振り強く発する声

にして……(2)

と歌譜や琴譜の記し方を具体的に述べており、それに対応して書かれている各歌の歌譜および琴譜の部分が、「先師に禀け」つつ、直接編者の手によったことが知られる。しかし、歌譜や琴譜以外の部分、すなわち歌曲名・歌詞・縁記についてはは序文にはふれるところがない。本稿では、主にそれらの部分の成立を検討することによって、琴歌譜全体の成立の過程について述べたい。

以下、まず各縁記を取り上げ、次いで歌詞と歌譜についても考察する。翻刻は陽明叢書国書篇第八輯『古楽古歌謡集』所収の影印版にもとづくが、写本の明らかな誤字・脱字は訂正して掲げる。また、二十二曲に便宜番号を付す。こうした他本と校合のできない孤本の場合、一字一句のレベルで扱うことは常に慎重さを要する、そのことにも留意しつつ進めてみよう。

二

計二十二曲の歌謡の中で、「縁記」は計十曲について七例付されている。それぞれ、歌について作者や作歌事情などのいわれを記したものである。その個々の具体についてみるのに先立って、ここで琴歌譜編者（以下、ただ「編者」という）は縁記の作成にいったいどのように関与したのかという問題の所在の要点について述べておきたい。

縁記には「日本記」・「古事記」・「一古事記」・「古歌抄」などが引用されているので、編者の手もとにはそうした書物自体か、またはそれらの記事を抄き出した資料があったことになる。資料名を記さない縁記もいくつかあるが、それらについてもその文章をみると口承で伝わっていたものを編者が編纂時に初めて文章化したものとはまず考えられない。すると、編者は何らかの書承資料によりすべての縁記を書いたことになるが、その場合編者の作業として論理的には二つの可能性が考えられよう。その一は、たとえば縁記に「日本記に云く」とある場合、編者自身が日本書紀を参照して語句や文を引用した、つまり縁記はすべて編纂時に編者自身の作業によって作成された、という可能性である。従来の縁記の読みは、それを意識すると否とにかかわらず、多くこの立場に拠ってきたようである(3)。対してその二は、「日本記に云く」とあってもそれは編者以前の資料にすでにそう書かれていたので、編者はそれを写しただけである、つまり編者以前にすでに縁記は記されていた、という可能性である。以下にはこの可能性についての検証を試みる。

◆「2歌返」の縁記

歌返

島国の　淡路の　三原の篠《しの》　さ根掘《こ》じに　い掘じ持ち来て　朝妻の　御井の上に　植ゑつや　淡路の　三原の篠（歌詞の原文は万葉仮名で二行小書き、歌曲名「歌返」の下にあり）

A　難波高津宮御宇大鷦鷯天皇、納二八田皇女一為レ妃。于レ時皇后聞大恨。故、天皇久不レ幸二八田皇女所一。仍以恋二思若姫一之、於下平群与二八田山一之間上作二是歌一者。今校、不レ接二於日本古事記一。

（歌譜・琴譜あり。省略）

B　一説云、皇后息長帯日女、越二那羅山一望二見葛城一作歌者。

C　一古事記云、誉田天皇、遊二猟淡路島一時之人歌者。

以上のような位置関係で、「2歌返」の縁記は三種記されている。便宜A～Cの符号を付した。Aの傍線部の語句は仁徳紀元年・二十二年・三十年にそのままの文字でみえるものであり、作成者は日本書紀を参照し、その語句を適当に借用、つづり合わせて作文したとみられる。にもかかわらず後にみる他の縁記のように「日本記云（曰）」としないのは、傍線部以外の部分は日本書紀にない記事だからであろう。Bは、人名を除いてはやはり仁徳紀三十年の文章に近い。Cの「一《ある》古事記」は、賀古明氏の説くように現存の古事記とは別に存在した古事記とみるべきである。(4)

　さて、もしこれらの縁記をすべて編者が作成したものだとすると、次のような疑問が生ずる。まず、編者はAのとくに前半部分をつづるためにいったんは日本書紀を参照したはずであるのに、後で「今校ふるに、日本古事記に接《あ》はず」（「日本」は「日本記」を略したものとみられる）とそこで初めて古事記とともに日本書紀を参照したようにいうのは奇妙である。「日本古事記に接はず」とは、このような内容の縁記と歌は、日本書紀や古事記の記事とは合致しない、の意であろう。事実、日本書紀には仁徳天皇が八田皇女を恋う歌はなく、他方古事記にも「天皇恋二八田若郎女一賜二遣御歌一。其歌曰」と類似の作歌事情はいうが「八田の　一本菅は　子持たず　立ちか荒れなむ　あたら菅原　言をこそ　菅原と言はめ　あたら清し女」という本歌とは別の歌を載せているのである。だから編者が「日本古事記に接はず」というのは理解できるのだが、しかし「今校ふるに……」と、そこで初めて日本書紀や古事記に検証するという口つき、その行為が奇妙なのである。また、いまひとつ起こる疑問は、三種の縁記の位置関係についてである。なぜAのみ歌譜・琴譜の前に置かれ、B・Cは歌譜・琴譜の後に置かれているのか。

　これらの疑問は、Aの私に付したカギ記号（」）までの部分が「もとの本」（厳密な意味では「原本」とも「種本」とも呼びにくく、また単なる参考資料ではないから、今仮にこう呼ぶ）にあった部分で、編者はその後の部分、および

B・Cを記したとみることによって解消する。編者は、もとの本にあった縁記をそのまま写してそれを引用を示す「者（トイヘリ）[5]」で受け、以下が編者の批評であることを「今校」で示して日本書紀・古事記にたしかめ、それらの記事に合致しないことに不審をもったためもあって別伝B・Cを記したのである。AとB・Cの位置の違いは、Aがもとの本で歌詞の次に記されていたのでその位置に記し、編者の作業として新たに歌譜・琴譜を加えた後、やはり編者の作業であるB・Cを追記したために生じたとみられる。

◆「14宇吉歌」の縁記

古事記云、大長谷若建命、坐二朝倉之宮一治二天下一之時、長谷之百枝槻下為二豊楽一。是日、亦春日之遠杼比売、献二大御酒一之時、天皇作二此歌一。一云、大長谷天皇、未レ即レ位間、初欲レ殺二兄坂合部黒日子皇子与二甥目弱王一。此時、二王子遁、行二到於葛木津守村大臣家一匿。天皇遣レ使乞。臣、固争不レ出。二王子与二大臣一並可レ殺。此時、大臣女子韓日女娘、注云、即天皇妃也。見二其父被一レ殺而、即哀傷作レ歌」者。

「古事記云……」とあり、現存古事記に照らすと、「……献大御酒之時、天皇」までが古事記の文章からの引用。「古事記云……」に続いて「一云……」とあるが、これは現存記紀からの引用ではなく、別種の資料に拠ったものとみられる。

二種類の縁記を載せているわけだが、改行はしていない。これは後に掲げる「1茲都歌」の「一説云」が改行しているのと異なる。いったい、「一説云」は1・2の縁記および14・22の歌詞に合計六カ所みえ、また1Bの縁記には「正説」の語もみえて、それらは編者の好んだ言葉づかいと察せられる。対してここは、「一云」であり、編者の言葉ではなく、もとの本にあったものとみられる。編者が引用の後に別説を挙げたり批評を加えたりする場合、他例においては引用部は必ず「者」で受けているが、ここにはそれがないこともその一証となる。

「一云……」の中に、「韓日女娘、注云、即天皇妃也」とみえるが、注の部分を割書きにもせず、また「注云」という表現も、編者の言葉としてはおかしい。ここはもと「韓日女娘（即天皇妃也）」とでもあったものが、転写の過程で現在の形に変化したものであろう。編者の見た本でもすでに現在の形になっており、編者はそれをそのまま写したものか。ここでの編者の言葉は、最後の「者」のみであろう。

◆「22茲良宜歌」の縁記

日本記曰、遠明日香宮　御宇雄朝嬬稚子宿祢天皇代、立㆓木梨軽皇子㆒為㆓太子㆒也。姦㆓同母妹軽大娘皇女㆒、乃悒懐少息、仍歌」者。今案古事記云日本記之歌与此歌、尤合㆓古記㆒。但至㆓許曽己曽之句㆒、古記不㆑重耳。（古歌抄云、雄朝豆万稚子宿祢天皇、与衣通日女王㆒寐時、作歌者。）

歌詞に、「あしひきの　山田を作り　山田から（一説に云ふ、山高み）下樋を走せ（一説に云ふ、ふすせ）下問ひに　我が問ふ妻　下泣きに　我が泣く妻（一説に云ふ、片泣きに　我が泣く妻）今夜こそ妹に　安く肌触れ」（原文、万葉仮名）とある。

縁記はまず日本書紀を引いている。現存日本書紀に照らすに、カギ記号の手前「仍歌」までがおおよそその文章に拠っており、それを「者」で受けている。続く「今案古事記云日本記之歌与此歌、尤合古記」の部分はわかりにくく、「云」の扱いや「古記」の解釈をめぐって諸説があるが、「云」を、「古事記」という書名の後に習慣的に書いてしまった衍字と見て（参考、武田祐吉『記紀歌謡集全講　附琴歌譜歌謡集全講』）「今、古事記・日本記の歌と此の歌とを案ふるに、尤も古記に合へり」と訓み、その意味を島田晴子氏の読みに従って「今、古事記と日本書紀の歌とこの歌とを比べてみると、とくに古事記の歌の方に合っている」と解するのがよい[6]。文中の「古記」を記紀以外に存した書とみる説もあるが、島田氏も説いているようにそれではこの琴歌譜と記紀の歌詞を比較している文脈に沿わない。「古記」は、「2歌返」の縁記で「日本古事記」と「日本記」の「記」を略したのと似て、古事記を略称したものとみるべきである。そのように解したうえで、同歌である本歌と記七八と紀六九の三者の歌詞を比較対照してみると、これもすでに島田氏の指摘にあるとおり、実際、22は古事記の歌詞により近い。また、「但し、こぞこその句に至りては、古記に重ねざるのみ」というとおり、22の歌譜では「こずこそ　こずこそ　いもに　やすくはだふれ　やすくはだふれ」と重ねてうたわれているところが、古事記ではただ「こぞこそは　やすくはだふれ」とあり、「こぞこそ」を重ねていない。

さて、この縁記がすべて編者の手になるものだとすると、奇妙なことになる。「今案」以下、古事記の歌の方が22の歌詞に合っているとわざわざいうのなら、なぜ日本書紀ではなく古事記を縁記として初めから引用しないのか。この歌についての記紀の伝承は作者も作歌事情も共通しているし、また編者は1・14ではすでに古事記を引用しているのだから。また、「日本記曰」と初めに日本書紀を参照、引用している（ことになる）のに、「今、古事記・日本記の歌と此の歌とを案ふるに」と初めて日本書紀を参照するような言い方をしているのも、大いに不審である。

ここもやはり、カギ記号の手前までが編者の参照したもとの本にあった部分で、それを「者」で受け、「今案」以下は編者がそれを批評した部分とみるのがもっとも自然であろう。もとの本にすでに縁記として日本書紀の文章を引用してあったが、編者は日本書紀の歌よりも古事記の歌の方に近いと考えたので、その旨を記したのである。さらに編者は、作者や作歌事情の異伝として「古歌抄」を引いた。

◆「1茲都歌」の縁記

A　右、古事記云、大長谷若建命、坐二長谷朝倉宮一治二天下一之時、遊二行美和河一之時、辺有二洗レ衣童女一。其容姿甚麗。天皇問二其童女一、汝者誰子。答白、己名謂二引田赤猪子一。天皇詔、汝不レ嫁レ夫。今将レ召。故、其女仰二待天皇之命一、既経二八十歳一。天皇已忘二先事一、徒過二盛年一。而賜レ歌云時、赤猪子涙泣、悉湿二其所レ服之丹摺袖一。答二其大御歌一而詠二此歌一」者。此縁記、与レ歌異也。

B　一説云、弥麻貴入日子天皇々子、巻向玉城宮御宇伊久米入日子伊佐知天皇、与二妹豊次入日女命一、登二於大神美望呂山一、拝二祭神前一作歌者。此縁記、似二正説一。

歌詞に、「御諸に築くや玉垣斎き余す誰にかも依らむ神の宮人」（原文、万葉仮名）とある。

この縁記はA・B二つの部分より成る。Aは古事記を引く。現存古事記に照らすと、わずかな異同はあるもののたしかに古事記の文章のところどころをつなぎ合わせたもので、カギ記号の少し手前、「答其大御歌而」までがその引用である。が、そうしてわざわざ古事記を引用したにもかかわらず、編者はそれを「者」で受けた後、「此の縁記、歌と異なれり」（この縁記は歌と合わない）としてそれを否定している。そしてBの「一説」を掲げ、結局「この縁記の方が正しい説のようだ」とそれを認めようとしている。Bの伝承は記紀など現存の文献にはみえない。

Aにおいて、古事記に記されている伝承を編者がこともなげに否定するのにはやや驚かされるのだが、島田晴子氏はこの編者の意図を、本歌は由緒ある大歌なのであるから、その作者を、他の大歌が天皇・皇后・皇太子など最も身分の高い者としているのとは違って、一氏族の女にすぎない引田赤猪子と伝えている古事記の伝承はふさわしくない、「一説」に垂仁天皇作とする方がふさわしい、またその縁記の内容も歌詞に合うと思考した、と解いている(7)。説得力をもつだろう。

さてここでの問題は、Aの古事記の引用者は誰かということである。一読、それは、編者自身であるとも、あるいは私にいう「もとの本」の著者であるともみられそうである。けれども、やや微妙だが、次の点は見逃すべきでない。すなわち、古事記をみるとあの雄略天皇と引田部赤猪子の物語があってそこに両者の唱和歌四首が並んでいる。そして「御諸に築くや……」の歌はそのうちの一首として並んでいるにすぎず、その前の文章も決してこの歌の「縁記」としてまとまっているわけではないのである。もし編者自身が古事記を繙き、その部分の語句をつづり合わせて本歌の縁記を作成したとすれば、それを編者自身がまた捉え直して「此の縁記」というべきものか。「縁記」とはある完結性をもって、この場合は歌とともにある、そのいわれを記したもの、の意であろう。それならば「此の縁記」とは、編者以前にそれとしてまとめられていたものを指す表現としてこそふさわしい。

Bにおいては、本歌のいわれについて記したものがあり、それを編者が「一説」として引用して「者」で受け、「此の縁記」と指示したというついでに紛れはない。Aにおいても同様、編者の前には古事記の文章を引用してまとめた縁記がすでにあり、編者はそれを「者」で受け、「此の縁記」と指示したものと考えられる。「者」の手前、「詠此歌」までがすでにもとの本で本歌に付されていた縁記なのであり、編者はそれを第三者的な立場から、「此の縁記」と捉え、そして「歌と異なれり」と否定したのである。

◆その他の縁記

以上に取り扱った以外の縁記を掲出する。

「13余美歌」

巻向日代宮　御宇大帯日天皇、久御二坐於日向国一、厭二辺夷之処一、懐二倭国之宮一。斯乃述二眷恋之情一、作二懐レ旧之歌一。

「17〜19阿遊陀扶理」

大帯日子天皇々后、尾張国孕任。忽焉臨レ産、以二使者一奏。天皇即時遣二使者一召上。到二春日穴杙邑一、所レ生二王子稚帯日子太子一。天皇大歓喜、即歌」者。

「20・21酒坐歌」

日本記云、磐余稚桜宮　御宇息長足日咩天皇之世、命二武内宿祢一従二品陀皇子一、令レ拝二角鹿笥飯大神一。至レ自二角鹿一。是日皇太后、宴二太子於大殿一。皇太后、挙レ觴以寿二于太子一。因以歌之。

これら、とくに編者の批評が加えられていない縁記も、編者以前に存在した本に書かれていたとして不都合はない。

以上すべての縁記を掲げ、検討したついでに、ここで縁記の位置の問題についても言及しておこう。各歌における歌詞・歌譜・縁記の位置関係を示すと、次のようである。

1茲都歌	歌詞・歌譜・縁記Ａ・Ｂ
2歌返	歌詞・縁記Ａ・歌譜・縁記Ｂ・Ｃ
13余美歌	歌詞・縁記・歌譜
14宇吉歌	歌詞・縁記・歌譜
17〜19阿遊陀扶理	17の歌詞・17の縁記・17の歌譜・18の歌詞・18の歌譜・19の歌詞・19の歌譜
20・21酒坐歌	20の歌詞・20の歌譜・21の歌詞・21の歌譜

22茲良宜歌　歌詞・歌譜

20と21の縁記・22の縁記

縁記と歌譜の順序がまちまちで、また20~22の縁記は三曲の歌詞・歌譜の後にまとめられてもいて、一見無秩序を呈しているようである。ここには統一は見いだしがたい。もし編者が歌詞も歌譜も縁記もすべて新たに書き下ろしたとするなら、その記載の順序についての原則は何らかに立てるであろうから、歌譜と縁記の位置関係がこれほどまでの無秩序にはなるまい思われる。ここでも、もとの本が存在し、それを加工したためにこのような現象を生じた可能性が考えられる。「縁記の位置の問題」といったが、実はそれはもとの本に歌詞・縁記と並んでいる、そのどこに歌譜を入れていくかという問題ではなかったか。以下に推論を述べよう。

縁記の付される七例のうち、「13余美歌」と「14宇吉歌」の場合は共通して歌詞の次、歌譜の前に縁記が置かれている。それは、もとの本に歌詞・縁記の順で並んでおり、編者はまずそれを写した後で自身の作業として歌譜をその後に加えたためではないか。そしてこのかたちが縁記の位置についての一つの原則であると推察される。「2歌返」の場合も、三つの縁記のうちAのみがもとの本にあったとした先の考察によれば、その原則は生きていることになる。三曲を含む「17~19阿遊陀扶理」の場合も、縁記の位置はこの原則に拠る。この縁記は三曲すべてに関係する内容をもつが、直接には17を過不足なく説明する。おそらくはもとの本で17の歌詞・17の縁記・18の歌詞・19の歌詞と並んでいたところに、17の縁記の後、および18・19それぞれの歌詞の後にその歌譜を加えたのであろう。けれどもその他の、歌譜が縁記に先立つ1および20~22の場合は、この原則に拠っていない。それらの場合に見いだされるのは、別の原則、すなわち歌詞と歌譜を続けて書くということであろう。それはおそらく、うたう便宜の上からの要請によって生じたであろう。そしてその場合、うたうことに直接には関係しない縁記は遠ざけられることになる。歌詞・歌譜・縁記と並ぶ「1茲都歌」の場合がそうであろう。また同じ「十六日節」に続けてうたわれる「20・21酒坐歌」二曲と「22茲良宜歌」の縁記が、それぞれの歌詞・歌譜を記した後にまとめて記されているのは、その原則に沿う極端なかたちであろう。

一見無秩序にみえる縁記の位置についてその必然を探ってみたのだが、むろん編纂時に今は知られない何らかの偶然的契機がはたらいた可能性はある。たとえばある場合は、書写の途中で縁記を書き忘れたので追記したなどの単純な過誤もあったかもしれない。また20〜22の場合など、もとの本においてすでに縁記の位置は不統一であった可能性もある。だからもとの本における完全を前提し、しかも編纂時における必然を求めた如上の考察は試案にとどまるのだが、しかしそうして偶然的契機はありえたとしても、編者がすべてを新たに書き下ろしたのではなく、もとの本が存在し、それに歌譜などを入れ込んでゆく作業、つまり一種の増補を行ったからこそ順序の不統一を生じやすかったとはいえるであろう。

以上、本節では琴歌譜の縁記を検討することによって、そのもとになる本が存在し、縁記はその本にすでに書かれていたものを写し、三つの縁記についてはその後に編者の批評や追加が記されて成り立っていることがわかった。そうすると、縁記は歌詞とともに存在するものだから、また歌詞は歌曲名とともにあったことも容易に推察できるから、結局そのもとの本には、歌曲名・歌詞・縁記がこの順で記されていたのである。そしてこのようにみると、序文の内容が歌譜・琴譜の書き方のみに詳しくふれ、歌曲名・歌詞・縁記には全くふれることがないわけがよく理解できる。また、歌詞が歌曲名の下に二行小書きで示され、歌譜に比べると存在感に乏しいこと、書名が「琴歌譜」であることなども理解しやすい。さらに、歌詞と譜詞（歌譜の歌詞をこう呼ぶことにする）に一部異なりがみられること、歌譜・縁記の位置の不統一などについて、編者の杜撰とみなされることが従来は多かったけれども、そのある部分はこうした成立の事情に起因するともみられるのである。

なお、ここまでの叙述では、序文・歌譜・縁記の批評や追加部分の著者を琴歌譜編者と呼び、同一人とみなして疑わなかったけれども、序文および歌譜が編者の作業であることは序文の内容からして当然として、縁記の批評や追加部分は編者以前にすでに書かれていたもので編者にはかかわりがない、という可能性は、論理的にはありうる。けれども、書物の統一という点から、それは否定されるべきだろう。「今校ふるに」(2)、「今案ふるに」(22)などの言い方のみえること、2の歌譜が三つの縁記にはさまれてあることなどがその直接の証となる。序文にみえるとおり、編者は琴歌を最高の音楽だとして、それを伝える目的で琴歌譜を編んだのである。おそらくは節会の大歌を管掌する立場にあった編者にとって、大歌の縁記もゆるがせにはできない関心事であったにちがいない。同様な理由で、縁記の批評や追加部分が琴歌譜編纂の後に別の何者かによって付加されたということも考慮の外に置いてよいだろう。

さて、編者の前にはもとになる本があったといった、その「もとの本」の成立についてはあらためて考察を加えなければならないが、ここでとりあえず縁記にかかわる一点のみにふれておけば、以上の編者のもとの本に対する態度、すなわち「此の縁記、歌と異なれり」と否定したり、「今校ふるに、日本古事記に接はず」と日本書紀や古事記にたしかめたり、「今、古事記・日本記の歌と此の歌とを案ふるに、尤も古記に合へり」とやはり両書にたしかめ、もとの縁記を否定していたりするところからは、たとえば序文に「乃ち先師に稟け、是れ新意に非ず」というような、敬すべき先師の時代など編者に近い時代にそれが書かれたとは思われず、編者が縁遠くみるような相当に古い時代にそれは成立しただろうと推測される。

ただ、それでは、琴歌譜の歌詞の万葉仮名は平安初期のものであるとする通説と一見抵触する。そこで、その問題も念頭に置きながら、歌詞および譜詞について次に検討してみよう。

三

琴歌譜の歌詞と譜詞とを見比べていくと、同一歌で必ずしも使用仮名の字種が同じではない。歌詞を主に記し、譜詞でそれと異なる場合を（　）内に示せば、たとえば、

1　美望呂尓(邇)　都久也(夜)　多麻可吉　都安(阿)万(麻)須

3　由布之天(弖)乃　可美可(我)佐伎奈留(流)　伊奈乃保乃　毛呂保尓之弖与(余)　許(己)礼知布毛奈之

14　美奈蘇(曽)曽(蘇)久　於美能遠(乎)等(止)米　保陀(多)理(利)刀(止)利　可多(太)久刀(止)礼　茲(志)多(太)何(可)太久　夜可(我)多久刀(止)礼　保太利刀(止)良須古

というほどの違いがある。14でいえば、トの仮名に歌詞では必ず刀または等を用い、譜詞では必ず止を用いている。[8]もっとも、その14でタの仮名をみると、歌詞・譜詞ともに多と太を混用するなど、字種の違いが部分的にはなくもみえる。そこで歌詞および譜詞について全体の用字を調査してみると、次のようなことがわかる。[9]

①　字種の数は、歌詞で八四、譜詞で一〇九で、譜詞の方が多様である。

②　濁音仮名が、歌詞では何・自・陀くらいしかみられないが、譜詞では何・我・義・具・自・受・叙・遅・備と多くみられる。

③　ケの仮名に、歌詞では必ず介を用い（四例）、譜詞では必ず祁（五例）を用いている。

④　キ（ギ）の仮名に、歌詞では支を多用し（支二七例、伎一一例、吉一例）、譜詞では伎・吉を多用している（支四例、伎二二例、吉一五例、岐四例、他）。同様なことがヤ・ヨ・ルについてもいえる。

仮名使用をめぐるこれらの事実は、歌詞と譜詞とが決して同一人によって書き下ろされたものでないことをものがたっている。ただ、用字の比較からは、両者の筆写年代の差は確定できない[10]。譜詞の方に濁音仮名が多い（②）のは、古さを残しているというよりも、歌唱の便宜によるところがあろうか。

琴歌譜の成立について、西宮一民氏は、特殊仮名遣でコの書き分けのみが残るところから、その最下限を貞観七年（八六五）とし、「一方広く仮名字母の種類などによつて上限は平安朝の極く初期を出ることは絶対に無い[11]」という。他方、土橋寛氏は、やはり歌詞の特殊仮名遣の残存状況を一つの根拠に、その成立を弘仁年間（八一〇〜八二三）と、より限定する[12]。以上の考察から多少付け加えるなら、歌詞と譜詞との成立は分けて考えられる。序文の記述によって、譜詞は編者が記したものと認められる。歌詞はそれよりも少し早く、別人によって書かれたものである。ただ、そのように琴歌譜にみられる歌詞の筆写は平安初期頃を溯らないとしても、それ以前にも歌詞を記したものがあったと推定することの妨げにはならない。

土橋氏は、琴歌譜を「四節会に奏する大歌の教習用のテキスト」ととらえ、また、

楽府の成立と共に、歌謡の管理・教習のためのテキストが必要であることはいうまでもなく、『琴歌譜』のようなテキストは、決して平安朝になってはじめて成立したものではなく、楽府の設立後間もなくのことと考えられる。そしてそれらのテキストは記紀、『万葉集』の資料にも用いられると共に、代々歌舞司の歌師の家に伝えられたのであって、『琴歌譜』もおそらくその一つであったと考えられるのである。

とも述べている[13]。氏説のように、琴歌譜のような大歌の管理・教習用のテキストは、琴歌譜以前にも早くから当然

あったと考えるべきであり、いうならば琴歌譜はその長い伝承の痕跡を包み込んで成立しているのである。そして大歌の管理・教習用のテキストならば、その伝承過程で、実用のために歌詞がその時代時代の表記に書き換えられるということがあっただろう。逆に、平安初期頃に初めて節会用の大歌の歌詞が書き留められたということの方がよほど考えにくい。

ちなみに、二行小書きの歌詞のすぐ上に書かれている「余美歌」などの歌曲名の仮名には、特殊仮名遣の違例がない[14]（全五例）。そのうち、「大直備歌」の乙類の備には、違例の多い歌詞のビ・ヒ（碑が一例あるほかはすべて比であらわされている）に比べて有意性が認められる。また、「茲都歌」「茲良宜歌」「阿夫斯弖振」「大直備歌」「宇吉歌」などのシ・フ・ビ・キなどの仮名は、歌詞の仮名字母とほぼ違っている。「大直備歌」「阿遊陀扶理」「茲良宜歌」と濁音仮名を用い、清濁が書き分けられている（「阿夫斯弖振」の「夫」は清濁不明）点も歌詞と相違する。歌曲名の万葉仮名はわずかに計十七種十九字しかなく、その点で言及上の制約はあるものの、しかし総じて仮名使用の面で歌曲名と歌詞の仮名にはかなり明確な相違が認められ、歌曲名の方が古風を保っているといえる。すると、節会の大歌の資料として歌曲名と歌詞は初めから同時にあっただろうから、これは歌詞が伝承の途中で書き換えられたという推定の有力な証左になる。

琴歌譜の歌詞は、そうしておそらく平安初期頃に書き換えられたものであり、それ以前にも何らかに書かれていたと推定されるのである。

四

本稿ではおおよそ次のことを述べた。

平安初期頃成立と推定される琴歌譜は、その編纂時にすべてが書き下ろされたのではなく、編者がもとにした本があったこと。そのもとの本には、すでに歌曲名・歌詞・縁記が記されていたこと。編者はその本をもとに、新たに序文・歌譜・琴譜および縁記の批評や追加を書き加えて琴歌譜を作成したこと。また、そのもとの本の歌詞の表記は、おそらくやはり平安初期頃に書き換えられたであろうこと、などである。

次には、その「もとの本」の成立が問題になる。成立時期については、記紀を引用しているからその成立以降、平安初期までの間ということになるが、もう少し特定できよう。先に少しふれたようにもとの本の縁記を琴歌譜編者が縁遠くみていること、歌曲名における使用仮名の古さ、またその成立の要因として正月三節会の確立、歌儛所の活動などを考慮して、聖武朝頃かとの推測を私はもつが、すべて稿をあらためることとしたい。

注

（1）「縁記」は写本の用字に従う。仏教の教義に発して寺院や仏像の由来をいう「縁起」とはやや異なり、いわれ（ことのもと、よし）を書いたもの、の意であろう。続日本紀養老六年十二月条に、「勅奉二為浄御原宮御宇天皇一、造二弥勒像一。藤原宮御宇太上天皇釈迦像。其本願縁記、写以二金泥一、安二置仏殿一焉」とある。造仏に関するが、この「縁記」も「いわれを書いたもの」の意である。なお、この項の一部は蔵中進氏の御教示による。

（2）序文の読解は、神野ほか「琴歌譜注釈稿（一）」（『甲南国文』四三、一九九六年三月）による。

（3）縁記の読解を主題にした論文のみ挙げると、小野田光雄「琴歌譜引用の『古事記』について」（『国語と国文学』三〇―一一、一九五三年十一月）。賀古明「琴歌譜の有縁起歌」（『国学院雑誌』五七―三、一九五六年六月、後「琴歌譜の『縁記』」として『万葉集新論』、一九六五年、所収）。島田晴子「琴歌譜の縁記について」（『学習院大学国語国文学会誌』一六、一九七三年十一月）。

（4）注（3）の賀古明氏の論文。

（5）「者」は、ふつう上の「曰」「云」などを受けて、引用の終わりを示す助字。平安時代の漢文では上に「曰」「云」などがなくて用いられる場合もふえるという。ここもAの「者」はその例である。なお、本文中に以下に掲げる縁記では、「一云……者」「日本記曰……者」「古事記云……者」というかたちもみえ、これらの「者」の場合は上の「云」「曰」を受けているとも解され、そうするともとの本にあった語であるということになるが、琴歌譜縁記における「者」の用例全体を検討して、編者の加えた語であると判断した。たとえこれらの「者」がもとの本にあった語であるとしても、論旨の骨格には影響がない。

（6）・（7）注（3）の島田晴子氏の論文。

（8）この14のトル（取る）は、歌詞が甲類の「刀」、譜詞が乙類の「止」を用いている。同じ歌謡の記歌謡（一〇三）では一例のみ乙類「登」で、四例までが甲類「斗」の仮名を用いている。従来も注目されてきたようにトルのトは記紀・万葉にも両形みえ、大野透氏によれば中央語ではすでに天平年間には甲類のトルは乙類のトルに合流する過程にあったという（『萬葉仮名の研究』九四四頁）。琴歌譜の歌詞で甲類のトはこの14にしかみえないこと、また14の歌詞にはほかにも他の歌詞にはみえない字母（遠《を》・左《さ》・茲《し》）がみえて表記上特殊であることからも、14では歌詞の用字の方が古形を残している可能性が高い。

（9）早く用字の全体の調査を行ったものに武田祐吉「琴歌譜における歌謡の伝来」（『国学院雑誌』五七―三、一九五六年六月）があり、以下の指摘も同論文と重なるところがある。

（10）陽明叢書国書篇第八輯『古楽古歌謡集』（一九七八年）の土橋寛氏の解説では、特殊仮名遣において歌詞よりも譜詞の方に甲乙の混用が多いことが指摘されているが、確認できなかった。特殊仮名遣の残存状況において、両者にほとんど差はないとみられる（ただし、注（8）参照）。また、注（9）の論文に、譜詞の方に正しい特殊仮名遣の残存している語があるとし、譜詞をもとに歌詞が書かれたことの一証としているが、恣意的な分析で従えない。

（11）西宮一民「琴歌譜に於ける二三の問題」（『帝塚山学院短期大学研究年報』七、一九五九年十一月、後「琴歌譜の仮名遣と符号」として『日本上代の文章と表記』、一九七〇年、所収）。

（12）注（10）の解説。

（13）土橋寛『古代歌謡の世界』二〇二・二〇三頁（一九六八年）。

（14）注（9）の論文。

琴歌譜の「原テキスト」成立論

一

琴歌譜（陽明文庫蔵）は平安朝初期頃の節会で行われた宮廷歌謡二十二曲を伝えている。十一月節（新嘗会）・正月三節（元日・七日・十六日）の順に歌が並べられ、また全曲について歌詞と歌譜（歌のうたい方を記す）が記され、十曲については縁記が、初めの二曲については琴の譜が記されている。

この琴歌譜の成立について私は前稿[1]で琴歌譜自体の分析を行い、次のような結論を得た。琴歌譜は平安朝初期頃編纂されたと考えられるが、その編纂時にすべてが新たに書き下ろされたのではなく、編者がもとにした何らかの本があったと推定される。その「もとの本」にはすでに歌曲名・歌詞・縁記が記されており、編者はその本をもとに、新たに序文・歌譜・琴譜および縁記の批評や追加を書き加えて琴歌譜を作成した。その「もとの本」の成立時期については、一応、縁記に記紀を引用している（五カ所）からそれらの成立以降、琴歌譜の編纂された平安朝初期までの間ということになる。

本稿では引き続き、とくにその「もとの本」の成立についてさらなる検討を試みたい。ただし、前稿で仮に用いた「もとの本」という呼称は概念上にあいまいさを残す。そこでここでは、それが宮廷大歌の教習用に用いられたという資料性を考慮して、「原テキスト」と呼びかえることにする。

二

奥書に琴歌譜を伝えた人名として「大歌師前丹波掾多安樹」とみえるのによれば、琴歌譜は大歌を管掌する立場の多氏によって作成され、多氏の家に伝えられたとみられる。「大歌師」は大歌所に所属して大歌を大歌生に教授する役目で、「和琴歌師」とも呼ばれたようだ（西宮記巻八「所々事」、巻十三「諸宣旨」[2]）。すると琴歌譜の資料となった「原テキスト」のようなものは、大歌所ができ、そこで大歌の教習が始まったときには存在もし、必要ともされたであろう。その大歌所の成立時期は判然とはしないものの、続日本紀の天応元年（七八一）十一月十五日条、桓武天皇の大嘗祭の折に、「宴㆓五位已上㆒、奏㆓雅楽寮楽及大歌於庭㆒」とあり、雅楽寮の楽と並べられるこの「大歌」は大歌所の歌人たちによって奏されたとみるべきだから、その頃には大歌所はすでに存在していたとみられる[3]。この桓武朝および前代の光仁朝につき史書を参照すると、この時期には正月三節会の記事がそれ以前に比べて目立って増加し、充実している。それ以前にも散発的に正月の節会（またはその前身の饗宴）の記事は認められ、中でも天武朝には七日の宴の記事が、持統朝には七日・十六日の宴の記事が、また聖武朝には元日・七日の宴の記事が多いなどのことはあるが、初めて正月の三節会がすべて記録されたのは光仁朝の宝亀五年（七七四）に至ってであり、この宝亀年間や桓武朝の延暦年間（とくに後半の七九三年以降。類聚国史・日本紀略・日本後紀による）も記録は充実している。記事の繁簡は史書の編纂過程における各時期の編纂方針によるという面はあるけれども、これはその頃にこそ正月三節会が確立されただろうことを推測させるし、またその内容の重要な部分をなす大歌奏も、大歌所の成立とともに充実されたことを暗示している。このような見方は、荻美津夫氏が、六国史につき宮廷儀式の音楽の史料を考察して、大歌所の成立も重視しつつ、

儀式を通じて考察した限りにおいて、音楽は節会の成立と密接不可分の関係をもっているのであり、節会成立の過渡期とみられる淳仁・桓武朝は儀式における音楽の一つの転換期、すなわち饗宴において音楽が種々雑多に奏されていたものから、一定の儀式に一定の音楽が奏されるという時期であったと考えられる。(4)

と大局的に述べたのともほぼ符合する。節会での大歌所による大歌奏はその頃にこそ基礎が確立され、九世紀の内裏式・貞観儀式に記されるような四節会での大歌奏として固定していったのであろう。そして琴歌譜はその内裏式などの時代に編纂されたのである。

では、琴歌譜のもとになった、ここで私にいう「原テキスト」は、その光仁・桓武朝頃に必要に応じて初めて作成されたのだろうか。大歌奏の充実したと考えられるその頃に大歌師の手によって大歌のテキストが整備され、それが琴歌譜編纂の直接の資料となったことは十分考えられる。けれども、その大歌のテキストなるものも、それ以前から伝わっていた原テキストをもとにして作成されたのであろう。「原テキスト↓光仁・桓武朝頃の大歌のテキスト↓琴歌譜」といった大歌テキストの相承、また一種の発展が考えられる。なぜなら、琴歌譜に収められている歌謡の中には記紀にも出るものが五曲もあるが、それらは記紀成立以前から宮廷で伝えられてきたので、光仁・桓武朝頃になって初めて文字に書き留められたとは到底考えられず、もっと以前に何らかに書かれていたとみるのが自然だからである。また歌謡の縁記も、光仁・桓武朝頃に初めて記紀や他の資料を引いて作成されたとは考えにく

い。この点は、平安朝初期頃の琴歌譜の編者の、もとにした本に記されていたはずの縁記の扱いをみることによっても証される。すなわち、前稿にも述べたところだが、琴歌譜編者はいくつかの縁記について、それらが当初は大歌の権威ある履歴として記されたはずであるにもかかわらず、いとも簡単に「この縁記、歌と異なれり」（1茲都歌。以下、琴歌譜の歌に仮に歌番号を付す）と否定したり、「今校ふるに、日本古事記に接はず」（2歌返）と日本書紀や古事記にたしかめて合致しないことを指摘したり、また「今、古事記・日本記の歌と此の歌とを案ふるに、尤も古記に合へり」（22茲良宜歌）とやはり両書にたしかめ、もとの縁記を否定したりしている。一方で編者は序文で、歌譜や琴譜の記し方について、「乃ち先師に稟《う》け、是れ新意に非ず」と先師を敬う口吻をみせている。つまり、編者にとって歌の縁記は敬すべき先師の時代など近い過去に作成されたものではなく、それを否定もできるような遠い時代に書かれたものであったのである。

では原テキストは記紀成立以降、光仁・桓武朝以前のいつ頃作成されたのかと考えると、その時代はだいぶ限られてこよう。焦点は記紀の編纂後間もない聖武朝頃に合わせられる。

三

聖武朝における宮廷音楽の隆盛は瞠目に値する。「『続日本紀』に見れば神亀から天平勝宝年間へかけて歌舞音曲関連の記事は前後に比類なく増加しており[5]」、さまざまな歌舞が宮廷の諸儀礼・饗宴その他でさかんに行われたことが知られる。その中には、続日本紀にはきわめて珍しい、琴歌に関する記事も二例認められる。

壬戌、天皇、大安殿に御しまして群臣を宴す。酒酣にして五節の田儛を奏る。訖りて更に、少年・童女をして

て曰はく、
踏歌せしむ。また、宴を天下の有位の人、并せて諸司の史生に賜ふ。是に、六位以下の人等、琴鼓《ひ》きて、歌ひ

新しき年の始めにかくしこそ仕へまつらめ万代までに

といふ。宴訖りて禄賜ふこと差有り（以下、略）。（訓読は新大系本を参考にした）

時は聖武天皇の天平十四年（七四二）正月十六日、踏歌の節の宴における君臣和楽のようすが記されているが、この時六位以下の人等が「新しき」の歌を弾琴唱歌したという。

続紀がきわめて珍しく節日の宴の歌の中でこの歌を載せたのはしかるべき理由があるだろう。この歌が以前の歌詞をふまえつつも新作であったこと、当時自覚的であった礼楽思想の具体的表現であったこと、その意味でこの歌が聖武朝の聖代を言寿ぐ政治的性格を濃厚にもっていたこと、などを読みとることができる。そしてこのような史的に重要な意味を持つ歌は、饗宴で突発的にうたわれたものではなく、しかるべき集団による周到な演出のもとに奏されただろうことも察しがつく。

ところで、この「新しき年の始め」の歌は、琴歌譜に正月元日節の「15片降」として載せられる[6]、

新しき年の始めにかくしこそ千歳をかねて楽しき終へめ

と類歌関係にある。同じ正月節でも続紀のは踏歌の節、琴歌譜のは元日節と日付が違っているが、琴歌譜の書き方からすればこの「片降」は七日節や十六日節にもうたわれた可能性が大きい。また歌詞の下の句は続紀と相違しているが、天平二年正月の梅花の宴の冒頭歌に「睦月立ち春の来たらばかくしこそ梅を招きつつ楽しき終へめ」（万葉集5・八一五、紀卿）とみえ、同じ宴の歌に「かくしこそ梅をかざして楽しく飲まめ」（八三三、野氏宿奈麻呂）の類句もあり、また「千歳をかねて」も天平十三年頃の作かと考えられる「寧楽の故郷を悲しびて作る歌」に「八百

万　千歳をかねて　定めけむ　平城の都は」（6・一〇四七、田辺福麻呂）とみえ、「かくしこそ千歳をかねて楽しき終へめ」は天平頃にはありえた表現である。続紀と琴歌譜の歌詞の相違は、時代差による変化ではなく、同時に存在したバリエーションではなかったか。ともかくも、続紀の琴歌は琴歌譜の「15片降」と、正月節にうたわれたという点、琴歌という点で共通し、その歌詞や歌い手も相当に近い関係にある。

さて正月節に臣下の前で奏され、毎年繰り返しもされただろうこれらの歌は、むろん貴族官人の知悉するところとなっただろう。「新しき年の始め」の歌句を共有する新年の宴の歌が万葉集にも四首みられるが、それらは天平十八年から天平宝字三年までの作でいずれも続紀の歌（天平十四年）より後である。正月節における続紀の歌や琴歌譜所載の歌を範としたものだろう(7)。

その翌年、天平十五年正月十一日の記事が、続日本紀に載るもう一つの琴歌の例である。

壬子、石原宮の楼に御しまして、饗を百官と有位の人等とに賜ふ。勅有りて琴を賜ふ。その歌を弾くに任《た》ふる五位已上には摺衣を賜ふ。六位已下には禄各差有り。

先の記事から一年後の正月の子の日の宴に、天皇が臣下に琴を賜い、それに応じて琴歌を奏することのできた者に褒賞を与えたというこの記事もまた、先の記事との連続にあって、聖武朝の礼楽思想の具体例にほかならない。当時の宮廷の饗宴の場で、琴歌が君臣和楽の、また聖武聖代を言寿ぐ音楽としてあらわれたこと、そのことをまず二つの記事は伝えている。また琴歌が当時の宮廷の饗宴で奨励されたこと、したがって貴族官人の間に盛行しただろうことも読みとることができる。万葉集の例で、天平十一年冬十月に光明皇后の宮で行われた維摩講で仏を供養する「仏前唱歌」として市原王ら十数人もの官人によって琴歌が行われたこと（8・一五九四）、天平元年十月、大伴旅人が藤原房前に「日本琴」を贈ったこと（5・八一〇～八一一）、河村王や小鯛王がいずれも酒宴で琴歌を愛唱したこと（16・三八一七〜三八二〇）などもその広がりを伝える。

琴歌譜の原テキストは、聖武朝頃のこのような宮廷内外での琴歌の盛行を背景に、とくに正月節などの宮廷の饗宴（後の節会）で行われる琴歌のテキストとして編まれたのではなかったか。旧稿でも述べたように、正月元日節の宴は聖武朝の天平年間に至って年毎の記録が急に増え、宴の内容の充実したことがうかがわれる。また、琴歌譜の、正月元日節大歌奏の冒頭で荘重にうたわれた「13余美歌」、

そらみつ　大和の国は　神柄か　在りが欲しき　国柄か　住みが欲しき　在りが欲しき　国は　蜻蛉島大和

は天皇の支配する国土を讃え、ひいては天皇自身を讃える内容で、やはり天平の御代を新しく荘厳するものとしてその頃作られたと考えられる。[8]「新しき年の始め」の歌やこの「余美歌」は、伝統にも根ざしながらしかも新しい、つまり擬古体の歌として、聖武朝の正月節の荘厳に一役買ったと考えられるのである。

また、聖武朝頃の琴歌の盛行は、その頃琴歌が音楽として刷新されたことをも意味しよう。もとより琴は伝統的に神下ろしの呪具であり、延喜式にみるように大嘗祭・鎮魂祭などの宮中の祭りや伊勢・平野など諸社の祭りで琴は依然としてそのように用いられていただろうし（「弾琴《みことひき》」「御琴弾《みことひき》」がみえる）、饗宴の琴歌にも神聖の観念がともなったことは認められる。しかしまた、琴の伴奏でうたうその頃の歌は、外国楽の音楽性にも刺激を受けて（天平七年に入唐留学生吉備真備がもたらした「楽書要録十巻」などの影響もあったか。続紀同年四月二十六日条）、天平びとの好尚にもかなうものであったはずである。

諸《おほよ》そ音楽の具、種類多しと雖も、其の雅旨を求むるに、琴歌に過ぐはなし。琴と歌と相ひ須つこと、猶伉儷のごとし。是を以て絃と歌と相ひ違はば、則ち一節の中、隔たりて胡越を成し、絃と歌と相ひ和せば、則ち四坐の上、水乳に同じ。

という琴歌譜序文にうかがわれる、実演者としての琴歌へのある陶酔は、天平びとにも感じられていただろう。そして、宮廷の饗宴で盛大に行われた琴歌、またそのテキストの作成、そこにはしかるべき音楽機関の活動があったと考えられる。

四

天平頃の宮廷の音楽機関として、令に規定された雅楽寮以外に歌儛所があったことは今やよく知られている。その名は、万葉集にただ一カ所、巻六、一〇一一・一二の題詞、（天平八年）冬十二月十二日に、歌儛所の諸王・臣子等、葛井連広成が家に集ひて宴する歌二首にみえるだけだが、その音楽機関としての性格や活動の状況については、その存在の重要性とともに諸氏の近年の研究によってかなり明らかにされてきた。その成果にも学びつつ、目下のテーマにとっては、次のことが重要である。

1　歌儛所は雅楽寮とは組織を異にする、天平期頃に新設された音楽機関であった。井村哲夫氏の説得的な見解によれば、それは皇后宮職に天平三年（七三一）前後に設置され、天平宝字四年（七六〇）前後まで存続した。(9)

2　「歌儛所の仕事は、日本の古歌舞やくにぶりを外来音楽の呂律や技法によって都雅の風に洗練し、伴奏楽器や舞を添えるなどして、聖武朝の礼に伴う新たな楽を再開発すること、諸儀礼の場での倭歌による楽を当時当処に創作・演出し、みづから参加することなどであったろう(10)」。

3　歌儛所では雅楽寮と違って琴歌を開発、教習した。

職員令および令集解によれば、雅楽寮の日本音楽のスタッフの中には笛師・笛生・笛工はいるが、なぜか琴師や琴生はみえない。外国楽のスタッフには箏師（唐楽）・琴師（新羅楽）・韓琴師（百済楽）（以上、類聚三代格の大同四年三月廿一日の官符、および令集解所引尾張浄足説）、箏生（唐楽）・琴生（新羅楽）（以上、類聚三代格の嘉祥元年九月廿二日の官符）などの名がみえるのにである。尾張浄足説の中に、「今寮に有る儛曲」の一つとして久米儛を挙げ、「大伴弾レ琴、佐伯持レ刀儛、即斬二蜘蛛一。唯今琴取二人、儛人八人。大伴佐伯不レ別也」と説明し、また延喜式巻二一の「雅楽寮」の「楽器絃料絲」の中にも「和琴一面」とみえるなど、雅楽寮の日本音楽にも琴の楽があったことはわかるが、琴を専門にするスタッフはいなかったのである。これについて荻美津夫氏は、雅楽寮は祭祀の音楽に琴も用いたが、その音楽は非常に素朴なもので特に雅楽寮において教習されるものではなかったと説いている。[11]

一方、歌儛所では琴歌を扱った。その直接の証拠となる資料はないけれども、先にも引いた天平十一年冬十月の「仏前唱歌」（8・一五九四）は、

弾琴《ことひき》は市原王・忍坂王（後に姓大原真人赤麻呂を賜はる）、歌子は田口朝臣家守・河辺朝臣東人・置始連長谷等十数人なり。

として、これらの琴歌を行った王臣は、先の巻六の「歌儛所の諸王・臣子等」とも重なるはずで歌儛所のスタッフとみるべきこと、すでにいわれている。前節で引いた、天平十四年正月十六日の踏歌の節に「新しき年の始め」の歌を弾琴唱歌した「六位以下の人等」も、決して雅楽寮の歌人ではありえず、歌儛所の人々にちがいない。それらの琴歌は、前項にあるように、天平びとの好尚にもかなう新しい楽であっただろう。

4　大歌所の前身が歌儛所である。[12] 歌儛所の琴歌が大歌所の琴歌に継承されていった。[13]

節日の饗宴で奏される琴歌の原テキストは、その歌儛所でこそ必要とされ、制作されたであろう。

「原テキスト」が大歌のテキストとして歌儛所で制作された頃に近く、やはり宮廷歌謡を収載した書物が編纂された。山上憶良の類聚歌林である。同時期の宮廷歌の集として両書は関係をもたなかっただろうか[14]。

五

類聚歌林は、万葉集巻一・二・九の歌の左注計九カ所に引用された断片しか伝わらず、その全体像はつかみにくいが、九例の歌の時代は磐姫から大宝元年までですべて宮廷の行事やできごとに関する歌であり、中でも磐姫の歌のような古歌謡も載せられていたことが注目される。その編纂や意義については、やはり井村哲夫氏の、憶良の東宮侍講の時代（養老五年～八年）、「元正天皇や舎人親王・新田部親王らの意を体して宮廷大歌の整備・充実を図るため」に編纂され、東宮に献上された「権威あるヤマト歌集」であったとする説[15]が説得力に富む。私は、琴歌譜の原テキストのある部分は、そうして成った類聚歌林から直接歌や縁記を引いて作成された可能性があると思う。その証明は難しいのだが、ここでは両書の近さをうかがうに足る二、三の事実を指摘し、また推測を述べてみよう。

まず万葉集巻一、六番歌の左注に、

　但山上憶良大夫類聚歌林曰　記曰　天皇十一年己亥冬十二月己巳朔壬午、幸㆓于伊与温湯宮㆒云〻……乃作歌云〻。

と類聚歌林からの引用がある。類聚歌林が日本書紀を引用しているのだが、その日本書紀を「記」としているのは異例である。そこで、代匠記以下に「紀」の誤りとする説があり[16]、近年にもこれはいかに万葉集の古写本に異同がなくとも誤りとみて「紀」と訂すべきだという意見があるのだが、しかし全註釈（武田氏）にも指摘するように、琴歌譜の縁記には「日本記」がみえる（20・21と22の三カ所。うち二カ所が原テキストにあったとみられる）。日本書紀を「記」とすることは両書で共通するのである。

次に、琴歌譜の「14宇吉歌」の歌詞、

水なそそく　臣の娘子　ほだり刀利《とり》　堅く刀礼《とれ》（一説に云く、刀良《とら》さね）　した堅く　や堅く刀礼《とれ》　ほだり刀良《とら》す子

には、動詞「取る」の仮名に珍しくも甲類の「刀《と》」が五例用いられている。琴歌譜の歌詞で甲類のトはこの「宇吉歌」の歌詞にしかみえず、またこの歌詞にはほかにも独特な用字がみえ（「遠《を》」「左《さ》」「茲《し》」）、用字において古風を残しているらしい。一方、上代文献に甲類の「取る」は次のようにあらわれている。[17]

古事記　「斗」六例　（乙類表記は九例）

日本書紀　「怒」「図」各二例・「刀」「斗」「屠」各一例　（乙類表記は七例）

肥前国風土記逸文の歌謡　「刀理《とり》」「刀縷《とる》」各一例

万葉集　「刀利《とり》」五例（八〇四・八八六）・「刀良《とら》」一例（八一三）（以上、山上憶良の歌）、「刀里《とり》」二例（四四一五・四四一七、いずれも武蔵国の防人歌）（乙類表記は全体で三九例）

従来も指摘されているように、もとは甲乙両類あった「取る」が中央語では天平期頃に乙類の「取る」に同化していったさまを読みとることができる。そして万葉集においては、中央語の「取る」に甲類の「刀」を用いることは憶良に特徴的であった（憶良は乙類の「取る」も二例用いている）。そこで、この宮廷歌謡は古事記（一〇三）にも載っているので、憶良が類聚歌林に採り、その用字が「宇吉歌」の歌詞に残った可能性が考えられる。

また、先に「仏前唱歌」の弾琴者の筆頭にみえた市原王を介して琴歌譜の原テキストと類聚歌林の関係がうかが

われる。市原王は「仏前唱歌」の行われた天平十一年頃、歌儛所の主要メンバーであったと考えられる。(18) 以前から注目されてきたことだが、その市原王が、天平勝宝三年（七五一）六月、玄蕃頭であるときに、「歌林七巻」を写書所で写さしめている。(19)「歌林」は憶良編纂の類聚歌林に相違なく、それがかなり大部の歌の書であったこと、かつ市原王が類聚歌林を歌の書として重視していたことも知られる。王、あるいはその周辺の人々が歌儛所で琴歌譜の原テキストを作成するときにも、類聚歌林は座右にあったのではなかろうか。

さらに、琴歌譜の「5 短埴安扶理《みぢかはにやすぶり》」にも憶良の影らしきものが見える。「短埴安扶理」は、「嬢子《をとめ》ども　嬢子さびすと　唐玉を　手本《たもと》に巻きて　乙女さびすも」という歌詞で、十一月節で舞姫が五節の舞を舞うときの歌である。『年中行事秘抄』所引の『本朝月令』（十世紀成立）には、天武天皇が吉野で弾琴、それに応じて神女が現れ、袖を五変挙げて舞ったという五節の舞姫の起源譚とともに本歌が引かれているが、古くは『万葉集』の憶良の「世間難住といふことを哀しぶる歌」（巻五、八〇四。神亀五年（七二八）七月作）の前段に、乙女たちの盛りをいう「嬢子《をとめ》らが　嬢子さびすと　唐玉を　手本《たもと》に巻かし」と類句がみえる。契沖の万葉代匠記精撰本、本居宣長の古事記伝（四十一）、また江馬務氏も、(20) この憶良の歌句をもとにしてこの歌詞が作られたのだろうという。ただし、乙女盛りをうたうこの古風で印象的なフレーズ自体は、すでにあった歌謡の歌詞からとられた可能性もあろう。

では、五節の舞とこの「短埴安扶理」の歌詞はいつごろどのように結びついたのだろうか。新嘗会または大嘗祭の豊明の節会で大歌奏と五節の舞が共に行われたたしかな記録は大同三年（八〇八）の大嘗祭に「奏二雑舞幷大歌五節舞等一」とあるのが古く（日本後紀）、このかたちが以降も存続されたことは内裏式（「座定奏二大歌一舞二五節一」）・貞観儀式（「大歌幷五節舞儀」の項）の記載や国史の新嘗会の記事に多く見えることでたしかめられる。そのように九世紀の初めには豊明の節会において大歌奏と五節の舞は結びついている。そしてやはり平安初期に成立した琴歌譜によって、そのころの歌詞が「嬢子ども　嬢子さびすと……」という「短埴安扶理」であったこともたしかめられる。

しかしそれらの八世紀の様態はいちおう不明というしかない。ただ、以下のような一つの推測は成り立つ。五節の舞が「短埴安扶理」の歌詞内容とともに臣下が天皇に奉仕する意味をもつ女舞である点に着目すると、続日本紀天平十五年（七四四）五月五日条の宴が注目される。まず「癸卯、群臣を内裏に宴す。皇太子、親ら五節を儛ひたまふ」とある。恭仁の宮で当時二十八歳の阿部皇太子（後の孝謙天皇）が「五節」を舞ったのだが、続く三つの詔にこの舞が天武天皇の創始にかかり、「君臣祖子の理を教え賜ひ趣け賜ふ」ものだということなどが詳しく宣揚されている。この宴は、「記事の内容からも、用例の少なさからも異例の節会であった」[21]。この時、多くの和風の舞の中で五節舞が政教的な意図のもとに特に取り上げられ、刷新されたことがうかがわれる。舞には歌や伴奏が伴ったことだろう。この時の五節の舞自体のありさまの説明はなく、その歌詞は記されていないが、「短埴安扶理」の歌詞であった可能性がある。しかも、このころ、先述のように天平十四年（七四二）正月十六日の節会や天平十五年正月十一日の宴で琴歌が行われ推奨されている（続日本紀）ところからは、その「短埴安扶理」も琴歌だったと推測される。このころの礼楽思想の鼓吹と琴歌の推奨は一連の流れである。

さて五節の舞の方だが、この当時、五節の舞が雅楽寮に保存、教習されていたことが『令集解』巻四所引尾張浄足説によって知られる（「五節儛十六人」とされる）。そうではあるが、舞びとも異なるこの宮廷の五月節における皇太子の五節の舞という盛事、その演出には、この時「冠二階」を上げられた東宮学士下道朝臣真備とともに、当時さかんに活動していた歌儛所が関与したのではないかと考えられる。続日本紀はその行事の記載の後に昇叙記事を続けているが、四七人もが昇叙された中で、少なくとも橘諸兄・栗栖王・春日王・舟王、そして前出の市原王らは歌儛所にゆかりの人物たちとみられる。再び歌詞についていえば、『本朝月令』に引く天武天皇の故事のもとになったらしき同工の故事が雄略記にみえるが、そこでの歌詞は「呉床居《あぐらゐ》の神の御手もち弾く琴に舞する女《をみな》常世にもがも」で、より古風な歌である。「嬢子ども　嬢子さびすと　唐玉を　手本に巻かし」という憶良も用いた歌詞と五節の舞は歌儛所において結びつけられ、これが故事となって九世紀の大歌奏にも伝えられたのではないか。天平期に歌儛所で再開発され諸行事で実演された大歌は、後に大歌所に引き継がれたのである。「嬢子ども　嬢子さびすと　唐玉を　手本に巻かし」という歌詞の喚起するイメージは古風だけれどもはなやかで、天平の世にもふさわしい。ただ、このフレーズが類聚歌林中に入っていたかどうかはわからない。

関連して、舞の後に披露された御製歌の一つ、「そらみつ大和の国は神柄し貴くあるらしこの舞見れば」の歌詞が琴歌譜に載る「余美歌」（前引）の「そらみつ　大和の国は　神柄か　在りが欲しき……」と歌詞の大事な一部を共有することも付け加えておこう。正月節で大歌を代表するものとして荘重に奏され、天平の御代を新しく荘厳したこの「余美歌」をふまえてこの御製歌の表現はあるのだろう。「余美歌」の制作がやはり歌儛所によるだろうことは前に述べた。

以上、多岐にわたって推測が過ぎるかもしれないが、仮にそのことを措くとしても、「短埴安扶理」の歌詞には憶良の影が見えるのはたしかである。

ところで、類聚歌林を引く万葉集の左注者は、歌についての作歌事情をただすために記紀に並べて類聚歌林を引いている。一方琴歌譜の原テキストの著者も歌の縁記について万葉集の左注者のように記紀を引用しているが、もっとも身近なはずの類聚歌林は引用していない（少なくともその書名は見えない）。これは、その類聚歌林との疎遠を意味するのではなく、逆にそれが類聚歌林の直接の影響下にあったことを暗示しているだろう。つまり、養老・神亀年間に作られたらしい類聚歌林をもとにして、天平年間にそこから節日の饗宴用の歌のみを必要に応じて抄出し、あるいは新しい歌も加えたもの、それが琴歌譜の原テキストであったので、類聚歌林をことさら言挙げする必要はなかったのだろう。

直接的な証拠を挙げられるわけではないが、以上のことから、琴歌譜の原テキストのある部分は、類聚歌林から抄出して作成された可能性があると考える。

六

琴歌譜には「原テキスト」ともいうべきものが存在した。その原テキストは聖武朝頃（天平年間）、当時の節日などにおける饗宴の整備・発展、琴歌の盛行などに応じて、歌儛所で作成されたであろう。直接には山上憶良編纂の類聚歌林をもとにしたか。その原テキストには節日の饗宴で奏される琴歌の歌曲名・歌詞・縁記が記されていたが、まだ琴歌譜にみるようには四節会の歌として整然と配置されてはいなかったであろう。また、琴歌譜にいわゆる「小歌」（縁記は付されていない）も琴歌譜のままではなかったかもしれない。聖武朝頃はまだ節日の饗宴の歌が後世のようには固定していなかったと考えられるからである。時代はやや下って光仁・桓武朝頃、大歌所の成立とともに節会の大歌も整えられ、原テキストも面目を更新したであろう。琴歌譜にみるように、四節会に整然と歌が配され小歌が充実したのもこの頃か。そして平安朝初期頃、大歌所の大歌師によってそれに新たに序文・歌譜・琴譜および縁記の批評や追加が書き加えられて琴歌譜が成立した。その間、実用上の必要から、歌詞の表記は書き換えられることがあっただろう（前稿）。

以上、「(類聚歌林)→原テキスト→その整備→琴歌譜」というのが、琴歌譜の成立過程についての私の考察の結論である。前稿では「もとの本」(原テキスト)の析出に急で、「もとの本→琴歌譜」を強調したが、ここにいささかの修正をほどこしてあらためて試案を提出したい。

以上の推定が正しければ、琴歌譜のとくに大歌の歌曲名・歌詞・縁記(一部)の部分については、聖武朝頃の歌謡資料として扱いうることになる。小歌については個々に検討が必要であろう。また類聚歌林の実態についても、その一部は琴歌譜からうかがえることになる。

注

(1) 拙稿「琴歌譜の成立過程」(『萬葉』一六四、一九九八年一月。本書所収)。
(2) 陽明叢書国書篇第八輯『古楽古歌謡集』の土橋寛氏の解説(一九七八年)。
(3) 林屋辰三郎『中世芸能史の研究』一九九頁(一九六〇年)。
(4) 荻美津夫『日本古代音楽史論』九八頁(一九七七年)。
(5) 井村哲夫『赤ら小船』一・二頁(一九八六年)。
(6) 琴歌譜では省略されているが、この歌はまた元日節の大歌奏の最後に奏される「大直備歌」としてもうたわれただろう。神野ほか「琴歌譜注釈稿(二)」(『甲南国文』四四、一九九七年三月)、同「琴歌譜注釈稿(三)」(『甲南国文』四五、一九九八年三月)参照。
(7) 拙稿「歌謡と和歌」(『国文学解釈と鑑賞』六二―八、一九九七年八月。本書所収)。
(8) 拙稿「琴歌譜『余美歌』考」(『国語国文』六六―九、一九九七年九月。本書所収)。
(9)・(10) 井村哲夫『憶良・虫麻呂と天平歌壇』一三五・一三六頁(一九九七年)。

(11) 注(4)の書、二一九頁。
(12) 注(3)の書、一九九頁。
(13) 居駒永幸「『古事記』のうたと『琴歌譜』――琴の声の命脈――」(『古事記の歌』古事記研究大成9、一九九四年)、阿久沢武史「『歌儛所』の時代――大歌所前史の研究――」(「三田国文」二二、一九九五年六月)。
(14) 両書の関係についても、すでに井村哲夫氏に示唆がある。注(5)の書、六頁。
(15) 注(9)の書、二七・二八頁。
(16) 吉井巖「萬葉集巻一、二の左註について」(『萬葉の風土・文学』所収、一九九五年)。ただし、氏の結論は「記曰」を衍字とする。
(17) 参考、大野晋『仮名遣と上代語』一九五～二〇一頁(一九八二年、初出は一九四六年十二月)、大野透『新訂萬葉仮名の研究』九四四頁(一九七七年)、稲岡耕二『萬葉表記論』二八七～二九一頁(一九七六年)。
(18) 注(9)の書、一三三頁。
(19) 『大日本古文書十一(追加五)』四七四・四七五頁の「写私雑書帳」。
(20) 江馬務「五節舞姫」(『著作集』第十巻所収、一九七八年)。
(21) 宮岡薫『古代歌謡の構造』二九四頁(一九八七年)。

琴歌譜歌謡の構成
――「大歌の部」について――

はじめに

琴歌譜は写本が陽明文庫のみにしか伝来しないという難点をもつものの、魅力の大きい書である。所載の歌謡（歌曲）は奈良時代末ごろから平安時代にかけて、宮廷の節会というもっとも晴れがましい場で大歌所の歌人たちによって琴の伴奏とともにうたわれた。その当時あまた存在したはずの歌謡の中でも、宮廷人たちがもっとも重んじた歌謡群といってもよい。また琴歌譜写本は歌謡の歌い方、一部には琴の弾き方をしるしている。その譜面の判読は依然として難しいが、これも記紀や万葉集にはない、琴歌譜の大きな魅力の一つである。

琴歌譜は節会という場と密接にかかわり、歌がうたわれる現場に成り立つテキストである。よってそのテキストのもつ意味は、机上で文学的な意図をもって編纂される歌集の場合などとはやや異なり、歌の現場に即して説かれる必要がある。ここではそうした視点に立って、琴歌譜において各節会の歌がどのように配列・構成され、それは節会の場で奏されるときどのような意味を発揮していたのかということについて考えてみたい。琴歌譜自体を一見しても、また大歌所が管掌し、毎年一定の教習期間を経て十一月節会（新嘗会）および正月三節会という公宴で披露されたという琴歌譜歌謡群の性格を考慮しても、各節会における歌々は漫然と並べられているのではなく、何らかの意味や意味の流れをあらわすべくプログラムされているとみられるからである。

さてそうして琴歌譜歌謡の構成の意味を探るという場合に、一々の歌詞の内容・表現の精読の必要はむろんのこととして、ほかにも琴歌譜や琴歌譜歌謡の特性にまつわる諸点に留意する必要があると考える。具体的には以下の各節でふれることとして、ここにはその項目だけを列挙しておこう。歌譜・琴譜に写されている歌の歌い方や音楽性、歌謡と「縁記」の即き離れ、個々の歌謡の出自や伝承過程、さらに古代の節会の歴史的変遷や節会における大歌奏の意義などである。実のところは、現在の研究段階ではそのいずれの点も不明な部分が多いといわざるをえないのだが、しかしそれにしてもこれら諸点への留意なしには対象のもつ性質に即した理解は難しいと思われる。

また、琴歌譜歌謡の構成の意味を探るために、本稿では節会ごとの「大歌の部」を横断的にみていくことにする。「大歌の部」とは、後にいうように琴歌譜歌謡は節会ごとにいわば「大歌の部」と「小歌の部」で編成されているとみられるが、その前者の意味である。横断的にみるのは、そうして通観して各節会における「大歌の部」の独自性や共通性にも注目することにより、大歌奏で行われる「大歌」なるものの性格がより明確になってくるということを主たる理由とする。「小歌の部」、および「大歌の部」と「小歌の部」を通しての考察については続稿によりたい。

なおまた、構成の考察は当然その部分をなす一々の歌謡の読解と相即するが、本稿ではそれを詳しく行う余裕をもたない。一々の読解については、以前複数者で試みた読解[1]や二、三の旧稿を前提とするところがある。

一　大歌奏とその意義

琴歌譜歌謡は、十一月節会（以下「節会」を「節」ともいう）および正月三節会で大歌所歌人によって奏されたものである。その唱謡や琴の伴奏が発揮する意味は、その歌の場のもつ性格にある程度枠づけられ、方向づけられる。そこでまずそれらの節会における大歌奏（大歌所による大歌の奏楽）の位置づけや次第とその意義について、儀式書や史書に確かめておこう。

琴歌譜の成立にも近いと考えられるころ、弘仁十二年（八二一）に内裏式が奏上された（天長十年（八三三）修訂）。その「元正受群臣朝賀式并会」の項をみると、大極殿における朝賀の儀の後に場所を豊楽殿に移して侍臣への饗宴（会）が行われるとされている。朝賀・会という二部構成やそれらの基本的な内容・目的は、大唐開元礼巻九十七の「皇帝元正冬至受群臣朝賀并会」や通典巻一百二十三の「皇帝正至受群臣朝賀并会」などにみる唐朝の元正行事に倣ったものである。その饗宴の主な次第は、天皇・皇后・皇太子の着座――諸司の奏（陰陽寮による御暦の奏・主人司による氷様の奏・内膳司による腹赤の御贄の奏）――親王以下五位以上の入場・着座――供饌と進む。次いで觴行一周、その後吉野国栖が儀鸞門外で歌笛を奏し、御贄を献ずる。次が大歌奏である。

> 訖りて大歌の別当一人、勅を奉りて殿の東階に下り、儀鸞門より出でて、歌者を喚ぶ。共に称唯すれば即ち別当歌者を率ゐて相分かれて入る。未だ入らざる間、鐘鼓の台は次てに依りて之を庭中に建つ。……歌者立ち定む。鐘を撞くこと三下、鼓を伐つこと三下。然る後に座に就きて歌を奏す。訖りて退出す。（小字注は省略）[2]

饌が供され盞がめぐるという饗宴のさなか、大歌人たちは別当に率いられて庭中に入場し、座に就いて歌を奏したのである。

この後雅楽寮の立歌、それが終わって退出すると宣命が読み上げられ、賜禄があって終了する。その記事は最後に「凡そ宴会の儀、余節皆此に效へ」としるしているが、事実正月七日・十六日の節会や新嘗会の条でも、觴行一周――吉野国栖による歌笛の奏、御贄の奉献――大歌所による大歌奏――雅楽寮による立歌――賜禄という饗宴の基本的な次第は共通しており、節会によって異なるということはない。ただ新嘗会では大歌奏のとき五節舞が舞われる。

その饗宴の目的や雰囲気といったものにも留意したい。この点では特に、節会の折の宣命にみえる「ゑらく」という語が注目される。同じく内裏式から引用すれば、「七日会式」に大歌・立歌などの終了後の宣命に、

今日は正月七日の豊楽聞こし食す日に在り。故に是を以て御酒食《たま》へゑらき、常も見る青き馬見たまへ退くとしてなも、酒幣の御物給はくと宣りたまふ。

とみえ、「十六日踏歌式」の宣命にも「御酒食へゑらき退く」と同様にあり、「十一月新嘗会式」の宣命にも、

今日は新嘗の直相の豊楽聞こし食す日に在り。故に是を以て黒き白きの御酒を赤丹の穂に食へゑらき罷れとしてなも、常も賜ふ御物賜はくと宣りたまふ。

とみえる。やや時代をさかのぼっても、続日本紀、称徳天皇の天平神護元年（七六五）十一月庚辰の大嘗会の折の宣命に、

今日は大新嘗のなほらひの豊明聞こしめす日に在り。……故、汝等も安らけくおだひに侍りて由紀・須岐二国の献れる黒き・白きの御酒を赤丹のほにたまへゑらき、常も賜ふ酒幣の物を賜はり以て退れとしてなも、御物賜はくと宣りたまふ。

と同様にあり、同天皇の神護景雲三年（七六九）十一月壬辰の新嘗会の折の宣命にも似通った表現がみえる。引用文の後二者にいわれているように、新嘗の節会は「直相（会）」、つまり神祭りの後の神供をいただく宴の意味をもって行われ、そして参列者は黒き・白きの御酒を顔を赤くするまでいただき、気分を昂揚させて笑い興ずるべきものであった。「ゑらき退く」「ゑらき罷る」などの表現は、続紀の公宴の記述に数カ所見える漢語表現「尽歓而罷」（養老四年正月朔ほか）、「極楽而罷」（大宝元年正月十六日ほか）などの和語化でもあるが、首長（天皇）の賜う饗宴で臣下が酔い、歓楽を尽くすということ自体は古代の宮廷や氏族の世界で古くから行われてきた伝統であったにちがいない。酒宴を意味する古語「豊の明り」は、古事記伝巻三十二に、「豊」は称辞、「明り」は「もと大御酒を食《めし》て、大御顔色の赤らみ坐すを申せる言」であり、「天皇を始め奉り、人皆も大御酒を食《たべ》て、顔を赤らめて、咲楽《ゑらぎたぬし》むよしの名なり」といわれる。

天平勝宝四年（七五二）、大伴家持が新年の饗宴のためにあらかじめ作ったという「詔に応ふるために儲けて作る歌」（巻十九・四二六六）にも宴の目的や雰囲気はよくあらわれている。

……青丹よし　奈良の京師に　万代に　国知らさむと　やすみしし　わが大皇の　神ながら　思ほしめして
豊の宴《あかり》　見す今日の日は　もののふの　八十伴の雄の　島山に　赤る橘　うずに指し　紐解き放けて　千年寿
き　寿きとよもし　ゑらゑらに　仕へ奉るを　見るが貴さ

饗宴は天皇が治世のとこしえを意図して臣下に賜うものとし、そこでは臣下は天皇の長寿を願って「ゑらゑらに仕へ奉る」、つまり心ゆくまで大声で笑い興じながら奉仕するというのである。酒に酔い、歓楽を尽くすというのがこうした饗宴の目的であり雰囲気であったし、そしてそのことが天皇治世への寿祝ともなるという思想が流れていたことも知られる。

大歌奏はこうした目的や雰囲気をもつ饗宴に供された、主要なプログラムの一つであった。臣下を楽しませるとともに天皇に捧げられる芸能だったのである。

二　各節の「大歌の部」の構成と意味

琴歌譜歌謡の構成自体の検討に入る。まずはテキストの記載の順のままに歌謡名を掲げる。

十一月節　茲都歌・歌返・片降・高橋扶理・短埴安扶理・伊勢神歌・天人扶理・継根扶理・庭立振・阿夫斯弖振・山口扶理・大直備歌

正月元日節　余美歌・宇吉歌・片降・長埴安扶理

七日節　阿遊陀扶理（三曲）

十六日節　酒坐歌（二曲）・茲良宜歌

元日節の「長埴安扶理《ながはにやすぶり》」の歌譜の後に、「自余小歌同十一月節」と注記があって、琴歌譜歌謡中には「小歌」というものがあり、「小歌」ならぬ歌もあることがわかる。「小歌」ならぬ歌を「小歌」に対する「大歌」と解する。歌の順、縁記の有無や歌型・歌い方（特に一段形式か二段形式か）、また「歌《うた》」と「扶理《ふり》（振）」という名称の相違などから、十一月節では「茲都歌《しつうた》」と「歌返《うたひかへし》」、元日節では「余美歌《よみうた》」と「宇吉歌《うきうた》」が大歌であると認められる。それらに続く「片降《かたおろし》」は、後にもいうが歌詞内容においては各節会の「テーマソング」であるといえ、かつ大歌の後に置かれてそのパートを閉じる機能を果たしている。[3] 古事記の「夷振の片下《かたおろし》」（87）も三首の「天田振」をしめくくる位置にあり、東遊歌でも連続する八首を「加太於呂之」でしめくくっている。歌型や歌い方、縁記の付されないことなどからいえば小歌であるが、その機能は大歌と関係し、大歌と片降でいわば「大歌の部」をつくっていると考えられる。(4) それより後がいわば「小歌の部」をなす。

七日節の「阿遊陀扶理《あゆだぶり》」三曲、十六日節の「酒坐歌《さかくらのうた》」二曲・「茲良宜歌《しらげうた》」も大歌である。この両節ではその後に歌の記載はないが、かといって両節においては「大歌の部」の閉じ目の「片降」も「小歌の部」も大歌奏全体の閉じ目の機能をになう「大直備歌《おほなほびのうた》」(「片降」と同歌詞異曲)もなく大歌のみの唱謡で終了したとも考えにくく、また正月三節は新年の祝賀という意義を共有しているというところからも、この両節でも大歌の後には元日節と同じ「片降」や小歌や「大直備歌」が奏されるものだったと推定される。元日節の「片降」と上三句を同じくする類歌が続紀、天平十四年(七四二)正月条に琴歌としてみえるが、十六日の宴でうたわれている。

各節会の大歌奏は、このように「大歌の部+小歌の部」という二部で構成されているとみられる。そして小歌は十一月節と正月節で数曲は共通し、正月三節ではすべて共通してうたわれたと考えられるが、対して大歌は節会ごとにすべて異なっている。ということは、大歌と各節会のもつ独自な意味とが対応していることが予想される。また「大歌の部」に属する「片降」も十一月節と正月節では違っている。「大歌の部」の歌曲の構成の意味を、節会ごとに考えてみる。

十一月節

「大歌の部」は「茲都歌」「歌返」「片降」で構成される。

「茲都歌」の歌詞は、

御諸に　築《つ》くや玉垣　斎《つ》き余す　誰にかも依らむ　神の宮人　(原文万葉仮名、以下同じ)

であるが、実際の唱謡を示す歌譜の歌詞は、「みもろとに　つくやたまがき　つきあます　いよ」までうたい進むとその後は「つきあます　いよ」を五度繰り返してうたうというものであり、歌詞の下の句「誰にかも依らむ　神の宮人」はうたわれない。その理由はまさに節会という歌の場にかかわっていると考えられる。すなわち、二つ付されている縁記のうちの初めの「古事記に云はく」というものにもとづけば、この歌は引田赤猪子が大長谷若建命（雄略天皇）に対してうたったのだが、その赤猪子の年老いて結婚できない「個的」な嘆きをいう下の句は捨てられ、御諸を十二分に斎き祀るという意味を含む「つきあます」のみを繰り返しうたっていることになる。あるいは上三句の唱謡だけでも、聴き手の脳裏には歌詞のすべてがその有名な物語とともに喚び起こされるということもあったのかもしれないが、少なくとも歌の現場では下の句は略されている。その代わりのようにある、囃子詞を入れた「つきあます　いよ」の波打つようなリフレインには、御諸の神祭りへの共同的な陶酔の気分を読み取ってよいだろうか。崇神記・紀の説話にみるように御諸――三輪山は天皇家がまず丁重に祀るべき山であったので、それは天皇霊の更新という意義をもつ新嘗祭の宴にはふさわしい歌詞と歌い方であったろう。二番目の縁記（琴歌譜編者はこの方を「正説に似たり」という）に、崇神天皇の皇子である垂仁天皇が妹の豊次入日女命とともに三輪山に登って神祭をした時に作った歌というのも、やはり三輪の祭祀を志向している。

ここで、琴歌譜歌謡を読むとき付載されている「縁記」をどのように読み合わせるかという問題にふれておこう。琴歌譜で縁記は計七種の大歌について付されているが、縁記が琴歌譜編者によって当否を検討されつつ複数しるされたり、ことさらに古事記や日本書紀などが参照されたりしており、琴歌譜編纂時において一つの歌に一つの縁記が疑いなく固定していたというふうではない。もとの縁記のほかに編者が加えた部分もあり[5]、さらに大歌は天皇またはそれに準ずる者の歌であるべきといった編者自身の考えの傾向性も認められるようである[6]。縁記は大歌を権威づけているが、その縁記と歌とは場合によって即き離れがあるようであり、縁記が付いているからといって縁記のみからその歌がうたわれる意味を説くこともできにくい。琴歌譜という文献においてすでにそうであるのだが、まして歌が大歌所の歌人たちによって奏され、皇族や臣下に聴かれるという歌の現場では、その歌が負っていると書記された「いわれ」がどれほどの意味を分泌したものか。琴歌譜所載の縁記の、歌の現場への浸透の度合いは、個々について検討される必要があるだろう。

当の「茲都歌」の場合に戻ると、歌譜の歌詞が志向している三輪山祭祀や神祭りへの共同的な陶酔ということとともに、編者の判断はともかくとして、初めの縁記にいう雄略天皇ゆかりの歌ということが意味として汲まれたと考える。古事記において「志都歌」は二カ所に計五首みえるが、それらはすべて雄略天皇関係歌とされ、古代宮廷において「しつ歌」は雄略のゆかりという享受がなされていたと思われることを傍証とする。

次に「歌返」の歌詞は、

島国の　淡路の　三原の小《し》竹《の》　さ根掘《こ》じに　い掘じ持ち来て　朝妻の　御井の上に　植ゑつや　淡路の　三原の小竹

その唱謡は「茲都歌」と同様、句の繰り返し多く、特に結句の「あはぢの　みはらのしの」までうたい進んだ後に続けて、「うゑつしの　あはぢの　みはらのしの　うゑつしの　しの　うゑつしの　しの　うゑつしの　しの」と同句をさかんに反復し、「小竹を植えた、その小竹」を焦点化するようにうたうところに特色をもつ。歌の場を葛城の朝妻としていること、および淡路の三原の小竹をここ朝妻の御井のほとりに移植したという歌詞内容は、本歌がもと葛城氏の祝婚歌謡であったことを思わせる。『上代歌謡詳解』・『琴歌譜歌謡集全講』などにもいうように、「小竹」は女性の比喩であろう。その祝婚歌謡が天皇氏と葛城氏との婚姻関係などを通じて古くに宮廷に取り込まれ、由緒深くめでたい酒宴歌謡として歌い継がれてきたものではないだろうか。
縁記が三つ付されているが、もっとも重視される一番目の縁記には仁徳天皇が皇后の恨みを恐れつつ八田皇女を恋い慕って作った歌とし、すでに葛城氏は影薄くなって仁徳天皇に関係づけられている。「歌返」の名は「しつ歌の歌返」の謂いであり、そして古事記で二カ所七首の「しつ歌の歌返」はすべて仁徳天皇関係の歌である。本歌が奏された節会の場でも仁徳天皇が想起されたのではないか。

また本歌が「歌返」として音楽的に「茲都歌」と対応している点が、十一月節で両歌が奏された意味を探るという点で重要である。両歌の後半の繰り返し部の琴譜や拍子記号を比較・分析すると旋律が共通し、リズムにおいても対応を示す。そこから「歌返」とは、「茲都歌」の一部の旋律を借りて織り込み、拍子を変えてうたう歌謡の一形式であるといわれる。[7]「茲都歌」と「歌返」は音楽性においてセットをなし、いわば一種の組曲の関係として存在するので、この点はうたわれ演奏される場でこそ顕在化しただろう。

歌の場で「茲都歌」において雄略天皇が想起され、「歌返」において仁徳天皇が想起される。二人の天皇は記紀の伝承でも歌謡物語が豊富であり、万葉集でも巻一・二の巻頭歌に関係する。七・八世紀ごろの宮廷人が歴代天皇の中でも国家経営という鴻業の基礎を築いた近つ世の聖帝として重要視し、歌にもうたい、親しみをこめて伝承してきた天皇たちである。この想起は、天皇霊の更新という新嘗祭の意義にかなっている。

そしてこの両歌に「片降」が続く。

木綿垂での　神が前《さき》なる　稲の穂の　諸穂に垂でよ　これちふもなし

神前の稲穂の稔りを予祝する内容で、神への収穫感謝・豊饒予祝を意図すると思われ、これほど十一月節にふさわしい歌詞はない。正月節でも「片降」の歌詞は新年を言寿ぐ内容で新年の賀宴にふさわしく、そこで前述のように「片降」はその節会の「テーマソング」ともいわれる。同時に「大歌の部」を閉じる機能をももつ。

以上、「茲都歌」で三輪の祭祀をうたい、由緒深くめでたい酒宴歌謡「歌返」を続け、しかも音楽面では後半の陶酔的なリフレイン部で両曲を一セットに仕立てる。また両曲で鴻業の祖、雄略天皇と仁徳天皇を想起する。次いで「片降」で十一月節のテーマたる神への収穫感謝・豊饒予祝をめでたくうたって了える、これが十一月節の「大歌の部」の構成とその意味であろう。

元日節

「大歌の部」は「余美歌」「宇吉歌」と「片降」で構成される。

「余美歌」は、

そらみつ　大和の国は　神柄か　在りが欲しき　国柄か　住みが欲しき　在りが欲しき　国は　蜻蛉島大和

大和の国讃め歌であり、歌詞の意味内容は元日節の大歌としてふさわしい。万葉集冒頭の舒明天皇歌にみられるような天皇国見歌の伝統がここに継がれている。

以前に論じたところだが(8)、この「余美歌」は歌詞や歌体は古風をよそおうけれども、元日節会が充実・発展した聖武朝ごろに、それまでの諸歌の表現を借りながら天平の御代を荘厳するものとして擬古風に新作されたものと考えられる。歌譜によれば本歌は歌詞の各音節ごとに区切って荘重にうたわれたもので、その歌い方を歌曲名としている。すでにあった歌を援用したというのでなく、元日節会用に新作されたものだから、その歌詞内容や歌い方が節会にふさわしいのは当然といえる。縁記には景行天皇が日向の国で故郷大和を偲んで作った歌とされ、歌の現場でもそうした由緒のものとして受容されたのかもしれないが、後付けの感は免れない。

「宇吉歌」は、

みなそそく　臣の嬢子《をとめ》　ほだり取り　堅く取れ（一説に云ふ、取らさね）　した堅く　や堅く取れ　ほだり取らす子

臣下の嬢子に、酒器であるほだりをしっかり握り取れ、とはやす内容で、古事記にも載る酒宴歌謡である。縁記にも古事記のその段が引かれ、雄略天皇が朝倉宮での豊楽の時、大御酒を献じようとした春日遠杼比売《をどひめ》にうたいかけた歌とする。

時代はかなり下るが、一条兼良の三節会次第に、節会で天皇や臣下に御酒を供する三献の儀の詳しい叙述がある。臣下に対しては内竪や酒正が酒を勧めるが、天皇に対しては「其の儀、陪膳の采女御酒の盞を取り、伝へて主上に献ず。自ら取りて則ち返し給ふ」。「宇吉歌」はまさにこの陪膳の采女が天皇に手渡すために御酒の盞を手に取っているという場面に対応する。「宇吉《うき》」は盞の意である。

記紀をみるといくつかの由緒深い酒宴歌謡が古くから宮廷に伝えられてきたことが知られるが、本歌もその一つである。節会またその前身の宮廷の饗宴で長くうたい継がれてきた歌謡が、元日節に配されたものだろう。

以上の二曲に「片降」が続いて「大歌の部」を閉める。

新しき　年の初めに　かくしこそ　千歳をかねて　楽しき終へめ

新年を言寿ぎ、このように千年もの間歓楽を尽くそうという。「楽しき」は酒宴の歓楽をいい、それを尽くすことは天皇治世を言寿ぐことになる。こうしたいかにも正月節にふさわしい思想や歌句や歌の奉献自体は、文献上は推古紀二十年（六一二）正月七日の賜宴で大臣蘇我馬子が酒杯とともに歌を献じたという古事にさかのぼることができ、由来の古いものである。内裏式によれば、宴に先立つ朝賀の儀において、「新年の新月の新日に万福を持ち

参り来て……」といった賀詞を皇太子と天皇、臣下と天皇の間で応酬し、互いを祝福する次第がある。本歌の「新しき年の初めに」という措辞は、そのような中国風な儀礼の影響も受けているだろう。本歌も「余美歌」と同様、聖武朝ごろに正月の節会用に擬古風に新作されたものと推測する。(9)

以上、元日節の「大歌の部」は、まず「余美歌」で国土を讃め、「宇吉歌」で酒宴の盛儀をうたい、そして「片降」で新年の言寿ぎ、酒宴の歓楽の永遠を述べて閉じられる。国讃め（国見）——酒宴という続きぐあいには、古拙な習俗の残映があろう。

七日節

「阿遊陀扶理」三曲と「片降」で構成される。

「阿遊陀扶理」は、

高橋の　みか井の清水《すみづ》　あらまくを　すぐに置きて　出でまくを　すぐに置きて　何か汝がここに　出でて居
る　清水　（1）

石《いす》の上　布留の山の　熊が爪　六つまろかもし　鹿が爪　八つまろかもし　睦ましみ　われこそここに　出で
て居れ　清水　（2）

朝狩に　汝兄《なせ》が通りし　橋の前《さき》　杭をよろしみ　かひのえの　つきをよろしみ　われこそここに　出でて居れ
清水　（3）

（1）の「すぐに置きて」、（3）の「かひのえ」「つき」と意味の不明な語もあるが、三曲は男女の掛け合いと読め、地名「高橋」「石の上布留」、および「みか井」（神聖な井戸）、「清水」、「出でて居る（れ）」などの語からすると、この歌々はもともと高橋（天理市櫟本町）の聖泉付近で行われた歌垣の歌謡なのであろう。「清水」を女の寓意とし、（1）は歌垣の場に出てきた女への男の誘い歌、（2）（3）はそれへの女の返歌とみる。さらに「高橋」や「石の上布留」は物部氏の本貫の地であるので、これらは「物部氏族内で成育し、保存され、伝承された歌謡」[10]であると推測されよう。琴歌譜所載の大歌の中で「うた」でなく「ふり」の名をもつのはこの「阿遊陀扶理」のみであることも、あるいはそのような民間的な出自に理由があろうか。

そのような出自をもつ歌謡だとして、ではこれらが宮廷の七日節の大歌として奏された場合の意義は何か。この「阿遊陀扶理」のほかにも、琴歌譜所載の大歌の中には、もとは氏族の歌謡であったらしきものがある。「茲都歌」はもと三輪氏の、「歌返」は先述のようにもと葛城氏の歌謡であったふしがある。後出の十六日節の「酒坐歌」二曲も息長氏に出自した可能性がいわれている。[11]いわば宮廷歌謡というものに落ちている氏族歌謡の影の問題、具体的にいえばもと特定一氏族の歌謡であったものがどのようにして宮廷に取り入れられ、宮廷歌謡化したのか、宮廷歌謡としてうたわれた場合の意義は何かといった、より一般的な問題がここにはある。

氏族の歌謡が宮廷に取り入れられる道筋としては、久米歌や国栖の歌の場合がそうであるように、祭や宴における天皇（大王）への氏族による芸能の奉仕ということが考えられてよい。「古代芸能はさながら御贄と同じ意味をもつ、服属のちかいであったのだ」[12]。氏族は天皇の前で自ら所有する芸能を奉献して服属・忠誠の意を示すのである。そしてそれが慣例化していったものが、歌の場合には宮廷歌謡化し、歌い手を変えるなどしてさらに伝承されていった。その際、その歌の祭や宴で奏される意義はもとのままではなく、宮廷歌謡としての意味づけがなされていくものだろう。[13]八・九世紀ごろの琴歌譜歌謡の場合は、節会での大歌所による大歌奏の意味体系の一部に歌々は意味づけられていく。

「阿遊陀扶理」の場合、物部氏の歌垣、そして物部氏の芸能奉仕の影を曳きつつ、大歌奏の意味体系の一部として意味づけられたものは、その歌謡が属性としてもつ遊びや歓楽の性格ではなかったか。縁記は景行天皇の皇后の出産に関係づけているが、むしろこれらの歌謡が表現している遊びや歓楽の気分が、新年を迎えて遊びえらぐという節会の場にふさわしいとされたのではないか。

なお、七日節には供饌・吉野国栖の奉仕・大歌奏などの前に左右馬寮による青馬の引き回しが行われるが、大歌の内容とは関係しない。

十六日節

「酒坐歌」二曲と「茲良宜歌」、および「片降」で構成される。

「酒坐歌」二曲は、

この御酒は　わが御酒ならず　くしの司《かみ》　常世に坐す　石立たす　少御神《すくなみかみ》の　豊寿き　寿きもとほし　神寿き　寿き狂ほし　献《まつ》り来し御酒そ　あさず食《を》せ　ささ

この御酒を　醸みけむ人は　その鼓　臼に立て　歌ひつつ　醸みけれかもし　舞ひつつ　醸みけれかもし　この御酒の　あやに　うた楽し　ささ

いわゆる勧酒歌と謝酒歌で、縁記は日本書紀を引き、角鹿の笥飯の大神参拝から帰った品陀皇子を息長足日咩天皇（神功皇后）が宴して「觴《ささ》を挙げて太子を寿きたまひ」、勧酒歌をうたったとある。先の「宇吉歌」同様、宮中に長く伝承されてきた由緒ある酒宴歌謡であり、八・九世紀ごろの節会の大歌としても歌い継がれたのだと思われる。

十六日節は踏歌の節といわれるが、その歴史をたどるともともとは七日節などと同様正月における盛大な饗宴の日として出発したものであり、その性格は後々まで保たれたので、踏歌行事は後から付加されたものである(14)。内裏式の「十六日踏歌式」の宣命に、

今日は正月望の日の豊楽聞こし食す日に在り。故に是を以て踏歌を見る。御酒食へゑらき退くとしてなも、御物給はくと宣りたまふ。

とあり、踏歌と宴が関係づけられているようだが、「正月望の日の豊楽聞こし食す日」、「御酒食へゑらき」という中に十六日節の古義はあらわれていよう。すなわち、もう一つの元旦である正月望の日、その早朝に御酒をいただき、笑い興じて新年を祝うのである。「酒坐」（酒席・酒宴）の名をもち、酒を讃えその酒に酔って「あやにうた楽し」とうたう「酒坐歌」は、踏歌の節会のその部分にこそ結びついている。

「茲良宜歌」は、

あしひきの　山田をつくり　山田から　下樋をわしせ　下問ひに　わが問ふ妻　下泣きに　わが泣く妻　今夜《こぞ》こそ　妹に　安く肌触れ（歌句の異伝の記載は省略）

二種しるされている縁記のうち、初めのものは日本書紀を引き、允恭天皇代、木梨軽太子が同母妹軽大娘皇女に姦けて、悒懐がややおさまったときにうたったという。軽太子・軽皇女の物語は記紀ともに多くの歌謡によって進行し、宮廷歌謡劇を髣髴とさせるものだが、では後世の節会における本歌の唱謡の意味も、たとえば参会の人々が昔のあの軽太子・軽皇女の悲劇を想起し、鎮魂するなどのことにあったのだろうか。けれどもそれは、この歌が正月節の大歌であることによって、ありにくいことであろう。むしろ、歌謡物語として悲劇的な内容の歌がつづられていく中で、本歌が「今夜こそ妹に安く肌触れ」と二人が逢会しての陶酔をうたいあげているところに注目した

い。歌の終りのこの部分は、歌譜によると「こずこそ　こずこそ　いもに　やすくはだふれ　やすくはだふれ」と句を繰り返し、情調を高めてうたわれるところで、歌曲名「後上《しり》げ歌」もこの歌い方に由来する。(15) 節会でうたわれる場合の本歌の眼目は、悲劇的ないわれによりも、この男女の性愛、和合の陶酔をうたいあげている点にあろう。むしろ本歌は、軽太子物語に結びつけられる以前からそうした意味の酒宴歌謡として流通していたのかもしれない。二番目の縁記には「古歌抄」なるものを引き、允恭天皇が衣通日女王と共寝をした時の歌とする。やはり本歌を貴人の男女の和合をうたったものという説明である。

祭や宴、あるいは歌垣の後に男女の和合が引き続くというパターンは上代文献や民俗の中に容易に見出すことができる。新年祝賀の最後の饗宴に、男女の性愛、和合をうたう「茲良宜歌」は、そうした宴の後に幻想としてあった男女の結合の先取り、宴への取り込みであろう。

「酒坐歌」で飲酒して「あやにうた楽し」という状態になった後、「茲良宜歌」で「こぞこそ妹に安く肌触れ」と男女の和合が幻想される。ここにも伝統的な祭や宴のパターンがふまえられている。

おわりに

琴歌譜歌謡の「大歌の部」の構成の意味について節会ごとにみてきた。

繰り返すが、十一月節では「茲都歌」で三輪の祭祀をうたい、由緒深くめでたい酒宴歌謡「歌返」を続け、しかも音楽面では後半の陶酔的なリフレイン部で両曲を一セットに仕立てている。また両曲で鴻業の祖、雄略天皇と仁徳天皇を想起する。次いで「片降」で十一月節のテーマたる神への収穫感謝・豊饒予祝をめでたくうたう。新嘗祭の意図にも沿って、神祭りや歴史の想起ということが、この「大歌の部」の一特徴になっているように思われる。

正月三節では、大歌の後にうたわれる「片降」が三節を通して新年の祝賀、酒宴の歓楽を通じて天皇治世の言寿ぎを直接に表現する。大歌では元日節冒頭の「余美歌」、十六日節の終わりの「茲良宜歌」がそれぞれ元日の歌、正月節の終わりの歌として各節会にふさわしい意味内容と曲調を備えている。対して「宇吉歌」、「阿遊陀扶理」三曲、「酒坐歌」二曲は、由緒ある酒宴歌謡や遊びの歌としては節会の歌としてふさわしいが、特にその節会に限るという意味は析出しにくい。思うに、それらの歌は宮廷の酒宴歌謡として古くから伝承されてきたもので、もとはあまり特定の宴と関係はもたなかったが、年中行事として宮廷の正月三節が整えられてゆき、それぞれの宴にふさわしい大歌が案じられたとき、歌い継がれてきた歴史や他歌との組み合わせ、さらに音楽性などが考慮されて三節に一つずつ配されたのではなかったか。元日節が充実・発展したのは聖武天皇の天平年間のことであり、正月三節の記録が充実するのは光仁天皇の宝亀年間のことである。宝亀年間ごろには、大歌所の管掌による大歌奏が始められていたと思われる⑯。

こうして通観してくると、大歌には十一月節の「歌返」、正月節の「宇吉歌」、「酒坐歌」二曲と、宮廷で長く歌い継がれてきたらしい酒宴歌謡が多いことをあらためて知る。これは八・九世紀ごろの節会における大歌奏が、前代の宮廷の酒宴において重んじられた歌謡の唱謡を引き継いでいるということを意味する。それら伝統ある大歌は呪力を発揮して、酒宴で歓を尽くし、天皇御代を言寿ぐという酒宴の目的に寄与すると考えられたのだろう。遊びの歌としての「阿遊陀扶理」三曲も含めて、琴歌譜の「大歌の部」は、伝統的な酒宴歌謡を骨格とし、そこに十一月節の「茲都歌」、正月元日節の「余美歌」、十六日節の「茲良宜歌」および二種の「片降」と、各節会にふさわしい大歌や「片降」が配され構成されているともみられよう。

注

（1）神野富一・武部智子・田中裕恵・福原佐知子「琴歌譜注釈稿（一）〜（四）」（『甲南国文』四三〜四六、一九九六年三月〜一九九九年三月）。
（2）神道大系本により訓み下した。以下同じ。
（3）島田晴子「琴歌譜の構成について」（『学習院大学国語国文学会誌』一二、一九六九年三月）。
（4）居駒永幸「古事記の歌と琴歌譜――琴の声の命脈」（『古代の歌と叙事文芸史』、二〇〇三年）は「片降」「大直備歌」を小歌でなく大歌であると説いている。
（5）拙稿「琴歌譜の成立過程」（『萬葉』一六四、一九九八年一月。本書所収）。
（6）島田晴子「琴歌譜の縁記について」（『学習院大学国語国文学会誌』一六、一九七三年七月）。
（7）林謙三「琴歌譜の音楽的解釈の試み」（『雅楽――古楽譜の解読――』、一九六九年）。
（8）拙稿「琴歌譜『余美歌』考」（『国語国文』六六―九、一九九七年九月。本書所収）。
（9）拙稿「歌謡と和歌」（『国文学　解釈と鑑賞』六二―八、一九九七年八月。本書所収）。藤原茂樹「万葉集終焉歌の芸能史的意義」（『国語と国文学』八八―九、二〇一一年九月）も、元日節の「片降」「大直備歌」は聖武天皇時代には存在した歌だと推測している。
（10）賀古明「『阿遊陀扶理』攷――正月七日節饗宴歌への由縁――」（『琴歌譜新論』一九八五年）。
（11）森陽香「石立たす司《かみ》――スクナミカミと常世の酒と――」（『上代文学』九七、二〇〇六年十一月）。
（12）林屋辰三郎『中世芸能史の研究』「はしがき」（一九六〇年）。
（13）注（10）の書にも、「大和宮廷の政治的勢力の充実拡大の線に添って、次第に習合されて来た諸部族がその服属の象徴として大和宮廷に奉献した部族歌謡は、宮廷の楽府（雅楽寮――大歌所――小歌所）の内に保存累積され、長い期間の推移の間に、次第にその民謡性が忘却されて、その中からあるものが、「大歌」の中に上昇吸収され、本来の「大歌」と殆ど等価に取り扱われるようになったとみるべきである」とある（『琴歌譜の有縁起歌』）。

(14) 倉林正次『饗宴の研究（儀礼編）』二八七頁（一九六五年）。

(15) 注（3）の論文。

(16) 拙稿「琴歌譜の『原テキスト』成立論」（「国語と国文学」七五－五、一九九八年五月。本書所収）。

琴歌譜歌謡の構成

――「小歌の部」について――

一　「小歌の部」の構成

前稿[1]に引き続き、「小歌の部」の構成について考えたい。

琴歌譜は、十一月節と正月三節の歌謡を次の順序で載せている。

十一月節　茲都歌・歌返・片降・高橋扶理・短埴安扶理・伊勢神歌・天人扶理・継根扶理・庭立振・阿夫斯
　　弓振・山口扶理・大直備歌

正月元日節　余美歌・宇吉歌・片降・長埴安扶理

七日節　阿遊陀扶理（三曲）

十六日節　酒坐歌（二曲）・茲良宜歌

正月元日節の「長埴安扶理《ながはにやすぶり》」の歌譜の後に「自余小歌同十一月節」（自余の小歌は十一月節に同じ）と簡単な注記があって、以降正月元日節の「小歌」の記載は省略されている。その「小歌」が十一月節のどの歌々をさすかがまず一問題としてある。

　前稿で述べたように、琴歌譜歌謡は節会ごとにいわば「大歌の部」と「小歌の部」の二部で編成されているとみられる。十一月節の歌は「茲都歌・歌返・片降」を「大歌の部」とし、「小歌の部」はその後の「高橋扶理」から「大直備歌」までとみられるが、「長埴安扶理」の名に対応する十一月節の曲名は「短埴安扶理」である。そこで注記にいう「自余の小歌」は「伊勢神歌」から「大直備歌」までをさすとはまず考えやすいが、「伊勢神歌」は「さばかる　大日霊《おほひるめ》の　先使ひ　よよよよ　先使ひ　先使ひ　生柳《いくやなぎ》　生柳　先使ひ」との歌詞で、天照大神の御先使いとしての柳を讃える内容である。大嘗祭の悠紀・主基両殿の大嘗宮に祭られ、天皇から新穀を受ける主神は天照大神であろうし、また大嘗祭・新嘗祭は天照大神から皇孫への支配権の委譲という降臨神話（古事記・日本書紀の第一の一書）の再現という側面をもっている。[2] よってこの歌は十一月節（新嘗会）に密接だと考えられる。「自余の小歌」は、それをわかりきったこととして含んでいるだろう。また、後述するように、十一月節の「小歌の部」の中でも「高橋扶理・短埴安扶理・伊勢神歌」の三曲と「天人扶理」から「山口扶理」までの五曲とさらに「大直備歌」とは同じ「小歌」でも歌詞内容や歌謡性においてやや性格を異にする。そこで、なお異論もあろうが、注記の「自余の小歌」の意味する範囲を「天人扶理」から「山口扶理」までの五曲と考えたい。それに「大直備歌」を加えて正月元日節の「小歌の部」が編成されている。

　また、「自余小歌同十一月節」といった注記は七日節や十六日節の条にはみられないが、だからといって節会の式次第に組み込まれた大歌奏というプログラムの性質上、それらの節では所載の「大歌」のみしかうたわれなかったとも考えにくい。正月の他の二節においても「小歌の部」は正月元日節と同様なので、注記も書かれなかったと解される。

このようであるので、以下便宜、十一月節の「小歌の部」と正月三節の「小歌の部」を分けてそれぞれに含まれる歌謡やその構成を考えてみたい。

二　十一月節の「小歌の部」

あらためて十一月節の「小歌の部」を取り出し、琴歌譜の記載順に従って便宜歌番号も付すと、

4高橋扶理・5短埴安扶理・6伊勢神歌・7天人扶理・8継根扶理・9庭立振・10阿夫斯弓振・11山口扶理・12大直備歌

これらのうち、初めの「4高橋扶理・5短埴安扶理・6伊勢神歌」の三曲は何らかに十一月節（新嘗会）と関係した歌であるようだ。「5　短埴安扶理《みぢかはにやすぶり》」の歌詞は、

嬢子《をとめ》ども　嬢子さびすと　唐玉を　手本《たもと》に巻きて　乙女さびすも

で、これは十一月節において舞姫が五節の舞を舞うときの歌である。『年中行事秘抄』所引の『本朝月令』（十世紀前半成立）に、天武天皇が吉野で弾琴、それに応じて神女が現れ、袖を五変挙げて舞ったという五節の舞姫の起源譚とともに本歌が引かれている。この歌詞が古いことは、『万葉集』の山上憶良の神亀五年（七二八）七月の作、「世間難住といふことを哀しぶる歌」（巻五、八〇四）に「嬢子らが　嬢子さびすと　唐玉を　手本に巻かし」という類句があることによってわかる。本歌の歌詞と山上憶良の歌との関係についての推測は別に述べたが、(3)ここでは「5短埴安扶理」がそうした古い由緒をもつ五節の舞の折の歌であり、その歌詞もかなり古いということをたしかめておくのにとどめよう。

「6伊勢神歌《いせのかむうた》」は先にふれたように十一月節に深いゆかりをもつ。

さばかる　大日霊《おほひるめ》の　先使ひ　よよよよ　先使ひ　先使ひ　生柳《いくやなぎ》　生柳　先使ひ

という歌詞は天照大神の御先使いとしての柳を讃えている内容と読める。単語の羅列のようで特異だが、実際の歌い方を示した歌譜も「さきつかひ」を七度、「いくやなぎ」を三度繰り返すなどの特徴をもち、句毎の歌い方も多様である。「神歌」という名、歌形、歌詞内容とともに、歌い方も、巫女の神がかりの状態で発せられたような古い印象の歌である。

もう一つの「4高橋扶理」の歌詞は、

道の辺の　榛と歴木《くぬぎ》と　しなめくも　言ふなるかもよ　榛と歴木と

「道のほとりの榛と歴木とがね、ひそやかに言いかわしているようだなあ、榛と歴木とがね」という意味で、もとは恋のうわさを寓意した民謡らしく思われる。「小歌」らしく旋律や拍子の類似する前段と後段の二段構成でうたわれる曲だが、第三句「しなめくも」を三度、第五句「榛と歴木と」を二度繰返し、譜詞では全体が八句である点に一特徴をもつ。他の二段構成の歌に比べて第三句と第五句の繰返しが多く、やや重々しい曲であったのかもしれない。歌詞内容と十一月節との関係はよくわからない。ただ、曲名の通り「高橋」という地の歌ではないだろうか。大和国添上郡内、現在の天理市櫟本町付近に「高橋」があった。七日節の大歌、「阿遊陀扶理」の歌詞にも「高橋の　みか井の清水」と出てくる所である。高橋の地でうたわれていたものが、古く宮廷に取り入れられたか。地名といえば、「高橋扶理・短埴安扶理・伊勢神歌」の三曲の名はいずれも地名を負っている点で共通する。それらをうたうことによってそれらの地霊の威力を発揚し、それを天皇に奉献するといった古代信仰的な意味合いがそこには認められよう。三曲に続く「7天人扶理」から「11山口扶理」までの五曲の名には地名はない。

また、この三曲は五節の舞の間にうたわれる歌としてもひとまとまりをなしていたのかもしれない。貞観儀式巻五の「新嘗会儀」の条には「大歌幷五節舞儀」が付され、大歌奏の過程が詳述されているが、中に「奏二数曲一。訖奏二五節歌一」とあり、数曲奏した後に五節の舞が五節の歌とともに舞われたことがわかる。そして、西宮記巻六の「新嘗会」の次第をしるす条には、「大歌又発二物声一」の下の割注に、「一節尽二十三歌一也。舞間歌三歌也。所謂和琴歌也」とあり、「十三歌」は琴歌譜の十一月節の十二曲に近く、すると「舞の間の歌三歌」は「高橋扶理・短埴安扶理・伊勢神歌」の三曲を指す可能性がある。

以上、ここまでの三曲は、歌詞内容・歌い方・曲名などからして「小歌」の中ではやや重々しい部分で、かつひとまとまりをなしているように思われる。

次に、「7天人扶理」から「11山口扶理」までの五曲をみよう。

「7 天人扶理《あめひとぶり》」の歌詞は、

天人の　作りし田の　石田《いした》はいなゐ　石田は　己男《おのを》作れば　かわらとゆらと鳴る　石田はいなゐ　石田はいなゐ

「天人が作った田の、石ころだらけの田はいやだなあ。石田は、私の夫が作るとがらがらとじゃらじゃらと鳴るよ。石田はいやだなあ」の意味に取れ、荒田の耕作の労苦を嘆く内容だが、深刻な意味のものではなかろう。そうではなく、笑いのある歌なのだろう。天人が作った田というが、よりによって石ころだらけの田、私の夫が耕作すると、がらがら、じゃらじゃら鳴って……。「かわらとゆらと」や「石田はいなゐ」の繰返しのところで哄笑が沸いたのではなかろうか。題材・内容・表現からいえば民謡風だが、ただ「天人の作りし田」は新嘗祭にかかわるアマテラスの「天の狭田《さなだ》・長田」「天の垣田」や大嘗祭の「悠紀田」「主基田」をイメージさせる。新嘗祭（大嘗祭）

の周辺でうたわれていたそうした聖なる田にまつわる歌謡のパロディーの歌とする見方がある。(4)

「8 継根《つぎね》扶理」。

つぎねふ　山城川に　蜻蛉鼻ふく　鼻ふとも　我が愛《は》し者に　逢はずは止まじ

「(つぎねふ) 山城川にトンボが鼻を振っている。そのハナフではないが、たとえくしゃみが出て相手が自分を思っているようでも、(思っているだけではだめで) 私のいとしい妻に逢わないではおかないよ」。これも題材・内容・表現からいって民謡風だが、ただ仁徳記の石之姫皇后の嫉妬物語の中の歌謡、「山代にい及け鳥山い及けい及け我が愛し妻にい及き逢はむかも」(記59) との類似は見逃せない。その物語を背景にもつ歌謡であろうか。くしゃみをしてもいとしい妻に逢わないではおかない、というところにやはりユーモアがあり、性愛の要素もある。

「9 庭立振《にはたちぶり》」。

庭に立つ　ふふきの雄鶏《をとり》　しついついつら　いとこせ我が背　暁《あかとき》と　知らに我が寝ば　しついつ(いつ)ら
うち起こせ雄鶏

「庭に立っているぶちの雄鶏よ、コケッコッコー、いとしい旦那さん。夜が明けたことを知らずに私が寝ていたら、コケッコッコー、叩き起こしてくれよ雄鶏よ」。共寝の歌で鶏に起床を頼むというのはおもしろおかしい。朝を告げる鶏鳴にまつわって、かの八千矛の神が「うれたくも　鳴くなる鳥か　この鳥も　打ち止めこせね」とうたったのとはまた別種のユーモアがあり、神楽歌の「鶏は　かけろと鳴きぬなり　起きよ起きよ　我が門に　夜の夫《つま》　人もこそ見れ」に近い。二つの「しついついつら」の解は諸説あるが、「鶏の鳴き声」(日本古典文学大系) であろう。譜では「しつううう一いつういつらあ」、「しつううういつういつらあ」と音程を上げ下げしながらかなり技巧的にうたわれている。もちろん、おかしい。

「10阿夫斯弖振《あふして》」。

あふして拾ひ　たくさはぬものを　うまらに食《を》せ　をばが君　うまらに寝や

万葉仮名の歌詞をいちおう漢字仮名交じりに直してみたが、「あふして」と「たくさはぬものを」の意味が不明で、全体の意味もとりにくい。しかし、「をばが君」（年上の女性を擬制的に呼んだか）に対して何か食物を「うまらに食《を》せ」と勧め、次に、いや本意は「うまらに寝や」だよと落とす。やはり性愛をおもしろくうたって、笑いのある歌だと読める。歌譜の後に「二度歌耳」と注され、本歌のみは二度繰返しうたわれたことがわかる。

「8継根扶理」からここまで三曲、民謡風の性愛にふれる笑いの歌が続いている。前稿で直会としての節会の目的が酒に酔い、歓楽を尽くす、「ゑらゑらに仕へ奉る」、つまり心ゆくまで大声で笑い興じながら奉仕するところにあることを述べたが、その主要なプログラムの一つである大歌奏ではこうした歌々が哄笑を誘ったのだろう。神楽歌の大前張・小前張や催馬楽にもそうした民謡風の性愛にふれる歌々があるが、三者は祭や宴や遊びの歌として共通性をもつ。

「11山口扶理」の歌詞は、

山口　大菅原を　牛は踏む　猪は踏むともよ　民な踏みそね

と解される。神聖な御牧への人の立ち入りを制する内容と詠め、前四曲のように笑いの要素などは見出しにくく、静かな感じがする。「山口」という語は神を喚び起こす。出雲国風土記島根郡山口郷は、スサノヲノ命の御子のツルギヒコノ命が「吾が敷き坐す山口の処なり」と仰せられたので郷名「山口」がついたといい、常陸国風土記行方郡の夜刀《やと》の神（蛇）と箭括氏麻多智との争いの条では麻多智が夜刀の神らを追いやって「すなはち山口に到り、標《しめ》の梲《うだち》を堺の堀に置きて、夜刀の神に告げて云ひしく、「此より以上は神《かみ》の地と為すを聴す。此より以下《しも》は人の田を作るべし……」」と宣言し、社を設けて祀ったという。山は神の領域であり、山口は神の領域と人間世界の境界で、神祀りの場所であることがわかる。祈年祭祝詞の中にも「山の口に坐す皇神等の前に白さく……」と山口また山の神を祀る文がある。ここでも「山口の大菅原」は神聖な神の領域であり、歌は祭の際の神送りを詠んでいるのではないだろうか。(5) こうした読解は、本歌が十一月節の十二曲の大歌奏で最後に近くうたわれ、「大直備歌」の前に位置するという点からも導かれよう。節会は祭の直会の意味を持つが、その中の一プログラムである大歌奏の内部の構成も、「神迎え――神祀り――神遊び――神送り」という祭の基本構造を模しているところがあるようだ。神楽歌の構成にも似ている。

最後の「12大直備歌」は、

木綿《ゆふ》垂《し》での　神が前《さき》なる　稲の穂の　諸穂に垂でよ　これちふもなし

これは「大歌の部」三曲目の「片降」と同じ歌詞を旋律やリズムを違えてうたう。歌譜によれば、拍子の個所や数が「片降」二、「大直備歌」一の割合というふうに対応する。

前稿で述べたように、神前の稲穂の稔りを予祝する内容で、神への収穫感謝・豊饒予祝を意図すると思われ、十一月節の「テーマソング」といえる。同時に「片降」が「大歌の部」を閉じる機能をもっていたように、「大直備歌」は「小歌の部」また全体を閉じる。連続して歌をうたう中で、あるパート（または全体）を締めくくるという機能において共通するから、「片降」と「大直備歌」は歌詞を融通でき、また音楽性の面でも対応するのではないか。その歌が始まれば、それまでうち興じていた宴の人々もパートや大歌奏の終わりが近いことを知る。

「なほび」についていえば、めでたい内容をうたうことが「なほび」、すなわち言葉や行為にまつわる咎《とが》・過ち・禍《まが》を直して正常な状態にすると考えられたと思われる。(6)「大直備歌」は「おめでたい縁起のよい言葉を特に用いて禍を清め去る歌」(竹岡正夫『古今和歌集全評釈』)であろう。

以上、「小歌の部」の九曲を通観してきた。「4高橋扶理・5短埴安扶理・6伊勢神歌」の三曲は、「4高橋扶理」がややわかりにくいが、何らかに十一月節(新嘗会)と関係した歌であろう。五節の舞の間にうたわれた歌々かもしれない。この三曲が歌い方も含めて「小歌の部」の中ではやや重々しい歌々であるのに比べて、「7天人扶理」から「10阿夫斯弖振」までの四曲は民謡風の笑いあり、性愛ありで、哄笑を誘い、宴の場を盛り上げたのではないか。やがてその歌の歓楽も終わりに近づき、「11山口扶理」で神送りのやや厳粛な気分が漂う。「12大直備歌」で禍を正して閉じる。

「大歌の部」が「茲都歌」・「歌返」と記紀歌謡の時代にもつながる、由緒ある荘重な歌々であるのに対して、「小歌の部」は民謡風のものが多い。ただその中でも、十一月節にかかわる歌からそうではない気楽な笑いの歌へと構成されていることになる。

三　正月三節の「小歌の部」

前述のように、正月三節の「小歌の部」は、
長埴安扶理・天人扶理・継根扶理・庭立振・阿夫斯弖振・山口扶理・大直備歌
で編成されていたとみる。
「16長埴安扶理」の歌詞は、
川上の　川榛の木の　うとけども　つぎしねもちは　族《うがら》とぞ思《も》ふ

と解されるが、第三句以下の歌意ははっきりしない。特に「つぎしねもち」は難解だが、『全講』・『全註解』・『注釈稿』は「継ぎし根持ち」と解している。「うとけども」を「疎けども」として、「川上の川榛の木のように、疎遠であるけれども、継いだ根を持つ者は同族だと思う」と仮に解してみると、正月の節会の場に集まった諸臣への呼びかけの歌らしくもなってくる。歌意、意義や出自について、「埴安の豊かな土地にちなんで、一族の繁栄を言い、豊年の祝い歌として、元日節会に歌われたものであろう」、「本来、「長埴安扶理」と「短埴安扶理」は、ともに天皇に仕える者を歌った、埴安で歌われた歌謡と思われる」という解釈も提出されている。(7)

なお歌詞の解釈はむずかしいが、この歌は歌い方も注目される。第三句を繰り返して二段でうたわれる曲という点では他の多くの小歌と同様だが、多くの音節の母音を「於於於」「阿阿阿阿」「伊伊伊」などと長く伸ばしてうたうところに他の多くの小歌とは異なる特徴がある。このような母音の三文字以上の連続は八回数えられ、これは琴歌譜歌謡中では、やはり特徴的なうたい方をする「13余美歌」の十九回に次いで多く、「17阿遊陀扶理」、「22茲良宜歌」に五回ずつみられる。他方、「3片降」から「12大直備歌」までの小歌には、「9庭立扶理」の二回を例外として全くみられない。つまり大歌に多く、小歌にはまれな、やや重々しいうたい方なのだろう。「長埴安扶理」という曲名も「長」はこのうたい方に由来するだろう。

「天人扶理」～「山口扶理」の五曲については前述の通りで、これらは宴を盛り上げ、また静める小歌群として十一月節とも通用しているわけである。

正月節の「大直備歌」の歌詞は、「15片降」と同じで、

新しき　年の初めに　かくしこそ　千歳をかねて　楽しき終へめ

このめでたい歌が「なほび」としてはたらくとともに「小歌の部」また大歌奏全体の締めくくりの機能を果たし

たことは、十一月節の「12大直備歌」の場合と同様である。

おわりに

前稿も合せて、琴歌譜写本に並べられた二十二の歌曲につき、それらをできるだけ節会における大歌奏の現場に返してその構成と意義を探ってきた。

まず大歌奏自体が、着座——供饌——觴行一周——吉野国栖による歌笛の奏、御贄の奉献——大歌所による大歌奏——雅楽寮による立歌——賜禄と進む節会の基本的な次第の中に組み込まれた一プログラムであった。饌が供され盞がめぐるという饗宴のさなか、大歌人たちが別当に率いられて入場、天皇への奉仕をあらわしつつ、また臣下を楽しませるべく演奏されたのである。それは酒に酔い、歓楽を尽くすという饗宴に供された芸能の一つであった。

その内部は、各節とも「大歌の部＋小歌の部」という編成をもち、「大歌の部」は由緒ある宮廷歌謡で各節の意味合いにふさわしいように構成されている。節会という天皇以下諸臣の集う空間で由緒ある宮廷歌謡を奏し、聴くということは、始原に帰り、今を寿ぐということを共同で体験する、体験し直すという意義をもっていた。そこでは曲調においても、また心理的にもある重々しさが備わっていただろう。それを各節の「テーマソング」である「片降」でいったん閉じ、次により自由な「小歌の部」に入る。「小歌の部」内部にも構成があって、十一月節では初めの三曲が古風で節会の意味ともつながり、正月節では「長埴安扶理」にその可能性がある。それらに続く、四節に共通する「天人扶理」から「阿夫斯弖振」までの四曲は、性愛の気分も含んで笑い楽しむ今風の歌々で、そうした点で宴のオルギーに参与しただろう。それを神送りのふんいきをもつ「山口扶理」で収める。そして「大直備歌」で、すべての禍を正し、終わる。

なお不十分だが、歌々の場としての節会やその主要なプログラムの一つである大歌奏の性格を考慮しつつ、琴歌譜の歌々を順序や歌い方にも留意しながら検討してきた結果、琴歌譜歌謡の構成として見えてきたのは以上の流れである。あるいはこのような流れには、節会の中の一部にすぎない大歌奏の内部にも祭の「神迎え――神祀り――神遊び――神送り」という基本構造、また節会全体の儀式ばった宴座からくつろぎの穏座へという基本構造と同じものが、小規模ながらに構造化されているとみることもできよう。

すでに「今風」と述べたが、終わりに琴歌譜歌謡の中の「小歌」の年代について一言しておきたい。

島田晴子氏は、琴歌譜歌謡について、縁記の有無、記紀に見えるかどうかなどの点に加えて、写本の歌詞と譜詞の字音仮名の用字や囃し詞の種類という観点からも、「大歌」と「小歌」に区別があると論じている(8)。それらの観点のうち、仮名の用字に関しては、歌詞と譜詞の仮名全体の分析から「大歌」の用字の方が種類や画数が多く、それらは古い時代に記録された古い仮名の残存と考えられ、他方「小歌」の仮名は、正月元日節の「長埴安扶理」などは除いて、より新しい時代の新しい仮名とみられるという趣旨の検討結果が述べられている。現存琴歌譜写本に至るまでの転写の過程や様態が不明な点は考慮しておかなければならないが、それを越えて論は有効で、歌詞と譜詞を記す万葉仮名の使用状況からも、「大歌」と「小歌」に時代差のあることがわかる。それはまずは歌の記録時点の時代差だが、ことは歌そのものの古さ新しさにも及んでいくだろう。

琴歌譜の成立を平安初期ごろとすると、「小歌」の多くはそのころの歌謡である可能性がある。あるいは大歌所は天応元年（七八一）には存在したとみられるので、そのころには大歌奏の次第に必要な歌々として琴歌譜に載る

「小歌」も整っていただろうか。よりさかのぼっても「小歌」は奈良時代中期以降の歌々であろうか。ただし「小歌」の中で、歌の性格、歌い方、用字などからいって、十一月節の「4高橋扶理・5短埴安扶理・6伊勢神歌」の三曲と正月節の「長埴安扶理」はより古い歌々だと思われ、また「片降」と歌詞を融通する「大直備歌」も古い。

注

（1）拙稿「琴歌譜歌謡の構成――「大歌の部」について――」（『萬葉語文研究』8、二〇一二年九月。本書所収）。
（2）参考、真弓常忠「大嘗宮の祭神」（皇学館大学神道研究所編『大嘗祭の研究』所収、一九七八年）。
（3）拙稿「琴歌譜の『原テキスト』成立論」（『国語と国文学』七五－五、一九九八年五月。本書所収）。
（4）井口樹生「大嘗祭と歌謡及び和歌――『琴歌譜』十一月節を中心に――」（『芸文研究』六五、一九九四年三月。後『古代国文学と芸能史』所収、二〇〇三年）。
（5）神野ほか「琴歌譜注釈稿（二）」（『甲南国文』四四、一九九七年三月）の福原佐知子氏の論。一方、本歌は大嘗宮の用材などを採る山や葦原を刈る野に番人を置いて立ち入ることを禁じた（『民な踏みそね』）ことに関係するとする井口樹生氏の解釈（注（4）の論文）にも惹かれる。
（6）注（5）の「琴歌譜注釈稿（二）」の拙稿。
（7）福原佐知子「『琴歌譜』「長埴安扶理」について」（『古代文学研究』7、二〇〇二年三月）。
（8）島田晴子「琴歌譜の構成について」（『学習院大学国語国文学会誌』一二、一九六九年三月）。

付　「大歌奏」について

一　「大歌奏」の次第

新嘗会と正月の三節会における大歌奏（大歌所による大歌の奏楽）の次第はおおむね簡潔に内裏式以下の儀式書に記されている。中で西宮記・江家次第などには比較的詳しい記述がみられるが（新嘗会の項）、特に儀式（貞観儀式。貞観十四年（八七二）以降元慶元年（八七七）までに成立）は、巻五で「新嘗会の儀」の次に特に「大歌幷びに五節の舞の儀」の項を設け、新嘗会における大歌奏と五節の舞の準備から実演の終了に至るまでの次第を最も詳しく描いている。

いま参考までに、神道大系本により仮に訓読した文を掲げておく。段落に分け、割注を（　）で示す。私意により文字を改めた個所もある。

大歌幷びに五節の舞の儀

当日早旦、兵庫寮・鼓吹司の夫等、大歌所に就きて鉦・鼓・鐸・簨簴を受け、会所に運送す。

次に歌人幷びに琴師・笛工等、儀鸞門の屏幔の外に候ふ。

吉野の国栖、歌笛を奏す。

畢りて別当、殿の東の階より降りて南行、儀鸞門の東戸より出でて東行、更に西に向きて宣りて台を立たしむ。即ち大舎人二人、当色を着し、鐘・鐸・鼓・簨簴を牽く（四列四人之を牽く）。同門の東戸より入りて舞台の南に列立す（相去ること二丈許り。鐘東に在り、鐸中に在り、鼓西に在り。相去ること六尺許り）。

退出訖りて掃部寮床子を設く（舞台の東、相去ること一丈許りに大歌別当の床子を立つ。鐘・鐸南に去ること二尺許りに各師の床子を立つ。其の南に左右相分かれ、御琴師の床子各二脚を立つ。次に歌人已下の床子を設く。其の歌人以下は二人共に一床）。

訖りて別当之を喚ぶ。歌人以下共に称唯し、左右相分かれて行列す（相去ること一尺許り）。其の次第、左、弾御琴師二人（紫の袍を著す。各御琴を擎ぐ）、次に歌人十三人（四人紫の袍を著す。九人緑幷びに縹の袍）、次に笛工四人、撃拍子四人、次に鐘師一人（並びに当色を著す）。右、弾御琴師二人、次に歌人十三人（服色並びに左に同じ）、次に一・二・三の鼓師各一人（各当色を著す）、次に撃拍子一人（服色左に同じ）、次に鐸師・鼓師各一人（当色を著す）。

立ち定まりて、別当宣り、之を喚ぶ。共に称唯す。別当、列ねて戸より入る。弾御琴已下、次てに依りて入る。各床子の前に当り、折りて立つ。即ち鐘・鐸・鼓師、歌人の座辺より趨きて共に床子に就く。

訖りて鐘幷びに鼓師、相目し、撞し、撃し、鼓す。各三下。訖りて別当以下共に床子に就く。訖りて笛工、撃声を調ぶ。次に御琴を調ぶ。空擪《う》つ御琴三声（詞に云ふ、牟奈須可可記）。次に手を拍つこと三度（詞に云ふ、牟奈天）。

数曲を奏す。

訖りて五節の歌を奏す。時に儛妓四人、一行徐歩、殿の西階より降り、右近の陣の東の頭を経。踏むこと両行、前に在り。舞台の階下に至りて東西に分かれて坐す（掃部寮預め草墪を階下に設く）。舞訖りて殿に升る。

即ち大直の歌を奏す。本末二度、安米四度。

訖りて退出すること、初めに入る儀の如し。

大舎人等楽器を徹す。


楽器は当日早朝に大歌所から豊楽院に運びこまれる。プログラムが始まる前の大歌所別当の采配ぶり、庭中における楽器や床子の配置、大歌の奏者が弾御琴師・歌人・笛工・撃拍子・鐘師・鼓師・鐸師たちで構成されること、それぞれの人数や服色が具体的に示される。そしていよいよ彼らが左右に分かれ、別当に率いられ列なして儀鸞門の東戸より庭中に入場、座を定めるとまず楽器の音を調べ、拍手、そして数曲を奏し、その後舞姫が登場して「五節の歌」を奏し、それが終わって最後に「大直の歌」を本末二度唱和し、「安米《あめ》」（不詳）を四度奏し、終わると退出する、などの次第が当時の大歌奏の具体的な姿として知られる。

なお、ここにみえる「歌人」たちは大歌所に常在していたのではなく、決まった時期に大歌所が名簿を作成し、奏覧を経て諸司から集められた。小野宮年中行事の十月廿一日の条に「大歌始事」とし、「貞観式部式云、被レ召二大歌所一之輩、起レ自二十月廿一日一至二正月十六日一、一向直レ所」などとある（延喜式部式にもほぼ同文がある）。大歌所に召された歌人たちは十月二十一日から正月十六日までずっと大歌所に詰める定めだったことが知られ、彼らはその間に大歌を習い、また新嘗会と正月三節会に奉仕したのである。その十月二十一日が「大歌始事」の日だったことは宮廷の年中行事を記す諸書にみえている。

二　「大歌奏」小史

「大歌」の語は、令集解巻四職員令の雅楽寮の項にある天平十年（七三八）ごろ成立とされる「古記」所引の尾張清足説に「大歌笛師二人」とみえるのが早いようである。「大歌」が雅楽寮に保存され、笛の伴奏をともなったことも知られる。東大寺要録二の「供養章、開眼供養会」の条には「大歌久米頭々舞」「大歌女」とみえ、天平勝宝四年（七五二）四月九日の東大寺大仏の開眼供養会に、続日本紀に記されたような多くの音楽・歌舞の演目の一つとして大歌人、大歌女らによって大歌が奉納されたことがわかる。その折に着用されたらしい袍（「大歌緑綾袍」）が今も正倉院南蔵に保存されており、その下前おくみ裏に「東大寺大歌袍　天平勝宝四年四月九日」との墨書がある。また平城宮からも「大哥十七」と墨書する木簡が出土している。儀礼において位置を示す版位の類であろうか。ただこれらの史料の時期にはまだ、「大歌所」は成立していない。なお、令集解の雅楽寮の項で「歌師四人」とある令文に「令釈」（延暦六年（七八七）〜十年ごろの成立といわれる。日本思想大系『律令』解説）は「三（二）人立歌。二人大歌」と注している。雅楽寮には大歌が伝存し、それを歌人らに教習する大歌師が二人いたのである。

大歌所による大歌奏実演の記録は、多く六国史に求められる。もっとも六国史（新訂増補国史大系本による）は年中行事をあまり記さず、記しても簡略であり、また年中行事の記載の有無や精粗はそれぞれの書の編集方針やもとの記録の様態にもよるので、多少の史料は得られても六国史からその時代の大歌奏の通史は把握しがたい。

ただ、奈良時代末から平安時代初期にかけては、大嘗会の記録の中に大歌奏が数カ所みえている。まず続日本紀の桓武天皇天応元年（七八一）十一月の大嘗では「己巳（十五日）、宴㆓五位已上㆒。奏㆓雅楽寮楽及大歌於庭㆒」とある。これが史書における大歌奏の初出であろう。「雅楽寮の楽」と対になっているので、当時は令外の大歌所も成立して大歌奏を行ったとみられる。五位以上が参会したことも知られる。続いて平城天皇大同三年（八〇八）十一月の大嘗会の条に「壬辰（十五日）、於二豊楽殿一宴二五位已上一。……甲午（十七日）、奏二雑舞幷大歌五節舞等一」とあり、「大歌五節舞」と並べ、宴の場所を豊楽殿としている。その二年後の弘仁元年（八一〇）十一月二十二日の大嘗会にも「宴二五位已上一。奏二雅楽幷大歌一」とある（いずれも日本後紀）。さらに文徳天皇仁寿元年（八五一）十一月二十六日条にも「奏二大歌五節舞一、又如二旧儀一」とある（文徳実録）。

そして文徳天皇天安元年（八五六）からは新嘗会における大歌奏の記録がみえはじめる。その十一月二十五日条に、「喚二大歌及五節舞妓一、令二歌舞一」とある。三代実録の清和天皇の貞観年間には、新嘗会における大歌奏の記録が特に多い。すなわち貞観四年（八六二）十一月十六日の新嘗会では「天皇御二前殿一賜二宴群臣一。奏二大歌五節舞一」とあり、以後十二年まで毎年同様にみえる。賜宴の対象は「群臣」で、その宴の場所は四～六年が前殿だったが、後は紫宸殿に変わっている。十六年にも行われたが、十五年・十七年・十八年の新嘗会では五節舞のみが録されている。以後、三代実録に、新嘗会における大歌奏は、陽成天皇元慶三年（八七九）・四年、光孝天皇仁和元年（八八五）・二年とみえる。

六国史より後の時代、十世紀から十一世紀末にかけても、新嘗会で大歌奏が行われた記録が、西宮記や小右記・権記ほかの貴族の日記にみえることが永田和也氏によって調べられている（「大歌所について」、「国学院雑誌」九一――二、一九九〇年二月）。ただ、醍醐天皇御記（延喜御記）の延喜六年（九〇六）正月条には「九日、召二多安邑一給二位記一。仰曰、大歌所琴歌、伝習無レ人、恐此事絶。故殊授レ之。宜レ知二此状一。能令二伝習一勿レ絶」とあり（続々群書類従五。西宮記恒例第一正月叙位議に引くところ）、そのころの「大歌所の琴歌」の衰退ぶり、および醍醐天皇がその復活を計ったこと（参考、飯島一彦「琴歌の終焉――その歌謡史的位置づけをめぐって――」、『歌謡の時空』所収、二〇〇四年。後に『古代歌謡の終焉と変容』所収）を伝えている。新嘗会でも、大歌所の琴歌が琴歌譜に記されたようなかたちのままでいつまで行われたかはわからない。大歌奏の内容も時代によって変化しただろう。天元四年（九八一）に書写された陽明文庫の琴歌譜写本の奥書に、そのころも大歌を管掌したらしい多氏自身によって「件書希有也」と書かれている。「希有」の語は書物の種類についての評だろうが、またそのころの節会ではまったく琴歌譜に記されたようには大歌が行われていなかったことをも意味するのかもしれない。

さて以上の大嘗会・新嘗会での記録に対して、他方正月三節における大歌奏の記事は六国史にはみえないようである。しかし正月の節会自体はふつうに、たとえば「御二前殿一賜二宴侍臣一」（貞観四年正月元日）、「帝御二前殿一、観二青馬一、宴二於群臣一」（同七日）、「天皇御二前殿一、宴二於侍臣一。踏歌如二常儀一」（同十六日）などと簡略に、また頻繁に録されている。そのように宴は録してもその内容が書かれなかったために「大歌」の文字がみえないだけのことで、これをもって六国史の時代に正月三節で大歌奏が行われなかったとはいえない。次に述べるように、儀式書などには、ある時代までは恒例として記載されている。なお、類聚国史（巻七十一）延暦十四年（七九五）正月一日条のみには、珍しくも「宴二侍臣於前殿一。奏二大歌及雑楽一」と大歌奏が行われたことが録されている。

簡略に述べるが、大歌奏は儀式書などに以下のようにみえる。

新嘗会における大歌奏は九世紀成立の内裏式・貞観儀式、十世紀の九条年中行事・西宮記、十一世紀の小野宮年中行事・北山抄、十二世紀初の江家次第などにみえ、下って十四世紀建武年間成立の建武年中行事にもみえている。後世まで新嘗会での大歌奏が残ったのは、五節の舞との関係が大きかったと思われる。新嘗会で大歌人が歌い五節の舞姫が舞うという姿は「大歌五節舞」などの表現で史書にも頻出し、また琴歌譜に五節の舞の折の歌が記されているように早い頃からみられたが、大歌が廃れがちになった後世にもこの関係だけは持続されたのである。そのようすを建武年中行事にはわかりやすく、「大歌所の別当大うたもよほして舞姫のぼる。五たび袖をかへしてかへりいる」（群書類従六）と描いている。西宮記・江家次第・雲図抄などには辰の日の節会にはもちろん、その三日前丑の日の、五節の舞の「帳台試」や二日前寅の日夜の「御前試」にも大歌人が奉仕することがみえている。大歌と五節の舞はこのように密接だった。

他方正月三節の大歌奏は、内裏儀式・内裏式・貞観儀式まではみえるが、現伝西宮記になく、以降の諸書にもかげがない。これにつき、倉林正次氏は「あるいは貞観年間すでに大歌の交替期が萌していたのではないか」と述べている（『饗宴の研究（儀礼編）』二四〇頁、一九六五年）。貞観ごろからは、正月三節の楽としては雅楽寮の立楽を、後には七日や十六日に内教坊の女舞も行うのが常だったようである。先の醍醐天皇御記にいう大歌所琴歌の衰退ぶりが思い合せられる。先の永田氏もやはり史書・儀式書などを史料に大歌奏の歴史について検討し、正月三節でのそれは貞観ごろまでには行われなくなっていたと考察している。

ただ、延喜宮内省式（巻三十二）の「諸節会賜二群官饗一」条では十一月新嘗会のほか正月三節にも大歌人が加えられているのは留意すべきであろう。また古今和歌集巻二十にも「大歌所御歌」があり、中に正月らしい内容の「大直日の歌」（「あたらしき年の始にかくしこそ千年をかねてたのしきを積め」）を含む。この歌は琴歌譜正月節の「片降」の少異歌、続日本紀天平十四年正月十六日の歌の類歌であり、古今集編纂のころにも大歌人たちによって正月節でうたわれていた可能性がある。ともども、先述の醍醐朝における「大歌所の琴歌」の「復活」（一時的だったか）の姿をとどめているのかもしれない。

短歌と漢語

一

現代の短歌ではごくふつうに漢語を用いる。先日もある新聞の短歌欄を見ていると、日記・写真・漁船・家族・生徒、あるいは戦死・原爆など、実に多くの漢語が用いられていた。しかも作者たちは、ことさらそれらを漢語とも意識していないだろう。しかし、このように漢語を三十一文字によみこむ現象は比較的新しいことに属し、古い時代には見られないようである。

十三世紀末に書かれた『野守鏡』という本に次のような話がある。藤原保昌といえば勇名をはせた平安中期の武将であったが、女性歌人和泉式部の夫でもあった。ある時その保昌が、「歌をうらやみて」、

早朝におきてぞみつる梅花を夜陰大風不審〲に

とよみたりける。和泉式部きゝて歌詞にはかくこそよめとて、

朝まだきおきてぞ見つる梅花よのまの風のうしろめたさに

とやはらげたりける、おなじ心ともおぼえず、おもしろくきこゆるをもてもしるべし。

（「日本歌学大系」第四巻による）

いかにも話のために作られたような話だが、ともかくここで和泉式部は、保昌の原歌にある、早朝・梅花・夜陰・大風・不審不審という漢語を、それぞれ朝まだき・梅（の）花・よのま・風・うしろめたさという和語にあらため、やわらげた。漢語を和語（やまとことば）に置き換えることによって歌らしい歌になりえたという話になっている。佐竹昭広氏に「和語と漢語」という論文があるが（『万葉集抜書』所収）、氏はその中でこの『野守鏡』の話などを引用しながら、「和歌の原則は和語にある」と述べられている。まさに古い時代には、「和歌は和語でよむ」ということは、定型を守ることとともに和歌の大きな原則であったといえよう。

ところが、この原則は明治時代のいわゆる和歌革新運動の時期に破られてしまう。言いかえれば、和歌が近代短歌へと変貌する過程でこの原則は失われ、そして漢語を意識もせずに多用する今日に至っているわけである。それは長い和歌の歴史にとってかなり重要な意義をもつ変化であったといえよう。ここではその変化の意義について、歌における漢語使用という側面から、事実に即して探ってみたい。

二

古い時代における日本語の成立やそのありようということを考えていくと、いわゆる「和語」の中にはたとえば「馬《うま》」が朝鮮語または満州語由来といわれ、「梅《うめ》」が漢語由来であるように、もと近隣民族の言語から流入してきた言葉も多いはずである。そこで「和語」の定義は単純ではないが、ここでは日本語を話して社会生活を営んでいたおよそ七世紀以降の文学の担い手たちの認識に沿い（あいまいさを免れないにしても）、しかも「漢語」との関わりにおいて考えたい。

さて、「和歌は和語でよむ」という原則は、古く奈良時代の『万葉集』において貫かれている。万葉の時代といえば、すでに多くの大陸・半島の人や文物が渡来し、それらがことごとく漢語をともなっていたはずである。また、『懐風藻』にみられるように当時の進歩的な日本人が唐風をまねて漢詩漢文をも述作していたわけだが、にもかかわらず『万葉集』の歌はほぼ純粋に和語による文学世界をかたちづくっている。

ただし、中にはごくわずかに例外、つまり漢語が用いられている歌がある。それは『万葉集』の特に巻十六に集中してあらわれるのだが、いまそのことを正岡子規の解説で見てみよう。

　吾妹子が額におふる双六のことひの牛（牡牛、稿者注）の鞍の上の瘡

此歌は理窟の合はぬ無茶苦茶な事をわざと詠めるなり。馬鹿げたれど馬鹿げ加減が面白し。

　寺々のめ餓鬼申さく大みわのを餓鬼たばりて其子産まさむ

これは大みわの朝臣といふ人が餓鬼の如く痩せたるを嘲りて戯れたる者にて、女の餓鬼が大みわの朝臣を夫にもちて子を産みたいといふ。といへる、奇想天外なり。（中略）ついでにいふ、前の歌の「双六《すごろく》」此歌の「餓鬼」皆漢語なり。

（「万葉集巻十六」、「日本」明治三十二年二月二十八日、ただし講談社版『子規全集』第七巻による、以下同じ）

ここに子規の文章を引用したのは、子規が和歌の革新を説く際に漢語使用の問題をも意識的にとりあげたからだが、それは後述するとして、このように「双六」（訓はスグロクが正しい）・「餓鬼」という漢語が用いられているのは、万葉の歌の中でも特殊に属する戯笑歌においてである。他にも、「香」「塔」「法師」「功《くう》」「五位」など十数例

の漢語が万葉歌にみられるが、二、三の例を除くと戯笑歌の類に限って用いられている。『万葉集』においては、「やまとことば」による文学世界がすでに確立していて、だからこそ漢語を使うとある種の違和感があり、それが諧謔味を出す効果ともなっていたのだろう。漢語がほとんど戯笑歌に限って用いられているという事実が、かえって「和歌は和語でよむ」という原則の強固な存在を証明しているかたちである。

『万葉集』以降も、和歌に漢語はほとんど使われない。『古今和歌集』から『新古今和歌集』までのいわゆる八代集において、物名歌・釈教歌なども含めたのべ歌語数に対する漢語・仏語の割合がわずかに〇・〇三七パーセントという調査もある。平安時代の歌合や私家集においても、同様に漢語を用いることは非常にまれだったといわれる（以上、滝沢貞夫「和歌の用語」、和歌文学講座Ⅰ『和歌の本質と表現』所収）。鎌倉時代に入っては、「八代龍王雨やめたまへ」とよんだ源実朝が仏教語などをいくらか用いてやや注目される程度であろうか。

具体例についてみても、たとえば『古今和歌集』巻十、物名歌の中に、「きちかうの花」をよむとして、

あきちかうのはなりにけり白露のをけるくさばも色かはりゆく

という歌が載る。漢語「桔梗」は、「秋近う野はなりにけり（野は秋に近い風情となった）」という表の意味の裏に、「あきちかうのはなりにけり」と隠してよみこまれていることに注意したい。同じ秋の野の花でも「はぎ」や「をみなへし」などはそのままでさかんに歌によまれているのに、「桔梗」はこういうかたちでしかよまれていない。

また、『拾遺和歌集』巻九に、

勅なればいともかしこし鶯の宿はと問はばいかゞ答へむ

とあり、「勅」は漢語だが、十三世紀前半に記されたとされる『西行上人談抄』の、「此勅なればといへるこそ、歌詞ならねば首尾相叶ふまじけれども」という評言のように、漢語「勅」は一般的通念においては歌詞ではないとさ

れている。この、漢語は歌詞ではないという通念は、十二世紀初めころの歌学書『俊頼髄脳』にも明言されているところである。

歌は仮名の物なればか、れざらむこと、ことばのこはからむをば詠むまじけれど、ふるき歌にあまた聞ゆ。

（『日本歌学大系』第一巻）

この「ことばのこはからむ」（生硬な言葉。なめらかでないごつごつした言葉）が漢語（仏語を含む）をさすこと、この個所に続く「ふるき歌」の引用例からみて明らかである。「仮名の物」である和歌には漢語などを用いるべきではない、というのである。ただし、ここでは漢語を含む例が「ふるき歌にあまた聞ゆ」として五首ほど示されているのだが、その歌はことさらに仏語をよみこんだ特殊なものと考えてさしつかえない。

それでは、なぜ伝統的な和歌においては漢語が避けられたのか。『俊頼髄脳』では、漢語は「こはき」言葉であると言われていたが、同様なことをいま少し詳しく、江戸時代の本居宣長が述べている。

さて後の世にいたりては。いよ〳〵唐《カラ》やうに何事もなりはてぬれど。猶歌のみ今も神代のまゝに御国のをのづからの意詞《ココロコトバ》にて。露ばかりも異国《ヒトノクニ》のやうをまじへぬは。いみじくめでたきわざならずや。是《コレ》なにゆへぞとなれば。歌には異国《ヒトノクニ》のこちたくむつかしげなる心ことばをよみてはにつかはしからず。いちじるく耳にたちて。あやしく。まれ〳〵に文字の音《コヱ》ひとつもまじへてだに。かならずきたなく聞ゆればぞかし。

（『石上私淑言』筑摩版全集第二巻）

漢語は「おおげさで、うるさげな」言葉で、歌によむと「実に聞き苦しく」「きたなく聞こえる」。ここでは主に漢語の聴覚印象の悪さが述べられているわけだが、そのように耳にさわるのは、やはり漢語のごつごつした感じが「やまとことば」のやわらかな調べをこわす、ひいては「やまとことば」をもって構成されるみやびやかな抒情世界がそこなわれると感じ、考えられたためであろう。このように和歌主体にとって漢語は違和を有するものであり、その意味で反和歌的なものと考えられた。まことに伝統的な和歌の世界とは、「やまとことば」、それも俗語を排して雅語をもって構成されるべき抒情世界なのではあった。

三

さて、この「和歌は和語でよむ」という一大原則は明治時代に至るまで守られる。歌に漢語が一般的に使われるようになるのは、以下に述べるが、おおよそ明治二十年代後半から三十年代にかけてと考えてよい。

もっとも、明治以前に、和歌に漢語を意識的に導入しようとした歌人がまったくいなかったわけではない。江戸時代末期の革新的な歌人、大隈言道などは、その点でも時代を先取りしていた。

漢語・梵語も今は国語同前なるは、嫌ひなく歌にいふべきものながら、其選びをせねばならぬことになりてより、歌学びよくせずはいはれぬことになりたるなり。今の人の平語の如く歌詞を自由にせずは、おのが心のまゝをいひいづること難かるべし。さればかく詞のよしあし、其姿などを習ひ得て、其後に詠むことになりたるは、いと悲しきわざならずや。（『こぞのちり』「日本歌学大系」第八巻）

これは近代以降になって主題化される、和歌を口語でよもうとする主張、または歌における言文一致の主張の先駆として重要な論である。また、自分の心のままを歌によみたいという考えは、明治時代以降ずっと短歌がかかえている主題、すなわち短歌で近代精神を表現するという困難な主題と通い合う。言道は、「吾は天保の民なり。古人にはあらず」（『ひとりごち』）といって自分のあるがままの心を歌によむことを強く主張した。そしてその実践において漢語を用いた歌を作ってもいる。しかし、田舎住まいが長かったためか、あるいは時代が熟していなかったためか、その主張は当時ほとんど影響力をもつことがなかったようである。

明治の開化期、異国の新しい文物が次々に輸入されたが、その多くが翻訳語として日本または中国で新たに造られた漢語、または中国の古典籍にみられるものを転用した漢語で呼称された（山田孝雄『国語の中に於ける漢語の研究』）。歌人たちの間にもそれに対応して、輸入された新しい物を歌によもうとする動きがみられた。明治十一年に発刊された、大久保忠保編『開化新題歌集』もその一つの具現であるが、いまその中から二、三の例を引こう。

汽船

浪のうちかけるを見れはけふりたつ船こそ国の翔なりけれ

寒暖計

時々のあつさ寒さもあらはれて目にみつかねの器あやしも

百たらす八十きたのほる水かねに京の暑さのほとを社しれ

（『現代短歌大系』第一巻による）

「汽船」や「寒暖計」を「新題」としてはいるが、歌にはそのままよみ入れないで、「けふりたつ船」「みつかねの器」とやわらげられている。ここにもまだ「和歌は和語でよむ」という原則が確固として生きている。

和歌にも漢語を用いるべきだ、という早い頃の主張は、当時注目を浴びた新進の国文学者、萩野由之によってなされた。

物ノ名ハ電信ニモアレ、汽船ニモアレ、字音ニテ呼ヘルモノハ、其儘ニ読ミ入ルヘキコトナリ。洋語ナルモ亦然リ。世ニハ字音ヲ嫌ヒテ、電信ヲ糸ノ便リ、汽船ヲ黒船ナト、カヘテ詠ミタルモミユ。カクテハ後ノ人ノミカハ、今ノ人モ解シ難カルヘシ。歌ニハ字音ヲ雑ユマシキ規則ニテモアリヤト思ヘハ、ナホ菊ハキク、蝶ハテフト詠ムナラスヤ。勅ならはいともかしこし、軒の紅梅花咲きにけり、八代龍王雨やめたまへナト、カ、ル例モ有ナリ。昔ノ字音ハ雅、今ノ字音ハ俗ナランヤ。タ、運用ノ工拙ニヨルヘキ歟、牛溲馬勃敗鼓ノ皮モ、良医ハ用ヲ足ストソ言フナル。カ、ル類ヲアケナハ尚イクラモアルヘシ。ヨクヨク注意スヘキコトナラン。

（「小言（第一）」、「東洋学会雑誌」四号、明治二十年三月、ただし小泉苳三編『明治歌論資料集成』による）

この主張は、伝統和歌になじんだ当時の人々にとって十分ショッキングであったので、すぐさま反論が書かれることになる。その一つをあげてみると、

約言スレハ「日本ノ和歌ヲバ強テ古言ヲ用ヰズ、宜ク改良シテ今ノ詞ニテ字音ヲモ洋語ヲモ其儘ニ読ミ入ルベシ」ト言フモノ、如シ。コレ余ガ大不賛成ナル一大要目ナリ。カクテハ和歌ニハアラズ、俗謡或ハ狂歌トル（ママ）ベシ。凡ソ和歌ハ我国ノ雅音ヲ以テ務テ優雅ニコソハ詠ム物ナレ。（中略）又字音ノ事モ然リ。菊蝶ト云字音ノ如キハ既ニ我国ノ雅言ト定レルモノナリ。又一段コレヲ助テ言フトキハ、我国ノ雅言ト漢字ノ字音ト適、同一ナリシモノナラント云トモソレマデナルベシ。之ニ反シ汽船電信ノ如キハ別俗言ニシテ、未ダ純然タル日本ノ定語ニ非ズ、各人ニ依テ種々ニ呼ビナセバナリ。彼ト此ト豈同轍ニ論ズベケンヤ。故ニ汽船電信ノ如キヲ和歌ニ詠マント欲セバ、宜ク言語ノ言ヒ回シヲ優雅ニシテ如何ナル語ニモ述ブベキナリ。

（服部元彦「和歌改良論ヲ読ム」、「東洋学会雑誌」第二編第三号、明治二十一年一月、引用は前に同じ）

傍線部分、漢語や洋語をそのまま和歌によみこむと「和歌ニハアラズ、俗謡或ハ狂歌トナルベシ」という危惧の念は今日からみると杞憂のようにも思われるが、しかし和歌は雅語によるものという固定観念が強固だった当時にあっては真剣にそう考えられたらしい。事実、当時にあって、この危惧のとおり、俗謡ないしは狂歌に堕した例もあった。林甕臣は「歌は言文一致でなければならない」と主張して自作和歌を口語でよみかえる試みを行ったが、

たとえば「新樹」という題で、

　隅田川今年は花にこざりしを若葉が蔭ぞ三度問ひける

とよんでおいたのを、口語で、

　スミダ川。コトシハ花ニ。コナンダニ。葉桜ニナリ。三度キタワイ

とよみかえた。また、「寒夜月」という題の、

　やれ窓に氷れる月の影さして北ふく風に狐なくなり

を、

　ギラ〳〵ト。ヤブレ障子ニ。月サエテ。風ハヒウ〳〵。狐キヤン〳〵

（以上、「言文一致歌」、「東洋学会雑誌」第二編第五号、明治二十一年三月、引用は前に同じ）

　口語歌の方は歌としてはやはり稚拙、俗であって、狂歌と言われてもしかたあるまい。ここで口語歌の中に、前者には「三度」、後者には「障子」という漢語が含まれていることに注目しておこう。口語的文脈の中で自然に使われたこのような漢語が、歌を俗にするための一因となっているのである。

　このように俗謡ないしは狂歌に堕する危険をはらみながらも、そしてまずは以上のごとき理論としての用語論争を通過することにより、やがて歌に漢語が一般化する時期が訪れる。それは明治二十年代後半から三十年代にかけての、いわゆる和歌革新運動の時期にほかならないが、ここではその革新運動を導いた各歌人が漢語使用について十分自覚的であったということを、萩野由之らの論争の実質的展開を示すことがらとして確認するとともに、特に強調しておきたい。

　明治三十一年になって新聞「日本」紙上に猛然と和歌革新の主張を展開した正岡子規は、「六たび歌よみに与ふ

る書」（明治三十一年二月二十四日）において、こう述べた。

従来の和歌を以て日本文学の基礎とし城壁と為さんとするは弓矢剣槍《けんさう》を以て戦はんとすると同じ事にて明治時代に行はるべき事にては無之候。今日軍艦を購《あがな》ひ大砲を購ひ巨額の金を外国に出すも畢竟日本国を固むるに外ならず、されば僅少の金額にて購ひ得べき外国の文学思想抔は続々輸入して日本文学の城壁を固めたく存候。生は和歌に就きても旧思想を破壊して新思想を注文するの考にて随つて用語は雅語俗語漢語洋語必要次第用うる積りに候。

文学や和歌の近代化についての強い意欲がうかがえる文章であるが、漢語俗語の使用ということで子規が特にとりあげた古典が『万葉集』、それも特に戯笑歌を含む巻十六なのであった。

複雑なる趣向、言語の活用、材料の豊富、漢語俗語の使用、いづれも皆今日の歌界の弊害を救ふに必要なる条件ならざるはあらず。歌を作る者は万葉を見ざるべからず。万葉を読む者は第十六巻を読むことを忘るべからず。

（「万葉集巻第十六」、「日本」明治三十二年三月一日）

子規に比べるとやや穏健な漢語使用の主張が、落合直文門下の久保猪之吉の文章にみられる。

わが国語に同化せる漢語洋語は、既に日本語なり。中に就て用ゐるべきものは用ゐて何の不可かあらむ。（中略）されど、われらは、漢語洋語を悉く、歌に用ゐよといふにはあらず。わが国在来の語に於ても取捨することあるが如く、彼語どもに就きても取捨せむといふにあり。つまり、用語の範囲を広め、音の種類を増さむとするにあり。狭隘なる従来の城壁を徹せむといふにあり。

（「わが会の本領」、「こころの華」第十号、明治三十一年十一月）

これは久保猪之吉が浅香社系の団体「いかづち会」を結成（明治三十一年六月）した頃の文章である。子規の影響を受けて、ここでも歌に漢語を用いよと主張されているが、その論調がおだやかであるのは、直文らの和歌革新の態度を反映しているものといえよう。

落合直文自身も歌に漢語を用いることの必要を説いている（「歌談の一」明治三十六年六月）が、やはり直文門下で、三十年代の新派和歌運動を領導した与謝野鉄幹も、意識的に漢語を用いて実作した一人といってよいだろう。与謝野鉄幹らの「明星」第一号が発刊されたのは、明治三十三年四月一日のことである。この創刊号は、歌における漢語使用という点からみても注目に値する。まず第一ページ全部に当時著名な日本学者であったイギリス人アストンの「アストン氏の和歌論」を梅沢和軒訳で掲載しているが、その所論中に和歌に漢語が使われなかった理由を日本語と漢語の音韻的特質の相違から論じた個所がある。また十ページにも、漢語の使用を斥ける論者に反駁した記事がみられる。もって「明星」の歌人たちの漢語使用についての自覚をうかがうに足るであろう。

こうして、和歌革新を遂行した主たる歌人たちが、その程度の差こそあれ、みな自覚的に歌に漢語を用いることの必要性を説いている。まさに和歌の近代化と漢語使用とは密接に結びついていたのであり、そして漢語使用の実践は、正岡子規や久保猪之吉の文章に端的にみられるように、歌の用語を従来の雅語主義から解放して自由にしようとする運動の一環をなしていたのである。

四

さてそのような自覚と主張のもとに、この和歌革新の時期において実際にはどれくらいの分量で、どのような漢語が用いられたのだろうか。このことを調べたのが表Ⅰおよび表Ⅱである。とりあげた資料も多くはなく、個々に

〔表Ⅰ〕

	総歌数A	漢語数B	漢語率 B/A×100	異なり語数C	抽象語D	D/C×100	資料
あさ香社詠草	146	10	7%	10	0	0%	現代短歌大系第二巻
（直文）萩之家遺稿	232	25	11	23	4	17	同右
（鉄幹）東西南北	253	35	14	27	5	19	同右
（鉄幹）明星一〜十号	250	150	60	114	14	12	複製本
（晶子）みだれ髪	399	212	53	121	35	29	定本与謝野晶子全集第一巻
（子規）竹乃里歌15〜30年	335	5	1	5	0	0	講談社版子規全集第六巻
同　31年	673	285	42	208	44	21	同右
（信綱）おもひ草	550	125	23	106	22	21	現代短歌大系第二巻
（前衛短歌）	270	387	143	323	146	45	短歌（昭和34年10月号）

注1、Dは、広く抽象概念を表わす語（具体物を表わすのではない語）。
2、（鉄幹）明星は明星一号（明治33年4月）〜十号（34年1月）に載る鉄幹の歌。
3、（前衛短歌）は、次の九人の歌人が各三十首ずつ詠んだもの。
生方たつゑ　岡井隆　春日井建　葛原妙子　塚本邦雄　寺山修司　浜田到　森岡貞香　安永蕗子

ついて漢語であるかどうかの判断の基準、その数え方などにも若干の問題を残すが、一通りこれらの表を作成することによって、和歌革新を遂行した主たる歌人たちの、この時期における漢語使用の実態や傾向のおおよそを把握しようと試みた。

まず表Ⅰ上段には、各歌集・歌群の中の漢語を量的に把握しようという意図のもとに、総漢語数に対する割合を漢語率として算出した。これによれば、落合直文影響下の「あさ香社詠草」（明治二十六年五月～明治二十七年七月）、直文自身の家集『萩之家遺稿』（明治三十七年五月刊）はさほど多くの漢語を含んでいない。直文は伝統をも重んじる比較的穏健な和歌改良論者であったと一般に評されるが、漢語率からいってもそのことはうべなわれる。与謝野鉄幹の場合、明治二十九年七月あさ香社発行の第一歌集『東西南北』ではまだ漢語率は低いが、明治三十三年四月からの「明星」ではかなりの高率となっている。この率は、ほぼ同時期の歌を含むと思われる、与謝野晶子の『みだれ髪』（明治三十四年八月刊）と類似しており、二首に一個以上の割合で漢語を含んでいることになる。正岡子規の場合には、その家集『竹乃里歌』（抹消歌を含む）でみると、特に明治三十一年を境に漢語率一パーセントから四二パーセントへと変化が顕著である。この年の二月に先の「六たび歌よみに与ふる書」が発表されたのであった。新旧両派折衷主義の歌風といわれる佐々木信綱は、第一歌集『おもひ草』（明治三十六年十月刊）でみると、漢語使用においてもやはりその程度の数値を示している。（前衛短歌）の欄については後述する。こうして和歌革新にあたった主要歌人の漢語使用の実態を量的にながめると、ほぼそれぞれの改良・革新の主張の強さに応じて漢語率が異なっていることが知られよう。

それぞれの歌人の漢語を含む歌を一首ずつ引いておこう。

病みつゝも三とせはまたむ帰りきてわが死なむとき脈とらせ君　（落合直文『萩之家遺稿』）

京《きやう》の紅《べに》は君にふさはず我が噛みし小指《をゆび》の血をばいざ口にせよ　（与謝野鉄幹・明星六号）

夜の帳《ちやう》にささめき尽きし星の今を下界《げかい》の人の鬢のほつれよ　（与謝野晶子『みだれ髪』冒頭歌）

汽車とまるところとなりて野の中に新しき家広告の札　（正岡子規『竹乃里歌』（明治三十一年））

剣を負うて落魄こゝに二十年わが髪白し秋のゆふ風
（佐々木信綱『おもひ草』）

〔表Ⅱ〕

東西南北		みだれ髪		竹乃里歌（31年）		おもひ草	
詩	3	京	21	紅梅	16	宿世	4
蝶	3	経	8	太鼓	6	蝶	4
驢馬	3	牡丹	8	門	5	師	3
汽車	2	魔	7	庵	4	櫓	3
師	2	師	6	汽車	4	行燈	2
		僧	6	乞食	4	香	2
		堂	5	海棠	3	五里	2
		海棠	4	傾城	3	順礼	2
		紅梅	4	百	3	塔	2
		ず（誦）す	4	牡丹	3	牡丹	2
		蝶	4			葡萄	2
		鬚	4			法師	2
		えんじ（色）	3			炉	2
		（絵の）具	3				
		集	3				

次に、ではどのような漢語が、当時新たに歌語として組み入れられたのか。そのことを四つの歌集について便宜使用回数の多い漢語に限ってその使用回数を示したのが表Ⅱである。和歌革新の時期において好んで用いられた漢語のリストの一部とみてよい。このリストからは二つのことを読みとることが可能だと思う。一つは、ここにあがっている漢語は、全体的にみて言葉としては必ずしも新しくないということである。表にみられるものではわずかに「詩」「汽車」が新しいといえる程度であって、その他に当時巷間に氾濫していた翻訳語などは見当たらない。それに対して、四人の歌人中二人以上が多用している漢語は、「蝶」「師」、それに「牡丹」「紅梅」といった植物で、加うるに「京」「僧」「堂」「塔」などみな決して新しい言葉なのではなく、服部元彦ふうに言えば「既ニ我国

ノ雅言ト定レルモノ」、すなわち伝統的な美意識にもなじむはずのものである。事実、「蝶」「紅梅」「堂」「塔」などは勅撰和歌集や源実朝の歌にすでに使われていた漢語にほかならない。このような漢語は、「和歌は和語でよむ」という原則をはずした時、すぐさま歌語として組み入れられるべきものであったろう。その他、リストにあがっているものでは「百」「五里」など、あがっていないものでは「一本」「二十年」「三尺」などの数詞および助数詞を含む漢語も、語彙の特殊性また歴史的な浸透度からして伝統的な美意識になじみやすかったと推量される。

二つには、具体的な物を表わす漢語が多いということである。たとえば子規の『竹乃里歌』（三十一年）でみると、数字の「百」以外はすべて具体的な物（また人）を表わす言葉である。そしていま、表Ⅱからは離れ、用いられたすべての漢語のうち、具体的な物を表わす言葉の割合、逆に言って抽象的な事がらを表わす言葉の割合がどれくらいあるかということを調べてみたのが、表Ⅰ下段の数値である。ここでは具体的な物（ただし、人名、職業・身分名などは含む）を表わすのではない語を、広く抽象概念を表わす語（たとえば『おもひ草』の二十二例をすべてあげると、案内・宴・期す・薫ず・紺青・寂寞・最後・春秋・地獄・宿世・ざえ（才）・選挙・読経・投扇興・婆娑・俯す・栩々・翩々・黙然・落魄・乱舞・櫓声）として、その数の異なり語数に対する割合を算出した（『おもひ草』では抽象概念を表わす語数二十二の異なり語数百六に対する割合が二十一パーセント）。ただし、数詞および助数詞を含む語（一本・二十年・三尺など）は、その特殊性ゆえにここでは算入しなかったことをことわっておきたい。この抽象概念を表わす語の比率を、「あさ香社詠草」の当該欄からずっとながめてみると、『みだれ髪』がやや目につく程度で、その他は軒並み低率であることが読みとれよう。

以上の如く、用いられた漢語はその語彙において必ずしも新しいものではなく、そのうえ具体的な物を表わす言葉が多い。また量的にも、後述する現代の短歌などと比較した場合、むしろ少ない。これを要するに、和歌革新の時期において、漢語を用いるということ自体は十分衝撃的・革新的であったけれども、その使用の実際は漸進的である。漢語使用の実態に即してあらためてこの時期の和歌革新ということを考えると、旧来の和歌が漢語を取りこむことによって一変してしまったのでは決してなく、一方で伝統的な美意識にも依存しながら、他方で「和歌は和語でよむ」という旧来の原則を部分的にはずすことによって新味のある短歌を創造することができたのだといえよう。

五

しかし、一千年以上遵守された「和歌は和語でよむ」という原則が破られたことは、やはり歌の歴史の上では大きな意義があった。これによって以後の短歌が近代精神と相わたりあうことが可能になったといっても過言ではないだろう。用語の自由な選択は、さまざまな物象を歌の世界に呼びこむと同時に、それまでとは異質な精神世界を対象化する。

明治三十年代以降の短歌も、時代の潮流に応じてさまざまに変化し、時々の花を咲かせることになる。そしてこの稿にとっては、時々の変化の中で漢語がどのような用いられ方をしたのかということが、次に来るべきテーマとなろう。近代短歌といえども、伝統的な和語による文体に多くを依存している以上、短歌にとって漢語使用の問題は革新の時期に解決のついてしまった問題ではもちろんないはずである。だが、ここではその問題を近代・現代の全時期の短歌について検討する余裕はもたない。そこで、便宜的ではあるが、現代に直接関わるものとしていわゆる「前衛短歌」の一部を考察の対象とすることにより、和歌革新の時期における漢語使用と現代短歌におけるそれとの距離、そして両者を結ぶ線分の方向を測定するようすがとし、あわせて近代・現代短歌にとっての漢語使用の意義をいま少し掘り下げてみたい。「前衛短歌」とは、ほぼ昭和三十年代の十年間に塚本邦雄や岡井隆らを主導者として行われた、先鋭的・革新的な一群の短歌というふうに一応了解しておこう。（前衛短歌については、特に菱川善夫『歌のありか』（『現代歌人文庫』）から多くの知見を得た）。

さて、その資料には、雑誌「短歌」の昭和三十四年十月号を選ぶことにしよう。この号は、昭和三十四年という時点で、昭和期の短歌には「三つのエポック」があったとしてそれに関わった各歌人の特集を組み、そのエポックの三つ目に前衛短歌を取りあげている。そして、生方たつゑ以下九人の歌人の歌を各三十首ずつ載せている。このつごう二百七十首について先と同じ調査を行ったのが、表I末尾の欄である。表をみると、まず漢語率がかなり高いことに気づく。一首につき一・四三個の割合で漢語が用いられていることになる。さらに調べてみると、二百七十首のうち漢語を含まない歌はわずかに五十四首、ちょうど二割で、つまり八割までの歌が一個以上の漢語を含んでいることになる。これらの歌を読むと、漢語の生硬な感じが、かえって一首にある張りつめた感じを与える効果をもたらしていることがわかる。

速度もちて酸化してゆく鉄材が昏睡のごとしひるの草原　（生方たつゑ）
荒蕪地の野の曇天に放たれし血忌の朝のけものかわれは　（春日井建）
時の記念日刻《とき》光りつついつの日も死体置場《モルグ》に耳慧き死体あれ　（塚本邦雄）
白昼の凝とし見えむ突堤の吾が上超えて海の蝶飛ぶ　（安永蕗子）

さらに抽象概念を表わす語の割合が、和歌革新期の歌のそれと比較するとほぼ二倍程度になっており、格段にふえている。もともと漢語が多く用いられているのだから、抽象概念を表わす語の実数は飛躍的に増加したといえるだろう。これはやはり、――いまは両者の間に存在した実際の短歌史を捨象して言わざるをえないが――近代短歌の展開の方向を具体的に示唆する一つの事実であろう。近代短歌は和歌の伝統的美学を克服し、近代人の複雑な精神世界を表現すべく試みを続けてきたのだけれども、その道程の一端は用語面で以上に述べたような漢語の多用、それも抽象概念を表わす語の多用という現象に示されているといえよう。

では、このように現代短歌により積極的なかたちでみられる漢語使用とは、短歌の歴史の上でどのような意義をにないもっているのか。私はそれを、和歌的な「やはらげ」の拒否・否定という観点から探ってみたい。具体例についてみよう。

　のぼりつめて宙に肢《あし》ふる飛蟻《はあり》あり唐突にああ挫折の予感　（岡井隆）

この歌には漢語が四つ用いられている。これを、あの和泉式部の流儀で和語に置き換えることはできないかと考えてみると、その意味内容だけを勘案するなら、たとえば、

　のぼりつめて宙《そら》に肢ふる飛蟻《はあり》ありにわかにあわれ吾くずおれむ

というふうにやわらげられないでもない。しかしこのようにやわらげた場合、原歌のもつ現代性というものの過半は、たしかに失われてしまうのではないか。原歌では、宙・唐突・挫折・予感という現代社会ではふつうに用いられる漢語のもつ観念性が、作者の張りつめた内面を表現するのに役立っている。また、その生硬な語感が、一首が和歌的な詠嘆に流れるのを阻み、阻むことによって作者の内面の屈折が独特なリズムの上に表出されている。すなわち、この歌は伝統的な「やはらげ」の否定を経て今日的なのである。『俊頼髄脳』や『石上私淑言』のいう漢語の語感の悪さはここではまったく顧みられず、否、むしろこのような歌は漢語の反和歌性を逆用することによって現代性を保持しているかにみえる。

この歌の場合は、和泉式部の場合とちょうど逆転しているわけだ。和泉式部の場合は漢語をやわらげることによって和歌となりえたのだが、この歌の場合、和語を漢語化するとまではいえぬまでも、漢語を積極的に取りこむことによって現代短歌となりえている。一般化していうなら、伝統的な和歌は漢語に対して閉じていたが、現代の短歌は漢語に対して開き、さらに呼びこんでいる。漢語を回転軸にしたときにみてとられるこのような逆転の構造は、実は歌にとっての漢語使用の意義を端的にものがたっている。伝統和歌にとって反和歌性を有した漢語を、和歌革新を契機にその反和歌性を逆用することによって、短歌は和歌の克服のための日程を手に入れたのだ。伝統和歌に内在する美意識と近代精神の間の矛盾は、伝統和歌の否定において近代短歌を成立させるという様相をもったが、その否定の局面においてこの反和歌的な漢語使用の意義も存在する。ただ、和歌革新の時期の歌は、表面的には旧来の和歌に激しく反発したにせよ、その裏面で黙契のようになおかつ伝統的な美意識と強く結び合っていたために、漢語使用の実態はむしろおだやかだった。だが、漸進的に進められた漢語使用がやがて和語的世界を喰い破り、その破壊の力を武器にして歌が近代精神と切り組み呻吟する、そのような方向への展開力もまた、あの原則が破られた時期に約束されたのだった。

そして、より積極的に漢語を用いる現代の短歌は、もし「やはらげ」ということが和歌の本質的な作用と考えられるなら、和歌の本質に対して否定の試みを行っているということになろう。換言すれば、和歌的なものを意識的に対象化し、それとの敵対の意志、また超克の意志を現代の短歌が強くみせているのである。そのような自覚の一端は、たとえば塚本邦雄の次のような言葉にもうかがわれるのではあるまいか。

現代短歌の酷薄な「存在証明書」の空白の裏面に、新しいただ一行の真実を書き加えるために、僕は明日も孤り生きよう。その僕の暗い情熱の源泉はただ短歌への限りない憎悪、それのみである。(『装飾楽句』跋文、昭

和三十一年）

六

いったいに近代・現代の短歌は、『新体詩抄』（明治十五年八月刊）序文で、「和歌は今やもう古いのだ」と宣告されて以来、たえず否定論・滅亡論との対決を余儀なくされてきた。そうした状況の中で歌人の側も短歌の文学性について深く内省した結果、その終焉の近いことを予言した人々もいた。尾上柴舟は「短歌滅亡私論」（「創作」第一巻八号、明治四十三年十月）を書いたし（これにはただちに石川啄木が反駁した。「一利己主義者と友人の対話」（同九号、明治四十三年十一月））、釈迢空も「歌の円寂する時」（「改造」第八巻七号、大正十五年七月）をものした。その歌壇の内外からの否定論・滅亡論の要点は、つきつめれば常に一貫して「和歌・短歌は近代精神を表しえない」ということだった。このような存在の根底を揺さぶるような批判に対して、和歌・短歌の側でも懸命に近代精神と切り組む努力を続けてきたわけで、明治時代における和歌革新運動はその最初の本格的な試みであったといえよう。そしてその頃、旧来の「和歌は和語でよむ」という一千年以上続いた原則を破って少しずつ漢語が用いられるようになったこと、また現代短歌ではさらに夥しい漢語が取りこまれていることは、とりもなおさずそのような歌で近代精神を表現しようとする営みの、一つの可視的な現われにほかならなかった。前衛短歌の漢語において抽象度が高くなっているという先のことがらも、現代人の精神構造の複雑さと不可分であろう。

先に、現代の短歌は和歌の本質に対して否定の試みを行っていると述べたが、それにしても短歌が三十一文字である限りその否定の運動が完遂されるということはないのだろう。短歌は和歌的なものを乗り越えようと試みながら、依然として短歌という和歌であり続けている。和歌的なものへの果敢な挑戦は、しかし和歌的なものとの歴史的・美学的な深いつながりを暗黙裡の前提としてこそはじめて可能なのだった。このような弁証法を生きながら、その営みは自らの身を食む行為にも似て、ただその反自然的な自裁の痛みのみが、短歌を今日的であらしめる糧であるかのようにみえる。

初出一覧

和歌の成立と歌謡――ヨム・ウタフ・琴歌――　書き下ろし

＊

「歌をヨム」こと　「国語国文」四八―三　一九七九年三月

琴歌譜「余美歌」考　「国語国文」六六―九　一九九七年九月

万葉歌の口誦性――「作」字の有無をめぐって――　「甲南女子大学研究紀要」二〇　一九八四年三月

＊

古代の「しつ歌」「しつ歌の歌返」について――『古事記』と『琴歌譜』――　「甲南国文」六四　二〇一七年三月

歌謡と韻律　『歌謡』古代文学講座9（勉誠社）　一九九六年七月

ウタの場・ウタの担い手――沖縄の祭祀の事例から――　『韻文文学〈歌〉の世界』講座日本の伝承文学二（三弥井書店）　一九九五年六月

＊

舒明天皇国見歌攷　「甲南国文」二九　一九八二年三月

制度としての天皇歌――額田王歌の作者異伝にふれて――　「国語と国文学」七八―一一　二〇〇一年一一月

蒲生野贈答歌　『セミナー万葉の歌人と作品』一（和泉書院）　一九九九年五月

歌謡と和歌　「国文学解釈と鑑賞」六二－八　一九九七年八月

＊

琴歌略史――聖武朝ごろまで――　「国語と国文学」八四－七　二〇〇七年七月

琴歌譜の成立過程　「萬葉」一六四　一九九八年一月

琴歌譜の「原テキスト」成立論　「国語と国文学」七五－五　一九九八年五月

琴歌譜歌謡の構成――「大歌の部」について――　「萬葉語文研究」8　二〇一二年九月

琴歌譜歌謡の構成――「小歌の部」について――　書き下ろし

付　「大歌奏」について

＊

短歌と漢語　「日本の言葉と文芸」四　一九八二年一二月

＊既発表の論文については、題は変えていないが、多少の加除修訂を行った。

あとがき

「歌」とは何か、「和歌」とは何かという問いにとらわれて久しい。この問いの周辺をさ迷いながら、時々に書いてきたものをまとめたものが本書である。

全体を章節に組むことはしなかったが、おおよそ、総論・ヨムについて・ウタフについて・ヨムとウタフについて（初期万葉歌論）・琴歌と琴歌譜論・付論、の順・構成としている（目次で＊の印で分けた）。それぞれが直接的に、あるいはゆるやかにつながっている。古い論文は収録を迷ったが、私論の一部を構成するものとして収めた。

古代の歌を見るのにウタフやヨムという表現過程を重視したこと、また琴歌譜という小さな書物を窓としたこと、などが本書の方法上の特色といえようか。沖縄の島々で、祭の内外でうたわれる歌に耳を傾けたことも、歌をめぐる思考の支えになっている。いささかの疲れをおぼえながら書き終えて、また、ウタフは人間の基本的な言語行為の一つ、という呪文のような初めの認識に立ちもどっている。

このささやかな研究も、先学の業績に多くを負っていることはもちろんである。フィールドでお世話になった方々とともに、感謝を申し上げたい。出版をお引き受けくださった翰林書房の今井肇・静江両氏にも厚く御礼申し上げます。

【著者略歴】
神野富一（かんの　とみかず）
1951年　徳島県生れ
1980年　京都大学大学院文学研究科博士課程単位取得退学
現　在　甲南女子大学文学部教授
著　書　『万葉の歌 人と風土 6 兵庫』（保育社 1986年）
『杜家立成雑書要略 注釈と研究』（共著 翰林書房 1994年）
『沖縄祭祀の研究』（共編著 翰林書房 1994年）
『補陀洛信仰の研究』（山喜房佛書林 2010年）
『正倉院本王勃詩序訳注』（共著 翰林書房 2014年）他

ヨム・ウタフ・琴歌
万葉歌古代歌謡論攷

発行日	2019年1月25日　初版第一刷
著　者	神野富一
発行人	今井肇
発行所	翰林書房
	〒151-0071 東京都渋谷区本町1-4-16
	電 話　(03)6276-0633
	FAX　(03)6276-0634
	http://www.kanrin.co.jp/
	Eメール●Kanrin@nifty.com
装　釘	須藤康子＋島津デザイン事務所
印刷・製本	メデューム

落丁・乱丁本はお取替えいたします

ISBN978-4-87737-436-5